한 권으로 읽는
라 만차의 돈키호테

초판 1쇄 발행 | 2021년 7월 15일
　　2쇄 발행 | 2024년 9월 20일

원작자 | 미겔 데 세르반테스
편저자 | 저지 패리
옮긴이 | 김대웅
펴낸이 | 김형호
펴낸곳 | 아름다운날
책임편집 | 조종순
북디자인 | Design이즈

출판등록 | 1999년 11월 22일
주소 | (04031) 서울시 마포구 서교동 351-10 동보빌딩 202호
전화 | 02) 3142-8420
팩스 | 02) 3143-4154
이메일 | arumbook@hanmail.net

ISBN | 979-11-6709-003-4　03870

한 권으로 읽는
라 만차의

돈키호테

월터 크레인 일러스트판

미겔 데 세르반테스 원작 | 저지 패리 편저 | 김대웅 옮김

아름다운날

에드워드 애보트 페리 (1927)

일러두기

* 이 번역본의 영어판 텍스트는 Don Quixote of the Mancha, Re-told by Judge Parry, Illustrated by Walter Crane (New York John Lane Comoany; 1919)이다. 초판은 1900년에 출판된 Don Quixote of the Mancha, Re-told by Judge Parry, Illustrated by Walter Crane (London: David Nutt)이다.
* 부록으로는 『돈키호테』의 영어판들 중에서 옮긴이가 중요하다고 여긴 판본들의 서문을 실어보았다. 특히 최고의 영역본으로 알려진 존 옴스비(John Ormsby)의 귀스타브 도레 일러스트판 서문(1885년)은 세르반테스의 이력과 『돈키호테』의 탄생 배경을 가장 상세하고 신빙성있게 설명해놓은 것으로 평가받고 있다.
* 필요한 지명과 인명은 스페인어와 영어를 병기했다. 예) 라 만차(La Mancha, The Mancha)
* 간단한 옮긴이 주는 괄호 안에 집어넣었다.
* 단행본과 잡지의 약물은 『 』, 논문과 시는 「 」, 단체는 〈 〉, 대화는 " ", 강조는 ' ' 등으로 표기했다.

DON QUIXOTE OF THE MANCHA

"스페인 사람 10명 중 2명만이 『돈키호테』를 끝까지 읽었다.

하지만 영국인 10명 중 8명이 이 책을 끝까지 읽었다."

월터 크레인 일러스트판 서문

월터 크레인 작가의 삽화가 덧붙여진 이 돈키호테 판에 대해서 구구절절 토를 달 필요가 없을 듯하지만, 내가 이 작업을 통해 말하고자 했던 점을 간략히 밝혀두고 싶다. 내가 알기로 현존하는 영어판 『돈키호테』의 어떤 축약본도 담론의 지혜와 유머가 넘치는 돈키호테와 산초 판사의 모험들을 젊은 세대의 독자들이 이해할 수 있도록 간결한 서술 형태로 보여주지는 못했다고 생각한다. 내가 이 책을 펴낸 것도 바로 그런 까닭에서다.

이 작업을 하면서 나는 최초의 영역본을 펴낸 토마스 셸턴(Thomas Shelton; 1604~1620)의 번역(1612년에 1권이 나오고 1620년에 1권의 개정판과 2권까지 완역되었다. -역주)을 기본 텍스트로 삼았다. 모든 영어 번역본들을 훑어보았지만, 내 생각에 그의 언어는 다른 어떤 판본들보다 세르반테스의 유머를 좀 더 잘 표현한 것 같았기 때문이다. 사람들은 대부분 이러한 작업이 원작자를 모독하는 행위이거나 그게 아니면 주제넘은 행위로 치부할 수도 있을 것이다. 나 자신도 그런 견해에 전적으로 동감한다. 하지만 평소 널리 알려진 이야기를 노변정담(爐邊情談)처럼 사람들에게 들려주기 좋아하는 한 사람으로서 그런 이야기를 그저 글로 펴내고자 했을 뿐이라는 것을 너그러이 이해해주었으면 하는 바람이다.

덧붙여서, 그래도 누군가는 이 책에서 자기가 기대했던 유머와 지혜가 엄청나게 담겨있다는 것을 발견할 수 있었으면 한다. 정말이지 나는 그런 속내가 어느 한구석에 있다는 사실을 드러내지 않을 수 없었다고 토로하고 싶다.

1919년
저지 페리(Judge Parry)

한 권으로 읽는
라 만차의
돈키호테

1

유명한 시골 귀족
라 만차의 돈키호테

스페인의 작가 미겔 드 세르반테스가 지은 이 이야기는 1605년에 선보인 이래 지금까지 세상 사람들이 계속 읽고 또 읽는 너무도 훌륭한 고전이다.

옛날 옛적에 스페인의 라 만차(La Mancha, The Mancha; 스페인어로 La는 영어의 정관사 The이다. -역주)라는 지방의 어떤 마을에 키하다(Quixada) 또는 케세다(Queseda)라는 시골 귀족이 살고 있었다.(사실 이에 대해서는 역사가들의 견해가 분분하다.) 그의 집에는 낡은 창, 미늘창, 그리고 그런 종류의 다른 무기와 갑옷들로 가득했다. 게다가 그는 오래된 창과 방패, 그리고 뼈만 앙상한 말(로시난테)과 날쌘 그레이하운드의 주인이었다. 그의 냄비에 평일에는 육류, 금요일에는 렌즈콩 약간, 일요일 저녁에는 구운 비둘기인가가 담겨있었다. 그는 휴일에 벨벳 7부바지에 검정색 웃도리를 입고 같은 색의 덧신을 신었으며, 평일에도 털실로 짠 옷을 입고 있었다.

이 몇 가지 물건들을 사들이느라 그는 매년 들어오는 약간의 임대료 대부분을 써버렸다. 그의 집에는 마흔 살쯤 되어 보이는 여종과 스무 살이 채 안 된 여조카, 그리고 밭과 집에서 그를 시중들고, 말 안장을 얹거나 가지치기 낫을 좀 쓸 줄 아는 젊은이가 있었다. 본인은 쉰 살가량의 강하고˚ 험상궂지만 야윈 얼굴이었다. 그는 일찍 일어나는 편이라 한때는 사냥을 매우 즐겼으나, 지금은 기사에 관한 오래된 책들을 읽는 데 한 해의 대부분을 쏟아부었다. 이 엄청난 즐거움에 푹 빠진 그는 사냥하는 것도 거의 잊고 심지어 재산관리도 제쳐두다시피 했다. 이런 광기와 어리석음 때문에 그는 늙은 기사들의 모험과 탐험을 다룬 책들을 사들이느라 상당히 많은 땅을 팔아먹는 지경까지 이르렀다. 그는 이것들이 사실이자 정확한 이야기라고 여겼으며, 친구인 마을의 신부님이나 쓸만한 이발사 니콜라스 씨(Mr. Nicholas)가 집으로 찾아올 때면 소설 속 기사들 중 누가 가장 훌륭한 인물인지를 놓고 늘 언쟁을 벌이기도 했다.

이런 책들에 푹 빠진 그는 밤낮을 가리지 않기가 일쑤였다. 잠도 거의 안 자고 책만 읽던 그는 결국 머릿속이 뻐근해지더니 정말 이성까지 잃어버리는 지경에 이르렀다. 자기가 읽은 책들에 나오는 마법같은 이야기들, 싸움질과 전투, 도전과 부상 유혹과 사랑 그리고 격렬함 등 가능치도 않은 일들로 머릿속이 가득 차 버린 것이다. 급기야 그는 이 몽환적인 이야기들보다 더 확실하고 믿을 만한 것은 없다고 확신하기에 이르렀다.

마침내 그는 이성을 상실하여 이 세상의 그 어떤 미치광이들도 찾아내지 못한 기발한 생각에 사로잡히고 말았다. 자기 자신이 '편력기사'(遍歷騎士, Knight Errant; 보통 혼자서 널리 여행하며, 자신의 가치를 증명할 위험한 상황을 찾아 나서는 기사. 이름도 알리고 돈도 벌 수 있는 게 마상 창시합이 대표적인 일거리다.-역주)가 되어야만 할 정당성과 필연성을 가졌다고 여겼기 때문이다. 그래서 무장을 하고 말에 올라 세상 곳곳을 누비면서 자기가 읽었던 소설 속 옛 기사들이 겪었던 모험들을 모두 실천에 옮기려고 했다. 그리하여 그는 다른 사람들을 해친 자들을 응징하기 위해 온갖 위험과 난관에 부딪치면서 스스로 명성을 드높이겠다고 결심했고, 마침내 어떤 강력한 제국의 왕이 됨으로써 자신의 무훈에 대해 보상을 받아야 한다고 여겼다.

우선 그는 집구석 어딘가에 처박아 두고 오랫동안 방치해 둔채 잊고 있던 증조부의 낡고 녹슨 무기들을 꺼내 잘 문질러 닦았다. 그것들을 잘 다듬고 정성껏 손질하고 나니 뭔가 부족하다

DON QUIXOTE
TESTING HIS HELMET

◆

투구를 점검하는 돈키호테

는 느낌이 들었다. 투구는 있었으나 앞가리개가 떨어져 나간 철모에 불과했다. 그는 곧장 솜씨를 발휘했다. 풀로 반죽한 판지로 앞가리개를 만들어 투구에 딱 맞게 달자 비로소 투구가 제 모습을 되찾았다. 그러고 나서 투구가 정말로 튼튼하게 만들어졌는지 확인하기 위해 칼로 한두 번 내리치자마자 그만 일주일 걸려 만든 것이 단번에 수포로 돌아가고 말았다. 그는 이렇듯 쉽게 망가지는 투구는 전혀 아니라고 생각하고 이번에는 안쪽에 철판을 덧대어 좀 더 나은 투구를 만들었다. 그렇게 한 뒤, 이제는 스스로 만족할 만큼 튼튼하게 만들었다고 확신했으나, 두 번 다시 시험은 하지 않기로 했다.

다음에 그는 말을 보러갔다. 그 말은 스페인 레알(Spanish real)이나 실링(shilling) 동전보다 더 둥글둥글했었으나 지금은 그리 통통하지 않으며, 그냥 뼈와 가죽만 남았을 뿐이다. 하지만 그의 눈에는 알렉산더 대왕이 전쟁터에 타고 나갔던 명마 부케팔로스(Bucephalus)보다 더 멋져 보였다. 그는 말의 이름을 짓는 데 무려 나흘씩이나 걸렸다. 그는 자기처럼 그렇게 유명한 기사가 이토록 훌륭한 말이, 이미 알려진 이름을 갖는다는 것은 가당치 않다고 혼잣말처럼 중얼거렸다. 그래서 사람들에게 그 말이 편력기사의 것이 되기 전에 누구의 말이었으며, 지금은 누구의 말이라는 것을 알릴 수 있는 이름을 찾으려고 애썼다. 그 말을 탔던 주군이나 주인이 바뀌면 그 말의 이름도 바뀐다고 알고 있기에, 자기의 말이 새로운 이름을 얻으면 유명해지고 명성도 얻을 것이며, 새로운 임무를 수행할 수 있는 건 당연하다고 생각했다. 그리하여 온갖 이름들을 지었다가 제쳐두고 다시 지었다가 마음에 들지 않아 버렸다가 마침내 로시난테(Rosinante)라는 이름을 떠올렸다. 자기 딴에는 고귀하게 들리고 부르기도 쉬웠으리라. 그리고 이 말이 예전엔 그저 마차를 끌었지만, 이제부터는 새로운 품격에 맞는 역할을 하리라는 기대를 한몸에 품은 이름이라고 여겼다.

말에게 이름을 지어주고 나니 이젠 자기 이름도 지어야겠다는 생각이 들었다. 그 이름을 짓는 데 다시 여드레가 걸렸다. 고민 끝에 드디어 자기 이름을 정했으니, 그게 바로 돈키호테였다. 이 때문에 사람들은 그의 이름이 케세다가 아니라 키하다가 맞다고 여기게 되었다. 그리고 옛날의 훌륭한 기사들이 간단하고 무미건조한 이름에 만족하지 않고 왕국이나 조국의 이름을 자기 이름에 덧붙인 것이 생각나자, 자기도 훌륭한 기사인 양 자기 지방 이름을 자기 이름 앞에 덧붙였다. 그래서 라 만차의 돈키호테로 부르기로 했으며, 이로써 그는 자신의 고향을 널리 알리고 자기가 사는 지방을 자랑스럽게 여기게 되었다.

무기를 손질하고 볼품없는 철모를 투구로 바꾸어 놓았으며, 말 이름까지 지어놓은 데다가 자기 이름까지 새로 지은 그는 이제 단 한 가지만 부족했다. 자기의 봉사와 애정을 받아줄 숙녀만 있으면 다 끝나는 판이었다. 그는 기사소설에서 읽었던 것을 기억해냈다.

"내가 운이 좋아 어떤 거인을 만난다면, 편력기사들이 보통 그러하듯이, 그를 한 방에 땅바닥에 내동댕이쳐 쓰러뜨리거나 그를 두 동강 내서, 마침내 그를 굴복시켜 항복하도록 한다면 어떨까. 그런데 그 거인을 보여줄 만한 어떤 귀부인이 있어야 하는 것은 너무도 옳고 합당한 일이 아닐까. 그래서 거인이 나의 사랑스런 여인 앞에 무릎을 꿇은 다음 공손하고 고분고분하게 애걸하도록 하는 거야. '부인, 저는 말린드라니아(Malindrania)라는 섬을 다스리는 거인 카라쿨리암브로(Caraculiambro)라고 하는데, 더 없는 칭송을 들어 마땅한 라 만차의 기사 돈키호테 님과 단 한 번 겨루어 패하고 말았습니다. 그는 저를 굴복시키더니 덕망 높으신 부인을 알현한 다음 부인의 처분을 기다리라고 하셨습니다.'"

이렇듯 장대한 연설을 하면서 기사의 가슴은 춤을 출 정도로 기뻐 날뛰었으며, 자기의 부인이라고 부를 만한 사람을 알아

거인 카라쿨리암브로

냈을 때는 더더욱 기뻐했다. 사람들 말에 따르면, 그의 이웃 마을에 듬직하고 가슴이 풍만한 시골 처자가 살고 있었는데, 그가 한때 사랑에 빠졌었다고 한다. 하지만 그녀는 결코 그를 본 적도 없고 마음에 두어본 적도 없었다. 그녀의 이름은 알돈사 로렌소(Aldonza Lorenzo, Aldonca Lorenso)였는데, 그는 자기가 좋아하는 여인의 명예에 어울린다고 생각했다.

그리고 나서 그는 마음속으로 그녀의 본래 이름과 너무 다르면 안 되지만, 동시에 사람들에게 그녀가 공주나 귀부인이란 걸 알려주는 이름을 찾기 시작했다. 그래서 그녀를 토보소의 둘시네아(Dulcinea of Toboso)라고 불렀다. 그것은 용감한 기사의 여인 이름치고는 별났으나, 낭만적이며 음악적이었다. 갑옷과 말, 그리고 아름다운 여인까지 독차지한 그는 이제 세상으로 나가 모험을 찾아나설 만반의 준비를 마쳤다.

2

모험을 찾아 처음으로
고향을 떠나는 돈키호테

모든 준비를 마친 그는 자신의 계획을 실행에 옮기고자 하는 욕망에 사로잡혔다. 바로 세워야 할 부정, 고쳐야 할 폐단, 그리고 자신의 징벌이 필요하다고 여긴 악행들이 줄 서 있는데 더이상 머뭇거릴 수가 없었다. 그래서 누구에게도 말하지 않고 아무도 몰래 7월의 가장 따뜻한 어느 날 동이 트기 전에 집을 나서기로 했다. 그는 완전 무장을 하고 이상한 투구를 쓴 다음 방패를 들고 창을 거머쥔 채 로시난테 위에 올라 마당 뒷문을 통해 들판으로 나갔다. 자기가 얼마나 쉽게 새로운 경력을 시작했는지를 느낀 그는 너무도 기쁘고 흡족했다.

그러나 끔찍한 생각에 사로잡혀 모든 계획이 완전히 수포로 돌아가 마을을 떠나지 못할 뻔했다. 자기가 기사 작위를 받은 적이 없다는 것을 기억해냈기 때문이다. 기사도법에 따르면, 정식 기사가 아니면 어떤 기사와도 싸울 수도 없고 또 싸워서도 안되기 때문이었다. 그리고 기사이더라도, 신출내기 기사는 무공을 쌓을 때까지 아무 문양이 없는 방패에 흰 갑옷을 착용해야 한다고 읽은 것이 기억났다.

이러한 생각들 때문에 그의 계획이 약간 주춤거렸다. 하지만 그의 머릿속에는 무엇보다 어리석음으로 가득 차 있었기 때문에, 그냥 처음 만난 사람에게 기사 작위를 받기로 마음먹었다. 그가 책에서 읽었던 사람들이 그렇게 했듯이 그도 따라서 하기로 한 것이다. 흰 갑옷은 시간이 날 때마다 고관대작들이 장식하는 족제비 흰털보다 더 하얗게 될 때까지 열심히 손질하기로 결심했다. 이러한 생각에 흡족해진 그는 말(로시난테)이 선택한 길 이외의 다른 길도 따르지 않고 그 길을 따랐다. 그것이야말로 기사의 모험을 찾는 가장 올바른 방법이라고 믿었기 때문이다. 그는 말을 타고 가면서 마치 정말로 사랑에 빠진 사람처럼 허공을 향해 소리를 질렀다.

"오, 내 마음을 사로잡은 둘시네아 공주여, 아름다운 그대 앞에 나타나지 말라고 매정하게 저를 내쫓고 책망하는 것은 너무도 잘못된 처사입니다! 사랑스러운 그대여, 그대를 사랑한 죄로 더없이 고통을 당하는 이 충실한 노예를 기억하길 기원합니다."

그는 책에서 배운 대로 온갖 것들을 흉내 내며 길을 따라갔으나 모험이라고 할 만한 것들은 만나지 못했다. 그 대신 태양이 너무 빨리 솟아올라 뜨겁게 내리쬐는 바람에, 그에게 뇌가 조금이라도 남아 있었다면 완전히 녹아버릴 정도였다.

　그는 온종일 걸었으며, 해 질 무렵이 되자 그와 로시난테는 피곤해지고 배가 고파 미칠 지경이었다. 그래서 하루 쉴 수 있는 성을 찾을 수 있는지 사방을 둘러보았는데, 그가 걸어온 길 저 멀리 여관이 하나 보였다. 마치 북극성을 본 것처럼 반가웠던 그는 말에 박차를 가하면서 서둘러 그쪽으로 달려갔으나 거의 해 질 무렵에야 도착했다.

　여관 문앞에는 몇 명의 마부들과 함께 세비야로 가려는 쾌활한 시골 여자 두 명이 서 있었는데, 같은 날 저녁 우연히 그 여관에서 묵을 예정이었다. 그리고 우리의 편력기사는 보거나 들은 것들이 모두 책에서 읽었던 그대로라고 믿었기 때문에, 그 여관을 보자마자 성으로 생각했던 것이다. 은빛 찬란한 네 개의 첨탑과 들어 올리는 다리, 깊은 해자와 같은 것들은 웅장한 성에서나 볼 수 있는 것들이기 때문이었다. 천천히 그쪽으로 향한 그는 여관이 가까워지자 고삐로 로시난테를 당겨 세운 뒤, 어떤 기사가 성에 접근했는지 나팔로 알리기 위해 흉벽(胸壁)에 오를 난쟁이가 나타날 때까지 잠시 기다렸다. 하지만 너무 오래 기다렸고 로시난테도 얼른 마구간으로 가고 싶어 그냥 여관으로 향했다. 여관으로 들어서자 젊은 처자 두 명이 서 있었는데, 그의 눈에는 성문 앞에서 바람을 쏘려고 나온 아름다운 처녀나 사랑스러운 숙녀로 보였다.

바로 그때 어떤 돼지치기가 돼지들을 모으려고 뿔나팔을 불었다. 순간 돈키호테는 그가 자신의 도착을 알리는 어떤 난쟁이일 것이라고 착각하고 아주 기쁜 마음으로 말을 탄 채 여관 문으로 향했다. 아가씨들은 창과 방패로 무장한 사람을 보더니 후다닥 여관 안으로 뛰어 들어갔다. 그러자 돈키호테는 자기가 무서워서 그녀들이 도망친다고 생각하여 얼굴가리개를 올리고 깡마르고 칙칙한 얼굴을 보여주면서 이렇게 말했다.

"숙녀분들이여, 절대로 해를 끼치지 않을 것이니 겁내지 마시오. 숙녀들에게 해 끼치는 짓은 나쁜 놈들을 응징하는 기사도의 규율에 어긋나오. 하물며 고귀한 자태의 처자들에게는 말할 것도 없지 않겠습니까."

처녀들은 형편없는 투구 속에 감추어져 있는 그의 얼굴이 어떻게 생겼는지 뚫어지게 쳐다보았다. 그러나 자기들이 고귀한 처녀라는 소리를 들었을 때는 웃음을 참을 수가 없었다. 그 소리가 너무 컸든지, 돈키호테는 그들을 부끄럽게 여기고 조용히 꾸짖으며 말했다.

DON·QUIXOTE·
WATCHING·HIS·
ARMOUR·

◆

자신의 갑옷을 살펴보는 돈키호테

"겸손은 미인들의 아름다운 장식물이며, 하찮은 일에 너무 크게 웃는 것은 크나큰 어리석음이라오. 그러나 저는 그대들을 부끄럽게 만들려고 이런 말을 하는 게 아니오. 제 소망은 다름 아니라 제가 할 수 있는 모든 명예와 봉사를 그대들에게 바치려는 것뿐이라오."

그러나 이런 말은 자꾸만 웃음을 자아냈고, 그들을 더욱 화나게 만들 뿐이었다. 그 순간 여관 주인이 나오지 않았더라면 무슨 일이 크게 터졌을 것이다. 이 여관 주인은 몹시 뚱뚱했으며, 그래서 그런지 아주 느려 터진 남자였다. 이토록 기상천외의 갑옷으로 무장한 괴상망측한 모습을 보고, 그는 두 여인들처럼 웃음이 터져나오려고 했다. 하지만 그가 창과 방패를 가진지라 무서웠고, 무슨 일이 일어날까 두려워 예의 바르게 행동하기로 마음먹고, 다음과 같이 말했다.

"기사님 각하! 혹시 숙박을 원하신다면 우리 여관에서는 침대를 쓸 수 없지만, 다른 모든 것들은 완벽하게 갖추고 있습니다."

돈키호테는 자기 딴에 성주로 보이는 여관 주인이 겸손하다는 걸 알고 이렇게 대답했다.

"성주님, 전 아무래도 좋습니다. 제 갑옷이 제 옷이요, 전쟁터가 제 침대이니까요."

그가 말을 하고 있는 동안 여관 주인은 돈키호테의 등자에 손을 얹고 그가 내리는 것을 도왔다. 그는 온종일 빵 부스러기도 먹지 못했기 때문에, 내리는 것조차 힘들고 고통스러웠다. 돈키호테는 여관 주인에게 곡물을 먹는 짐승들 중 가장 훌륭하다며 말을 특별히 돌봐달라고 부탁했다. 여관 주인은 로시난테를 이리저리 살펴보았지만, 돈키호테가 소중하게 여기는 것만큼 그렇게 좋은 말은 아닌 것 같았다. 그래도 그는 말을 정중하게 마구간에 들여보낸 후 다시 돌아와 고귀한 아가씨들의 손에 놀아나고 있는 손님을 찾았다. 숙녀들은 그가 갑옷을 벗는 걸 도와주고 있었다. 그의 등받이와 가슴판을 벗겼지만, 녹색 끈으로 동여맨 이상하고 구질구질한 투구에서 그의 머리와 목을 빼낼 수가 없었다.

이 매듭들을 도무지 풀 수가 없자 숙녀들은 아예 끊어버리려고 했다. 하지만 돈키호테는 이를 허락하지 않았다. 그래서 그는 밤새도록 헬멧을 쓰고 있었는데, 당신이 상상할 수 있는 가장 처량하고 기괴한 모습을 하고 있었다. 그래도 그는 아직도 성의 숙녀와 귀부인으로 여기고 있는 여자들에게 너무나 기뻐서 이렇게 말했다.

"돈키호테만큼 숙녀들의 관심을 받고 떠받들여진 기사는 없으리라. 그가 마을을 떠날 때, 아가씨들이 그를 돌보고 공주들이 그의 말을 돌봐주었노라. 오, 숙녀 여러분! 로시난테는 제 말의 이름이며, 저는 돈키호테라고 하오. 숙녀분들이 저에게 명령하고 제가 복종할 때가 올 것이오. 그때는 제 튼튼한 두 팔로 그대들을 섬기고자 하는 욕망이 만천하에 드러날 것이오."

여자들은 그의 말을 전혀 알아들을 수 없었지만, 그에게 뭐라도 들지 않겠냐고 물었다. 돈키호테는 들던 중 반가운 소리라고 하자 곧장 여관 문 앞에 탁자가 깔렸다. 주인은 형편없이 끓인 대구탕과 그게 전부인 기름투성이의 검은 빵 한 덩어리를 내놓았다. 그런데 돈키호테가 먹는 방식은 정말로 가관이었다. 투구를 쓴 채 다른 사람들이 도와주지 않으면 혼자서 아무것도 입안에 넣을 수 없었다. 그래서 아가씨들 중 하나가 그에게 먹는 것을 거들어주었다. 하지만 포도주는 그런 식으로 줄 수도 없었기에 여관 주인이 가져와 한쪽 끝을 입에 넣어 흘려주지 않았다면 그는 영원히 목말랐을 것이다. 이처럼 그는 투구의 끈을 자르기 보다는 이 모든 고통을 겪는 쪽을 택했다.

그리고 저녁 식사 무렵 돼지치기가 다시 뿔피리를 울리자 돈키호테는 자신을 환대하는 음악소리로 알고 유명한 성에 있다고 생각했으며, 퀴퀴한 대구탕은 싱싱한 송어로, 검은 빵은 최고급 밀가루 빵으로, 두 아가씨는 귀부인으로, 그리고 여관 주인은 성주로 굳게 믿고 있었다. 이처럼 그는 편력기사로서의 시작은 좋았다고 생각했지만, 아직 기사로 불리지 않았기에 크게 고민했으며, 영광스런 기사작위를 받기 전에는 모험을 제대로 수행할 수 없었다.

3

돈키호테의
우스꽝스러운 기사임명식

형편없는 저녁 식사를 마친 돈키호테는 여관 주인을 부르더니 마구간으로 데려갔다. 그러고는 문을 닫은 채 냅다 그에게 무릎을 꿇으며 이렇게 말했다.

"성주님, 제가 요구하는 것을 허락해주실 때까지는 절대로 이 자리에서 일어나지 않을 것입니다. 그리해주시면 어쩌면 성주님의 명성을 드높여주고, 만백성에게도 무척 이로울 것입니다."

이런 말을 들은 여관 주인은 발밑에 꿇어앉은 손님을 내려다보면서 어찌할 바를 몰랐다. 그가 다음에 무슨 말을 할지, 또 무슨 행동을 할지 몰라 얼른 일으켜 세우려 하자, 그는 자기의 청을 들어주겠다고 약속하기 전에는 절대로 일어날 수 없다고 막

무가내였다. 결국 여관 주인은 그의 청을 들어주겠다고 말하지 않을 수 없었다.

"각하 나리."

돈키호테가 일어나면서 말했다.

"전 결코 훌륭하신 나리께서 기대를 저버리지 않을 줄 알았습니다. 이제 제가 나리에게 드릴 부탁은 다름이 아니라 너그러우신 나리께서 내일 아침에 저를 기사로 임명해주시는 것입니다. 오늘 밤 저는 성안에 있는 예배당에 들어가 제 갑옷을 지킬 것입니다. 그리고 제가 말했듯이, 아침에 그토록 바라던 소망이 이루어지면, 가난하고 궁핍한 사람들을 위해 모험을 찾아 곳곳을 두루 돌아다닐 적절한 방법을 찾을 것입니다. 이것이야말로 기사도의 의무이며 편력기사들이 마땅히 해야 할 일 아닙니까."

익살 끼가 약간 있고, 전부터 손님이 전혀 재치가 없다고 생각했던 여관 주인은 돈키호테가 이런 식으로 말하는 것을 듣고서 정말로 자기 생각이 맞다고 확신했다. 그래서 그를 놀려먹고 농담을 즐기기 위해 그의 비위를 맞춰주기로 했다. 그래서 돈키호테가 원하는 것은 매우 합당하며, 그럴만한 가치가 있는 기사에게는 너무도 자연스럽고 적절한 것이라고 말해주었다. 그리고 성을 새로 쌓으려고 허물었기 때문에 그의 갑옷을 지킬 만한 예배당이 없으나 필요하다면 다른 어느 곳에서라도 좋으니 오늘 밤에는 성 앞마당에서 갑옷을 지켜도 된다고 덧붙였다. 아침이면 거기서 여관 주인인 그가 모든 합당한 의식을 행할 것이며, 그러면 기사라는 별칭을 얻게 될 뿐만 아니라 온 세상에 둘도 없는 기사가 될 거라고 추켜세웠다.

그리하여 여관 주인은 돈키호테에게 여관 한쪽에 있는 큰 마당에서 갑옷을 지키라는 명령을 내렸다. 돈키호테는 무기들을 한꺼번에 모아 우물 근처의 두레박 위에 올려놓았다. 그런 다음 방패를 팔에 고정시키고 창을 쥔 채 아주 점잖게 두레박 근처를 어슬렁거리다 보니 드디어 날이 저물기 시작했다.

그러는 동안 악덕 여관 주인은 다른 손님들에게 돈키호테가 미처 내일 아침에 기사 작위를 받으려고 갑옷을 지키고 있다고 말해주었다. 그들은 모두 돈키호테의 이상한 광기에 매우 의아해하면서 그를 멀리서 보기 위해 밖으로 나가보았다. 그는 때로 차분한 자세로 왔다 갔다 하기도 하고, 창에 기대기도 했으나 절대로 한눈을 팔지 않고 두레박 위에 놓인 갑옷에서 잠시도 눈을 떼지 않았다.

이제 밤이 깊었지만 달이 너무 밝게 비춰주는 바람에 여관 손님들은 기사님이 하는 일거수일투족을 편하게 볼 수 있었다. 그리고 이제 여관에 숙소를 잡은 마부들 중 한 사람이 노새에게 물을 좀 줄 요량으로 두레박 위에 놓여 있던 갑옷을 치우려 했다. 이때 마부가 다가오는 것을 본 돈키호테는 그에게 크게 호통을 쳤다.

"오, 무엄한 기사여, 칼을 차고 있는 가장 용감한 모험가의 갑옷을 감히 건드리려 하다니. 지금 네가 무슨 짓을 하고 있는지 아느냐. 건드리지 마라, 안 그러면 그 대가로 네 목숨을 내놓아야 할 것이다!"

마부는 이런 말들을 전혀 신경쓰지 않았다. 눈치를 챘으면 좋으련만 마부는 그냥 갑옷을 집어 하나씩 마당 한가운데로 내던져버렸다. 이 광경을 본 돈키호테는 하늘을 향해 두 눈을 들어 머릿속에 떠오르는 둘시네아 공주를 생각하며 말했다.

"친애하는 부인이시여, 당신의 신하에게 가해진 이 모욕에서 나를 구해주소서. 그리고 이 첫 번째 모험에서 당신의 호의와 보호가 나에게 헛되지 않도록 해주소서."

이러저러한 말을 몇 마디 더 내뱉으며 그는 방패를 내팽개친 뒤 양손으로 창을 들어 마부의 이마를 향해 내리쳤다. 마부는 그냥 땅바닥으로 고꾸라졌는데, 돈키호테가 한 번 더 내리쳤더라면 어떤 의사가 와도 소용없었을 것이다. 이렇게 해서 다시 갑옷을 수습한 그는 도로 제자리에 갖다 놓고, 처음의 평온한 모습으로 돌아와 언제 그랬냐는 듯 갑옷 주위를 다시 왔다 갔다 하기 시작했다.

그런데 얼마 후 자기 동료가 땅바닥에 누워 있기 때문에 무슨 일이 일어났는지 모르는 다른 마부도 자기의 노새들에게 물을 주려고 두레박 위에 있는 갑옷을 치우려고 했다. 돈키호테는 다시 방패를 내팽개치고, 창을 치켜든 다음 마부의 머리를 내리치자 그만 몇 조각이 나고 말았다.

이 난리가 나자 여관 주인과 손님들은 우르르 밖으로 뛰쳐나왔고, 돈키호테는 방패를 쥐고 한 손에 칼을 얹은 채 큰 소리로 울부짖었다.

"오, 아름다운 부인이시여. 정말이지 지금이야말로 어마어마한 모험에 부닥친 당신의 포로 기사에게 당신의 고귀한 눈길을 주실 때입니다."

이렇게 말한 돈키호테는 이 세상의 모든 마부들이 한꺼번에 달려들어도 꿈쩍하지 않을 만큼 용기백배해 있는 것 같았다. 이때 부상당한 마부들이 너무도 비참한 곤경에 처한 것을 보고 동료들은 멀리서 돈키호테에게 돌멩이를 퍼붓기 시작했다. 그는 방패로 온 힘을 다해 막았고, 자신이 갑옷을 버리거나 하는 듯 보이지 않도록 두레박에서 절대로 물러서지 않았다.

여관 주인은 이미 마부들에게 그가 미쳤다고 말해두었기 때문에 그를 그냥 내버려 두라고 외쳤다. 그러나 돈키호테는 여관 주인보다 더 큰 소리로 그들을 모두 불충한 자와 배신자라고 불렀고, 성주는 그들이 편력기사에게 그토록 무례한 짓을 하도록 놔둔 비열하고 나쁜 기사이며, 자기가 기사 작위를 받으면 반역 죄로 그를 온전히 처벌할 것이라고 큰 소리쳤다. 그러면서 마부들에게 소리쳐 이렇게 말했다.

"이 천박하고 무뢰한 악당들아, 상대도 안 되는 것들아, 더 가까이 와서 내게 돌을 던져 상처를 입혀봐라. 너희들은 무례함의 대가를 톡톡히 치를 것이다."

그가 너무도 우렁차고 대담하게 말한 덕분에 그에게 당한 사람들 모두가 공포에 질리고 말았다. 그의 협박에 주눅이 들기도 하고 여관 주인도 설득을 하자 그들은 더 이상 돌을 던지지 않았다. 그러자 돈키호테도 동료 마부들이 부상자들을 나르는 것을 허락했고, 그는 다시 아주 조용하고 침착하게 다시 불침번을 서기 시작했다.

여관 주인은 돈키호테의 장난을 별로 좋아하지 않았기에 다른 사람들이 다치기 전에 곧바로 조촐한 기사임명식을 거행하기로 마음먹었다. 그래서 돈키호테에게 다가간 그는 자기도 모르는 사이에 돌멩이를 던졌던 천박한 자들의 오만함에 대해 사과하고, 이만하면 그들의 무례함을 충분히 벌해준 것 같다고 말했다. 그리고 기사 작위를 받는 가장 중요한 핵심은 칼등으로 목과 어깨를 두드리는 것이기 때문에 더 이상 갑옷을 지킬 필요도 없

THE KNIGHTING OF
DON QUIXOTE

◆

돈키호테의 기사임명식

으며, 곧바로 그 의식을 치를 준비가 되어있다고 덧붙였다.

이 모든 것들을 철석같이 믿은 돈키호테는 그에게 복종하기를 간절히 원한다고 답하고, 가능한 한 빨리 기사임명식을 끝내 달라고 부탁했다. 기사 작위를 받자마자 다시 공격을 받는다면, 그땐 성주를 위해 아껴야 할 사람들을 빼고 성안에 있는 사람들을 한 명도 살려두지 않을 생각이었기 때문이다.

그 말을 듣고 놀란 여관 주인은 혹시나 협박을 감행하지 않을까 두려워 얼른 식을 거행하기로 했다. 그는 여관을 찾는 마부들에게 팔았던 건초와 짚단의 금액을 적어둔 장부를 가져왔으며, 토막 양초를 든 소년이 돈키호테의 앞을 걸어가고, 그 뒤를 여관에 머물고 있는 두 여인이 뒤따르도록 했다. 여관 주인은 돈키호테에게 다가가 엄숙한 목소리로 무릎을 꿇으라고 명한 다음, 손에 들고 있는 장부를 경건하게 읽는 척했다. 그러고는 손으로 그의 목을 한 대 후려치더니, 그 다음에는 칼등으로 어깨를 두드려 댔다. 언제나 그렇듯이 돈키호테는 마치 자기 책에서 뭔가를 읽듯이 계속 중얼거렸다. 이어서 그는 한 아가씨에게 기사의 칼을 채워주라고 명령했는데, 그녀는 그것을 매우 우아하고 영리하게 해냈다. 이렇듯 황당한 의식을 치르는 동안 사람들은 웃음을 참기 힘들었지만, 이미 돈키호테의 분노를 보았던 터라 미소조차도 그를 성가시게 하지 않도록 조심해야만 했다.

그 아가씨는 돈키호테에게 칼을 채워주면서 말했다.

"당신이 행운의 기사가 되기를, 그리고 당신이 겪을 모든 모험에서 훌륭한 성공을 거두기를 기원합니다."

돈키호테는 자신이 받은 호의를 누구에게 감사해야 하는지 알아야 한다며 그녀의 이름을 물었다. 그녀는 아주 겸손하게 이름은 톨로사(Tolosa)이며, 톨레도(Toledo)의 정육점집 딸이라고 대답했다. 그러자 돈키호테는 앞으로 그녀를 톨로사 부인(Donna Tolosa, Lady Tolosa)으로 부르게 해달라고 부탁했다. 다른 아가씨도 그의 박차를 채워주었으며, 돈키호테가 그녀의 이름을 묻자 몰리네라(Molinera)이며, 앤테케라(Antequera)의 정직한 방앗간 집 딸이라고 대답했다. 돈키호테는 그녀에게도 헌신과 호의를 베풀고자 '몰리네라 부인'으로 부르게 해달라고 사정했다.

이런 기이하고 전무후무한 의식이 끝났고, 돈키호테는 당장 말에 올라타 모험을 찾아 떠나고 싶어 안달이 날 지경이었다. 그래서 곧장 로시난테에게 안장을 얹고 등에 올라탔다. 그러더니 여관 주인을 끌어안고 기사임명식을 거행하면서 그가 베풀어준 호의에 오만가지 거칠고 우스꽝스러운 방식으로 감사를 표했다. 하루빨리 그를 없애버리려는 마음만 간절했던 여관 주인은 돈키호테와 같은 식으로 대답했으며, 음식비나 숙박비를 한 푼도 받지 못한 채 그를 떠나보내야만 했다.

4

여관을 나선 우리의 기사에게
벌어진 일들

　동이 틀 무렵 돈키호테는 여관 문을 나섰다. 기사 작위를 받은 자신을 뿌듯해하며 기쁨에 들뜬 나머지 안장을 맨 끈이 끊어질 지경이었다. 그러나 여관 주인이 해준 몇 가지 충고, 다름 아닌 모험을 떠날 때 노잣돈과 깨끗한 셔츠가 필요하다는 걸 잊지 않았다. 그래서 집으로 돌아가 이런 것들을 챙기기로 했고, 또 자기를 위한 종자(從者, Squire)도 구하기로 했다. 그는 자식이 많고 가난한 이웃 쟁기꾼이 안성맞춤이라며 자신의 종자로 낙점해두었다.

　그리하여 그는 말머리를 고향 마을 쪽으로 돌렸는데, 로시난테는 집으로 돌아가는 길이라는 것을 알고서 너무 신나게 달리는 바람에 발이 땅에 닿지 않는 것 같았다.

멀리 가지 않았을 때 우거진 덤불 속에서 누군가가 심한 고통을 겪는 듯 나약하고 섬세한 사람의 신음소리가 들려왔다. 그 소리를 듣자마자 그는 이렇게 외쳤다.

"제가 해야 할 일을 곧바로 수행할 수 있는 기회를 주시고, 제 욕망의 결실을 맺도록 호의를 베풀어주신 하느님께 참으로 감사드립니다. 이는 저의 보호와 도움이 필요한 사람의 소리가 분명합니다."

그러고 나서 고삐를 돌려 로시난테를 소리 나는 곳으로 몰았는데, 여전히 목소리가 들리는 것 같았다. 덤불 속으로 몇 걸음 들어가자 떡갈나무에 묶여있는 암말이 보였고, 열다섯 살 정도의 소년이 윗도리가 벗겨진 채 묶여있었다. 그토록 가엾게 울었던 장본인은 그 소년이었고, 이유 없이 울은 건 아니었다. 어떤 건장한 농부가 채찍으로 그를 호되게 때리고 있었는데, 때릴 때마다 꾸짖고 충고를 하고 있었다.

"입 다물고 날 똑바로 쳐다봐."

그러자 안드레스(Andres, 영어로는 Andrew)라는 소년이 대답했다.

"다시는 안 그럴게요, 선량한 주인님. 다시는 그러지 않겠습니다. 이제부터 주인님 일을 더 잘하기로 약속할게요."

이 광경을 지켜본 돈키호테는 성난 목소리로 외쳤다.

"무례한 기사여, 자신을 방어할 수 없는 자에게 그렇게 굴다니, 당장 말을 타고 네 창을 집어라. (농부가 마침 암말이 묶여 있는 바로 그 나무에 창을 세워 두었다.) 네가 한 짓이 얼마나 비겁한지 알게 해주마."

그 농부는 무장을 한 채 머리 위로 창을 휘두르는 이 이상한 사람을 보고, 죽었구나 싶어 얼른 공손하고 순종적으로 그에게 대답했다.

"기사님, 내가 때린 이 녀석은 양 떼를 기르는 내 종인데, 너무 게을러 날마다 양 한 마리를 잃어버린답니다. 그래서 녀석의 조심성 없는 버릇 아니면 못된 짓을 고쳐주려 그런 것입니다. 그랬더니 글쎄 내가 품삯을 안 주려고 한다며 탐욕스럽고 구두쇠 같다고 말하는 게 아니겠습니까. 제 양심에 비추어 볼 때 이 녀석이 거짓말을 하고 있는 게 분명합니다."

"뭐라고? 내 앞에서 그런 거짓말을 해. 못된 촌놈같으니라고!"
돈키호테가 외쳤다.

"우리 위에 비치는 태양 아래서 내 창으로 너를 찌르고 그대로 달려갈 것이다. 천박한 촌놈아! 군말 말고 소년에게 품삯을 줘라. 그렇지 않으면 이 자리에서 너를 끝장내고 말 것이다. 소년을 당장 풀어주어라!".

고개를 떨군 농부는 아무런 대꾸도 하지 않고, 돈키호테가 주인에게 받을 품삯이 얼마인지를 물은 불쌍한 안드레스를 풀어주었다. 소년은 품삯이 한 달에 7레알로 9개월 치라고 대답했다. 그것을 계산해본 돈키호테는 63레알이라는 걸 확인하고, 죽을 마음이 없다면 품삯을 당장 지불하라고 농부에게 명령했다.

이 농부는 공포에 질려 그렇게 하겠다고 약속했지만 이렇게 말했다.

"기사님, 안타깝게도 지금은 돈이 없습니다. 안드레스와 저를 집으로 함께 가게 해주면 한 푼도 안 빼먹고 지불할 것입니다."

"그와 함께 간다구요? 그러면 전 작살날 것이다. 안됩니다. 기사님. 전 그럴 생각이 없어요. 기사님이 떠나자마자 그는 산 채로 제 살 껍질을 벗길 겁니다."

"감히 그러지는 못할 것이다. 내 명령만으로도 그가 내 말을 듣도록 할 수 있기 때문이다. 그래서 그가 받은 기사 작위를 걸고 약속을 지킨다는 조건으로 그를 돌려보낼 텐데, 분명히 너에게 품삯을 건넬 것이다."

"선량하신 기사 나리. 잘 들으세요. 이 사람은 내 주인이지 기사도 아니고 기사 작위도 받은 적이 없어요. 그는 킨타나르(Quintanar)에 사는 부자 후앙 알두도(Juan Haldudo, John Haldudo)라구요."

"그건 중요치 않다. 알두도 기사단(Knights of the Haldudos)이 있지 말라는 법이 있더냐."

안드레스를 구하는 돈키호테

이때 주인이 나섰다.

"선량하신 기사님이 말씀 잘 하시네. 우리 안드레스야, 나와
함께 가서 날 기쁘게 해주지 않으렴. 아까도 말했지만, 한 푼도
빠짐없이 품삯을 지불할 것을 이 세상 모든 기사단에게 맹세할
테니 말이다."

그러자 돈키호테가 말했다.

　　"이것으로 난 만족한다. 그리고 그대가 맹세하는 대로 하는지 지켜보겠다. 그렇지 않으면 난 다시 돌아와서 그대를 반드시 찾아내 응징할 것을 맹세한다. 제아무리 도마뱀보다 더 잘 숨는다 해도 꼭 찾아낼 것이다. 그대에게 이렇게 명령하는 자가 누구인지 알고 싶다면, 부정의 폐단과 잘못을 바로잡는 라 만차의 용맹한 돈키호테라고 말해주겠노라."

　　이렇게 말하면서 기사는 자신의 로시난테에게 박차를 가해 순식간에 그에게서 사라졌다. 농부는 눈을 떼지 않고 그를 지켜보았다. 돈키호테가 숲에서 사라져 눈에 띄지 않는 것을 보고 농부는 안드레스에게 돌아와 말했다.

　　"얘야, 불의를 바로잡는 분이 명하셨듯이 너에게 진 빚을 갚을 테니, 이리로 오렴."

　　"세상에나, 주인님은 선량한 기사님의 명을 잘 따를 줄 알았습니다. 기사님 만세! 그분은 매우 용감하고 공정한 판사라서 주인님이 저에게 품삯을 주지 않는다면 다시 돌아와 약속하신 대로 벌을 줄 겁니다."

　　"나도 그렇게 생각한다. 그런데 내가 널 너무 사랑하니까, 너에게 줄 품삯에다가 빚을 좀 더 늘려볼까 한다."

　　그러더니 소년을 붙잡고 다시 떡갈나무에 묶은 다음, 죽도록 두들겨 팼다.

"지금 불의를 척결하신다는 그분을 좀 부르시지, 안드레스님. 그도 이젠 어찌할 수 없다는 걸 네 놈도 알고 있지. 하지만 난 아직 끝나지 않았다고 생각하거든. 아직도 널 산 채로 껍질을 벗겨 공포를 느끼게 하고 싶거든."

그러나 주인은 결국 안드레스를 풀어주고, 자기에게 선고한 형량을 집행할 수 있도록 그 판사를 찾아가라고 했다. 안드레스는 다소 불만스러운 듯이 떠나면서, 라 만차의 용감한 돈키호테를 기필코 찾아내 지금까지 있었던 일들을 낱낱이 일러바칠 것이며, 그러면 농부가 일곱 배로 갚아야 할지도 모른다고 소리쳤다. 그럼에도 불구하고 그는 눈물을 흘리며 떠났고, 그의 주인은 뒤에서 웃고 있었다. 우리의 용맹스런 돈키호테는 바로 이런 식으로 잘못을 바로잡아나갔다.

기사는 자신의 무훈을 매우 흡족히 여기고 고상하게 첫발을 내디딘 것으로 자부했다. 그리고 마을을 향해 말을 타고 가면서 나지막한 목소리로 혼자서 이렇게 읊조렸다.

"어쩌면 이 세상 모든 여자들보다 더 행복할지도 모를 그대여, 오! 온 세상 미녀들보다 더 아름다운 토보소의 둘시네아여. 그대는 지금 이렇게 유명하고 용감한 기사를 그대의 의지 아래 복속시켰으며, 앞으로도 그럴 것이오. 라 만차의 돈키호테는 온 세상이 다 아다시피 어제 기사로 임명되었으나, 오늘 불의와 잔인함이 저지를 수 있는 가장 큰 부조리와 잘못을 해결했다오. 오늘 연약한 소년을 잔인하게 두들겨 팬 무자비한 적의 손아귀에서 채찍을 빼앗았단 말이오."

곧이어 그는 네 갈래 길로 갈라지는 지점에 이르렀다. 교차로를 만났을 때는 편력기사들이 늘 고민한다는 걸 책에서 읽었던 그도 어느 길로 가야 할지 곰곰이 생각에 잠겼다. 그리고 그들을 흉내 내 로시난테의 목에 매인 고삐를 놓아주며, 자신의 첫 번째 의도를 말이 가는 대로 맡겨버렸다. 그러자 말은 자기 마구간으로 가는 길로 방향을 틀었다.

그리고 약 2마일 정도 간 돈키호테는 어떤 무리를 발견했다. 나중에 알았지만, 그들은 말을 타고 무르시아(Murcia)로 비단을 사러 가는 톨레도(Toledo) 상인들이었다. 양산을 쓴 그들은 여섯 명이었는데, 이외에 말을 탄 네 명의 하인과 세 명의 노새몰이도 있었다.

돈키호테는 그들을 보자마자 새로운 모험 거리라고 직감했다. 되도록이면 책에서 읽었던 대로 따라 할 수 있도록 그는 기품있는 태도를 취하며 자신을 확고히 한 다음, 등자(鐙子)를 단단히 조이고 창을 움켜쥔 채 방패로 가슴을 가리며 길 한복판에 서서 자기와 같은 편력기사들을 기다렸다.

그들이 자기 말을 듣고 얼굴을 볼 수 있을 정도로 가까이 다가왔을 때, 돈키호테는 목청을 높였다.

"라 만차의 황후보다, 비할 데 없는 토보소의 둘시네아보다, 더 아름다운 여인은 이 세상에 없다는 것을 모두가 고백하지 않는다면, 멈추고 더이상 움직이지 마라."

이 말을 듣고 멈춰선 상인들은 그의 기막히고 우스꽝스러운 모양을 보고 단번에 미친 사람이라고 여겼다. 상인들은 그가 자기들에게 왜 그런 고백을 강요했는지 궁금했다. 이때 상인들 중에서 약간 수완이 있어 보이고 재치있는 한 사람이 돈키호테에게 물었다.

"기사님, 우리는 당신이 말하는 아리따운 숙녀가 누구인지 알지 못하오. 그러니 그분을 우리에게 보여주시오. 그리고 기사님이 말한 것처럼 그분이 아름답다면, 우리는 군말 없이 성의껏 요구하신 대로 진실을 고백할 것입니다."

"그녀를 그대에게 보여준다면, 본 사람들 모두에게는 이미 분명한 사실을 고백하는 게 무슨 의미가 있을까? 중요한 것은 그녀를 보지 않고도 그 말을 믿어야 한다는 것이다. 그걸 그대가 거절한다면 난 그대들 모두와 결투를 벌이겠다. 자, 어서! 기사도에 따라 한 명씩도 좋고, 너희 족속들의 관습과 못된 버릇대로 한꺼번에 덤벼도 좋다. 난 내 방식대로 여기서 그대를 상대해주마."

"기사님, 여기 계신 모든 왕자님들의 이름으로 부탁합니다. 우리가 듣도 보도 못한 것을 고백하여 양심의 가책을 받지 않도록, 눈곱만 한 크기라도 귀부인의 초상화를 우리에게 보여주면 안될까요. 우린 이미 당신 편이라고 믿기에, 비록 초상화 속의 그녀가 애꾸눈이거나 곱사등이라 해도 우리는 모두 당신이 그녀를 위한다고 믿습니다."

"이 나쁜 놈 같으니라고."

돈키호테가 몹시 화를 내며 대답했다.

"그녀는 애꾸눈도 아니고 곱사등이도 아니다. 과다마라 (Guadamara)의 소나무로 만든 굴대보다 더 곧으시다. 나의 숙녀처럼 엄청난 미인에게 퍼부은 불경스런 말들에 대해 넌 반드시 대가를 치를 것이다."

그렇게 말하며, 돈키호테는 분노와 노여움에 가득 차 그 말을 한 자에게 창을 겨누며 박차를 가했다. 로시난테가 돌진하다 발을 헛디디지 않았더라면, 경솔한 상인은 봉변을 당할 뻔했다.

하지만, 맙소사! 로시난테가 쓰러지자 돈키호테는 밭을 가로질러 한참을 굴렀고, 일어나려 애썼으나 거추장스런 창, 방패, 박차, 투구, 그리고 낡은 갑옷의 무게 때문에 헛수고였다. 그는 일어나려고 발버둥 치면서 소리쳤다.

"도망가지 마, 이 비겁한 놈들아! 기다려, 이 겁쟁이들아! 내 잘못이 아니라 말 때문에 이렇게 누워있단 말이다!"

　일행 중 노새몰이들 가운데 한 명은 고꾸라져 있는 불쌍한 기사의 이런 절규를 듣고, 그의 옆구리에 대고 대답하지 않으면 견딜 수 없었던 모양이다. 돈키호테에게 다가선 그는 창을 움켜쥐고 산산조각 내더니, 그중 한 조각으로 그를 두들겨 패기 시작했다. 갑옷을 입은 우리의 돈키호테를 마치 방앗간에서 밀가루 빻듯이 패댔다. 그러자 주인들은 그만 신사를 놓아주라고 했지만, 노새몰이꾼은 화가 가라앉지 않아 매질을 멈추지 않았다. 그리고 부서진 다른 창 조각들을 주어 널부러진 불쌍한 기사의 몸통 위에 내동댕이쳤다. 그는 절대로 입을 다물지 않고 마치 산적이나 살인마들처럼 그들을 향해 울부짖었다. 그는 이렇게 그들을 상대했다.

　마침내 노새몰이는 지쳐버렸고, 상인들은 그 가엾은 기사를 이야깃거리 삼아 가던 길을 재촉했다. 돈키호테는 홀로 남겨져 몸을 일으켜 세우려 애썼다. 죽도록 두들겨 맞아 파김치가 되었는데 어떻게 하겠는가? 하지만 그는 여전히 자신을 행운아로 여겼다. 그는 이 불명예가 편력기사에게 종종 일어나야 하는 일들 중 하나라고 스스로를 위로했기 때문이다. 그리고 머리부터 발끝까지 멍이 든 탓에 일어설 수도 없었는데, 이 모든 일들을 로시난테의 부주의 탓으로 돌려버렸다.

5
—

돈키호테는 어떻게 집으로 돌아왔으며,
서재에서 무슨 일이 일어났는가.
그리고 어떻게 두 번째 모험을 찾아
보무도 당당히 나섰는가?

꼼짝도 할 수 없다는 걸 깨달은 기사는 자기가 즐겨 읽던 책
의 구절들을 떠올려 되풀이함으로써 바닥에 누워있는 동안 스
스로 흐뭇해했다. 그는 고귀한 기사가 자기와 비슷한 모험을 겪
는 『만투아 후작 이야기(the ballad of the Marquis of Mantua)』를 읊고
있었는데, 이때 이웃에 사는 일꾼이 밀 한 가마니를 싣고 방앗간
으로 가다가 우연히 그를 발견했다.

땅바닥에 늘어져 있는 한 남자를 본 그는 돈키호테에게 다가
와 누군지 어떤 불상사가 일어났는지를 물었다. 돈키호테는 그
가 다름 아닌 만투아 후작이라고 믿었고, 그의 치욕을 해주는
발라드를 계속했다.

◆

『만투아 후작 이야기』. 이 이야기에서 샤를마
뉴 대제의 12용사들 중 한 명인 발도비노스
(Valdovinos)는 샤를마뉴 대제의 아들 카를로토
(Carloto)가 자기 아내 세비야(Sevilla)를 노리자
그와 숲속에서 결투를 벌이다 중상을 입는데, 이
때 숙부인 만투아 후작에게 발견된다.

　일꾼은 이 황당한 짓거리에 놀란 나머지, 구타로 온통 산산조
각이 난 기사의 투구를 벗겨 먼지투성이가 된 얼굴을 닦아주었
다. 그러자 그를 알아보고 울먹였다.

　"키하다 나리(이는 편력기사가 되기 전에 부르던 이름이다) 도대체 누가 나
리를 이 지경에 빠뜨렸습니까?"

　그러나 기사는 이야기만 계속 읊을 뿐 아무런 대답도 하지 않
았다. 이를 본 착한 일꾼은 상처가 있는지 성심껏 가슴판과 등받
이를 벗겼으나 피가 난 흔적을 찾지 못했다. 그를 일으키려고 하
자 온갖 법석을 떨었다. 그러고 나서 그를 당나귀에 태웠는데, 기
사의 말보다 더 안전하게 보였다. 그는 무기들과 부러진 창 조각
들을 주워 모아 로시난테의 등에 동여맨 다음 고삐를 잡고, 여기
에 당나귀까지 끌어야 했다. 이렇게 그들은 마을을 향해 발길을

돌렸고, 돈키호테는 터무니없는 이야기들을 계속 중얼거렸다.

이렇게 해서 그들은 마침내 해질 무렵에 마을에 도착했지만 일꾼은 어느 정도 해가 질 때까지 기다렸다. 그래서 사람들은 그렇게 간단히 기사가 돌아오는 것을 보지 못했다.

마을로 들어가 돈키호테의 집에 도착했을 때, 그는 집안이 온통 소란스럽다는 것을 알았다. 신부님과 이발사―돈키호테의 절친들―가 거기 있었고, 그의 가정부는 그들을 향해 목청껏 울부짖고 있었다.

"도대체 우리 주인님에게 무슨 일이 생긴 걸까요? 이틀 동안 그와 말이 안 보이고, 방패도 창도 갑옷도 없으니 말이에요. 오, 이럴 수가! 저는 주인님이 편력기사가 되어 온 세상으로 모험을 찾아 나설 것이라는 말을 자주 들어 왔어요. 이 망할 놈의 기사도 책들이 주인님의 머리를 돌게 한 것이 분명해요."

그곳에 함께 있던 돈키호테의 조카딸이 이발사 니콜라스 (Nicolas) 아저씨에게 말했다.

"사실 전 사랑하는 삼촌이 꼬박 이틀동안 이 쓸모없는 '재앙'의 책을 계속 읽는 것을 알고 있었어요. 결국엔 책을 집어 던지더니 칼을 들고 벽을 향해 찌르곤 하더라고요. 그리고 지칠 때쯤이면 탑만큼이나 큰 거인 네 명을 죽였다고 말하곤 했어요. 진작 말했어야 하는데, 이 모든 게 제 잘못이에요. 제가 모든 분란을 일으킨 그 몹쓸 책들을 불태웠어야 하는데 말입니다."

"나도 그렇게 생각한다."

신부님이 말했다.

"그리고 내일이면 책들을 화형시켜, 더이상 해를 끼치지 않도록 할 것이오."

이때쯤 일꾼과 돈키호테가 집으로 돌아왔고, 그들이 도착했다는 말을 들은 집안사람들 모두가 그를 껴안으려 달려갔다. 아직 당나귀에서 내릴 수 없는 돈키호테는 이렇게 말했다.

◆

스페인 구전소설을 1508년 몬탈보(Garci Rodr guez de Montalvo)가 정리한 기사소설 『아마디스 데 가울라(Amadis de Gaula)』. 마법사 아르칼라우스(the wizard Arcal us)의 부인인 우르간다는 상처입은 사람들을 치료해주는 역할을 한다.(왼쪽은 초판, 오른쪽은 1533년판)

"멈추시오, 아직 손대지 마시오. 내 말이 실수하는 바람에 중상을 입었단 말이오. 날 침실로 데려가, 되도록이면 현자 우르간다(Urganda)를 불러와 내 상처를 살펴고 치료할 수 있게 해주시오."

"자아, 주인님."

그의 가정부가 호들갑을 떨면서 말했다.

"어서 안으로 드세요. 그 우르간다인지 뭔지가 안 와도 우리가 잘 치료할 수 있어요. 저주받을 지어라. 다시 한번 말하노니. 백 번 저주받을 지어라. 주인 나리를 그런 길로 꼬드긴 저 기사도 책들이여!"

이렇게 해서 그들은 돈키호테를 침실로 데려가 상처를 찾아보았으나 아무 데도 나지 않았다. 하지만 그는 세상에서 가장 거대하고 대담한 열 명의 거인과 싸우다 아쉽게도 로시난테에서 낙마하면서 온통 멍이 들었다고 말했다.

"오, 그래!"

신부님이 말했다.

"거기에 거인이 있단 말이지? 맹세코 내일 밤까지 그 책들을 모조리 화형 시키겠어."

다음날, 기사님이 잠든 사이에 신부는 조카딸에게 서재의 열쇠를 부탁하자, 그녀는 흔쾌히 그에게 건네주었다. 가정부까지 그들과 함께 들어가 보니 서재에는 작은 책들 말고도 백 권이 넘는 아주 큰 책들이 잘 정돈되어 있었다.

신부님은 이발사에게 서재에 꽂혀 있는 책들을 하나씩 꺼내 달라고 부탁했다. 그는 태우지 않아도 될 책들을 골라야 하기 때문이었다.

"안 돼요!"

조카딸이 외쳤다.

"그들 모두가 범법자란 말이에요, 그들 중 누구도 용서해서는 안 돼요. 그것들을 모두 창문 밖으로 던져 마당에 쌓아 놓은 다음 불살라버리죠. 아니면 연기가 나도 괜찮은 곳에서 모닥불을 피우든지요."

그러자 가정부는 큰 책들을 몇 개 골라 창문 밖으로 내던졌다. 그러나 신부님은 책장에서 몇 권을 내려놓더니 주의깊게 검토하기 시작했고, 여자들은 책들을 화형시키라고 외쳤다.

이렇게 그들이 분주하게 움직이는 사이에 돈키호테는 큰 소리로 울부짖기 시작했다.

"이쪽으로, 이쪽으로, 용맹스런 기사들이여! 마상(馬上) 시합의 승리를 위해 그대들의 억센 팔뚝이 힘 자랑을 할 때가 왔도다."

이 떠들썩한 소리에 사람들은 책을 버리고 돈키호테에게 달

THE DESTRUCTION
OF DON QUIXOTE'S
LIBRARY ✦✦✦

화형당하기 위해 서재 밖으로 버려지는 돈키호테의 기사 이야기 책들려갔는데, 그는 침대에서 일어나 고래고래 소리를 지르고 있었고, 방 여기저기를 칼로 도려내면서, 마치 한숨도 자지 않은 사람처럼 벌떡 깨어 있었다. 사람들은 그를 품에 안아 억지로 침대에 뉘었다. 사람들은 그 자리에서 좀 쉬라고 어렵사리 설득하자 그는 아침을 먹은 후 다시 잠에 빠져들었다.

그 날 밤, 가정부가 마당에 불을 지피고 책들을 모조리 불태웠는데, 어떤 책들은 아무런 해도 없었지만 그냥 불길 속으로 들어갔다. 그래서 옛 속담인

"때로는 성인이 죄인 대신에 벌을 받는다."는 말이 생겨났다.

이제 신부와 이발사가 친구의 병을 고치기 위해 내놓은 처방들 중 하나는 벽을 쌓아 그의 서재를 아예 막아버리는 것이었다. 그래야만 그가 일어났을 때 책을 찾지 못할 것이고, 사람들은 마법사가 책들을 가져갔다고 말할 수 있기 때문이었다.

이 모든 일들이 일사분란하게 끝났고, 이틀 후 돈키호테는 침대에서 일어나자마자 맨 먼저 자기 책들을 찾았다. 그러나 책들이 있는 서재를 찾지 못한 채 집안 구석구석을 찾아다녔다. 때로는 문이 있던 곳으로 와서 손으로 더듬더니 아무 말 없이 사방을 둘러보았다.

결국 그는 가정부에게 서재가 어디에 있는지 물었다. 그녀는 어떻게 대답해야 할지 교육받은 대로 태연스럽게 대답했다.

"서재요? 아, 마법사가 다 가지고 갔기 때문에 집에는 서재도 책도 없는걸요."

"그래요, 사랑하는 삼촌."

조카딸이 말했다.

"삼촌이 안 계신 동안 마법사가 구름 속에서 나타나 뱀에서 내리더니 곧장 서재로 들어갔는데, 그가 거기서 뭘 했는지 전 몰라요. 그런데 얼마 후 마법사가 지붕 위로 빠져 나오자 사방이 연기로 가득 찼고, 그가 저지른 일을 보러 갔을 때는 서재도 책들도 보이지 않았어요."

"이것은 학식이 뛰어난 마법사 프레스톤(Freston)의 소행임이 분명해."

돈키호테는 진지하게 대답했다.

"그는 나에게 원한을 품고 있는 철천지원수이니라. 예술과 학문을 통해 자기가 좋아하는 기사와 내가 한판 붙어야 할 때라는 것을 알고 있기 때문이지. 그러나 난 그 자에게 하늘을 거슬러봤자 소용없는 일이라고 말해두마."

"누군들 그러지 않겠어요, 삼촌?"

조카딸이 말했다.

"그런데 왜 삼촌을 이런 싸움에 끌어들인 거예요? '양털 깎으러 갔다가 자기 머리털만 깎이고 온다'는 속담을 기억하시고 그냥 집에 있는 게 나을 것 같은데."

"애야."

돈키호테가 말했다.

"네가 뭔가 잘못 생각하는 것 같구나! 내가 머리털을 깎이기 전에, 내 털끝 하나라도 건드릴 생각을 하는 놈들은 모조리 수염을 뽑아놓고 말 것이다."

이 말에 여자들은 그의 화를 북돋을까 봐 아무런 대답도 하지 않았다.

이런 일이 있은 지 보름 동안 그는 어리석은 짓을 되풀이할 기색도 보이지 않고 조용히 집에 있었다. 그동안 그는 친구인 신부와 이발사를 불러놓고 자기가 좋아하는 편력기사들에 대해 열띤 논쟁을 벌였다. 그리고 이웃에 사는 정직하지만 약간 재치가 있는 일꾼을 그와 함께 떠날 종자로 삼으려고 꼬드기고 있었다. 온갖 사탕발림과 숱한 약속에 덜컥 넘어간 그 가엾은 일꾼은 마침내 그와 함께 떠나기로 했다. 특히 자기와 함께 떠나면 모험을 할 수 있고, 언젠가는 졸지에 섬을 얻을 것인데, 그때 그를 영주로 삼을 것이라고 허풍을 떨었기 때문이었다. 산초 판사(Sancho Panza)라 불리는 이 일꾼은 이런저런 약속을 믿고 아내와 아이들을 버려둔 채 이웃의 종자 노릇을 하기로 작정했다.

돈키호테는 스스로 돈을 마련하기 시작했다. 어떤 물건을 팔고, 어떤 물건은 저당잡히는 등 모조리 싸게 처분하여 드디어 어느 정도 돈을 모으게 되었다. 부러진 투구를 정성껏 고친 그는 산초 판사에게 출발할 날짜와 시간을 알려주었다. 그는 또 산초에게 자루를 가져오라고 하자, 그렇게 하마고 한 다음 자기가 걷는 데 익숙지 않아 대플(Dapple; 원래 '얼룩배기'라는 뜻-역주)이라는 아주 훌륭한 당나귀를 데리고 가겠다는 뜻도 밝혔다.

돈키호테는 당나귀에 대해서 약간 망설였다. 어떤 편력기사가 당나귀를 탄 종자를 데리고 다녔다는 것을 읽어 본 적이 있었는지 도무지 기억이 나질 않았다. 그렇지만 돈키호테는 종자가 당나귀를 데려가는 걸 승낙했다. 맨 처음 만날 무례한 기사에게서 말을 빼앗아 종자에게 주어 더욱 위엄있어 보이게 할 요량이었기 때문이다.

이 모든 준비가 끝나자, 산초 판사는 아내와 자식들에게 작별을 고하지도 않고, 돈키호테 역시 가정부와 조카딸에게 인사조차 없이 어느 날 밤 아무도 모르게 마을을 빠져나왔다. 그들은 밤새도록 얼마나 멀리 왔는지 새벽녘에는 누가 쫓아오더라도 찾아내지 못할 거라고 안심했다. 그리고 산초 판사는 주인 나리가 약속한 섬의 영주로 보이기를 갈망한 나머지 자루와 물주머니를 매단 당나귀 위에 마치 족장처럼 올라타고 있었다.

6

무시무시하고 상상을 초월한 풍차의 모험,
그리고 용감무쌍한 비스카야인과
돈키호테가 벌인 굉장한 결투

산초 판사는 주인 나리에게 이렇게 말했다.

"기사님, 당신이 약속한 섬을 부디 잊지 마십시요. 그 섬이 제
아무리 크더라도 전 다스릴 자신이 있으니까요."

돈키호테가 대답했다.

"산초여, 예로부터 편력기사들은 대개 종자들을, 정복한 섬과
왕국의 영주로 임명한 관례가 있다는 걸 알아두거라. 나도 그렇
게 좋은 관례를 지키기로 했다. 너와 내가 살아있다면 엿새 안에
왕국을 정복하여 너를 그곳의 왕으로도 추대할 수 있을 것이다."

"그렇다면."

산초 판사가 말했다.

"제가 왕이면, 내 아내 후아나(Juana, Joan, 영어 이름은 '조앤')는 여왕이 되고 내 자식들은 왕자가 되는 건가요?"

"아무렴, 그렇고말고."

돈키호테가 말했다.

그러자 산초 판사가 대답했다.

"그렇지만 말입니다. 비록 왕국들이 땅 위에 비처럼 떨어진다 해도 그 중 어느 것도 집사람 머리 위에는 내리지 않을 거라는 생각이 들어서요. 집사람은 여왕 감이 안 됩니다. 잘해야 백작 부인으로 간신히 남아있을지는 모르지만, 그것조차도 전 의심스럽습니다."

서로 그런 이야기를 나누고 있을 때, 저 멀리 들판에 풍차 3~40개 정도가 서 있는 게 보였다. 돈키호테는 그것들을 보자마자 종자에게 말했다.

"운명은 우리가 기대했던 것보다 훨씬 더 좋은 길로 인도하고 있구나. 산초야, 보거라. 저기에 나타난 3~40명의 거인들과 맞붙어 그들의 목숨을 모조리 앗아버리겠노라. 저놈들의 전리품으로 우리는 부자가 될 것이다. 이것은 정의의 전쟁이다. 이 악한 자들을 이 땅에서 몰아내는 것이야말로 크나큰 공헌이 아니겠느냐."

"거인이라니요?"

산초가 놀라서 물었다.

"저쪽에 팔이 긴 녀석들 말이야." 하고 주인 나리가 대답했다.

"조심하세요, 주인님."

산초는 외쳤다.

"그것은 거인이 아니라 풍차인데요, 팔처럼 보이는 것들은 날개이고, 바람에 빙빙 돌면서 맷돌을 움직이는 겁니다."

"분명히 거인이다."

돈키호테가 대답했다.

"넌 아직 모험이라는 것을 잘 몰라서 하는 말인데, 그들은 거인이야. 두렵거든 집으로 돌아가거라. 내가 녀석들과 불평등하지만 치열한 싸움을 벌일 테니까."

이렇게 말하면서 그는 산초 판사가 거인이 아니라 풍차라는 경고도 무시한 채 로시난테에게 박차를 가했다. 그는 산초의 외침도 들리지 않았고, 그의 말에 대꾸도 하지 않았다. 다만 풍차들에게 큰 소리로 외칠 뿐이었다.

"날지 마라, 이 겁쟁이들아, 이 비열한 짐승들아. 너희들을 공격하는 것은 단 한 명의 기사뿐이다!"

그때 마침 약간의 바람이 불기 시작하고 거대한 날개가 움직이기 시작했다. 그러자 돈키호테가 다시 큰 소리로 외쳤다.

DON QUIXOTE
AND THE WINDMILLS

◆

돈키호테와 풍차들

"거인 브리아레오스(Briareus; 그리스 신화에서 팔이 100개, 머리가 50개 달린 괴물-역주)보다 더 많은 팔들을 휘두르더라도, 너의 무례함에 대해 대가를 치르도록 하겠다!"

이렇게 말한 그는 둘시네아 부인에게 가장 경건한 마음으로 자신을 맡기고 이 곤경에 처한 자기를 도와달라고 빌었다. 그는 둥근 방패로 몸을 가린 다음 창받이에 창을 거치하자마자 전속력으로 로시난테를 몰아 자기 앞에 있는 첫 번째 풍차를 공격했다. 풍차의 날개에 창을 찔렀으나 아주 강한 바람이 날개를 돌리면서 그의 무기는 산산조각이 났고, 그와 로시난테도 날개에 휩쓸려 들어가 마침내 기사는 보기좋게 붕 떴다가 땅바닥에 내동댕이쳐지고 말았다.

산초 판사는 그를 도우러 황급히 당나귀를 몰았고, 그가 달려왔을 때는 이미 충격을 입고 로시난테에게서 떨어져 옴짝달싹할 수 없었다.

"맙소사. 제발 잘 좀 살펴보시라고 제가 말하지 않았습니까? 저것들이 풍차가 아니면 도대체 뭐란 말입니까? 머리가 이상한 사람이 아닌 바에야 어떻게 모를 수 있단 말입니까?"

"입 다물어라, 산초여. 전쟁터에서는 일들이 변화무쌍하기 마련인데, 이는 내 서재와 책들을 강탈한 바로 그 현자 프레스톤의 소행이 분명한 것같다. 그는 이 거인들을 풍차로 둔갑시켜 내게서 승리의 영광을 빼앗으려 하는 게다. 그러나 결국 그의 사악한 술책은 정의로운 내 칼 앞에서 아무 소용이 없을 것이다.”

“그러길 바라죠.”

산초는 그를 부축하여 일으켜 세운 다음 가엾은 말 로시난테의 등에 다시 올려 태웠다. 이 녀석도 넘어지는 바람에 크게 타박상을 입은 터였다.

다음날 그들은 낭만적인 장소인 푸에르토 라피세(Puerto Lapice, the Pass of Lapice; '라피세 산길'이라는 뜻으로, 톨레도에서 코르도바를 향하는 길목의 작은 마을-역주)를 향해 길을 떠났는데, 오후 세 시경에 도착했다.

“여기서.”

돈키호테가 종자 산초에게 말했다.

“우리는 모험이라고 불리는 것에 푹 빠질 수도 있을 것 같구나. 그러나 이걸 조심하거라. 내가 세상에서 가장 큰 위험에 처하더라도, 악당이나 나쁜 놈들이 날 공격하는 게 아니라면 날 구한답시고 칼을 손에 쥐어서는 안 된다. 더구나 그들이 혹시 기사들이라면 넌 기사 작위가 없어 나를 도울 수 없을 것이다.”

“그러고말고요, 나리. 여기선 나리에게 절대로 복종할 겁니다. 전 본래 조용하고 평화를 사랑하는 사람입니다. 남의 싸움에 끼어들기를 몹시 싫어하지요.”

그들이 이렇게 대화를 나누는 동안, 성 베네딕트 교단 소속 성직자 두 명이 낙타만큼 큰 노새를 타고 길 저편에서 오는 것이 보였다. 그들은 눈에 먼지가 들어가지 않도록 여행용 마스크를 쓰고 커다란 양산을 들고 있었다. 그들의 뒤를 따라 네다섯 마리의 말이 끄는 마차가 따라오고, 두 명의 노새 몰이가 노새를 낑낑대며 끌고 왔다. 마차 안에는 세비야로 가는 비스카야 출신 부인(a Biscayan Lady; 스페인 북부 바스크 지방 사람, 프랑스어로는 비스캐-역주)이 타고 있었다. 모두가 같은 방향으로 가고 있었으나, 수도승들은 그녀의 일행이 아니었다.

돈키호테는 그들을 보자마자 종자에게 외쳤다.

"내가 잘못 본 게 아니라면, 이번이야말로 지금까지 본 것들 중 가장 대단한 모험이 되겠구나. 저 시커먼 모습은 분명 마차에 타고 있는 어떤 공주님을 납치하려는 마법사들이 분명해. 그러니 난 이 악당들을 혼신을 다해 물리쳐야 한다."

"이건 풍차의 모험보다 더 끔찍할 것 같은데. 주인님, 그들은 베네딕트 교단 수도사들이고, 그 마차는 여행자들이 타고 있을 걸요. 잘 좀 살펴보시라구요."

"아까도 말했지만, 산초야. 넌 모험이란 걸 몰라서 하는 말이다. 내가 말한 게 맞다는 걸 곧 알게 될 거다."

그렇게 말하고는 돈키호테는 말에 박차를 가해 수도사들이

오는 길목 한가운데 멈춰 섰다. 그들이 자기 말을 들을 수 있을 만큼 가까워지자 돈키호테는 큰 소리로 외쳤다.

"사악하고 끔찍한 무리들아! 당장 항복하고 마차에 있는 공주님을 풀어주거라. 그렇지 않으면 너희가 저지른 만행에 대한 대가로 즉사할 각오를 하거라."

기이한 모습의 돈키호테가 하는 말에 놀란 수도승들은 고삐를 당겨 멈춰 섰다. 그들 중 하나가 이렇게 대답했다.

"기사님, 우리는 괴물도 아니고 사악하지도 않은 베네딕트 수도사로, 일 때문에 갈 길을 가고 있을 뿐입니다. 더구나 우리는 이 마차나 공주님에 대해서 전혀 알지 못합니다."

"그런 말은 내게 소용없어. 너희가 극악무도한 악당들이라는 걸 난 잘 알고 있으니까."

그들의 대답을 더 이상 들을 필요도 없이 돈키호테는 로시난테에 박차를 가했다. 분노에 찬 그는 허벅지에 창을 올려놓고 첫 번째 수도사에게 돌진했다. 그 수도사가 노새에서 뛰어내리지 않았더라면 거의 살해당하거나 적어도 중상을 입었을 것이다.

또 다른 수도사는 동료가 당하는 모습을 보고 두말없이 바람보다 더 빠르게 들판을 가로질러 도망쳤다.

산초 판사는 수도사가 쓰러지자마자 재빨리 당나귀에서 내려와 그의 옷을 벗기기 시작했다. 그러자 그 수도사를 따르는 두 사람이 다가오더니 주인의 옷을 벗기는 이유를 물었다. 산초는 그 옷이 주인이자 사부인 돈키호테가 전투에서 얻은 합법적인 전리품인 만큼 그것은 무인들의 예의에 따른 당연한 조치라고 대답했다.

싸움이니 전리품이니 하는 것들을 전혀 모르는 노새몰이들은 돈키호테가 마침 저쪽 마차에 있는 사람들과 이야기하고 있는 것을 보고, 한꺼번에 산초에게 덤벼들어 내동댕이쳤다. 그리고는 턱 수염을 하나씩 뽑고 사정없이 걷어찬 다음 의식을 잃고 숨도 못 쉬는 산초를 땅바닥에 그냥 버려두었다.

부르르 떨며 공포에 질려있던 수도사는 다시 노새에 올랐다. 이제야 얼굴에 화색이 돈 그는 노새에게 박차를 가해 멀리서 조마조마 기다리고 있던 동료와 합류했다.

이런 일이 일어나는 동안, 돈키호테는 마차에 타고 있는 부인과 이야기를 나누고 있었다. 그는

"부인이시여, 이제 가장 편한 자세로 계셔도 됩니다. 이 억센 팔로 거만한 강도들을 먼지 구덩이 속에 파묻어버렸으니까요. 그리고 당신을 구해준 자의 이름을 알려고 애쓰지 마시오. 제가 편력기사이자 모험가요, 토보소의 비할 데 없는 귀부인 둘시네아의 포로로 불리는 라 만차의 돈키호테라는 걸 친히 알려드릴 테니까요. 그리고 제게 받은 은혜에 대해 보답하시려거든, 토보

소로 돌아가 제가 당신의 자유를 되찾아주었다고 그분에게 말해주는 것 말고는 아무것도 없습니다."

이때 마차를 모는 비스카야 출신 종자가 돈키호테가 하는 이 말들을 다 들었다. 그는 마차가 토보소를 지나는 게 아니라 그곳으로 돌아가야 한다는 말을 듣고 돈키호테에게 다가가 그의 창을 붙잡고 말했다.

"썩 꺼지시오, 기사 양반. 마차에서 떨어지지 않으면 정말이지 이 비스카야인에게 죽을 줄 아시오."

그러자 돈키호테가 오만하게 대답했다.

"네가 기사는 아니겠지만, 설령 기사라고 해도 너의 어리석음과 오만함을 응징해야겠다. 이 못된 놈 같으니라고."

"내가 기사가 아니라고?"

격분한 비스카야인이 외쳤다.

"네 창을 내려놓고 칼을 뽑거라. 그러면 넌 즉시 거짓말쟁이라는 게 들통날 것이다."

"당장 그러마."

돈키호테는 그렇게 대답한 뒤 곧바로 칼을 빼들고 둥근 방패를 움켜쥔 채 비스카야인에게 달려들었다.

그가 이런 식으로 덤벼들자, 비스카야인은 칼을 빼는 것 외에 달리 방도가 없었다. 운 좋게도 그는 마차 근처에 있었기에 얼른 방석을 꺼내 방패 대신 사용했다. 마침내 그들은 마치 불구대천의 원수처럼 서로가 뒤엉켜 쓰러지고 말았다. 그 자리에 있던 사람들이 그들을 말리려고 애썼지만, 비스카야인은 싸움을 끝내는 데 훼방을 놓는다면 귀부인이든 누구든 모두 칼로 베어버리겠다고 소리쳤다. 그러자 부인은 놀라서 겁에 질린 채 마부에게 마차를 좀 멀리 세우게 하고선 피 튀기는 싸움을 앉아서 지켜보기로 했다.

우선 비스카야인은 돈키호테의 방패 위로 세게 일격을 가했는데, 갑옷을 안 입었다면 아마도 허리가 부러졌을 것이다. 투구가 깨지고 귀까지 상처를 입은 돈키호테는 이 엄청난 타격의 무게를 느끼며 큰 소리로 외쳤다.

"오, 둘시네아. 내 영혼의 여인이여, 모든 아름다움의 꽃이여, 이 엄청난 곤경에 처한 당신의 기사를 도와주오!"

이렇게 말을 마치자마자 그는 칼을 들고 방패로 몸을 가리면서 비스카야인을 향해 돌진했다. 그야말로 순식간에 벌어진 일이었다. 분노에 가득 찬 그는 등좌를 딛고 서서 두 손으로 칼을 더욱 단단히 움켜쥔 채 달려가 비스카야인의 방석에 끔찍한 일격을 가하자, 엄청난 가격(加擊)으로 인해 이 방패가 그만 머리를 찢고 말았다. 마치 비스카야인에게 산이 덮쳐 그를 짓누르고, 코와 입과 귀에서 피가 뿜어져 나온 것 같았다. 노새의 목을 꼭 껴안지 않았더라면 그는 곧장 나가떨어졌을 것이다. 하지만 그는 등좌를 잃고 무기를 놓쳐버렸으며, 그 일격에 놀란 노새는 들판을 가로질러 질주해버렸다. 두세 번 부딪힌 후 노새는 그를 땅바닥에 내동댕이쳐버렸다.

돈키호테는 말에서 뛰어내려 그를 향해 달려갔다. 칼끝을 눈 사이에 맞추고서 항복하라고 외치며 머리를 내리치려고 했다. 이때 마차에 타고 있던 부인은 크게 슬퍼하며 종자들을 살려달라고 기도를 올렸다.

돈키호테는 아주 위풍당당하게 대답했다.

"참으로, 아름다운 부인이시여. 당신의 부탁을 들어주겠지만, 한 가지 조건이 있소. 이 종자가 토보소로 가서 비할 데 없는 둘시네아 부인에게 내 이름을 대고, 그녀의 뜻대로 처분을 기다리는 것이오."

돈키호테가 요구하는 것이 무엇인지, 둘시네아가 누구인지 묻지도 않은 채 몹시 괴로워하던 부인은 이 명령을 반드시 지키겠다고 약속했다.

"그럼 그 약속을 믿고 난 더 이상 그를 손대지 않을 것이오."

결투가 끝난 후, 주인님이 다시 로시난테에 오르려고 하자 산초가 얼른 달려가 등좌를 잡아주면서 주인님의 손에 입을 맞추며 말했다.

"나의 훌륭하신 주인이신 돈키호테여, 이 처절한 전투에서 승리를 거둬 쟁취하신 섬의 영주 자리를 부디 저에게 넘겨주길 바랍니다."

그러자 돈키호테가 답했다.

"형제여, 이 모험들은 섬에서 일어난 것이 아니라 길을 가면서 일어난 것들이다. 거기에선 그냥 머리가 깨지거나 귀가 잘려 나가는 것 외에는 아무것도 없는 법이다. 조금만 참아라, 그러면 너를 영주 정도가 아니라 더 높은 곳에 앉을 수 있게 해주는 모험을 만날 것이다."

산초는 그에게 진심으로 감사를 표하고, 그의 손과 갑옷 자락에 다시 입을 맞추었다. 그러고는 그가 로시난테에 오르는 것을 도와주고, 자기도 얼른 당나귀에 올라타 그의 뒤를 따라나섰다.

돈키호테는 마차에 탄 사람들에게 한마디 말도 없이 얼른 말을 타고 가다가 울창한 숲속으로 방향을 돌렸다. 그리고 산초에게 당나귀가 따라올 수 있는 한 빨리 따라오도록 했다.

7
산양치기들과 돈키호테에게 일어난 사건,
그리고 포악한 양구아스인 무리와의
만남에서 생긴 돈키호테의 불행한 모험

말을 타고 가면서 돈키호테가 종자에게 말했다.

"이제 아주 솔직히 말해보거라. 이 세상에서 나보다 더 용맹스러운 기사를 본 적이 있느냐? 나보다 더 의기양양하게 싸우고, 재주껏 상대에게 상처를 입히거나 능숙한 기술로 상대를 쓰러뜨린 다른 기사들의 이야기를 읽어본 적이 있느냐 말이다."

"실은 제가 읽지도 쓸 줄도 몰라서 책이라곤 읽어 본 적이 없습니다. 그러나 감히 단언하건대, 제 평생 주인님보다 더 용감한 사부님을 모셔본 적이 없습죠. 그리고 이 모든 무모함 때문에 우리가 감옥에 들어가지 않는다는 것만을 믿고 싶을 뿐입니다."

"평화를 사랑하는 친구 산초여, 그토록 많은 사람을 죽였음에도 불구하고 판사 앞에 끌려온 편력기사에 대한 책을 읽어본 적이 있더냐?"

"선량하신 주인님, 전 아무것도 읽지 않았습니다. 그러나 이 모든 것들을 잠시 멈추시고 귀에서 피가 많이 나오니 우선 상처에 신경 쓰시지요, 제가 자루에 붕대와 약간의 흰 연고를 가져왔거든요."

"내가 피에라브라스 향유(the Balsam of Fierabras)를 한 병 가득 담는다는 걸 잊지 않았으면 좋았을 걸, 그것 한 방울만 있으면 시간도 아끼고 다른 약들도 전혀 필요 없을 텐데 말이야."

"그런데 그 향유는 뭡니까?"

산초 판사가 물었다.

"그건 말이다. 내가 기억 속에 조제법을 간직하고 있는 향유란다. 그것만 있으면 죽음을 두려워할 필요가 없고, 상처가 나서 죽을지도 모른다는 생각을 할 필요도 없지. 그러니 내가 그 약을 만들어 너희에게 주면, 넌 내가 어떤 전투에서 두 동강 나는 것을 보더라도 땅에 떨어진 나머지를 얼른 안장 위에 있는 다른 반쪽 위에 다시 올려놓고 두 쪽이 잘 붙었는지 조심하기만 하면 된다. 그런 다음 아까 말한 향유 두 모금을 나에게 먹이면 난 다시 사과처럼 싱싱해질 것이야."

"그게 사실이라면. 이제부터는 약속받은 섬의 영주를 포기하고, 이 귀중한 묘약을 받는 것 말고는 다른 어떤 것도 바라지 않을게요. 그런데 그걸 조제하는 데 돈이 많이 듭니까?"

"3갤런을 조제하는 데 3레알이 채 안 들 거야. 하지만 나는 이보다 더 큰 비밀을 가르쳐 주어 너에게 더 큰 은혜를 베풀 생각이다. 그러니 당장은 내 상처부터 치료해야겠다. 생각보다 귀가 더 아프구나."

산초는 주인을 치료하기 위해 붕대와 연고를 자루에서 꺼냈다. 그러나 돈키호테는 약을 바르기 전에 투구가 망가져 있는 것을 보고, 그만 정신을 잃은 듯했다. 그는 칼에 손을 얹고 외쳤다.

"나는 위대한 만투아 후작을 따라 삶을 영위할 것을 맹세했도다. 그는 조카 발도비노스(Valdovinos, Baldwin)의 죽음에 복수를 맹세했을 때, 식탁보가 깔린 식탁에서는 밥을 먹지도 않았으며, 머리도 빗지 않았고, 옷도 갈아입지 않았으며, 갑옷도 풀지 않았노라. 비록 지금은 기억할 수 없으나, 나에게 이런 극악무도한 행위를 저지른 놈들에게 완벽한 복수를 할 때까지는 나도 그럴 것이다."

산초는 이런 이상한 소리를 듣고 말했다.

"보십시오, 존경하는 돈키호테 님. 나리께서 말한 대로 비스카야인이 토보소의 둘시네아 부인을 찾아갔다면, 그는 자기 할

◆

피에라브라스 목판화(1497). 그는 프랑스어로 Fier-a-bras '억센
팔' 또는 '무장하고 있는 것이 자랑스러운'(Proud-on-arms)이
라는 뜻으로, 샤를마뉴 대제를 다룬 중세 프랑스 무훈시(武勳詩,
Chanson de geste)중 하나인 『12용사(Twelve Peers)』에서 올
리비에의 적수로 나오는 사라센 거인 전사. 결국 기독교로 개종
하여 샤를마뉴를 섬기게 되는데, 만병통치 향유를 가지고 있었다
고 전해진다.

일을 다 한 것입니다. 그러니 다시 잘못을 저지르지 않는다면 그 자가 다른 벌을 받을 필요가 없다는 걸 아셔야 합니다."

돈키호테가 대답했다.

"정말이지 딱 맞는 말이구나. 그러면 그 점에 관해 선서했던 것은 제쳐두기로 하자. 그러나 이만큼 훌륭한 투구를 다른 기사에게서 전리품으로 빼앗을 때까지 나는 내가 천명했던 삶을 이어나갈 것을 다시 한번 확인하는 바이다."

"그런 맹세는 그저 장난일 뿐입니다."

산초는 불만스럽게 말했다.

"말해보세요. 투구를 쓴 사람을 못 만나면 우린 어떡하지요? 무장한 사람들은 이 길을 안 다녀요. 투구를 쓰지 않을 뿐만 아니라 평생 투구라는 말을 들어본 적도 없는 마부와 마차꾼들만 지나다닌다고요."

"그건 잘못된 생각이다. 우리는 여기서 2시간도 채 안되어 미녀 앙헬리카(Angelica, 영어로 안젤리카)를 차지하기 위해 알브라카(Albraca) 성으로 진군했던 기사들보다 더 많은 기사들을 만날 것이다."

"됐다고요. 그나저나 모든 게 잘 되겠지요. 그렇게 값비싼 대가를 치르고 있는 그 섬을 차지할 때가 올 수 있을지 모르겠네요."

"산초 판사야, 너의 섬은 걱정하지 말아라. 그러니 일단 자루 속에 먹을만한 걸 찾아봐라. 곧바로 우리가 하룻밤 묵으면서 아까 말한 향유를 만들 만한 성을 찾아야 하니까. 정말이지 귀가 몹시 아프구나."

"양파 한 개와 치즈 몇 조각, 또 빵 부스러기가 좀 있는데, 이런 거친 음식은 용맹스런 기사님에겐 안 어울리잖아요."

"넌 참 말귀를 못 알아듣는구나. 한 달에 한 번 정도 먹는 것은 편력기사에게 영광스러운 일이다. 설령 먹을 기회가 있더라도 바로 옆에 있는 것만 먹어야 하느니라! 너도 나만큼 책을 많이 읽었더라면 알았을 텐데. 나는 많은 것을 공부했지만, 편력기사들이 배불리 먹었다는 말은 들어본 적이 없다. 물론 평온한 때나 호화로운 연회에 초대받은 경우를 빼고는 말이다. 그 외에는 약초와 뿌리를 캐 먹고 살았단다. 산초야, 그게 바로 편력기사의 정신이니 내가 어떤 음식을 먹든지 신경쓰지 않는 게 좋을 것이다."

"죄송합니다, 나리. 전에도 말씀드렸듯이 제가 읽지도 쓰지도 못해서 기사도를 제대로 알지 못합니다. 하지만 이제부터는 자루에 주인님을 위해 온갖 견과류들을 채워놓을 것입니다. 나리는 기사이시니까요. 하지만 전 기사가 아니니, 닭고기나 영양가 있는 다른 것들을 먹겠습니다."

◆

샤를마뉴 대제를 섬긴 기사 롤랑을 다룬 『롤랑의 노래』가 이탈리아
로 건너가 보이아드로(Matteo Maria Boiardo)의 『사랑에 빠진 오를란
도』(Orlando innamorato; 1483)로 재탄생했다. 여기에 나오는 공주 안
젤리카(앙헬리카)는 알브라카 성에 있었는데, 아그리카네(Agricane,
Agrican)가 군사를 이끌고 와서 그녀를 납치하려 하자 오를란도가 달려
와 그를 죽이고 공주를 구해준다. 이 장편 서사시는 르네상스 시대에 이
르러 속편 형식인 루드비코 아리오스토의 『광란의 오를란도』(Orlando
furioso; 1516)로 발전했다.

그렇게 말하고 나서 산초는 가져온 것들을 꺼냈고, 두 사람은 사이좋게 저녁 식사를 했다.

그러나 그날 밤 묵을 곳을 찾아야 하기 때문에 보잘것없는 식사를 짧게 마치고, 곧바로 말에 올라 날이 저물기 전에 민가를 찾아보았다.

그러나 산양치기 오두막 근처에 이르자 해가 저물어 민가를 찾겠다는 희망도 사라져버렸다. 그래서 두 사람은 그곳에서 머물기로 했다. 산초는 민가에서 머물지 않은 것이 마음에 들지 않았지만, 돈키호테는 탁 트인 하늘 아래서 잠을 자는 것이야말로 진정한 편력기사에 걸맞다고 생각했기 때문에 그 어느 때보다도 기뻐했다.

산양치기들은 그들을 반갑게 맞아주었다. 산초는 로시난테와 당나귀를 정성껏 매어놓고, 냄비에서 끓고 있는 염소고기 냄새를 따라갔다. 그는 고기가 자기 뱃속으로 들어갈 준비가 되었는지 얼른 알아보려 했지만, 그렇게까지는 하지 않았다. 산양치기들이 고기를 꺼낸 뒤 얼른 바닥에 산양 가죽을 깔아 투박한 식탁을 차리고 두 사람을 성의껏 초대했기 때문이다. 산양치기 여섯 명은 산양 가죽 위에 빙 둘러앉았고, 돈키호테에게는 여물통 위에 앉으라고 했다.

돈키호테는 앉았으나 산초는 선 채로 뿔로 만든 잔에 술을 따라 그에게 올렸다. 그가 서 있는 것을 보고 돈키호테가 말했다.

"산초야, 편력기사도에 선한 것이 있는지, 편력기사도를 발휘하는 사람은 누구나 명예와 지위를 얻을 수 있는 기회를 공평하게 가지고 있는지 알고 싶다면 여기 내 곁에 앉길 바란다. 이 좋으신 분들과 함께 말이다. 그리하여 너의 주인이자 주님이신 나와 한 몸이 되어라. (《요한복음서》 17장 21절: "그들이 모두 하나가 되게 해 주십시오. 아버지, 아버지께서 제 안에 계시고 제가 아버지 안에 있듯이, 그들도 우리 안에 있게 해 주십시오. 그리하여 아버지께서 저를 보내셨다는 것을 세상이 믿게 하십시오.". -역주) 나와 같은 접시에 있는 것을 먹고 내가 마시는 잔으로 마셔라. 편력기사도라는 것은 사랑을 말하는 것과 같은 것이기 때문이니라. 즉 그것은 만물을 평등하게 만들기 때문이란다."

그러자 산초가 대답했다.

"정말 감사합니다. 그러나 먹을 것만 많다면 저는 황제와 같은 상에서 먹는 것보다 혼자 서서 먹는 게 훨씬 좋답니다. 그리고 사실대로 말씀드리자면, 빵과 양파라도 눈치보지 않고 내 자리에서 먹는 것이 훨씬 낫습니다. 칠면조 고기를 천천히 씹어야하고, 조금씩 마시며, 자주 손을 닦고, 다른 것들을 혼자서 자유롭게 할 수 없는 그런 자리보다 말입니다."

"그럴더라도 여기에 앉거라. 스스로 낮추는 자는 추앙받을 것이라고 했노라."(『야고보 서간』 제4장 10절; "주님 앞에서 자신을 낮추십시오. 그러면 그분께서 여러분을 높여 주실 것입니다." -역주) 이렇게 말한 뒤 돈키호테는 종자의 팔을 잡더니 억지로 자기 곁에 앉혀 놓았다.

산양치기들은 종자와 편력기사가 횡설수설하는 것을 알아듣지 못하고 그저 묵묵히 먹기만 하면서 주먹만 한 고깃덩어리로 한껏 배를 채우는 손님들을 쳐다보기만 했다. 고기를 다 먹은 뒤 산양치기들은 바싹 마른 도토리와 모르타르보다 더 단단한 치즈 반쪽을 산양가죽 위에 잔뜩 펼쳐 놓았다. 그동안 뿔잔은 쉴 틈이 없었다. 우물가의 두레박처럼 술부대에서 가득히 채워져 나왔다가 텅 빈 채로 되돌아가곤 했기 때문이다.

배를 채운 돈키호테는 도토리를 한 웅큼 들고 유심히 살펴보더니 이렇게 말했다.

"행복한 시절과 행복했던 시대를 우리 조상들은 황금시대라고 불렀다오. 오늘날 이 철기 시대에 아주 귀중한 금이 그 행복했던 시절에는 쉽게 얻을 수 있어서가 아니라, 그 시대에 살았던 사람들은 '내 것과 네 것'을 알지 못했기 때문이었지. 그 성스러운 시대에는 모든 것들이 공동소유였단 말이오. 별다른 일을 안 해도 누구나 그냥 손을 뻗어 울창한 떡갈나무에서 먹거리를 따냈소이다. 떡갈나무가 달콤하게 익은 열매를 모아가라고 사람들을 공평하게 부른 거지요. 맑은 샘과 흐르는 강물은 사람들에게 깨끗한 물을 충분히 제공해주었고, 푹 패인 나무들에서는 부지런한 벌들이 자신들의 공화국을 세우며, 아무런 대가 없이 노동의 달콤하고 풍요로운 수확물을 누구에게나 제공했다오."

이처럼 기사는 모든 것들이 평화와 우정과 화합으로 이루어진 황금시대를 유창하게 묘사했다. 그러고 나서 그는 놀란 산양치기들에게 악한 세계가 어떻게 자리잡게 되었는지를 보여주었고, 과부와 고아들, 그리고 나약한 처자들을 보호하기 위해 자기와 같은 편력기사가 나서야 한다고 말했다. 이 모든 일들은 그에게 주어진 도토리들이 황금시대에 대한 기억을 불러일으킨 바람에 벌어진 것이다. 산양치기 일행은 멍하니 앉아서 듣고 있었고, 산초는 이야기를 듣다가 두 번째 술부대를 바삐 왔다갔다 했다. 이윽고 이야기가 끝나자 그들은 난롯가에 둘러앉아 술을 마시며 산양치기 중 한 사람이 노래하는 것을 듣다 보니 밤이 깊었다. 돈키호테의 귀에 난 상처가 점점 심해지자, 산양치기 한 사람이 으깬 로즈마리 잎과 소금을 섞어 귀에다 붙여주었다. 이렇게 해서 그는 고통을 덜게 되었고, 하루의 모험이 끝난 후 오두막 중 한 곳에 누워 푹 잘 수 있었다.

돈키호테는 산양치기들과 며칠을 보냈고, 드디어 상처가 아물자 그들의 환대에 고마움을 표한 뒤 새로운 모험을 찾아 떠났고, 충직한 종자 산초가 그 뒤를 따랐다.

마침내 그들은 싱그러운 풀이 뒤덮여 있고, 그 곁에는 상쾌하고 청량한 냇물이 흐르는 쾌적한 풀밭에서 멈춰섰다. 그곳은 정오의 후텁지근한 시간을 보내도록 초대하는 듯했고, 두 사람은 어느새 그곳으로 빨려들고 말았다.

돈키호테와 산초는 내리자마자 로시난테(말)와 대플(당나귀)을 풀어주면서 풍족하게 널려있는 풀들을 뜯어 먹게 했다. 그리고 두 사람은 자루를 뒤적거려 아무런 격식도 차리지 않고 편안하게 그 안에서 보이는 것들을 먹기 바빴다.

산초는 로시난테의 고삐가 풀린 것에 신경쓰지 않았다. 정오가 되면 양구아스 (Yanguas de Eresma; 스페인 중북부 세고비아 지방의 마을-역주) 마부들이 갈리시아 (Galicia; 스페인 서북부 대서양에 접해있는 지방 -역주) 조랑말 무리들을 풀과 물이 풍부한 이곳으로 끌고와서 일행들과 함께 쉬곤 했는데, 운명의 장난인지 이 녀석도 바로 같은 계곡에서 풀을 뜯고 있었다.

그런데 로시난테는 조랑말들이 먹고 있는 풀들이 자기 것보다 낫다고 믿은 게 분명했다. 그래서 이 녀석은 조랑말들과 어울려 풀을 뜯기 위해 걸음을 재촉했다. 하지만 조랑말들은 그 녀석이 나타나 자기들 속에 끼어 풀을 뜯으려고 하자 뒷발질을 하고 이빨을 드러냈다. 그토록 세게 뒷발질을 당한 로시난테는 졸지에 뱃대끈이 망가지고 안장까지 등에서 벗겨져버렸다. 설상가상

DON QUIXOTE
AND THE GOATHERDS

◆

돈키호테와 산양치기들

으로 마부들이 몽둥이를 들고 달려와 자기네 조랑말들과 합세하여 로시난테를 두들겨 바닥에 무참히 쓰러뜨려 버렸다.

로시난테의 구타를 목격한 돈키호테와 산초는 헐레벌떡 달려왔고, 돈키호테는 산초에게 말했다.

"산초야, 내가 보기에 이 자들은 기사가 아닌 천박하고 비천한 가문의 개차반들이야. 내가 이렇게 말하는 것은, 우리가 보는 앞에서 그자들이 로시난테에게 저지른 잘못을 응징할 때 네가 날 도와줘야 하기 때문이란다."

"우리가 무슨 수로 복수를 한단 말입니까? 저들은 스무 명이 넘는데, 우리는 겨우 두 명밖에, 아니 한 명 반 정도밖에 안 되잖아요."

"넌 일당백이잖아."

돈키호테는 더 이상 이야기하지 않고 칼을 뽑아든 채 앙구아스인들에게 달려들었고, 대담하게도 산초 판사까지 뒤따랐다. 돈키호테는 그들 중 한 명에게 칼을 휘둘러 완충 코트를 뚫고 어깨에 심한 상처를 입혔다. 하지만 그들은 겨우 두 사람이 그렇게 무례하게 구는데 자세히 보니 자기들이 더 많다는 걸 알고선, 몽둥이를 들고 두 사람을 에워싸더니 무참히 두들겨 패기 시작했다.

정말로 겨우 두 번째 가격(加擊)에 산초는 땅바닥에 쓰러졌고,

돈키호테 역시 자기의 손재주와 용맹을 펼쳐 보지도 못한 채 불쌍한 말 앞에 쓰러져 일어날 수가 없었다.

그러자 자기들이 저지른 장난질을 알고 앙구아스인들은 곤경과 최악의 상태에 빠진 두 모험가들을 버려둔 채 서둘러 짐을 챙겨 가던 길을 재촉했다.

8
—
돈키호테 자신이 성이라고 여긴 주막에
어떻게 도착했으며,
거기서 산초와 둘이서 피에라브라스 발삼으로
치료받은 이야기

앙구아스 마부들이 길을 떠난 후 한동안 돈키호테와 산초 판
사는 신음소리를 내며 아무 말도 하지 못하고 그냥 땅바닥에 드
러누워 있었다.

그래도 먼저 일어난 것은 산초 판사였는데, 힘없고 가련한 목
소리로 울먹였다.

"돈키호테 님! 오 돈키호테 님!"

"산초야, 무슨 일이냐?"

돈키호테가 산초처럼 희미하고 비통한 어조로 대답했다.

"혹시 가능하다면,"

산초 판사가 말했다.

"주인님이 그것을 지금 가지고 계신다면, 피에라브라스의 발삼을 두 모금만 마시게 해주세요. 상처에 효험이 있다면 부러진 뼈에도 효험이 있을 것 같아서요."

돈키호테는 한숨을 크게 내쉬며 말했다.

"지금 내가 그것을 가지고 있다면야 우리가 바랄 게 뭐가 더 있겠느냐. 그런데 산초 판사야, 내가 편력기사의 신념을 걸고 맹세컨대, 운명의 여신이 방해만 하지 않는다면 이틀 안에 반드시 그걸 손에 넣을 것이다."

"그렇다면, 주인님."

산초가 물었다.

"우리가 며칠 안으로 걸어다닐 수 있을 것 같습니까?"

"단적으로 말할 수는 없다." 하고 녹초가 된 기사가 말했다.

"아무튼 모든 게 내 잘못이다. 기사가 아닌 사람들에게 칼을 들이대서는 안 되는데 말이다. 산초야, 지금부터 내가 하는 말은 우리의 안위가 달린 문제이니 잘 새겨듣거라. 이는 우리 둘의 복지에 관한 것이다. 다름이 아니라 아까 같은 나쁜 놈들이 우리에게 어떤 몹쓸 짓을 하더라도 내가 그자들에게 칼을 뽑지 못하도록 하라. 난 두 번 다시 그런 짓을 안 할 테지만, 넌 네 칼을 뽑아 그들을 마음대로 응징해도 되기 때문이란다."

그러나 산초 판사는 주인님의 충고를 별로 달갑게 여기지 않고 이렇게 대답했다.

"나리, 전 평화를 사랑하고 냉정하며 조용한 사람인지라 어떤 모욕도 그냥 넘어갈 수 있습니다. 더구나 보살펴야 할 아내와 자식들까지 있잖아요. 그러니 나리에게 한 마디만 말씀드릴게요. 전 촌뜨기든 기사든 그들에게 칼을 겨누지 않을 것이며, 지금부터 어떤 모욕을 당하더라도 용서하렵니다. 그들의 지위가 높든 낮든, 부자든 가난하든, 신사든 평민이든 간에 말입니다."

이 말을 듣고 그의 주인이 말했다.

"숨 좀 돌리고 이야기하자꾸나. 갈비뼈 통증이 좀 가라앉았으니 네가 좀 알아먹도록 말해야겠구나. 산초야, 넌 지금 실수하는 거다. 네가 영토를 지키려는 의지도 없고, 네가 겪은 모욕을 복수하려는 의지도 없어서 모든 걸 그만둔다면 내가 어떻게 널 영주로 임명할 수 있겠느냐."

"아이구야!"

산초는 신음소리를 냈다.

"제가 나리께서 말씀하시는 용기와 이해력을 가졌으면 좋겠지만, 사실 지금 이 순간 전 설교보다 향유가 더 절실합니다. 나리께서 일어날 수 있으시면 저와 로시난테를 도와주시죠. 그 녀석이 이번 사건의 주범이었기 때문에 굳이 보살펴줄 필요가 없

◆

'즐거운 웃음의 신'은 '술의 신' 디오니소스(로마신화의 바쿠스)를 가리키며, '100개의 문이 달린 도시'는 이집트의 테베를 말한다. 반인 반수로도 알려진 살레노스는 디오니소스의 스승답게 고대로부터 흔히 포도주에 만취해 당나귀를 타고가는 노인의 모습으로 그려졌다. 그림은 조반니 갈레스투르치(Giovanni Battista Galestruzzi; 1618 1677)의 목판화.

지만 말입니다."

그러자 돈키호테는 이렇게 말했다.

"운명은 항상 불행 속에서도 한쪽 문을 열어놓는 법이다. 그러니 네 당나귀는 이제 로시난테 대신에 내 상처를 치유할 성 같은 곳으로 날 데려갈 수 있을 것이다. 난 그걸 조금도 부끄럽게 여기지 않을 것이다. 즐거운 웃음의 신의 스승이자 조언자였던 실레노스(Silenus) 노인이 100개의 문이 달린 도시로 들어갈 때 잘생긴 당나귀 위에 아주 기분 좋게 올라탔다는 것을 책에서 읽었기 때문이란다."

"그럴지도 모르죠."

산초는 대답했다.

"하지만 말 등에 타고 가는 것과 쓰레기 자루처럼 매달려가는 것은 다릅니다요."

그러자 돈키호테가 소리쳤다.

"더 이상 말대꾸하지 말고 네가 말했던 대로 당장 날 일으켜 세워 당나귀 위에 앉혀다오. 날이 저물기 전에 얼른 이 황야에서 벗어나자꾸나."

할 수 없이 산초는 서른 번의 신음과 예순 번의 한숨과 백이십 가지 욕설을 퍼부은 다음, 자기보다 더 큰 불평을 했을 로시난테를 일으켜 세우고, 천신만고 끝에 돈키호테를 당나귀 등에 태웠다. 그리고 로시난테를 당나귀 꼬리에 묶은 다음 당나귀의 고삐를 쥔 산초는 낑낑대며 대충 큰길이 있을 것 같은 곳으로 걸어 나갔다.

좋은 일을 더 좋게 해주는 행운이 따랐는지, 그들은 얼마 가지 않아 큰길을 찾았고, 그 길가에 있는 여관을 찾았다. 하지만 그것은 산초에게는 성가시지만 돈키호테에게는 큰 기쁨을 주는 성이어야만 했다. 산초는 그것이 여관이고, 그의 주인은 성이라고 항변했다. 그리고 두 사람의 언쟁이 너무 오래 지속되는 바람에 언쟁이 끝나기도 전에 여관에 도착해버렸다. 그리고 이 여관 혹은 성에 도착하자 산초는 더 이상 우기지 않고 로시난테와 당나귀를 데리고 들어갔다.

여관 주인은 돈키호테가 당나귀의 등에 늘어져 있는 것을 보고 산초에게 무슨 끔찍한 일이라도 있었는지 물었다. 산초는 아무 일도 아니라고 말하고, 다만 바위 위에서 쓰러지는 바람에 갈비뼈에 조금 멍이 들었다고 했다. 여관 안주인은 천성적으로 정이 많았고, 남의 괴로움에 가슴 아파하는 성격인지라 서둘러 돈키호테를 치료하러 왔고, 얌전한 딸에게도 손님을 치료하는 데 거들게 했다. 그런데 그 여관에는 턱이 나부대대하고, 들창코에다 한쪽 눈이 보이지 않고 다른 한쪽도 그리 좋지 않은 아스투리아스(Asturias, Asturia; 스페인 서북부 지방 -역주) 출신 하녀가 한 명 있었

THE MANNER OF DON QUIXOTE'S TRAVEL TO THE INN

당나귀에 얹혀 여관으로 실려가는 돈키호테

다. 마리토르네스(Maritornes)라는 이 젊은 여자도 딸을 도와 오랫동안 헛간으로 쓰던 다락방에 돈키호테의 침상을 마련해주었다.

그가 누운 침상은 두 개의 울퉁불퉁한 발판 위에 네 개의 거친 널빤지를 얹고 그 위에 얇은 메트리스를 깔아 마련되었다. 아마도 이불로 썼을지도 모르는 이것은 덩어리로 가득 차 있어, 벌어진 틈새로 양털이 보이지만 않았어도 마치 자갈을 만지는 줄 알았을 것이다. 또 방패의 가죽으로 만든 시트 두 장과 누군가가 그것의 실을 세어보자고 하면 빠짐없이 셀 수 있을 정도로 생긴 모포 한 장도 넣어주었다.

돈키호테가 이 보잘것없는 침상 위에 눕자 곧바로 안주인과 딸은 붕대로 온몸을 감쌌고, 마리토르네스는 촛불을 들고 서있었다.

안주인은 붕대를 감아주면서 검푸른 멍이 든 것을 보더니 넘어져서 생긴 것이 아니라 누구에게 한방 맞은 것같다고 말했다. 그러자 산초는 맞아서 생긴 것이 아니라 바위가 뾰족해서 그런 거라고 극구변명하면서 이렇게 덧붙였다.

"저, 주인 아주머니. 제 허리도 많이 아프니, 그 붕대 부스러기를 조금만 남겨 주세요."

"그렇다면 댁도 떨어졌나요?"

"전 떨어진 게 아니라 갑자기 주인님이 떨어지는 것을 보고 놀란 나머지, 마치 그들에게 몽둥이로 천 대쯤 맞은 것처럼 온몸이 쑤시는 바람에 이제야 주인님보다 좀 덜한 멍을 발견한 거라고요."

"이 신사 이름이 뭡니까?" 하고 마리토르네스가 물었다.

"라 만차의 돈키호테이고 편력기사인데, 아주 오래전부터 지금까지 이 세상에서 볼 수 있는 가장 훌륭하고 막강한 사람 중 한 분이랍니다."

"그런데, 편력기사가 뭐예요?"

"그대는 그것도 모를 정도로 세상물정에 어둡단 말이오? 이봐요, 아가씨. 편력기사란 몽둥이로 두들겨 맞기도 하지만 황제가 되기도 한다오. 오늘 그는 세상에서 가장 비참하고 가장 궁핍한 사람이지만, 내일은 그의 종자에게 줄 왕국이 두세 개나 될 분이란 말이오."

그러자 이번에는 안주인이 물었다.

"그렇다면 당신은 보아하니 이 훌륭한 기사의 종자같은데, 적어도 백작의 영지라도 갖고 있어야 하지 않나요?"

"아직 일러요. 우리가 모험을 시작한 지 한 달이 채 안 되었거든요. 하지만 절 믿으십시오. 저의 주인이신 돈키호테 님이 낙상으로 생긴 상처만 아문다면, 저는 제 희망을 스페인 최고의 작위와도 바꾸지 않을 것입니다."

이 모든 얘기들을 귀담아 들은 돈키호테는 애써 일어나 안주인의 손을 꼭 잡고 말했다.

"절 믿으시오, 아름다운 부인이시여. 이 성에서 나를 쉬게 해 준 그대는 스스로 행운아라고 여길 수 있습니다. 내 종자가 제 정체를 그대에게 알려 줄 것이오. 자화자찬은 그리 권할 바가 못 되기 때문이오. 다만 나는 그대가 베푼 수고를 영원히 기억하여 간직할 것이며, 내 목숨이 붙어있을 때까지 그대에게 감사를 표할 것이라는 말만은 꼭 하고 싶소."

안주인과 딸, 그리고 착한 마리토르네스는 편력기사가 그리스어로 말한 것이라고 생각하며 매우 혼란스러웠다. 하지만 그 모든 말들이 자기들을 칭찬하는 말이라고 믿었다. 따라서 그들은 예의 바른 그에게 감사를 표했으며, 밤이 되자 산초와 그의 주인을 두고 자리에서 일어났다.

그날 밤 마침 여관에 〈톨레도 신성사제단〉(the Holy Brotherhood of Toledo) 소속 경찰 한 사람이 묵고 있었다. 그는 도로를 순찰하면서 노상강도 사건을 조사하는 것이 임무였다. 그러던 중 그는 한 남자가 집에서 심하게 다쳤다는 말을 듣고 달려가 즉시 그 문제를 조사해야만 했다. 그래서 등불을 켜고 돈키호테의 다락방으로 들어섰다.

산초 판사는 머리에 두건을 쓴 험상궂은 그가 셔츠 차림에 손에 등불을 들고 들어오는 것을 보자마자 주인님에게 물었다.

"이 사람 혹시 우릴 괴롭히려 온 그 무어인 마법사가 아닐까요?"

"그럴 순 없지."

돈키호테가 말했다.

"마법을 받은 사람들은 결코 자신을 드러내지 않는 법이란다."

경찰은 그들의 말을 전혀 알아들을 수 없었고, 붕대를 칭칭 감은 돈키호테에게 다가와서 말했다.

"글쎄, 이봐, 좀 어떤가?"

그러자 돈키호테가 대답했다.

"이 사람아, 내가 너라면 좀 예의 바르게 말하겠네. 편력기사에게 그런 식으로 말하는 게 이 나라 예절인가?"

경찰은 이렇게 무례하게 대하는 자에게 참을 수 없어 기름이 가득찬 등잔을 들어올리면서 돈키호테의 머리를 내리쳤다. 그래서 돈키호테의 머리 한두 군데가 깨지고, 모든 게 어둠 속에 묻히자 경찰은 곧바로 방을 빠져나갔다.

"아!"

산초가 신음소리를 냈다.

"이 자는 무어인 마법사가 틀림없어요. 다른 사람들을 위해선

보물을 마련해놓고, 우리에게는 주먹질을 준비했다니까요."

그러자 돈키호테가 대답했다.

"그런 것 같구나. 이런 마법같은 것들에 신경쓰지 말자. 그런 것들로 화를 내거나 곤혹스러워선 안 된다. 그것들은 보이지 않아 복수를 할 상대를 찾을 수 없단다. 산초야, 일어날 수 있으면 얼른 이 요새의 경감을 찾아, 내가 당장 필요한 발삼을 만들 수 있도록 포도주와 기름, 소금 그리고 로즈마리를 조금 달라고 해보거라. 허깨비들이 내게 입힌 상처에서 피가 많이 나와 그 발삼이 절실하구나."

산초는 뼈가 쑤셨지만, 그래도 일어나 어둠 속에서 살금살금 여관 주인이 있는 곳을 찾아가 이렇게 말했다.

"경감님, 호의와 자비를 베풀어 로즈마리와 기름, 그리고 포도주와 소금을 좀 주실 수 있는지요. 무어인 마법사에게 심한 부상을 당해 침상에 누워 있는 이 세상에서 가장 훌륭한 편력기사를 치료하려고 그럽니다."

이 말을 들은 여관 주인은 산초 판사가 좀 모자라는 사람이라고 여겼으나 그가 원하는 것을 건네주었고, 산초는 그것을 돈키호테에게 갖다주었다. 그의 주인님은 두 손을 머리에 대고 누워 등잔에 맞은 통증으로 끙끙대고 있었다. 하지만 두 군데가 부어올랐을 뿐인데, 그가 피라고 생각한 것은 그냥 난리통에 흘린 땀일 뿐이었다.

그는 본격적으로 산초가 가져온 것들을 잘 섞은 다음 완성이 될 때까지 충분히 끓여 화합물을 만들어냈다. 그러고는 이 귀한 액체를 담을 수 있는 작은 유리병을 달라고 했다. 하지만 여관에는 그런 것이 없어서 여관 주인이 준 양철 기름통에 부어 담기로 했다.

이렇게 제조가 끝나자, 자기 딴에는 귀하다고 여긴 이 발삼의 효력을 스스로 실험하기 위해 기름통에 채우고 냄비에 남아 있는 것을 1리터 조금 넘게 벌컥 들이켜버렸다. 그러나 결과는 그를 심한 고통 속에 빠뜨렸을 뿐이며, 그 때문에 온몸이 아프고 멍들고 피곤해져 몇 시간 동안이나 깊이 잠들고 말았다. 그리고 잠에서 깨어났을 때, 그는 아주 가뿐해지고 스스로 치료한 덕분에 멍도 많이 가라앉았다. 그래서 급기야 피에라브라의 발삼을 만드는 데 성공했다고 굳게 믿고 말았다.

주인님의 회복이 기적에 가깝다고 여긴 산초 판사는 자기도 냄비에 남아 있는 걸 달라고 간청했다. 돈키호테가 기꺼이 승낙하자, 그는 양손으로 냄비를 들고 벌컥 마셔버렸다. 그래도 주인님보다는 훨씬 적게 들이켜서 그렇기도 하지만, 산초의 위장은 주인님보다는 민감하지 않았던 모양이다. 그래도 끔찍한 통증과 고통을 겪는 바람에 임종이 가까워졌다고 느낄 정도였다. 그래서 산초는 발삼과 그걸 준 도둑놈같은 자에게 저주를 퍼부었다.

돈키호테는 이런 그를 언짢게 쳐다보고 말했다.

"산초야, 나는 이 모든 악이 분명 네가 기사 복장을 하지 않았기 때문에 일어난 것같다. 이 발삼은 기사가 아닌 자에게 이롭지 않을 수도 있다고 알고 있거든."

"그걸 알았으면서도."

가엾은 산초가 대답했다.

"왜 내가 맛을 보게 했단 말이오? 아, 불쌍한 내 신세, 가엾은 내 가족."

산초는 돈키호테가 답하기도 전에 이미 고통 속에서 신음만하며 누워있을 정도로 지독하게 아파왔다. 이 상태가 두 시간 동안이나 지속되고, 결국 그는 심하게 떨리고 완전히 지쳐 서 있을 수 없을 정도였다. 애석하게도 그는 절대로 편력기사의 종자가 아니었기를 바랐다.

9

돈키호테가 성이라고 여긴 주막에서
산초가 겪은 고초

산초 판사가 끙끙대며 침상에 누워 있는 동안, 어느 정도 마음이 편해지고 기운을 회복한 돈키호테는 새로운 모험을 찾아 떠나기로 작정했다. 그래서 욕망이 솟구친 그는 손수 로시난테에게 안장을 얹고 종자의 노새에 등짐을 얹은 다음, 산초에게도 옷을 입혀 노새에 태워주었다. 그리고 자신도 말 등에 올라 여관 모퉁이로 가더니 긴 창 대신에 쓸 짧은 창을 집어들었다.

여관에 묵고 있던 스무 명가량의 사람들이 그를 바라보고 있었는데, 그중에는 여관집 딸도 있었다. 돈키호테는 그녀에게서 눈을 떼지 않고 구슬프게 한숨을 내쉬었다. 모든 사람들, 아니 적어도 전날 밤 그를 본 사람들은 그가 분명 멍이 들어 아픈 모양이라고 생각했다.

그들이 모두 여관문 옆에 서 있을 때, 그는 여관 주인을 불러 엄숙한 목소리로 말했다.

"성주님, 그리고 경감님. 귀하의 성에서 제게 베풀어주신 온갖 호의에 평생 동안 깊은 감사를 표하면서 살아가겠습니다. 혹시 어떤 거만한 불한당이 귀하에게 몹쓸 짓이라도 저질러 복수를 해야 한다면, 약한 자를 돕고 나쁜 놈을 응징하고, 배신자를 처벌하는 것이 제 직분임을 알아두십시오. 기억을 더듬어 제가 해야 할 일을 찾으신다면, 곧바로 말씀하십시오. 제가 받은 기사단의 명령에 따라 반드시 약속을 지켜 귀하를 만족시켜 드릴 것입니다."

"기사님."

여관 주인도 역시 엄숙하게 대답했다.

"당신이 절 위해 무슨 복수를 해줄 필요는 없습니다. 저에게 무례한 짓을 저지르는 자가 있다면 저도 능히 응징할 방도가 있으니까요. 제가 바라는 것은 그저 지난 밤 여관에서 묵은 비용 그리고 당신의 말과 당나귀가 먹은 짚과 보리값, 거기에 저녁 식사비와 침구 사용료만 내시면 그만입니다."

"그럼 여기가 여관이란 말이오?"

돈키호테가 소리쳤다.

"에이, 그렇다니가요. 그것도 아주 알아주는 곳이랍니다."

여관 주인이 대답했다.

"그동안 내내 속고 있었구나."

돈키호테가 말했다.

"사실 괜찮은 성이라고 생각했었소. 그러나 성이 아니라 정말 여관이라면, 지금 내가 할 수 있는 말은 지불 금액을 전부 면제해 달라고 부탁하는 것뿐이오. 편력기사들은 그들이 머물렀던 여관에서 숙박료는 물론 어떤 비용도 지불한 적이 없다는 걸 내가 확실히 알고 있기 때문에, 이 편력기사의 법도를 어길 수는 없단 말이오. 그들에게 주어지는 환대는 사시사철 밤낮으로 걷거나 말을 타고 가면서 갈증과 굶주림에도 불구하고 더위와 추위 속에서도, 하늘의 폭풍과 땅의 고난 속에서도 모험을 추구하면서 견뎌내는 고통에 대한 마땅한 보상이니까."

"그런 건 나와 아무 상관도 없다고요."

여관 주인이 쏘아붙였다.

"당신이 지불할 것만 갚으세요. 편력기사 이야기는 그것 좋아하는 사람들에게나 해주시죠. 난 받을 것만 받으면 되니까요."

"이 어리석고 고약한 사람아."

몹시 화가 난 돈키호테는 로시난테에게 박차를 가하고 창을 휘두르며 누가 말리기도 전에 여관 마당을 휩쓸고 나와 종자가 따라오는지 보지도 않고 그냥 멀리까지 달려 나갔다.

여관 주인은 그가 돈도 안 내고 달아나자, 산초 판사에게 받아내기 위해 다락방으로 뛰어 올라갔으나, 그마저도 지불을 거부했다.

"주인장, 내가 편력기사의 종자인 걸 알잖아요. 그러니 나도 주인님처럼 여관이나 선술집에서 지불하지 않는 규칙과 법도를 지켜야 하지 않겠습니까?"

여관 주인은 이 말에 점점 더 화가 나, 당장 돈을 내지 않으면 그리 좋지 않은 방법으로 받아낼 것이라고 협박했다.

산초는 자기 주인이 받은 기사도의 법도에 따라 비록 목숨이 달아나더라도 한 푼도 줄 수 없다고 대답했다.

그러나 그의 불운은 팔자인지, 마침 여관에 양가죽 벗기는 세고비아인 네 명과 코르도바인 재봉사 셋, 그리고 세비야 출신 장사꾼 둘이 있었는데, 이들은 하나같이 쾌활하며 짓궂고 장난기가 많은 사람들이었다. 이들은 모두 한 가지 생각으로 산초에게 다가와 당나귀에서 끌어 내렸는데, 그들 중 한 명이 여관 주인의 담요를 가져와 산초를 그 속으로 집어던졌다. 그러나 고개를 들어보니 그들이 장난치기에는 천장이 좀 낮은 것을 보고 하늘밖에 보이지 않는 마당으로 나가기로 했다. 산초를 이불 한가운데에 놓고 위로 높이 던졌다 받았다 하는 이른바 키질이라는 것을 시작했다.

불쌍한 종자가 내지르는 소리가 얼마나 시끄러웠던지 그의 주인님 귀에까지 닿았다. 그러자 주인님은 그것이 무슨 소린지 듣기 위해 잠시 멈춰 섰다. 그는 불쌍한 산초가 지르는 비명소리임이 분명하다는 걸 알고, 필시 어떤 새로운 모험이 임박했다고 믿었다. 그는 곧바로 말머리를 돌려 다시 여관 쪽으로 향했다. 하지만 문이 닫혀있어 들어갈 만한 곳을 찾으려고 담벼락을 빙빙 돌았다. 돈키호테가 그리 높지 않은 안마당의 담벼락에 도달했을 때 그들이 종자와 함께 하는 짓궂은 놀이를 보고 말았다. 그는 종자가 그렇게 우아하고 날렵하게 오르락내리락하는 것을 보고 화가 솟구쳤다. 작가가 생각하기에 돈키호테가 화를 내지 않았더라면, 아마도 웃음보를 터뜨렸을 거라고 확신했다. 그는 당장 말 등에서 담벼락으로 기어오르려 했으나 심한 상처를 입은 탓에 안장에서 내릴 수조차 없었다. 별수 없이 그는 말 등에서 글로는 도저히 표현할 수 없는 심한 욕설을, 산초에게 키질을 하고 있는 자들을 향해 퍼부어댔다.

그러나 욕설을 퍼부어도 그들은 웃음소리도 장난도 멈추지 않았으며, 허공을 오르내리는 산초의 협박과 애원이 뒤섞인 탄식도 그치지 않았다. 이렇게 그들은 완전히 지칠 때까지 즐거운 놀이를 계속하다가 마침내 그를 놓아주었다. 그리고 나서 그들

산초가 키질로 여관비를 대신하다

은 당나귀를 끌고 와 산초를 태워준 다음, 외투를 걸쳐주었다. 이때 친절한 마리토르네스는 그가 몹시 갈증이 난 것처럼 보여 우물에서 떠온 시원한 물을 한 바가지 건네주었는데, 정말로 꿀맛이었으리라.

하지만 그가 막 물을 마시려고 할 때, 주인님이 부르짖는 소리를 들었다.

"오, 산초야, 물을 마시지 마라. 마시면 안 된다. 그걸 마시면 죽는단 말이다. 여길 보거라, 내가 가장 신성한 발삼을 가지고 있느니라.(그러더니 산초에게 액체가 담긴 양철통을 보여 주었다). 이것 두 모금만 마시면 틀림없이 나을 것이다."

이 말에 산초는 사시나무 떨듯이 하면서 사부에게 대답했다.

"제가 기사가 아니라는 걸 까맣게 잊으셨나요. 아니면 어제 저녁에 겪은 고통을 기억하지 못하시나요. 그건 혼자만 드시고, 제발 전 그냥 놔두세요."

이 말을 마치자마자 그는 물을 벌컥 들이켰다. 하지만 그것이 그냥 물이라는 것을 알고 더 이상 마실 기분이 나지 않았다. 그래서 마리토르네스에게 포도주를 부탁하자, 그녀는 아주 친절하게도 포도주를 갖다주면서, 그 포도주 값도 자기가 지불했다.

산초는 포도주를 다 마시자마자 발뒤꿈치로 당나귀를 차고 활짝 열린 여관 문을 나섰다. 동전 한 닢 지불하지 않은 산초는 마냥 기뻐했다. 그러나 여관 주인은 산초의 자루를 미리 감춰놓고 있었다. 여관을 빠져나가는 데만 정신이 팔린 산초는 그런 사실을 전혀 모르고 있었다.

산초가 주인님이 있는 곳에 이르렀을 때는 너무나 지치고 기운이 빠져 당나귀를 몰 힘도 없었다. 돈키호테가 이 처량한 모습을 보고 말했다.

"이제야 난 저기 있는 성이나 여관이 마법에 걸렸다고 확신한다. 그토록 잔인하게 너에게 장난쳤던 자들이 허깨비들이나 저승 사람들이 아니면 도대체 누구란 말이냐? 그리고 이것이 확실한 게, 아까 내가 안마당 담장 옆에 있을 때 그 위로 올라갈 수도 없었거니와, 로시난테에게서 내릴 수 없었단 말이다. 이는 분명 마법에 걸렸기 때문이다. 내가 움직일 수만 있었어도 그 악당놈들이 영원히 웃음거리로 기억하도록 복수했을 것이다. 그렇게 하려면 기사도의 규칙을 어겨야 했을지라도 말이다."

"할 수만 있다면, 기사이든 아니든 저도 제 손으로 복수했을 겁니다. 하지만 전 할 수 없습니다. 그런데 저를 가지고 논 자들은 허깨비나 마법에 걸린 자들이 아니라 우리처럼 살과 뼈를 가진 인간들이었어요. 한 명은 페드로, 또 한 명은 테노리오라고 불렸고, 여관 주인은 3인자 후앙으로 불렀답니다. 하지만 이 모든 것들을 통해 제가 내린 결론은 다름이 아니라, 우리가 찾아

나선 모험들이 결국에는 우리의 오른발이 왼발을 몰라볼 정도로 엄청난 불행을 몰고 올 거라는 겁니다. 제 부족한 판단으로는, 우리가 다시 고향으로 돌아가 우리가 해야 할 일들을 돌보는 게 최선책이라 생각됩니다만. 제발 '프라이팬에서 탈출하려다 불속으로' 뛰어들지 말자구요(작은 화를 면하려다가 큰 화를 당하다 -역주)."

"산초야, 넌 기사도에 대해 하나도 모르는구나. 잠자코 인내심을 가져라. 이 소명을 따르는 것이 얼마나 좋은 일인가를 네 눈으로 직접 볼 날이 올 것이다. 그 어떤 즐거움이 전투에서 승리하거나 적을 물리치는 것과 같을 수 있겠느냐?"

산초가 대답했다.

"전 말할 수 없지만 이건 압니다. 우리가 편력기사가 된 다음 비스카야인들과의 싸움 빼놓고 전투에서 한 번도 이긴 적이 없습니다. 그것도 주인님 귀를 반쯤 잃은 승리였잖아요. 그 이후로 그저 몸부림과 더 힘든 몸부림, 주먹질과 더 많은 주먹질만 있었고, 저는 담요 위에서 키질까지 당했습죠. 이 모든 일들은 제가 응징할 수 없는 마법에 걸린 사람들 손에서 일어난 겁니다."

"그건 나도 유감스럽게 생각한다. 하지만 무슨 일이 일어날지 누가 알겠느냐? 행운의 여신이 아마디스의 것과 같은 칼을 내게 가져다 줄지도 모른다. 그 칼은 면도날처럼 잘랐을 뿐만 아니라 제아무리 강하고 마법에 걸린 칼도 그것에 대적할 수 없었단 말이다."

"제가 운이 따라 그렇게 되고 주인님이 그런 칼을 발견하면 발삼처럼 기사들에게만 효험이 있을 뿐이고, 불쌍한 종자들은 여전히 아픔을 참아내야 할 겁니다."

"그런 걱정은 하지 말거라, 산초야."

주인님이 대답했다. 그리고 모험심으로 가득 찬 그는 말을 타고 앞으로 나아갔고, 뒤로 조금 떨어져 불행한 종자가 뒤를 따랐다.

10

양쪽 군대를
상대하는 모험

그들이 길을 가는 동안, 돈키호테는 거대하고 짙은 먼지구름이 그들을 향해 다가오는 것을 보고 산초에게 말했다.

"오늘이 바로 내 팔의 힘을 보여 줄 그 날이며, 내가 명부(名簿)에 기록될 만한 일을 할 날이구나. 저기 먼지구름을 보았느냐? 이 길을 행군하는 걸 보니 막강한 다국적 군대인 것 같구나."

산초는 이렇게 대답했다.

"그렇다면 두 개의 군대가 틀림없습니다. 반대편에도 거대한 흙먼지가 일고 있으니 말입니다."

돈키호테가 돌아서서 보니 정말 그러했기 때문에 무척이나 기뻤다. 그 드넓은 평원 한복판에서 정말로 두 개의 군대가 서로 싸우러 오는 것을 상상했기 때문이었다. 그는 매 시시각각, 순간마다 기사소설에 나오는 전투, 마법, 모험으로 가득 찬 환상에 사로잡혀 있었고, 그의 모든 생각과 소망 역시 그런 쪽으로 쏠려 있었다.

그가 본 먼지구름은 반대편 양쪽에서 같은 길을 따라 몰려오는 두 무리의 거대한 양떼가 일으킨 것인데, 먼지 때문에 가까이 올 때까지 도무지 그 정체를 알 수가 없었다.

돈키호테가 그것들을 군대라고 부득부득 우겼기 때문에 산초도 그렇게 믿기로 했다.

"주인님, 그럼 이제 우리는 어찌해야 할까요?"

"뭐라고!"

돈키호테가 외쳤다.

"어려움과 궁핍에 빠진 편에 서서 도와주어야 하지 않겠나. 산초야, 우리 앞에서 다가오는 군대는 트라포바나(Trapobana) 섬의 군주인 막강한 황제 알리팜파론(Alifamfaron)이 이끌고 있다는 걸 명심하라. 우리의 등을 지고 진군해오는 다른 편은 그의 상대인 가라만테스(Garamantes; 기원전 5세기에서 기원후 7세기까지 리비아 사막 지역을 중심으로 번창했던 대제국-역주)의 왕, 바로 '팔을 걷어붙인' 펜타폴린(Pentapolin)이다. 그는 항상 오른팔을 걷어 올리고 전투에 나서기 때문에 붙은 별명이지."

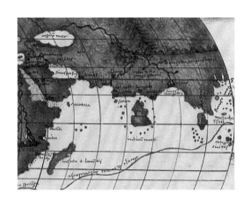

◆

일라 트라포바나(Illa Trapobana)라고 불린 이 섬은 그리스 로마시대부터 타브로바네(Taprobane)로 불렸던 실론 섬(스리랑카)이다. 중세에서 가장 뛰어난 세계지도 『카탈루냐 지도첩(Catalan Atlas)』에는 "세계의 남동쪽 끝에 있는 트라포바나 섬에는 거인이나 식인종, 흑인과 같은 혐오스런 인종들이 살고 있으며, 타타르 인들은 그들을 대 카울리지(Magno-Caulii)라고 부른다. 이 섬은 인도 끝에 있는데, 1년에 여름과 겨울이 두 번씩 있으며, 황금과 보석이 넘쳐난다."는 내용이 적혀 있다.

"그런데 이 두 왕들은 왜 저렇게 서로 미워하는 걸까요?" 하고 산초가 물었다.

"그들은 서로 적이란다. 알리팜파론이 극악무도한 이교도인데다 기독교 신자인 펜타폴린의 아름답고 우아한 딸을 무척 사랑하고 있었기 때문이지. 그녀의 아버지는 마호메트의 거짓 종교를 버리고 자신의 종교로 개종할 때까지 그녀를 이교도 왕에게 주려 하지 않았단다."

"펜타폴린이 옳다는 데 제 수염을 걸겠습니다. 제 힘 닿는 데까지 그를 도울 것입니다."

"그렇다면 네 소신껏 해보거라, 산초야. 이런 전투에는 기사라는 작위가 필요하지 않으니까 말이다."

"맞습니다. 하지만 전투가 끝난 후에 당나귀를 찾아내려면 어디에다 숨겨야 하죠. 이런 당나귀를 타고 전투에 뛰어드는 것은 관례가 아니라고 사료됩니다만."

"네 말이 맞다. 하지만 당나귀를 잃든 찾든, 그것은 운에 맡겨야 할지도 모른다. 이 전투가 끝나면 우리는 아주 많은 말들을 노획할 것이기 때문에 로시난테조차도 다른 말로 바뀔 위험을 감수해야 할 거다. 그러니 얼른 저쪽 언덕으로 피하도록 하자. 거기선 양쪽 군대를 더 잘 볼 수 있을 게다."

그렇게 해서 두 사람은 언덕 꼭대기에 자리를 잡은 뒤, 돈키호테의 상상이 군대로 둔갑시킨 두 개의 거대한 먼지구름을 응시했다. 여기서 돈키호테는 산초에게 양쪽 기사들의 이름, 양쪽 군의 색깔과 장비, 그들의 좌우명과 편대의 숫자, 그리고 그들의 출신 국가와 지역에 대해 열변을 토했다.

그러나 산초는 아직 기사단이나 군대라고는 눈을 씻고 보려야 볼 수 없다는 사실에 갸우뚱하며 그저 듣고만 있다가 참다못해 소리를 질렀다.

"도대체 이 기사 군단은 모두 어디에 있단 말입니까, 주인님?

제 눈에는 하나도 보이지 않는데요. 어젯밤 너무나 많은 일들이 그랬던 것처럼, 이 모든 게 마법에 걸렸는지도 모르겠습니다."

"어떻게 그런 말을! 말들이 달려오는 소리와 진군나팔 소리와 요란한 북소리가 들리지 않는다는 말이냐?"

"다른 소리는 들리지 않고 그저 양들의 울음소리만 들리는데요."

그것은 사실이었다. 마침내 두 무리의 양떼가 그들에게 서서히 접근하고 있었던 것이다.

이때 돈키호테가 말했다.

"너 지금 떨고 있구나. 산초야, 네 마음속의 두려움이 올바로 보지도 듣지도 못하게 하는 것이다. 두려움은 감각을 교란시키고, 사물을 본래 것과 다르게 보이도록 하기 때문이란다. 정 두렵다면, 비켜서서 홀로 있게 놔두거라. 나 혼자라도 충분히 내가 돕는 쪽에 승리를 안겨줄 수 있으니 말이다."

그렇게 말한 뒤 돈키호테는 창을 옆구리에 긴 채 로시난테에게 박차를 가해 벼락치듯 산비탈을 내려갔다.

산초는 그의 등뒤로 목청껏 외쳤다.

"돌아오세요, 돈키호테 님! 주인님이 공격하려는 것은 양떼일 뿐입니다. 그러니 제발 돌아오세요! 아이고 내 신세야! 이게 무슨 미친 짓이랍니까? 보세요. 기사도, 무기도, 방패도, 군인도, 황제도 없고, 그저 양들만 있잖아요. 도대체 뭐 하시는 겁니까? 아이고, 내가 죽일 놈이지."

그래도 돈키호테는 돌아오기는커녕 오히려 말 위에서 더 큰 소리로 외쳐댔다.

"자, 기사들이여! 팔을 걷어붙인 펜타폴린의 깃발 아래 싸우는 자들이여, 모두 나를 따르라. 두고 보시오. 그의 원수 트라포바나의 알리팜파론을 내가 얼마나 손쉽게 복수하는지를 말이오!"

이 말이 떨어지자마자 돈키호테는 양떼의 한가운데로 뛰어들어, 마치 철천지원수들을 대하듯 용기백배해 창을 휘두르기 시작했다.

양떼를 몰고 온 목동들은 그에게 그만두라고 하소연했다. 하지만 자기네 말이 아무런 소용이 없다는 걸 알고, 그들은 투석기로 돈키호테의 머리를 향해 주먹만 한 돌멩이를 쏘아대기 시작했다.

그러나 돈키호테는 아랑곳하지 않고 이리저리 날뛰며 소리쳤다.

"어디 있느냐, 거만한 알리팜파론, 어디 있느냐 말이다! 어서 나오거라. 난 너와 남자 대 남자로 겨뤄 내 힘을 증명해보려는 기사일 뿐이다. 넌 용맹스런 펜타폴린 황제에게 나쁜 짓을 한 대가로 네 목숨을 내놓아야 할 것이다."

OF THE ADVEN-
TURE OF THE
TWO ARMIES ·

◆

양쪽 군대의 모험

바로 그 순간 돌멩이 하나가 그에게 일격을 가해 갈비뼈 두 개를 부러뜨렸다. 자신이 죽거나 중상을 당했다고 확신한 순간, 그는 번뜩 발삼이 떠올라 얼른 기름통을 꺼내 입에 들이부었다. 그러나 그가 원하는 만큼 마시기도 전에 돌멩이가 또 날아와 발삼이 가득 찬 기름통을 산산조각 내버렸다. 게다가 서너 개의 이빨이 입 밖으로 튀어 나갔고, 손가락 두 개도 으스러졌다. 두 방의 타격으로 심하게 다친 그는 급기야 말에서 떨어져 땅바닥에 굴러버리고 말았다.

　목동 일행이 달려와 살펴보더니 자신들이 그를 죽였다고 믿고 서둘러 양떼를 거둬들였다. 그리고 죽은 양 일곱 마리도 실었는데, 그것에 대해서는 더이상 추궁하지 않기로 하고 떠나버렸다.

　그동안 산초는 언덕 위에서 주인님이 저지른 미친 짓을 바라보고, 수염을 쥐어뜯으며 돈키호테를 처음 만난 때를 저주하고 있었다. 하지만 주인님이 땅바닥에 쓰러져 있고, 목동들이 떠나간 것을 본 그는 언덕을 내려와 주인에게 다가갔다. 아직 의식을 완전히 잃지는 않았지만, 몰골이 영 아닌 그를 보고 탄식을 금치 못했다.

　"제가 말하지 않았습니까, 돈키호테 님."

　산초가 구슬프게 말했다.

　"주인님이 공격하러 간 자들은 군대가 아니라 양떼이니까 그냥 돌아오라고 했잖아요."

"내 원수이자 마법사인 저 도둑은 사물을 둔갑시키고 사람을 마음대로 사라지게 할 수 있단다. 산초야, 그런 자들이 우리를 자기가 원하는 대로 보이게 하는 건 누워서 떡먹기라는 걸 알고 있거라. 그리고 내가 이 전투에서 거둘 영광을 시기하여 날 핍박한 이 악마가 적의 편대를 양떼로 둔갑시켜놓았단다. 산초야, 못 믿겠거든 얼른 이 당나귀를 타고 그들의 뒤를 조심스럽게 밟아보거라. 그러면 얼마 가지 않아 그들이 원래의 모습으로, 양이 아니라 내가 처음 너에게 말한 인간으로 돌아오는 걸 볼 수 있을 것이다."

바로 그때 돈키호테가 삼킨 발삼이 그를 몹시 고통스럽게 만들자, 산초 판사는 그를 치료할 만한 게 자루 속에 있는지 보려고 당나귀 쪽으로 달려갔다. 그러나 당나귀 등에서 자루를 찾을 수 없었다. 그제야 비로소 여관에 두고 왔다는 생각이 든 그는 머리가 돌아버릴 지경이었다. 그는 새삼스럽게 자신을 저주하면서, 임금과 약속받은 섬의 영주 자리를 잃더라도 차라리 주인 곁을 떠나 집으로 돌아가기로 마음먹었다.

이때 돈키호테가 일어나 나머지 이빨이 빠지지 않게 왼손을 입에 대고, 오른손으로는 로시난테의 고삐를 잡았다. 그리고 머리를 쥐어짜며 당나귀에 기대고 서 있는 시무룩한 표정의 종자

◆

디오스코리데스(Pedanius Dioscorides; 40–90년경)가 쓴 『약물에 대하여』(De materia medica)는 600여 종의 약초를 기록해놓은 것으로, 근대 식물용어를 규정하는 데 가장 중요한 고전 자료이며, 16세기에 걸쳐 가장 우수한 약물학 교과서로 쓰였다. 그는 로마 황제 네로의 군대와 함께 군의(軍醫)로서 여러 곳을 여행하면서 수많은 식물과 광물의 특징, 분포, 의학적 효능 등을 연구했다. 의대생들의 '히포크라테스 선서'나 간호대생의 '나이팅게일 선서'처럼 '디오스코리데스 선서'는 약학대학 학생들이 장차 약사로서의 봉사를 다짐하는 선서문이다.

에게 다가갔다.

너무 비참해 보이는 종자를 보고 돈키호테가 말했다.

"명심해라, 산초야, 그리 쉽게 낙담하면 안 된다. 우리에게 닥친 폭풍은 곧 날씨가 맑을 징조들이란다. 그러니 내 불행을 놓고 네 자신을 괴롭혀서는 안 된다. 내 불행을 너와 함께 해서는 안 된단 말이다."

"왜 그렇죠?"

산초가 대답했다.

"어제 그들이 담요에 던져넣은 게 내가 아니고 도대체 누구란 말입니까? 그리고 오늘 내 소지품들이 몽땅 들어 있는 자루를 잃어버린 것도 내 불행이 아니란 말입니까?"

"뭐, 자루가 없어졌다고?"

"그렇다니까요."

"그럼 우리 오늘 먹을 게 없단 말이잖아."

"그렇죠."

산초가 말했다.

"주인님도 잘 알고 계시고, 또 편력기사들이 배고플 때 먹었다고 저에게 말씀해주신 그 약초를 들판에서 찾지 못한다면 말입니다."

"그래도 난 디오스코리데스(Dioscorides)가 적어놓은 모든 약초들보다는 차라리 부드러운 빵 한 조각이나 오두막집 호밀빵과 정어리 한 마리를 먹는 게 낫겠다. 그러니 당나귀에 오르기 전에 여기에 손을 대보고 위턱 오른쪽에서 앞니와 어금니가 얼마나 빠졌는지 눌러봐라. 거기가 몹시 아프거든."

산초는 손가락을 집어넣어 더듬어보았다.

"주인님, 전에 이쪽 어금니가 몇 개 있었나요?"

"네 개. 사랑니 빼고 다 온전했지."

"확실한 거죠, 주인님."

"응, 네 개 아니면 다섯 개야. 평생 난 앞니고 어금니고 빼본 적도 빠져본 적도 없단다. 더구나 충치도 없었지."

"그런데, 이 아래쪽으로는 어금니가 두 개 반밖에 없고, 위쪽에는 하나도 없는걸요. 제 손바닥처럼 부드러워요."

그러자 돈키호테가 외쳤다.

"난 정말 운도 없구나. 칼을 휘두르는 팔이 아니라면 차라리 팔 하나가 빠지는 게 더 나을 텐데. 산초야, 어금니 없는 입은 돌 없는 맷돌과 같고, 이빨은 맷돌보다 훨씬 소중하다는 걸 알아두거라. 그러나 편력기사의 엄격한 규범을 주장하는 우리 같은 사람들은 이 모든 것들을 감수해야만 한다. 산초야, 어서 당나귀에 올라 길을 인도하거라. 오늘은 네가 가는 대로 따라갈 테니 말이다."

11

무사히 끝난 돈키호테와
산초의 놀라운 모험

"주인님. 제가 보기에 요즘 우리에게 닥친 모든 불상사는 분명 주인님이 기사도의 규칙을 어겨 생기는 것 같습니다. 주인님이 하신 서약을 지키지 않고, 말란드리노(Malandrino; 원뜻은 '부랑자' -역주) 인지 뭔지 하는 자의 투구를 얻을 때까지는 빵도 먹지 않고, 또 다른 일들도 모두 하시겠다는 맹세를 안 지키셨으니까요."

"네 말이 맞다. 산초야. 사실은 내가 깜빡 잊고 있었다. 그러나 나는 기사도의 규칙에 따라 할 수 있는 데까지 고쳐나갈 것이다."

"그러시면 분명 모든 것들이 잘 될 것입니다. 그리고 나는 라 만차의 돈키호테, '우수(憂愁)의 기사'(the Knight of the Rueful

Countenance) 만큼 위대한 사람은 없다는 걸 알고 살아갈 겁니다."

"그런데 산초야. 넌 왜 그런 이름을 나에게 붙여주었지?"

"사실 주인님은 지금 그 누구보다도 비통한 표정을 하고 계셨기 때문이죠. 그건 필시 결투로 인해 너무 지치셨거나, 아니면 어금니들이 빠졌기 때문일 겁니다"

"내 생각엔 어떤 현자가 그런 이름을 내게 지어주려고 미리 네 머릿속에 넣어둔 걸 거야, 내 기억으론 다른 기사들도 모두 그런 별명을 가지고 있었지. '불타는 검의 기사'(The Knight of the Flaming Sword)나 '그리핀의 기사'(The Knight of the Griffin; 그리핀은 사자 몸통에 독수리의 머리와 날개를 지닌 신화 속의 동물. 그리폰이라고도 한다.-역주) 등 여러 별명들이 있었단 말이다. 그럼 오늘부터 나를 '우수(憂愁)에 찬 기사'로 부를 것이다. 또 그 이름에 더 어울릴 수 있도록, 우선 방패에 가장 참혹하고 슬픈 모습을 그려넣을 것이다."

"얼굴을 칠하는 데 시간과 돈을 낭비할 필요가 없는 것 같은데요. 주인님 하실 일은 그저 사람들에게 주인님의 얼굴을 보여주기만 하면 됩니다. 사람들은 틀림없이 주인님을 '우수에 찬 기사'라고 부를 겁니다. 하지만 배도 고프고 이빨도 없어져 주인님을 그렇게 흉칙한 몰골로 만들었으나, 그림까지 그릴 필요는 없잖아요."

돈키호테는 종자의 그럴 듯한 말에 웃음을 지었다. 하지만 그는 자기가 생각했던 대로 방패에 그 그림을 그려넣기로 했다.

그들은 이제 산 두 개 사이에 있는 넓지만 눈에 띄지 않는 골짜기에 도착했다. 그리고 푸르고 부드러운 풀들이 우거진 언덕 한쪽에 있는 초원이 보이자 두 사람은 그 안으로 들어섰는데, 밤이 깊어 한 치 앞도 보이지 않아 길을 더듬거리며 걸어갔다.

그런데 이백 걸음도 채 가지 않아 큰 물소리가 마치 커다랗고 가파른 바위로부터 곤두박질치는 것처럼 들려왔다. 무척이나 목말라 있던 두 사람은 그 소리를 듣고 크게 환호했다. 발걸음을 멈추고 소리가 나는 쪽으로 귀를 기울이자, 이번엔 또 다른 큰 소리가 들려왔다. 그 소리는 두 사람의 기쁨에 찬물을 끼얹었는데, 특히나 소심한 산초는 금세 겁을 먹고 말았다.

그것들은 물 흐르는 소리보다 더 세차게 들렸는데, 덜컹거리는 쇠붙이와 쇠사슬의 역겨운 소리를 내면서 규칙적으로 박자를 맞추었다. 더구나 칠흙같은 어둠 속에서 세차게 떨어지는 물소리와 어우러져 돈키호테보다 강심장이 아닌 사람에게는 공포심을 불러일으키고도 남았다.

깜깜한 밤 그들은 지금 어떤 키 큰 나무들 사이에 있었는데, 그 잎사귀들이 부드러운 바람을 타고 살랑거리며 나지막이 속삭였기 때문에, 고립된 장소, 어둠, 떨어지는 물소리, 심한 구타와 덜거덕거리는 사슬의 이상한 소리들이 모두 공포와 두려움을 불러일으켰고 쿵쾅거리는 소리도 멈추지 않아 더더욱 두려워, 결코 아침이 오지 않을 것 같은 생각이 들었다.

그러나 돈키호테는 아랑곳하지 않고 로시난테에게 올라타 방패를 움켜쥐고 창을 휘두르며 말했다.

"산초야, 세상의 모든 위험한 모험들과 위대한 업적들과 용맹스러운 무훈들이 날 기다리고 있구나. 나는 잊혀진 '원탁의 기사단'이 일구어 놓은 위업을 이어갈 사람이다. 믿음직스럽고 충실한 종자, 산초야. 오늘 밤의 어둠, 이상한 정적, 둔탁하고 혼란스러운 나뭇잎의 떨림, 가파른 '달의 산'(아프리카에서는 드물게 만년설로 뒤덮인 우간다의 르웬조리 산을 그곳 사람들은 산의 정상 부근에 쌓여 있는 눈 때문에 마치 달처럼 빛난다고 하여 달의 산이라 부른다. 100여 년 전 영국인 탐험대에 의해 나일강의 발원지로 증명되었다.-역주)에서 떨어지는 듯한 거센 물소리, 우리의 귀를 아프게 하는 끊임없는 쿵쾅거림은 한꺼번에든 따로따로든 아레스(Ares; 그리스 신화에서 '전쟁의 신'이며 로마신화의 마르스(Mars)에 해당-역주)의 가슴에 공포와 두려움과 놀라움을 불러일으키기에 충분한데, 그런 모험에 익숙하지 않은 사람에게는 오죽하겠느냐. 그러나 네 덕분에 그 어떤 위험이 닥치더라도 위험을 무릅쓰고자 하는 열망으로 가슴이 터질 것 같구나. 그러니 로시난테의 배띠를 더 조이거라, 모든 게 잘 될 거다. 여기서 사흘만 기다리다가 그때까지 돌아오지 않으면, 넌 마을로 돌아가거라. 그리고 날 위해 비할 데 없는 나의 둘시네아 부인이 있는 토보소로 가서 그녀의 포로가 된 기사로서 해야 할 일을 하다가 장렬히 전사했다고 전하거라."

산초는 주인의 말을 듣고 애처롭게 울먹이면서 그에게 말했다.

"주인님, 제 생각에는 주인님이 이 무시무시한 모험을 할 필요가 없다고 생각합니다. 지금은 밤이라서 아무도 우리를 보지 못할 테니, 얼마든지 방향을 틀어 쉽사리 위험에서 벗어날 수 있을 겁니다. 더구나 아무도 우리를 보지 못하니 우리를 겁쟁이로 매도할 사람도 없고요. 저는 주인님을 모시려고, 또 제게 수없이 약속했던 그 불운하고 저주받은 섬을 얻으려고 아내와 자식들을 두고 고향을 떠나왔습니다만, 지금 저를 이 황무지에 버려두겠다는 겁니까? 적어도 아침까지는 미루세요. 얼마 안 있으면 동이 틀 것 같으니 말입니다."

"난 절대로 눈물이나 애원 때문에 기사로서의 의무를 수행하지 못했다는 말을 듣고 싶지 않다."

산초는 주인님의 마음이 요지부동하여 자기의 눈물, 간청, 기도가 소용없다는 걸 알고 어떻게든 꾀를 내 새벽까지 기다리게 할 작정이었다. 그래서 말의 배띠를 조일 때 슬며시 당나귀의 고삐로 로시난테의 두 다리에 묶어놓았다. 그래서 돈키호테는 떠나고 싶어도 떠날 수가 없었다. 로시난테가 제자리에서 팔짝팔짝 뛰기만 할뿐 한 걸음도 나갈 수 없기 때문이었다.

◆

포르투나(Fortuna)는 로마신화에 나오는 '행운의 여신'이자 '운명의 여신'으로, 운명의 수레바퀴를 맡아 사람들의 운명을 결정한다. 그리스 신화의 티케(Tyche)에 해당한다.

산초는 자신의 계략이 통한 것을 보고 외쳤다.

"보세요, 주인님. 하늘도 저의 눈물과 기도에 감동한 나머지 로시난테를 한 발짝도 못 움직이게 한 것 같습니다. 주인님이 로시난테를 계속 재촉하거나 박차를 가하고 때리시면 포르투나 여신(Fortune)이 화를 낼 것이며, 그건 흔한 말로 돌부리에 발길질하는 것이나 마찬가집니다."

돈키호테는 이에 화가 났지만, 로시난테를 자극할수록 그 녀석은 더 꼼짝하지 않았다. 마침내 그는 더이상 로시난테를 움직일 수 없다는 것을 확신하여 아침이 올 때까지, 또는 로시난테가 스스로 움직일 때까지 조용히 있기로 했다. 그리고 산초가 이 꼼수의 원인이라는 걸 전혀 모르는 돈키호테가 말했다.

"산초야, 로시난테가 움직일 수 없기 때문에 아침 해가 뜰 때까지 여기서 기다려야겠다. 그때까지 너무 오래 걸릴지도 모른다는 생각에 눈물이 나지만 말이다. "

"주인님, 우실 것까지는 없습니다. 편력기사의 관습에 따라 풀밭으로 내려와 잠을 청하고 싶지 않다면, 날이 샐 때까지 재밌는 이야기를 들려드리죠. 그러면 이 끔찍한 모험을 마무리할 수 있는 보다 상큼한 내일을 맞이할지도 모릅니다."

"누가 잠을 잔다고 하더냐?"

돈키호테가 화를 내며 말했다.

"위험에 처했을 때 내가 휴식을 취하는 기사란 말인가? 잠을 자려고 태어난 자나 자든지 마음대로 하거라. 난 옳다고 생각하는 것을 할 것이다".

"주인님, 화내지 마세요. 전 그런 뜻으로 말한 게 아닙니다."

산초는 주인님에게 최대한 살금살금 다가가더니 한 손을 안장 앞머리에 얹었다. 여전히 들려오는 쿵쾅거리는 소리가 너무도 두려웠기 때문이었다.

몇 시간 동안 대화를 나누다 보니 새벽이 다가오자 산초는 아주 조심스럽게 로시난테를 풀어주었다. 말이 자유의 몸이 된 걸 알았는지 비록 혈기왕성하지는 않았어도 발굽으로 발을 동동 구르기 시작했다. 돈키호테는 그가 움직인 것을 보고 좋은 징조로 받아들였고, 드디어 이 무서운 모험을 시도할 때가 되었다고 믿었다.

이윽고 해가 솟아 올라 모든 것들이 뚜렷하게 보이자 돈키호테는 자신이 아주 어두운 그림자를 드리우고 있는 커다란 밤나무 숲속에 있다는 걸 알았다. 쿵쾅거리는 소리는 여전히 그치지 않았으나, 그 원인이 무엇인지는 알 수 없었다. 곧바로 로시난테에게 박차를 가한 돈키호테는 산초에게 다시 한번 작별을 고하고, 길어야 사흘 동안 그곳에 머물도록 명령하면서, 그때까지 돌아오지 않으면 그 위험한 모험으로 생을 마감했다는 것을 확실히 받아들이라고 했다. 그리고 둘시네아 부인에게 전달해야 할 말을 다시 일러준 다음, 만일 그가 이 끔찍한 위험에서 무사히 빠져나온다면 종자는 약속했던 섬 이상의 것을 갖게 될 거라고 장담했다.

이에 산초는 선량한 주인님의 자비로운 말에 새삼스럽게 울음을 터뜨렸고, 이 모험이 끝날 때까지 주인 곁을 떠나지 않기로 작정했다. 돈키호테는 끔찍한 소음이 나는 쪽을 향해 나아갔고, 산초는 좋을 때나 나쁠 때나 항상 붙어 다니는 당나귀의 고삐를 잡고 걸어서 그를 따라갔다.

그늘진 밤나무들 숲에서 꽤 먼 거리를 가다 보니 높은 바위들의 기슭 자락에 조그만 초원이 보였다. 그 바위에서는 엄청난 양의 물이 쏟아져 내렸다. 바위 기슭에는 집이 몇 채 있었고, 허름해서 그런지 집이라기보다는 폐허처럼 보였다. 바로 거기서 여태까지 멈추지 않는 털커덕거리는 소리가 들려왔던 것이다.

로시난테가 세찬 물소리와 쿵쾅거리는 소리에 놀라자 돈키호테는 진정시키고 조금씩 집 근처로 다가갔다. 돈키호테는 경애하는 둘시네아 부인의 이름을 경건하게 중얼거렸고, 산초는 절대로 주인 곁에서 떨어지지 않은 채 목과 눈을 한껏 뻗어 두 사람을 그토록 공포와 경악의 도가니로 몰아넣은 것이 과연 무엇이었는지를 살폈다.

OF A WONDERFUL
ADVENTURE —

어떤 놀라운 모험

그들이 한 백 걸음쯤 더 걸어 모퉁이를 돌아서자 눈앞에는 밤새도록 그들을 무섭게 만들고 겁에 질리게 했던 그 흉측하고 끔찍한 소리의 장본인이 서 있었다. 이것은 빨래 방앗간이었는데, 수차(水車)에 의해 움직이는 여섯 개의 커다란 쇠방망이나 절구 같은 게 온종일 위아래로 번갈아 내려치고 있었다. 이것이 바로 모험가들을 겁먹게 했던 끔찍한 소음을 일으켰던 것이다.

돈키호테는 그것을 보더니 무안해서 잠자코 서 있었다. 산초는 고개를 떨구고 있는 주인님을 보았다. 돈키호테도 자신의 종자를 바라보았고, 웃음을 참느라 양쪽 볼이 부풀어 터질 것만 같았다. 돈키호테는 그리 심히 우울한 표정이 아니었고 산초를 보고 피식 웃자, 산초는 기다렸다는 듯이 깔깔대기 시작했는데, 한동안 웃음보가 터지는 바람에 양손으로 옆구리를 눌러야할 정도였다.

그는 웃다가 그치고 다시 웃기를 네 번이나 되풀이했다. 그러나 돈키호테가 크게 화가 난 것은 그가 주인님을 여러 번씩이나 흉내냈기 때문이었다.

"산초야, 난 세상의 모든 위험한 모험을, 위대한 업적을, 용맹스러운 위업을 이어받은 인물이다."

산초는 그들이 이 무시무시한 소리를 처음 들었을 때 돈키호테가 한 이 말을 계속 읊조렸던 것이다.

이 말을 들은 돈키호테는 화를 참을 수 없어 창을 들어 산초의 등을 두 번이나 가격했다. 그가 등을 쳤기 망정이지 정수리를 쳤더라면 주인님은 종자에게 더 이상의 임금을 지불할 필요가 없었을 것이다.

산초는 자기의 농담이 너무 심했다는 걸 알고 아주 공손하게 말했다.

"제발 진정하세요, 선량한 주인님, 그냥 농담이었어요."

"그런데 왜 그런 농담을 하는 거냐? 나는 농담을 하지 않는다는 걸 알지? 철부지야, 이리 와보거라. 내가 기사이니까 소음을 구별하고, 그것들이 빨래 방앗간의 물건이며, 어떤 게 거인의 물건인지 알아야 한단 말이냐? 그게 아니라면 여섯 개의 쇠방망이를 거인으로 바꾸어 나에게 한 놈씩이든 한꺼번이든 던져보거라. 내가 그 놈들을 모조리 때려 맞히지 못하면 그때 마음껏 날 비웃어라."

"자꾸 그러지 마세요, 주인님. 솔직히 제가 너무 웃은 건 맞습니다. 하지만 이제부터는 절대로 주인님이 하시는 일을 비웃으려고 입을 놀리지 않겠습니다. 오직 저의 주인님과 주님으로 받들기 위해서만 그럴 것이라고 맹세합니다."

"그런 식으로 부모님을 존경하듯 주인을 대한다면, 넌 이 땅 위에서 영원히 평화롭게 살 수 있을 것이다."

12
___
맘브리노 투구를 획득한 대단한 모험

이제 비가 내리기 시작하자, 산초는 비를 피하려고 빨래 방앗간으로 들어가려고 했다. 하지만 돈키호테는 자기에게 한 농담이 아른거려 그곳으로 가까이 가는 걸 꺼려했다.

그래서 오른쪽으로 돌아서 전날 그들이 갔던 길과 별반 다르지 않은 큰길로 접어들었다. 얼마쯤 갔을까. 돈키호테는 말을 타고 머리에 금처럼 번쩍거리는 것을 쓰고 있는 남자를 보았다. 돈키호테는 곧바로 산초에게 눈을 돌려 말했다.

"생각해보니, 산초야. 속담이라는 것이 틀린 게 하나도 없구나. 속담은 모두 보편적인 과학의 어머니라 할 수 있는 경험에서 우러나온 말이기 때문이겠지. '한 문이 닫히면 다른 문이 열린다'는 속담이 있다. 운명의 여신이 어젯밤 우리를 위해 문을 닫아 빨래 방앗간의 모험에서 우리를 속였다면, 오늘은 더욱 멋지고 확실한 모험으로 가는 문을 활짝 열어놓았기 때문이다. 내가 이렇게 말하는 것은, 잘못 안 게 아니라면 머리에 맘브리노(Mambrino) 투구를 쓰고 있는 사람이 우리를 향해 오고 있기 때문이란다. 너도 알다시피, 그 투구에 대해서는 내가 너에게 맹세한 적이 있었다."

"주인님, 생각 좀 하시고 말을 하세요. 행동으로 옮기실 때는 더더욱 신중해야 합니다. 우리를 정신나가게 하는 빨래 방앗간을 더 이상 마주치고 싶지 않으니까요."

"정신차려, 이 사람아!"

◆

맘브리노는 14세기 말 기사 소설에 나오는 무어인 왕이다. 그가 쓴 황금투구는 어떤 공격으로부터도 자신을 보호할 수 있다고 전해진다. 위의 사진은 돈키호테가 맘브리노 투구로 알고 뺏은 깨진 놋쇠 대야이다.

돈키호테가 외쳤다.

"어떻게 맘브리노 투구를 빨래 방앗간과 비교하느냐?"

"저야 잘 모르지만, 예전처럼 말할 수 있다면, 전 주인님 말씀이 틀렸다는 걸 알아야 한다고 말하겠습니다."

"내가 하는 말이 뭐가 잘못됐지? 어서 말해보거라, 머리에 황금 투구를 쓰고 얼룩말을 탄 기사가 우리 쪽으로 오는 게 보이지 않느냐?"

"제가 보기엔, 제 당나귀처럼 회색빛 당나귀를 타고 머리에 반짝거리는 뭔가를 이고 오는 사람일 뿐입니다."

"그게 바로 맘브리노의 투구란 말이다. 너는 비켜서서 그와 나 단둘이 있도록 하라. 그러면 넌 그저 숨을 죽이고 이 모험이 어떻게 끝나는지, 또 내가 갈망해 온 투구가 어떻게 내 손으로 들어오는지 지켜볼 수 있을 것이다."

"예, 멀찍이 떨어져 조심스럽게 있습죠. 하지만 이번 일이 제발 또 다른 빨래 방앗간 사건이 아니길 바랍니다." 하고 중얼거렸다.

"아까도 말했지만,"

돈키호테가 화를 벌컥 내며 말했다.

"빨래 방앗간 얘기는 입밖에 꺼내지도 마라. 안 그러면, 네 몸뚱아리에서 영혼을 끄집어내 박살낼 것을 맹세하노라."

이 말에 산초는 주인님이 맹세를 지킬까 봐 두려워 조용히 입을 다물었다.

지금 돈키호테가 본 투구와 말, 그리고 기사에 관한 것의 전모는 이러했다. 그 주변에는 두 마을이 있었는데, 한 마을은 너무 작아 가게도 이발사도 없었지만, 더 큰 마을에는 모든 게 갖추어져 있었다. 그래서 작은 마을에 수염을 다듬고자 하는 사람이 생길 때마다 이발사는 작은 마을을 찾았다. 그는 지금 작은 마을로 가는 중이었는데, 갑자기 비가 내렸다. 그래서 그는 새로 산 게 분명한 모자가 젖지 않도록 가지고 가던 놋쇠 대야를 뒤집어 썼다. 그런데 그 대야를 어찌나 반들반들 문질러놓았는지 반 리그(league; 1리그는 약 4Km이니 약 2Km-역주) 떨어진 곳에서도 반짝거리는 게 보일 정도였다. 또 그는 산초의 말대로 회색 당나귀를 타고 있었다. 하지만 이 모든 것들이 돈키호테의 눈에는 얼룩말을 타고 황금투구를 쓴 기사로 보였다. 그가 우연히 마주친 모든 것들이 기사도에 관한 책에서 읽은 것들과 맞아 떨어졌기 때문이다.

불운한 기사가 가까이 다가서자 돈키호테는 아무 말 없이 그에게 창을 겨누며 단번에 꿰뚫고 말겠다는 각오로 로시난테를 전속력으로 몰았다. 상대가 가까이 다가오자 돈키호테는 여전히 말을 멈추지 않고 그에게 소리쳤다.

"어서 막아보시지, 불쌍한 놈 같으니라고. 싫다면 네 것은 전쟁의 권리에 따라 모두 내 것이 될 것이니라."

이발사는 당나귀를 타고 가다가 생각할 틈도 없이 또 두려움을 느낄 새도 없이 갑자기 자기에게 돌진해오는 이 험상궂은 자가 휘두르는 창을 피하기 위해서는 그저 당나귀에서 땅바닥으로 뛰어내리는 수밖에 없었다. 그리고 땅에 닿자마자 그는 놋쇠 대야를 놔둔 채 사슴보다 더 날렵하게 뛰어올라 바람보다 더 빨리 평원을 가로질러 도망쳤다. 이것을 집어 든 돈키호테는 무척 흡족해했고, 공격당하자마자 투구를 남겨둔 채 도망친 그 이교도야말로 현명한 놈이라고 말했다.

그리고 산초에게 투구를 집어들라고 시켰다. 산초는 투구를 들더니 이렇게 말했다.

"대야는 꽤 좋은 것이라 8레알은 나갈 테니 1파딩(farthing; 구 페니의 1/4에 해당하던 영국의 옛 화폐-역주) 정도는 될 것 같군요."

산초는 주인에게 그것을 건네주자 얼른 머리에 쓴 다음, 테두리를 이리저리 돌려 만져보았으나 얼굴 가리개를 찾을 수 없자 이렇게 말했다.

"이 투구를 처음 맞춘 이교도는 머리통이 무척 컸던 게 분명하군. 설상가상으로 투구의 절반은 어디 가고 없구나."

산초는 주인님이 세숫대야를 투구라고 부르는 것을 보고는 웃음이 터지려고 했으나, 주인님이 크게 노했던 적이 불현듯 생각나 웃음을 꾹 참았다.

THE RICH WINNING OF
THE HELMET OF MAMBRINO

◆

맘브리노 투구를 쟁취하는 돈키호테

"뭐가 그리 우습더냐, 산초야?"

"그게 말입니다. 이 투구의 주인이었던 이교도의 머리가 얼마나 컸는지 상상하다 보니 웃음이 절로 나서요. 그런데 이게 이발소 대야와 똑같이 생겼단 말입니다."

"내가 무슨 생각을 하고 있는지 알겠느냐, 산초야. 마법에 걸린 이 유명한 투구는 어떤 이상한 사고 때문에 엄청난 가치를 모르는 어떤 사람의 손에 들어갔을 거다. 그는 이게 순금인 걸 알고 절반을 녹여 팔아먹은 다음, 나머지 반으로 네가 말하듯이 이발소의 대야처럼 보이는 바로 이것을 만들었겠지. 하지만 그 가치를 아는 난 그 모양이 어찌 변했건 아무 상관이 없다. 맨 먼저 대장장이를 찾을 수 있는 마을에서 그것을 수리해야겠지만 가능하면 그동안 이걸 쓰고 다닐 것이다. 없는 것보다는 낫지 않겠느냐. 더구나 돌팔매질을 당해도 날 보호해줄 수 있으니 말이다."

"그러겠죠. 지난번 양쪽 군대와 벌인 전투에서처럼 그들이 투석기를 쏘지만 않는다면요, 그들은 주인님의 어금니들을 날려버리고, 그놈의 발삼을 담아놓은 기름통까지 깨뜨렸잖아요."

"산초야, 난 발삼을 잃은 걸 별로 개의치 않는다. 어차피 그 제조법을 기억하고 있으니 말이다."

그러자 산초가 신음소리를 내며 말했다.

"저도 기억하고 있지만, 제가 그걸 만들더라도 다시는 마시지 않을 겁니다. 그때가 바로 생의 마지막 시간이 될지도 모르니까요. 아무튼 그 일은 제쳐두고, 마르티노(Martino; 맘브리노를 잘못 발음한 것 -역주)인지 뭔지가 버려두고 간 이 얼룩말을 어떡하죠? 제가 보기엔 회색 당나귀같은데…. 그 자가 쏜살같이 도망간 걸 보면 돌아올 것 같지는 않은데 말입죠. 장담컨대 이 당나귀는 분명 괜찮은 놈입니다."

"난 정복당한 자들의 것을 뒤지는 데 익숙하지 않다. 싸움에서 승자가 자기 말을 뺏기지 않는 한 다른 사람의 말을 빼앗는 것은 기사도의 관행이 아니다. 그러니 산초야, 말인지 당나귀인지를 놔두거라. 아마 우리가 떠나는 것을 보면 주인이 다시 돌아올 것이다."

"정말이지 기사도의 법칙은 엄격하군요. 이 당나귀를 저 당나귀로 바꾸는 것도 안 된다니 말입니다. 그러면 마구 정도는 바꿔도 되지 않겠습니까?"

"그건 나도 잘 모르겠다. 그것은 의심의 여지가 있는 문제이지만, 네가 정 필요하다면 그렇게 하도록 해라."

"너무 절실합니다. 이 마구가 제 것이 된다면 다른 것은 아무 필요가 없을 겁니다."

그렇게 말한 뒤, 산초는 상대에게서 빼앗은 온갖 장식물들로 당나귀를 치장하여 훨씬 더 멋지게 보이도록 했다. 그리고 개울에서 물 한 모금 마신 그들은 증오에 찬 빨래 방앗간을 등지고 큰길로 나와 길을 재촉했다. 그동안 돈키호테는 두 사람을 위해 고이 간직해두었던 성공들을 산초에게 하염없이 설명해주었으나, 다른 장에서 반드시 들어야 할 모험이 나타나는 바람에 마무리되고 말았다.

13

가고 싶지 않은 곳으로 끌려가는
불쌍한 사람들에게
돈키호테가 자유를 안겨준 이야기

산초와 이야기를 계속 주고받으며 길을 가던 돈키호테가 눈을 들어보니 목에는 커다란 쇠사슬로 묵주처럼 엮여 있고 수갑이 채워진 십여 명의 사내들이 걸어오고 있었다. 쇠사슬은 목에 둘렀고, 그들 옆으로 총을 든 두 명의 남자가 말을 타고 오고, 다른 두 명이 창과 칼을 들고 그 뒤를 따라왔다.

산초 판사가 그들을 보자마자 이렇게 말했다.

"이 자들은 국왕의 명을 받고 갤리선으로 끌려가는 노예들이다."

그러자 돈키호테가 놀라서 물었다.

"어떻게! 사람들을 강제로… 도대체 국왕이 누구를 강요할 수 있단 말이냐?"

"그런 말이 아니라, 저들은 죄를 진 대가로 갤리선의 노를 젓는 노역을 국왕께 바치러 가는 중이라고요."

"사실이 그렇다 쳐도, 이 사람들은 자기가 원해서가 아니라 강제로 그곳에 끌려가고 있는 게 아니냐."

"그건 그렇지요."

"그렇다면,"

주인님이 말을 이었다.

"이거야말로 불법을 바로잡고 불쌍한 사람들과 고통받는 사람들을 도울 의무를 진 내가 나설 일이다."

"주인님, 국왕 폐하 자신이 정의이니, 아무에게나 잘못이나 폭력을 행하지 않습니다. 죄를 지은 자들만 처벌한다는 것을 제발 아셔야 합니다."

이때쯤 쇠사슬에 묶인 갤리선 노예들이 가까이 다가왔고, 돈키호테는 인솔자들에게 왜 그런 식으로 사람들을 끌고 가는지 납득이 가도록 해달라고 아주 공손하게 부탁했다.

말을 탄 인솔자들 중 한 사람이 말하기를, 이 자들은 국왕 폐하로부터 처벌을 받아 갤리선으로 끌려가는 노예들인데, 더 이상 해줄 말도 없고, 돈키호테도 더 이상 알아야 할 것도 없다고 대답했다.

"그렇다 하더라도."

돈키호테가 아주 정중하게 물었다.

"난 그들 하나 하나에게 이런 치욕을 당한 이유를 꼭 듣고 싶소."

그러자 말을 탄 인솔자가 이렇게 대답했다.

"우리가 이 놈들의 죄명부를 여기 가지고 있지만, 정 그리하고 싶다면 이 녀석들에게 직접 물어보시오. 그러면 필시 자네들 이야기를 그쪽에게 들려줄 것이오. 몹쓸 짓을 해놓고도 그걸 떠벌리는 게 너무 즐거운 녀석들이니까."

돈키호테는 허락을 받지 않았어도 그렇게 했겠지만, 이렇게 허락까지 받자 냉큼 맨 앞줄에 있는 자에게 다가가 도대체 무슨 죄를 지었길래 이런 고초를 겪는지를 물었다. 그러자 그는 다름 아닌 사랑 때문에 이리 되었다고 대답했다.

"그게 다란 말이오?"

돈키호테가 외쳤다.

"사람들이 사랑한다는 이유 하나로 갤리선으로 붙들려 가야 한다면, 난 벌써 그곳에서 노를 젓고 있었어야 할 거요."

"제 사랑은 당신이 상상하는 그런 것이 아닙니다."

갤리선 노예가 대답했다.

"제 사랑은 곱디고운 린넨 옷이 가득한 빨래 바구니를 너무 사랑한 나머지 그냥 꼭 껴안았지요. 법이 강압적으로 그것을 빼앗아 가지만 않았어도, 전 지금까지 그것을 순순히 내주지 않았을 겁니다. 전 현행범으로 체포되었고 3년 형을 받아 갤리선으로 이송 중입니다."

돈키호테는 이제 두 번째 죄수에게 무슨 죄를 지었는지 물었지만, 너무 괴롭고 우울해서 그런지 아무 말도 하지 않았다.

그러자 첫 번째 죄수가 그를 대신해서 말했다.

"기사님, 이 사람은 음악가나 가수(Canary bird)라서 붙들려 갑니다."

"뭣이라, 음악가와 가수도 갤리선으로 가야 한단 말인가?"

"예, 그렇습니다. 고통 속에서 노래하는 것(고문당해 신음 소리를 내는 것-역주)보다 더 나쁜 것은 없지요."

"도무지 이해할 수 없군. 내가 듣기론, 노래를 부르면 슬픔도 달아난다는데."

그러나 인솔자들 중 한 사람이 그를 가로막고서 말했다.

"기사님, 이 쓰레기들 사이에서는 '고통속에서 노래하는 것'은 고문대에서 자백하는 걸 말합니다. 취조관들이 이놈을 고문하니까 가축을 훔쳤다고 자백했지요. 그래서 6년 동안 갤리선을 타야 하는 형량을 언도받았습니다. 그러자 다른 도둑들이 그를 학대하고 비웃고 업신여기는 통에 늘 슬프고 수심에 차 있답니다. 그들의 시쳇말로, 아니요(nay)는 그래요(yea)와 글자 수가 같으며, 증인과 증거가 없을 때는 자기의 운명이 자기의 혀에 달려있어 다행이라고 하는데, 제 생각에도 일리가 있는 것 같습니다."

"나도 그렇게 생각하오."

그렇게 말한 뒤 돈키호테는 세 번째 노예가 서 있는 곳으로 가서 똑같은 질문을 던졌다.

그 남자는 아주 시원하게 대답했다.

"전 10두카도(ducado, ducat; '공작의 동전'duke's coin이라는 뜻으로, 중세 말에서 20세기까지 유럽에서 사용되었다. -역주)가 없어 갤리선으로 끌려갑니다."

"그 괴로움에서 그대를 해방시켜주기 위해 난 기꺼이 20두카도를 내놓겠다."

"제 생각입니다만, 바다 한가운데서는 돈으로 고기를 살 수 없기 때문에 굶어죽기 딱입니다. 제가 기사님에게서 20두카도를 제때 받았더라면, 그 돈으로 서기의 펜에 기름을 칠하고(서기를 매수하고-역주), 변호사의 재량을 더욱 날카롭게 만들었겠지요. 그랬다면 여기서 그레이하운드처럼 끌려다니지 않고, 지금쯤 톨레도의 시장 이곳저곳을 쏘다니는 저를 보셨을 텐데. 하지만 참아야죠. 피할 수 없는 운명이라면 순종할 수밖에 없지요(What must be must be!)."

갤리선 노예들을 풀어주는 돈키호테

돈키호테는 한 사람 한 사람씩 다른 대답을 들으며 드디어 마지막 사람까지 왔다. 그는 서른 살쯤 되어보였는데, 사팔뜨기라는 점만 빼면 준수한 외모였다. 그는 다른 사람들과는 달리 다리에 쇠사슬을 매고 있었는데, 온몸을 감을 정도로 길었다. 게다가 목에는 두 개의 쇠고랑이 채워져 있었고, 쇠줄 두 개 중 하나는 허리까지 늘어져 있었으며, 거기엔 두 개의 수갑이 달려 있었다. 이것들은 그의 두 손을 채우고 커다란 자물쇠로 단단히 잠겨 있어서 그가 입에 손을 대지도, 머리를 손까지 숙이지도 못하도록 단단히 붙잡아 매어놓았다.

돈키호테는 인솔자에게 저 사람은 왜 다른 사람보다 족쇄가 더 많냐고 물었다.

인솔자는 그가 다른 사람들의 죄목을 모두 합친 것보다 더 많은 범죄를 저질렀기 때문이며, 극악무도한 악당이라 그런 식으로 묶어 두었지만, 그래도 도망칠까 봐 염려스럽다고 답했다. 인솔자는 말을 이어갔다.

"10년 형을 받아 갤리선으로 갑니다. 그가 악명높은 히네스 데 파사몬테(Gines de Passamonte, Gines of Passamonte)라는 걸 알면, 기사님은 더 이상 그에 대해 알려고 하지 않을 겁니다."

이때 인솔자의 이야기에 몹시 짜증이 난 듯 히네스가 마구 욕설을 퍼붓다가 돈키호테에게 눈을 돌렸다.

"기사님, 우리에게 베푸실 것이 있으면 지금 베푸시고 가십시오. 남의 인생사를 굳이 알고 싶어 하시니 몹시 불쾌합니다. 더 알고 싶으시면 내가 바로 히네스 데 파사몬테라는 걸 알면 됩니다. 내 손으로 직접 나의 삶을 기록했으니까요."

"그자 말이 맞아요."

인솔자가 말했다.

"그가 직접 자기 이야기를 썼답니다."

"그런데 책 제목이 어떻게 되지?"

돈키호테가 물었다.

"히네스 데 파사몬테의 삶입니다." 하고 노예가 대답했다.

"그런데 마무리가 되었나?" 하고 기사가 물었다.

"내 인생이 아직 끝나지 않았는데 어떻게 마무리될 수 있겠습니까? 나머지는 갤리선에서 끝낼 작정입니다."

"그대는 재능이 많아 보이는군."

"그리고 불행하죠. 불행은 항상 천재를 따라다니니까요."

"교활한 자를 따라다니겠지." 하고 인솔자가 말을 가로막자, 히네스는 벌컥 화를 내며 쌍욕과 독설이 터져 나왔고, 잠자코 있지 않으면 몽둥이로 패겠다고 협박하자 겨우 마무리되었다.

그러자 돈키호테가 그를 심하게 다루지 말라며 그들 사이에 끼어들었다. 저렇게 두 손이 꽁꽁 묶여있으니 혀라도 마음대로 지껄이게 놔두라고 했다.

그리고 돌아서서 죄수들에게 말했다.

"사랑하는 형제 여러분, 여러분이 말한 것들을 다 들었소. 비록 여러분이 지은 죄 때문에 벌을 받지만, 그것들이 그다지 달갑진 않을 것이오. 아니 심기가 매우 불편해서 가고 있소. 바로 이런 것들이 나에게 뭔가를 재촉하고 있소. 이 세상에 나와 편력기사가 된 뒤부터 항상 가난한 사람들을 돕고 억압받는 사람들을 구하겠다고 맹세한 나에게 말이오. 그러나 부정한 방법이 아니라 공정하게 일을 처리하는 게 현명하오. 나는 이 점잖은 인솔자들에게 간청하여, 그대들을 풀어주어 자유롭게 해달라고 청하겠소. 자유로이 태어난 사람들을 노예로 만드는 처사는 너무 가혹한 것 같소."

그리고 인솔자들에게 돌아서서 말을 이었다.

"이처럼 조용히 그대들에게 부탁한 것은, 그대들이 내 부탁을 들어줄 경우 감사를 드리기 위해서라오. 하지만 그대들이 선뜻 그리하지 않는다면, 용맹스런 무적의 내 팔에 쥐어진 이 창과 칼이 그대들에게 내 의지를 실행해줄 것이니라."

"아니, 이게 무슨 뚱딴지같은 소리야."

인솔자가 대답했다.

"폐하께서 감옥으로 보낸 자들을 지금 기사님이 우리보고 풀

어주라고요? 기사님, 정신이 올바르다면 고양이 발이 몇 개인지
나 알아보시오(괜히 헛수고하지 말라는 뜻-역주). 머리에 쓰고 있는 세숫대
야나 좀 똑바로 하고 가던 길이나 얼른 가란 말이오."

"너나 헛수고 마라, 이 불한당같은 놈아!"

돈키호테가 벌컥 화를 내며 말했다. 그리고 다짜고짜 그에게
덤벼들자 인솔자는 막을 겨를도 없이 창으로 심한 상처를 입고
땅바닥에 나뒹굴었다. 그나마 기사에게 다행인 것은 이 나뒹군
인솔자가 화승총(火繩銃)을 갖고 있었기 때문이었다.

처음에 다른 인솔자들은 이 뜻밖의 사건에 어안이 벙벙해 있
었다. 잠시 후 정신을 차리자 말 탄 사람들은 칼을 뽑고, 서 있는
자들은 창을 움켜쥐고, 침착하게 대비하고 있는 돈키호테를 공
격했다. 노예들이 서로 연결되어 있는 사슬을 풀고 도망칠 기회
를 엿보지 않았더라면 그는 위험에 처했을 게 뻔했다. 인솔자들
은 우선 노예들이 사슬을 못 풀게 하느라 허둥대고, 자기네들을
공격하는 돈키호테를 막느라 죄수들을 지키는 데 속수무책이었
다. 산초는 산초대로 히네스 데 파사몬테가 결박을 푸는 걸 도
왔다. 가장 먼저 결박에서 풀려난 그는 쓰러져 있는 인솔자에게
달려들어 그의 칼과 화승총을 빼앗은 다음, 화승총으로 이쪽저
쪽을 겨눠 인솔자들을 모두 들판에서 내쫓아버렸다. 더구나 갤
리선 노예들까지도 모두 풀려나 그들에게 돌멩이를 퍼부은 덕에

일이 쉽게 끝나버린 것이다.

완벽한 승리를 거둔 돈키호테는 노예들을 모두 불러모았고, 죄수들은 그의 지시를 듣기 위해 빙 둘러앉았다. 그러자 돈키호테는 다음과 같이 말했다.

"자기가 받은 은혜에 감사하는 것은 예의바른 사람들의 의무이며, 가장 나쁜 죄악 중 하나가 배은망덕이니라. 내가 이렇게 말하노니, 그대들은 나에게 신세를 졌으나 내가 바라는 것은 단 하나뿐이다. 그대들 모두 내가 방금 목에서 풀어준 쇠사슬을 메고 토보소 성으로 가는 거다. 거기서 토보소의 둘시네아 부인을 뵙고 알현한 다음, 그녀의 '우수에 찬 기사'께서 그대들을 보냈다고 전하거라. 그런 다음 내가 그대들의 자유를 쟁취하기까지의 모험은 죄다 그녀에게 들려주거라. 그 다음엔 각자의 길을 가도 좋다."

그러자 히네스가 나머지 모든 사람들을 대신해 이렇게 답했다.

"그대가 요구하는 것은 불가능하오. 우리는 뭉쳐 다니면 안 됩니다. 각자 혼자씩 떠나야만 우리를 찾아 헤맬 〈신성사제단〉의 경찰들에게 또다시 붙잡히지 않을 것이기 때문이죠. 우리보고 토보소에 가라고 하는 건 '느릅나무 위에서 배를 구하는 것'만큼이나 어처구니없는 일이니, 우리는 그렇게 하지 않을 겁니다."

그러자 돈키호테는 몹시 화가 나 이렇게 말했다.

"내가 그대에게 말하노니, 히네스인지 뭔지 하는 네가 한 말이 끝나면, 당장 꼬리를 내리고 쇠사슬을 모조리 짊어진 채 혼자서 떠나도록 하거라."

난폭한 성격의 히네스는 자기네들을 풀어준 방법이 변변치 못한 것을 보고 돈키호테가 별로 똑똑하지 않다는 걸 눈치챘다. 이런 모욕을 견디지 못한 그는 동료들에게 눈짓을 보낸 뒤, 자기는 한 발짝 물러서더니 방패로 자신을 가릴 겨를도 없는 돈키호테와 가엾은 로시난테에게 돌멩이를 퍼부었다. 로시난테는 공포에 질려 꼼짝도 하지 못했다.

산초는 당나귀 뒤로 몸을 피했고, 이렇게 해서 비오듯 쏟아지는 돌멩이 세례로부터 몸을 피했다. 돌멩이 여러 개가 돈키호테를 강타하는 바람에 그는 말에서 떨어졌고, 그가 쓰러지기가 무섭게 히네스가 달려들었다. 그는 돈키호테의 머리에서 대야를 벗겨 어깨를 서너 번 후려친 다음, 그것을 산산조각이 날 정도로 땅바닥에 내동댕이쳤다. 그리고 나서 히네스 일행은 그가 갑옷 위에 입었던 튜닉(tunic; 원래는 로마인들이 입던, 소매가 없고 무릎까지 내려오는 헐렁한 웃옷인데, 작은 망토를 가리킴. -역주)을 벗겨 냈는데, 갑옷을 벗겨낼 수 있었다면 그 안에 신고 있던 양말까지도 가져갔을 것이다. 산초에게서는 셔츠 소매를 벗긴 뒤 웃옷을 가져갔고, 나머지 전리품들은 자기네들끼리 나눠 가졌다. 자기들의 은인이나 토보소의 둘시네아 부인 따위는 더 이상 떠올리지 않고, 그들은 각자 자기 갈 길을 떠나버렸다.

이제 당나귀와 로시난테, 산초와 돈키호테만 남아 있었다. 마치 돌멩이 세례가 아직 안 끝났다고 생각한 듯 고개를 떨군 당나귀는 이따금씩 귀를 흔들고 서 있었으며, 로시난테는 땅바닥에 넘어져 있는 주인 옆에 엎드려 있었고, 산초는 〈신성사제단〉 경찰의 총알을 떠올리며 몸을 부르르 떨고 있었다. 돈키호테는 자신이 잘 대해준 죄수들에게 그토록 혼쭐이 난 걸 몹시 분하게 여기고 있었다.

14

시에라 모레나 산맥에서
돈키호테에게 벌어진 일

돈키호테는 자신이 그토록 곤경에 처해 있는 것을 보고 종자 산초 판사에게 말했다.

"나는 배은망덕한 사람들에게 선을 베푸는 것은 바다에 물을 뿌리는 것이나 마찬가지라는 말을 종종 들었다. 네 충고를 들었더라면, 이런 고통은 피했을 텐데 말이다. 하지만 이제와서 어찌하겠느냐. 인내심을 갖고 앞으로는 좀 더 지혜로워지는 것 말고는 다른 도리가 없구나."

"주인님이 이런저런 충고를 받아들인다면, 전 투르크인(Turk; 이슬람교도의 고어. 이교도, 여기서는 전혀 가능성이 없는 일을 비꼬는 말 -역주)입니다. 하지만 제 충고를 받아들였더라면 이런 고통을 피했을지도 모른다고 하셨으니, 지금부터라도 제가 하는 말을 잘 들으세요. 그러면 더 큰 화는 면할 수 있을 겁니다. 〈신성사제단〉 경찰에게 기사도와 그 관습 등은 통하지 않는다는 걸 아세요. 세상의 모든 편력기사들을 2파딩에도 쳐주지 않는답니다. 저에게는 이미 그들이 쏜 화살들이 내 귓가에서 윙윙거리는 것 같아요."

"산초야, 넌 천생 겁쟁이로구나. 하지만 내가 고집불통이라 너의 충고를 절대 따르지 않을 거라고 여기지 말아라. 이번엔 네 충고를 받아들여 네가 그토록 두려워하는 공격을 피할 것이다. 단, 하나 조건이 있다. 그 누구에게도 내가 겁쟁이라서 이 위험에서 스스로 물러났다고 말하지 마라. 난 그저 네 소원을 들어준 것뿐이니까. 네가 혹시 그렇게 말한다면, 앞으로 네 말은 모두 거짓이 될 것이니라."

"주인님, 물러서는 것은 도망가는 것이 아니며, 희망이 있는 곳보다 위험이 있는 곳에서 기다리는 것도 현명한 처사가 아닙니다. 내일을 위해 오늘 자신을 안전하게 지키며 보내는 것이 현명한 사람의 몫입니다. 그러니 제가 비록 무례한 시골뜨기지만, 제 충고를 받아들여 로시난테를 타고 되도록 빨리 절 따라오십시오."

돈키호테는 군말 없이 로시난테에 올라탔고, 산초는 당나귀를 타고 길을 안내하여 가까이에 있는 시에나 모레나(Siena

◆

스페인 남부에 있는 시에나 모레나('갈색 산맥'이라는 뜻)

Morena, the Brown Mountains) 산맥의 한 자락으로 들어섰다. 당시 무법자들과 강도들이 빈번하게 출몰하는 곳이었지만 추격으로부터는 굉장히 안전한 곳이었다. 산초는 〈신성사제단〉 경찰이 찾아오더라도 눈에 띄지 않도록 험준한 바위들 틈에서 며칠 정도 몸을 숨길 요량이었다.

그날 밤 두 사람은 바로 산 중턱에 도달했다. 산초는 거기서 밤을 보내는 게 낫겠다고 생각했고, 실제로 식량이 떨어질 때까지 여러 날들을 보냈다. 그리고 이럴 생각으로 그들은 두 바위 사이에 있는 키 큰 나무들 숲속에 그들의 거처를 마련했다.

하지만 마침 돈키호테가 그놈의 용맹함을 자랑하려고 멍청하게 사슬을 풀어줬던 유명한 사기꾼이자 강도 히네스 데 파사몬테 역시 같은 산속에 몸을 숨기려고 했는데, 운명은 그를 돈키호테와 그의 종자가 숨어 있던 바로 그곳으로 이끌었고, 바로 그 순간 두 사람은 고된 하루의 노고에 지쳐 잠이 들어버렸다. 그리고 악인은 언제나 배은망덕한지라 그를 어김없이 악행으로 내몰았다. 감사할 줄도 모르고 본성도 악한 히네스는 로시난테를 타거나 팔 가치도 없다고 여겼기 때문에, 산초 판사의 당나귀를 강탈하기로 했다. 산초 판사가 잠에 곯아떨어진 틈을 타 히네스는 당나귀를 훔쳤고, 아침도 되기 전에 그는 한참이나 멀리 달아나 버렸다.

아침 해가 떠올라 온 대지에 기쁨을 안겨주었지만, 불쌍한 산초는 슬픔만이 복받쳐 올랐다. 당나귀를 잃어버린 그는 너무나 슬프고 애처롭게 탄식을 토해내자, 잠에서 깨어난 돈키호테는 산초가 무척 우울한 모습으로 울부짖는 소리를 들었다.

"오, 내 집에서 태어난 나의 사랑스런 당나귀야. 내 아이들의 친구야. 아내에게 안락함을 주고, 이웃들의 부러움을 사며, 내 짐들을 날라준 당나귀야. 더구나 너 때문에 매일 벌어온 돈의 절반을 살림에 보태지 않았더냐!"

이 탄식을 들은 돈키호테는 자초지종을 알고 있기에 정성껏 산초를 위로하고 참아내길 바라며 집에 있던 당나귀 다섯 마리 중 세 마리를 산초에게 넘겨주라는 편지를 건네주겠다고 약속했다. 조금은 위안을 받은 산초는 눈물을 훔치고 흐느낌을 누그러뜨린 뒤 돈키호테가 베풀어준 호의에 감사를 표했다.

그리고 둘이서 산속 깊숙이 들어가자 기사는 자신이 찾고 있던 모험에 어울리는 곳으로 왔다는 생각에 속으로 무척 기뻐했다. 그곳은 돈키호테에게 이와 비슷한 외진 곳에서 편력기사에게 일어난 기막힌 이야기들을 읽은 걸 상기시켜주었다. 그런 상념에 푹 빠진 나머지 돈키호테는 다른 건 아무것도 생각이 나질 않았다. 불쌍한 산초는 당나귀가 짊어졌어야 할 짐들을 메고 주인 뒤에서 터벅터벅 따라갔다.

산초는 이렇게 걸어가다가 눈을 들어보니 주인님이 멈춰서 땅바닥에 떨어진 보따리같은 것을 창끝으로 들어 올리려 애쓰고 있는 것을 보았다. 주인님이 자기의 도움이 필요한 것 같아 달려갔으나 이미 여행가방과 안장 쿠션을 들어 올리고 있었다. 이것들은 반쯤 썩어서 부스러져 있었지만, 너무 무거워 산초의 도움을 받아 겨우 들어 올릴 수 있었다. 주인님은 가방 속에 뭐가 들어있는지 보라고 했고, 산초는 곧바로 그 말에 따랐다. 가방은 쇠사슬과 자물쇠로 잠겨 있었지만, 거의 망가지고 부식된 터라 속을 볼 수 있었다. 그 안에는 네 벌의 멋진 네덜란드 셔츠와 다른 린넨 옷들이 들어 있었고, 상당량의 금이 손수건으로 싸여있었다.

그러자 산초가 외쳤다.

"드디어 우린 뭔가 가치있는 모험을 만났군요."

그리고 좀 더 뒤져보자 화려하게 제본된 수첩도 나왔다. 돈키호테는 수첩을 달라하고 돈은 산초가 가지도록 했다. 산초는 이런 호의에 감사를 표하기 위해 주인님의 손에 입을 맞춘 뒤, 옷들을 몽땅 챙겨 봉지 속에 쑤셔 넣었다.

돈키호테는 잠시 생각한 끝에 말했다.

"산초야, 내 생각엔 길을 잃은 나그네가 산을 넘다가 강도를 만나 목숨을 빼앗겨 이 으슥한 곳에 묻혀버린 듯하구나."

그러자 산초는

"그럴 가능성은 희박해요. 도둑이었다면 돈을 두고 갈 리가 없지요."라고 대답했다.

"네 말이 맞는 것 같구나. 그렇다면 어찌된 영문인지 난 도무지 짐작이 가지 않는구나. 그러나 잠깐 기다리거라. 혹시 그 수첩에 우리가 알고자 하는 내용이 적혀 있는 뭔가를 찾아낼 수 있을지도 모른다."

돈키호테가 수첩을 펼치자 맨 먼저 발견한 것은 시였는데, 그것은 자신에게 무심했을 아리따운 클로에(Chloe)같은 여인에 대

◆

'다프니스와 클로에'(Louise Marie-Jeanne Hersent-Mauduit;1784-1862). 『다프니스와 클로에(Daphnis and Chloe)』는 2세기 말에서 3세기 초 무렵 고대 그리스의 전원생활을 배경으로, 부모에게 버려져 목자(牧者)에서 큰 소년 다프니스와 소녀 클로에의 사랑을 다룬 이야기이다. 프랑스 작곡가 라벨의 발레 모음곡의 제목이기도 하다.

한 작가의 사랑을 노래한 것이었다. 돈키호테는 이것을 산초에게 큰 소리로 읽어 주었다.

"이런 시구(詩句)에서는 아무것도 알아낼 수 없습니다. 거기에 있는 그 실마리 없이는 우리는 아무런 도움도 받을 수 없을 겁니다."

"거기 무슨 실마리라도 찾았느냐?"

"아니, 전 주인님이 실마리라고 말씀하신 줄 알았는데."

"실마리(clue; 클루)가 아니라 클로에라고 했다. 이 시의 저자가 원망하는 여인의 이름이 틀림없을 게야."

다시 수첩을 훑어본 돈키호테는 절망 가득한 연애편지를 발견했고, 또 다른 시와 편지에는 한탄과 불행으로 가득 차 있었다. 그래서 돈키호테는 이 수첩의 주인이 사랑을 거절당한 어떤 슬픈 연인이라는 결론에 이르렀다.

'우수에 찬 기사'는 높은 지위에 있는 사람이 틀림없는 가방 주인이 도대체 누구인지 무척 궁금했다. 그는 아름다운 여인의 경멸과 멸시로 인해 절망의 길로 내몰린 게 분명했다. 그러나 이 첩첩산중 외진 곳에 그의 궁금증을 풀어줄 만한 사람이 없었기 때문에, 그는 로시난테가 선택한 길이라면 산속에서 어떤 기묘한 모험을 능히 찾아낼 것이라는 확고한 신념으로 말에 올랐다.

이런 생각을 하면서 가던 돈키호테는 한 남자가 아주 날렵하게 바위 사이를 뛰어다니는 모습을 보았다. 그는 거의 알몸으로 검은 턱수염을 덥수룩하게 길렀으며, 헝클어진 긴 머리카락에 맨발이었다. 그는 황갈색 벨벳 반바지를 입었는데, 여러 군데가 맨살이 보일 정도로 찢어져 있었고, 머리에도 아무것도 쓰지 않았다. 그 사람이 잽싸게 지나쳐버렸지만, 기사는 이 세세한 것들을 모두 보고 알 수 있었다. 그러나 원래 걸음이 느리고 굼뜬 로시난테의 힘으로는 이런 험한 곳을 달리지 못하기 때문에 도저히 그를 따라잡을 수가 없었다. 돈키호테는 단번에 그가 가방의 주인이라고 단정 짓고, 그를 찾을 때까지 산속에서 1년을 보내더라도 그를 찾기로 마음먹었다. 그래서 산초에게는 산 한쪽으로 가라고 하고, 자기는 다른 쪽으로 가겠다고 하면서 이렇게 말했다.

"이렇게 하면, 우리 둘 중 한 사람이라도 금세 사라져 버린 그 사람과 마주칠지도 모른다."

"그럴 수 없습니다. 주인님에게서 한 발짝이라도 떨어지면 두려움이 저를 사로잡아 오만가지 공포와 무서움에 시달리게 됩니다. 다시 한번 말하지만, 이제부터 주인님 앞에서 손가락 하나 까딱하지 않겠습니다."

"네가 나의 용맹함에서 힘을 얻는다니 무척 기쁘구나. 다른 모든 것들은 어떻더라도 용기만은 잃어서는 안 되는 법이다. 자,

카르데니오를 만난 돈키호테

나를 따라오너라, 그리고 눈을 부릅뜨고 있어라. 그래야 우리가 이 낯선 사람을 찾을 수 있을 거다. 그가 틀림없이 가방 주인이야."

"그를 찾지 않는 게 나을 텐데요, 그를 만나면, 그가 돈의 임자로 밝혀질 테고, 우리는 그걸 돌려주어야 하잖아요. 차라리 자기가 임자라는 사람이 나타날 때까지 성실한 마음으로 지니고 있는 게 어떨지요. 그때쯤이면 돈을 다 써버렸을 테니 그걸 가지고 뭐라고 말하지는 못할 겁니다."

"산초야, 네가 잘못 생각하고 있구나. 이제 우리는 주인인 듯한 사람을 보았으니, 그를 찾아 반드시 돈을 돌려줘야 할 의무가 있는 거다."

그렇게 말하고 나서 돈키호테가 앞장을 섰는데, 조금 가다가 개와 까마귀가 반쯤 먹어치운 듯한 노새와 마주쳤다. 이것을 보고 있는데 어디서 목동들이 부는 휘파람 소리가 들렸다. 조금 있다가 왼쪽에서 염소 떼들이 나타났고, 그 뒤의 산봉우리에는 나이가 지긋한 산양치기가 서 있었다.

돈키호테는 그를 부르더니 좀 내려오라고 간청했다. 이렇게 외진 곳에서 그들을 보고 놀란 산양치기는 잠시 두 사람을 바라보다가 내려오기 시작했다.

산양치기가 그들에게 다가오면서 말했다.

"당신들은 땅바닥에 죽어 누워있는 노새가 어떻게 그곳에 있는지 궁금한 거지요. 음, 그렇게 버려진 지가 벌써 6개월이나 된 것 같소. 혹시 그 주인과 마주친 적이 있소?"

"아무도 보지 못했다오."

돈키호테가 대답했다.

"하지만 여기서 그리 멀지 않은 곳에서 안장 쿠션과 가방은 보았소."

"나도 그 가방을 보았다오. 하지만 어떤 재앙이라도 닥칠까 봐 집지도 가까이 가지도 않았지요. 그렇지 않으면 누군가가 날 절도죄로 고발할 게 아니요."

"산양치기 양반, 이 물건들의 주인이 누군지 아시오?"

"내가 말해줄 수 있는 것은 이것뿐이오." 하고 산양치기가 말했다.

"한 6개월 전인가. 거의 3리그 정도 거리에 우리 산양치기들이 묵는 오두막이 하나 있는데, 저기 죽은 노새를 탄 멋진 젊은 신사가 당신들이 보았다는 여행가방을 들고 왔다오. 그는 우리에게 이 산에서 가장 외진 곳이 어디냐고 묻길래 이곳이라고 분명히 말해주었지요. 당신들도 몇 리그에 더 들어가면 아마도 빠져나올 길을 못 찾을 수도 있소. 난 당신들이 이 길로 그리 쉽게 들어온 게 정말 놀라울 따름이오.

그 젊은이는 우리의 대답을 듣자마자 고삐를 돌려 우리가 가르쳐 준 쪽으로, 바로 이쪽 산으로 향했지요. 그 후 우리는 한동안 그를 만나지 못하다가, 어느 날 우리 산양치기 중 한 사람이 먹을 것을 가지고 들렀는데, 몰래 그에게 달려들어 때린 뒤, 그가 가지고 있던 빵과 치즈를 몽땅 들고 다시 산으로 도망쳤답니다. 이 말을 듣고 우리 몇몇이 그를 찾으러 나섰고, 산에서 가장 외진 곳에서 거의 이틀을 보냈는데, 결국 커다란 코르크나무의 움푹 패인 곳에 숨어있던 그를 찾아냈지요.

옷이 찢어지고 얼굴이 햇볕에 그을려서인지 그를 거의 알아볼 수 없었다오. 그는 예의바르게 인사를 한 뒤 몇 마디 정중한 말로 자기의 몰골에 놀라지 말라고 하더군요. 자기가 지은 죄를 속죄하고 있기 때문이라나요. 우리는 그에게 정체를 말해 달라고 청했지만, 그는 막무가내였지요. 더구나 그에게 먹을 것이 필요할 때 우리가 어디서 그를 찾을 수 있는지만 알려달라고 간청했고, 우리가 기꺼이 음식을 갖다 줄 테니 강탈해갈 필요는 없다고 했지요. 그는 우리의 제안을 무척 고맙게 여겼고, 자기가 저지른 짓에 대해 용서를 구하더라고요. 그리고 앞으로는 절대로 남을 괴롭히지 않고 우리 산양치기들에게 먹을 걸 부탁하겠노라고 약속했다오.

그런데 그가 우리에게 말을 하는 동안에도 잇달아 입술을 깨물고 눈썹을 찡그리더라고요. 그리고 이렇게 외쳤길래 약간 광기가 있는 걸 알아챘지요. '배신자 페르난도여, 난 여기서 네가 나에게 준 상처를 되갚아 주리라. 이 손으로 너의 심장을 끄집어내고 말거야!' 그리고 페르난도인가 뭔가 하는 사람에게 아주 거칠고 심한 말들을 엄청나게 쏟아붓더라고요. 그러면서 그는 우리 산양치기 중 한 명 쪽으로 쓰러졌지만 별 탈 없이 그를 일으켜 세웠지요. 그랬더니 다시 아무 말 없이 우리가 따라갈 수 없을 정도로 쏜살같이 풀숲과 가시덤불 속으로 달아나 버리지 뭐요. 그래서 우리는 그가 가끔씩 발작을 한다고 여겼지요. 예의바르고 인간적으로 산양치기들에게서 먹을 것을 가져갈 때도 있지만 힘으로 빼앗아 갈 때도 있었으니까요. 그래도 산양치기들은 늘 기꺼이 내주지요. 우리는 그를 강제로 알모다바르(Almodavar) 마을로 데려가 치료할 수 있는지, 아니면 그를 돌봐 줄 친척이 있는지 알아보고 있다오. 이것이 바로 당신이 부탁한 것에 대해 말해줄 수 있는 전부랍니다. 내 생각에 그가 바로 당신이 발견한 물건들의 주인이 맞을 겁니다."

돈키호테는 그 말을 듣고 깜짝 놀랐다. 그래서 산속을 샅샅이 뒤져보기로 하고, 그를 찾을 때까지는 은신처를 떠나지 않겠다고 굳게 마음먹었다.

15
카르데니오의 이야기

　운명은 돈키호테 편이었는지 낯선 가방 주인을 찾는 데 일조를 했다. 돈키호테가 산양치기들에게 말을 걸고 있을 때, 산골짜기에서 그가 나타나 가까운 곳에서 알아들을 수 없고 멀리서는 더더욱 알아들을 수 없는 말을 혼자서 중얼거렸기 때문이다.

　그의 옷은 앞에서 묘사한 것과 같았으나, 이것만 다를 뿐이었다. 가까이 다가오는 그를 보니 가죽조끼를 하나 더 입고 있었던 것이다. 가죽조끼가 낡아서 찢어졌더라도 호박향(琥珀香)이 풍겼기 때문에 비록 남루한 차림이지만 그가 보통 사람이 아니라는 걸 느끼게 했다. 그들 쪽으로 다가온 청년은 목쉰 음색이지만 대단히 정중하게 말을 건넸고, 돈키호테도 친절하게 답례를 한 뒤,

로시난테에서 내려와 그에게 다가가더니 두 팔로 꼭 껴안았다. 두 사람은 마치 아주 오래전부터 알고 있었던 것처럼 보였다.

그러자 우리가 누더기라고 부를지도 모르는 그 낯선 사람이 '우수에 찬 기사'에게 말했다.

"훌륭하신 기사님, 전 기사님이 누구신지 정말 모릅니다. 하지만 기사님이 베풀어주신 호의와 정중함에 진심으로 감사드리며, 오직 기사님이 베푸시는 친절에 조금이라도 보답할 수 있기만을 바랄 뿐입니다."

"내가 그댈 돕고 싶은 마음이 굴뚝같구나."

돈키호테가 대답했다.

"내가 그댈 찾아서 어떤 고통을 덜어줄 수 있는지 그대 입으로 직접 들어볼 때까지 이 산에서 결코 떠나지 않기로 작정했었다. 너를 위로해줄 사람이 있다는 것은 그나마 슬픔 속에서도 위로가 되기 때문이지. 그대여, 당신이 누구며 무엇 때문에 들짐승처럼 고독하게 살게 되었는지 말해주겠나. 내가 받은 고귀한 기사도의 명예를 걸고 맹세하건대, 그대가 나에게 모든 걸 말해준다면, 진정으로 그대를 도와서 고통을 이겨내도록 할 것이다. 그럴 수 없더라도 함께 탄식을 하면서라도 그대를 돕겠다."

누더기 기사는 돈키호테를 위아래로 훑어보더니 한참 동안 놀란 눈으로 그를 뚫어지게 바라보았다. 마침내 그가 입을 열었다.

"혹시 먹을 게 있으면 좀 주십시오. 먹고 나서 제게 베풀어 준 호의에 보답하는 의미로 제게 부탁한 모든 것들을 털어놓겠습니다."

산초와 산양치기가 자기네들이 갖고 있던 먹거리를 건네주자, 그는 마치 굶주린 짐승처럼 게걸스럽게 먹어치우는 바람에 음식을 씹기보다는 그냥 삼키는 것처럼 보였다. 그가 먹는 동안에 다른 사람들은 아무런 말도 하지 않았다. 식사를 마친 그는 그들에게 따라오라는 신호를 보냈다. 누더기 기사는 거기서 그리 멀지 않은 산 뒤의 작은 초원으로 사람들을 데려갔다.

거기에 이르자 그는 풀밭에 몸을 눕혔고 다른 사람들도 그를 따라 했다. 그는 다음과 같이 자기 이야기를 시작했다.

"내 불행한 이야기를 듣는 게 소원이라면, 질문을 하거나 중간에 끼어들어 내 슬픈 이야기의 맥락을 끊지 않겠다고 약속해 주십시오. 그런 일이 일어나면 당장 이야기를 멈출 겁니다."

돈키호테는 그들 모두의 이름으로 대신 약속했고, 누더기 기사는 자기의 이야기를 이어갔다.

"제 이름은 카르데니오(Cardenio)라고 합니다. 안달루시아 지방에서 가장 좋다는 곳 중 하나에서 태어났지요. 제 혈통은 귀족이고, 부모님도 부유했지만, 제 불행이 너무나 커서 저보다 더 불쌍해할 사람은 아무도 없다고 여겼지요. 제가 살던 바로 그곳에서 저처럼 고귀하고 부유한 처녀가 살았는데, 그녀 이름은 루신다(Lucinda)였습니다. 전 어릴 적부터 루신다를 사랑하고 흠모했으며, 루신다도 정말 청춘의 열정으로 절 사랑했답니다. 우리 부모님은 서로의 사랑을 알고 있었고, 그것을 그리 걱정하지 않았기에 우리는 서로 존중하고 사랑하며 자랐지요. 아! 내가 얼마나 많은 편지를 썼고, 얼마나 많은 시들을 썼는지, 그리고 그녀가 얼마나 많은 노래로 절 고취시켰는지 모릅니다.

마침내 더이상 기다릴 수 없는 시간이 찾아왔고, 전 그녀의 아버지에게 그녀를 합법적인 아내로 인정해달라고 부탁하러 갔답니다. 그는 제가 자기에게 경의를 표한 데 대해 감사하고, 나에게 자기가 사랑하는 보물로 보답을 하고 싶지만, 제 아버지가 살아계신 한 그런 요구는 엄연히 아버지의 권리라고 대답했답니다. 혹시 아버지께서 선의로 흔쾌히 결혼을 승낙하지 않는다면 루신다를 보낼 수도, 보쌈을 해가라고 할 수도 없다는 겁니다. 전 그의 호의에 감사를 표하고, 또 그의 말에 일리가 있다고 여겨 서둘러 아버지에게 제 속내를 전하려고 했지요.

그런데 아버지 방으로 들어가는 순간, 아버지는 손에 편지를 들고 서 있었는데, 제가 말을 걸기도 전에 저에게 편지를 건네며 이렇게 말했습니다. '카르데니오야, 그 편지를 읽어보면 리카르도

공작(Duke Ricardo)이 너를 얼마나 아끼고 있는지 알 수 있을 거다.'

이 리카르도 공작은 스페인의 부호이자 안달루시아 지방 전체에서 가장 좋은 영지를 소유하고 있었습니다. 편지를 받아 읽어보니 구구절절이 너무 간곡해서 아버지가 시키는 대로 해야만 될 것 같았지요. 그는 제가 자기 큰아들의 하인이 아닌 친구가 되기를 원했고, 그럴 만한 가치 있는 인물로 판명되면 저를 그에 걸맞은 자리로 승진시켜 주겠다고 했기 때문입니다. 편지를 다 읽고 난 후, 전 아무 말도 하지 못했고, 이젠 아버지께 말할 상황이 아니라는 걸 알 수 있었지요. 아버지는 저에게 이렇게 말했습니다. '카르데니오야, 넌 이틀 안으로 떠나야 하고, 공작이 원하는 건 무슨 일이든 해야 한단다. 그런 미래가 네 앞에 열려 있다는 것에 감사하도록 해라.'

마침내 제가 떠날 시간이 다가왔지요. 전 사랑하는 루신다와 그녀의 아버지에게도 말하고, 리카르도 공작이 나에게 뭘 원하는지 알 때까지, 그리고 제 미래가 확실해질 때까지 조금만 기다려 달라고 간청했습니다. 그는 딸을 다른 곳에 시집보내지 않겠다고 약속했고, 그녀도 저에게 변치않는 믿음을 맹세했기에 전 길을 떠날 수 있었어요.

실제로 전 리카르도 공작으로부터 칭찬을 받았고 융숭한 대접을 받았습니다. 큰아들은 저를 아주 좋아했고 친절하게 대해

주었으나, 제가 그곳으로 갔을 때 가장 기뻐한 사람은 오히려 둘째 아들인 페르난도(Fernando)였습니다. 고결하고 용맹스러우며 아주 온순한 청년이었던 그와 전 금방 친구가 되어 서로 비밀도 없었기에 자신의 생각과 욕망을 모두 저에게 털어놓는 사이가 되었는데, 특히 연애 사건이 자신의 큰 걱정이라고 하더군요.

그는 어느 농부의 딸과 사랑에 빠졌는데, 그녀의 아버지는 봉신(封臣)으로 부자였으며, 그녀는 아름답고 겸손하고 덕망이 있었답니다. 하지만 그는 이 농부의 딸과 결혼하기로 약속했음에도 불구하고 신분의 차이 때문에 감히 아버지에게 털어놓지 못했지요. 공작이 결코 자신의 결혼을 허락하지 않으리라는 두려움 때문이었겠지요. 그는 저에게 몇 달 동안 집을 떠나 있는 게 아름다운 그녀에 대한 기억을 지우는 데 좀 도움이 될 거라고 말했습니다. 그래서 우리는 말을 사러 간다는 핑계로 잠시 제 아버지 집으로 떠나야 한다고 공작님께 말씀드렸습니다. 제가 태어난 곳은 세상에서 가장 훌륭한 말을 키우는 곳이었기 때문이었죠. 이 말을 듣는 순간 저는 최선을 다해 그의 계획이 관철되도록 힘썼는데, 그리하면 사랑하는 루신다를 다시 볼 기회가 찾아올 거라 여겼기 때문이었죠.

마침내 공작이 그를 떠나도록 했는데, 대신 나와 함께 가라고 명령했습니다. 고향에 도착하자 신분 때문에 아버지가 나오셔서 우리를 영접해주었답니다. 그리고 저는 다시 루신다를 보았지요. 결코 식지 않았던 그녀를 향한 사랑은 더욱 커졌고, 제 실수였지만 전 페르난도 님에게 그 모든 걸 털어놓고 말았습니다. 그동안 그가 보여준 우정을 봐서라도 그에게는 아무것도 숨겨서는 안 된다고 여겼기 때문이었죠.

저는 입에 침이 마르도록 그녀의 미모와 우아함, 그리고 재치를 칭찬했는데, 이런 칭찬이 페르난도 님에게 그런 보기 드문 미덕을 겸비한 처녀를 보고 싶다는 욕망을 심어주고 말았습니다. 불행히도 전 그의 희망에 굴복했고, 어느 날 밤 루신다와 내가

◆

'갈리아, 즉 프랑스 골(Gaul) 지방 출신 기사 아마디스'라는 뜻의 『아마디스 데 가울라(Amadis de Gaula)』는 기사소설의 이정표를 찍은 작품으로 1508년에 초판이 나왔으며, 영어판 『Amadis of Gaul』은 1590년에 선보였다.

함께 이야기를 나누었던 창가로 그를 데려갔지요. 그는 말 한 마디없이 서서 넋이 나간 듯 바라보더니, 바로 그 순간부터 그는 루신다를 칭찬하는 말밖에 할 수 없었던 겁니다.

그러나 전 그녀가 이런 칭찬을 듣는다는 게 전혀 기쁘지 않았다고 고백합니다. 그것이 나에게 이상한 질투심을 불러일으켰기 때문이지요. 물론 루신다의 믿음과 명예를 염려하지 않았지만 동시에 미래에 대한 숨겨진 두려움을 느꼈습니다. 이제 친구 사이인 페르난도 님은 루신다와 저 사이에 오간 이야기들이 재미있다는 핑계로 제가 루신다에게 보낸 편지와 그녀가 저에게 보낸 편지를 모두 읽으려고 했습니다. 그러던 어느 날 루신다가 기사 모험소설인 『아마디스 데 가올라(Amadis de Gaula, Amadis of Gaul)』를 보내 달라고 부탁했습니다."

돈키호테는 자기가 좋아하는 영웅 중 한 사람의 이름을 듣자마자 이야기를 방해하며 말했다.

"그대가 처음부터 루신다 부인이 기사모험소설의 독자라고 내게 말해주었더라면, 그녀의 지성을 아는 데 다른 말들은 할 필요가 없었을 것이다. 그녀의 아름다움과 품위에 대해 굳이 더 이상의 말을 말라. 지금 나는 루신다 부인이 기사도 서적에 심취해 있다는 것만으로도 세상에서 가장 공정하고 가장 뛰어난 여성이라고 단언하는 바이다. 그대의 이야기 도중 끼어들어 미안

하지만, 편력기사에 관한 책들에 대해 말하는 것을 들을 때마다, 난 햇빛이 따스함을 주는 것보다 더 그들에 대해 말하고 싶어 미칠 지경이란다. 그러니 나를 용서하고 하던 이야기를 계속하라."

돈키호테가 말하는 동안 카르데니오는 고개를 숙이고 얼굴이 시무룩해지더니 입술을 깨물었다. 그가 고개를 들었을 때는 자기가 한 이야기를 모두 잊어버린 것 같았고, 그러다 분노가 폭발하여 말했다.

"기사도 책들은 모두 재앙 투성이라오! 아마디스는 바보였고, 마다시마 왕비(Queen Madasima)는 사악한 여자였단 말이오."

그러자 돈키호테가 몹시 화가 나서 대답했다. 이 여왕이야말로 그가 가장 좋아하는 여주인공이었기 때문이다.

"그런 망나니같은 말을 하다니, 마다시마 왕비는 아주 품위있는 부인이었으므로, 그 반대로 말하거나 생각하는 사람은 흉악한 겁쟁이처럼 거짓말을 하는 거다. 내가 말을 타거나 걷거나, 무장을 하든 안 하든, 밤이나 낮이나 가리지 않고 그걸 깨닫게 해주겠노라."

카르데니오는 돈키호테를 이상하게 바라보고 서 있었다. 지금 그는 미치기 직전이었다. 더구나 자신을 거짓말쟁이와 겁쟁이라고 치부하자, 그는 가까이에 있던 돌멩이를 집어들어 기사에게 일격을 가해 돈키호테를 땅바닥에 쓰러뜨렸다. 산초 판사는 주

THE STORY
OF CARDENIO

◆

카르데니오의 이야기

인님이 그토록 거칠게 다룬 미치광이에게 주먹을 쥐고 덤벼들었지만, 누더기 기사는 단 한 방에 그를 쓰러뜨리고 그의 발을 밀가루반죽 밟듯이 짓밟아버렸다. 일이 다 끝나자 그는 아주 조용히 숲속으로 발길을 돌렸다.

산초가 일어나더니 저 놈이 미쳤다는 걸 자기네에게 말해주지 않았다는 이유로 산양치기에게 앙갚음을 하려 했다. 그러자 산양치기는 분명히 말해주었다고 항변했고, 산초는 그러지 않았다고 반박했다. 말이 떨어지자마자 서로 주먹질을 하고, 수염을 붙잡고 난리를 쳤다. 이때 돈키호테가 나서서 산양치기가 이 일에 대해 비난받을 수 없다고 말하면서 두 사람을 갈라놓았다. 그러고 나서 그는 카르데니오를 어디서 다시 찾을 수 있는지를 물었고, 산양치기는 처음에 해주었던 말을 되풀이했다. 그의 거처는 불확실하지만, 둘이서 그 주변 여기저기를 찾아다니면 틀림없이 미치거나 아니면 제정신인 그를 만나게 될 거라고 말해주었다.

16
—

시에라 모레나에서 라 만차의
용감한 기사에게 일어난 기이한 일들과
벨테네브로스를 흉내 내어 그가 치른 고행들

산양치기들과 헤어진 돈키호테는 다시 로시난테에 올라 산초
에게 따라오라고 하자, 몹시 못마땅한 표정의 산초는 마지못해
따라갔다. 그들은 서서히 산에서 가장 울창하고 험준한 곳으로
들어갔고, 마침내 몹시 조급해하던 산초 판사가 말문을 열었다.

"돈키호테 님, 제 속내를 한번 터놓겠습니다. 평생 모험을 찾
아 헤매는 것은 힘든 일입니다. 기껏해야 발길질이나 당하고, 담
요로 키질을 당하지 않나, 아니면 돌팔매질에다 주먹질을 당하
지 않나. 정말 가지가지입니다."

"말해 보거라, 네가 하는 말을 좀 들어보자꾸나."

"주인님이 마히마사(마다시마를 잘못 말함-역주) 여왕 편을 들어서, 아니면 그녀를 뭐라고 칭하든 도대체 얻는 게 뭔지 알고 싶습니다. 주인님이 그냥 지나쳤으면 그 미친 사람의 이야기가 끝났을 것이고, 전 안 맞아도 됐잖아요".

"산초야, 네가 나만큼 잘 알고 있다면, 마다시마 여왕이 얼마나 훌륭한 분인지 알았더라면 네 입으로 내가 아주 인내심을 가지고 행동했다고 말했을 것이다. 그녀를 부도덕하다고 매도했을 때 카르데니오는 자기가 무슨 말을 했는지 몰랐고, 제정신이 아니었던 게 분명하다."

"그러니까 제발 미친 사람 말은 듣지 말라니까요."

"상대가 미쳤건 제정신이건, 모든 편력기사들은 정숙한 여성들의 편에 설 의무가 있다. 그녀들이 누구든 간에 말이다. 그러니 입 다물고 있어라. 너와 상관없는 일에 끼지 말아라. 내가 하는 일이라곤 그 어느 기사보다도 내가 더 잘 알고 있는 기사도의 규칙에 따라 움직이는 것뿐이라는 걸 알고 있어라."

"주인님, 미친 사람을 찾아 산속을 떠돌아다니도록 하는 기사도의 규칙이 어디 있나요? 그를 찾으면 아마도 다시 우리의 머리를 박살낼 겁니다."

"조용히 해라, 다시 한번 말하지만 산초야! 난 그저 미친 사람을 찾으려고 이 험악한 곳으로 온 게 아니란다. 이 세상에 영원히 내 이름과 명성을 떨치게 해 줄 모험을 염두에 두고 있기 때문에 이곳으로 왔다는 걸 알아야 한다."

"그런데 그 모험이 위험한가요?"

"그건 밝혀진 대로다. 하지만 네가 더이상 그것에 대해 깜깜이가 되는 건 좋지 않으니 말을 해주마. 아마디스 데 가울라는 편력기사들 중에서 가장 완벽했다는 걸 알아야 한다. 그리고 그가 모든 용맹한 기사들의 샛별이자 태양이었기에 그의 모든 과업들을 본받는 것은 현명한 일이다. 그리고 내 기억으로 그는 오리아나(Oriana) 부인이 자신의 사랑을 거부하자 벨테네브로스(Beltenebros)로 이름을 바꾼 다음 험준한 시골로 은둔함으로써 자신의 지혜와 미덕, 그리고 남자다움을 보여주었고, 그곳에서 고행을 수행했단다. 그리고 내가 거인을 살해하고, 뱀을 참수하며, 괴물을 죽이고, 대군을 격파하며, 함대를 침몰시키는 것보다는 그를 따라 하는 게 더 수월하기 때문에, 그리고 이 산이 그런 목적에 딱 맞는 것 같기 때문에, 난 바로 여기서 고행을 할 작정이다."

"그런데 주인님이 이런 깊은 산중에서 도대체 무슨 일을 하고 싶은 겁니까?"

"내가 이미 말했지 않았느냐? 바로 여기서 절망에 빠져 미친 나머지 분노하는 연인의 역할을 함으로써, 아마디스 데 가울라

DON QUIXOTE
DOING PENANCE

◆

돈키호테의 고행

를 따라하겠다는 말이다."

"이런 고행을 행한 기사들은 필시 무슨 까닭이 있어서일 텐데, 주인님은 미치광이가 될 까닭이 없잖아요. 어떤 여자가 주인님을 박대하기를 했습니까? 토보소의 둘시네아 아가씨가 언제 주인님에게 퉁명스럽게 대한 적이 있나요?"

"바로 그거다. 편력기사가 그럴싸한 이유로 미치는 것은 아무런 장점이 없지만, 문제 전체의 알맹이는 아무런 이유 없이 미치는 것이다. 그러니 산초야, 내가 미쳤으니 더이상 시간을 낭비하지 말거라. 둘시네아 부인에게 보내려는 편지의 답장과 함께 네가 돌아올 때까지 난 미쳐 있을 것이다. 내가 기대했던 대로 답장이 온다면 내 고행은 끝나겠지만, 그 반대라면 난 정말로 미쳐버릴 것이다. 그나저나 산초야, 맘브리노의 투구는 잘 보관하고 있겠지?"

"그럼요, 기사님. 헌데 전 주인님 말씀 중에서 어떤 것들은 도저히 참고 들을 수가 없고, 기사도에 대해 말해주신 건 모두 거짓말투성이라고 생각할 때가 많습니다. 주인님이 이발소 놋대야를 맘브리노의 투구라고 말하고, 이틀이 지나도록 자신의 잘못을 알아채지도 못한다고 듣는다면 누군들 혼란스럽지 않겠습니까. 그 대야를 자루에 잘 담아오긴 했지만, 그건 집으로 가져가 잘 고쳐 면도용으로 쓸려고 했기 때문이죠. 언젠가 마누라와 자식들 품으로 돌아간다면 말입니다."

"오, 산초야. 난 네가 이 세상에서 가장 미련한 놈이라고 생각한다. 그토록 오래 나와 함께 다니고도 편력기사들의 모험들이 모두 망상적이고, 어리석으며, 꿈으로 나타나지만, 모든 것들이 반대로 드러난다는 것을 알지 못했단 말이냐? 그래서 네게 이 발소 대야로 보이는 것은 나에게 맘브리노의 투구로 보이는 것이며, 다른 사람에게는 또 다른 모습으로 보이는 것이다. 겉으로 이렇게 보이는 것은 원래 그래서가 아니라 우리를 화나게 만들려고 모든 것들을 맘대로 둔갑시키는 사악한 사기꾼이나 마술사들의 작업이란 말이다."

이때쯤 그들은 다른 모든 것들과 동떨어져 거대한 바위처럼 우뚝 서 있는 산기슭에 도달했다. 가까이에는 잔잔한 냇물이 흐르고 비옥한 목초지가 사방을 에워싸고 있었다. 주변에는 아름다운 나무들과 화초들이 무성하여 그 자리를 아주 아늑하게 만들어주고 있었다.

"여기다!"

돈키호테가 큰 소리로 외쳤다.

"나는 참회를 선택했다. 내 눈에서 흐르는 눈물이 맑은 냇물을 불어나게 하고, 내 심장의 한숨이 산에 있는 모든 나무들의 이파리를 휘젓게 하리라. 내 밤의 낮이자 내 운명의 별인 토보소의 둘시네아여, 내가 걸어오는 길을 배려하여 내 소원에 화답을 해주시오!"

이렇게 말하며 그는 로시난테에서 내린 뒤 안장과 고삐를 벗기면서 엉덩이를 찰싹 때렸다.

"자유 없는 이 몸이 그대에게 자유를 허락하노라. 오, 그대는 재빠름으로 이름을 날렸고, 위대한 업적을 쌓았도다!"

산초는 이 말을 듣고서 이렇게 말했다.

"내 당나귀 대플이 여기 있었으면 좋았을 텐데, 적어도 입에 침이 마르도록 칭찬을 받을 만하잖아요. 하지만 기사님. 정말로 제가 편지를 가지고 떠나고 주인님이 여기서 고행을 하실 거라면, 로시난테에 다시 안장을 얹는 게 나을 겁니다."

"산초야, 네 마음대로 하거라. 그러나 사흘 뒤에는 반드시 출발하도록 해라. 그동안 넌 내가 둘시네아 공주님을 위해 말하고 행동하는 걸 잘 보고 들었다가 모든 걸 그녀에게 전해주기 바란다."

"아니, 내가 봐야 하는 게 뭐 더 있나요?"

"잘 알지 않느냐. 지금까지 난 아무것도 하지 않았다. 그래서 내가 낙담한 연인이 되려면 옷을 찢어야 하고 갑옷을 버린 다음, 이 바윗돌에 머리를 박아야 한다. 그 밖에도 네가 깜짝 놀랄 여러 가지 일들을 할 것이다."

"제발 바위에 머리를 박는 건 재고해주셨으면 합니다. 주인님이 심히 불손한 바위를 만나면 고행이 단번에 끝나버릴 수도 있으니까 말이에요. 정 바윗돌에 머리를 박으시겠다면, 어차피 모든 게 속임수이니 뭔가 좀 부드러운 것에 박치기하는 것으로 만족하시지요. 뒷일은 제게 맡기세요. 둘시네아 공주님께는 주인님이 다이아몬드보다 더 단단한 바위 모서리에 머리를 박았다고 전해드릴게요."

"산초야, 네 뜻은 참 고맙다. 그러나 기사도의 규칙은 내가 거짓 행동을 하거나 거짓말을 하는 걸 금하고 있다. 따라서 나의 박치기는 정말로 단호하게 이루어져야 한다. 그러니 내가 입을 상처를 치료할 뭔가를 놓고 가거라. 지난번 운명의 여신이 우리에게서 그 귀중한 발삼을 빼앗아 간 걸 보았지 않았느냐."

"당나귀를 잃어버린 게 더 지랄맞은 거죠. 그래서 거기에 실어놓았던 붕대와 나머지 것들을 몽땅 잃어버린 거 아시잖아요. 그러니 주인님, 그 끔찍한 발삼 이야길랑 다시는 꺼내지 마십시오. 그 이름만 들어도 속이 다 뒤집어지려고 합니다. 그리고 당장 편지를 쓰시고 로시난테 안장을 주세요. 바로 떠날 겁니다. 일단 토보소에 도착하면 둘시네아 공주님에게 주인님의 어리석은 짓과 광기를 전해드리죠. 그래서 코르크나무보다 더 뻣뻣한 공주님을 털장갑처럼 부드럽게 만들어 드리겠습니다. 그리고 공주의 상냥하고 달콤한 답장을 받은 뒤 빗자루를 탄 마녀처럼 재빨리 돌아와 고행을 하는 주인님을 구해드리겠습니다."

"그런데 편지를 어떻게 써야 좋을까?"

"아, 참. 당나귀 양도증서도 써주실 수 있죠?"

"종이가 없잖아. 조상님들처럼 밀랍판에 쓸 수는 있지만, 그것도 종이만큼이나 찾기 어렵고…, 아, 참, 지금 생각해보니 카르데니오의 수첩이 있었구나! 내가 거기에 써줄 테니, 네가 도착하는 첫 번째 마을에서 꼭 학교 선생님을 찾아가 종이에 정자로 옮겨달라고 부탁하거라."

"하지만 그 서명은 어떡하죠?"

"아마디스의 편지에는 서명이 없었단다."

"그럼 됐습니다. 그러나 당나귀 양도증서에는 반드시 서명이 있어야 합니다. 대신 서명하면 사람들이 위조된 것이라고 할 테고, 그러면 전 당나귀를 얻지 못할 겁니다."

"당나귀 양도증서에 서명을 해서 그 수첩에 써주마. 내 연서(戀書)에는 '죽는 그 날까지 그대를 섬길 우수에 찬 기사'라고 쓰거라. 다른 사람이 대필해도 대수롭지 않을 거다. 둘시네아 공주는 글을 쓸 줄도 읽을 줄도 모르며, 내 필체도 보지 못했으니까. 사실 난 12년 동안 그녀를 내 눈빛보다 더 끔찍하게 사랑해왔지만 네 번밖에 보지 못했다. 그런데 그녀가 날 전혀 알아차리지 못했을지도 모른다. 그만큼 그녀의 아버지 로렌소 코르추엘로(Lorenzo Corchuelo)와 어머니 알돈사(Aldonza)가 그녀를 곱게 키웠기 때문이란다."

"헉, 그럼 토보소의 둘시네아 공주가 로렌소 코르추엘로의 딸이에요? 그 알돈사 로렌초라는 처녀가 말입니까?"

"바로 그분이란다. 이 드넓은 우주의 여왕이 될 만한 분이지."

"나도 잘 알고 있지요. 우리 마을에서 가장 힘센 청년들 만큼이나 쇠막대기를 잘 던질 수 있다고 하던데요. 그녀는 패기가 넘치고 큰 키에 건장한 아가씨로, 세상의 그 어떤 편력기사로부터도 스스로를 지켜낼 수 있지요. 어이구, 또 힘은 얼마나 좋은지! 어느 날 그녀가 교회 종탑 위에서 밭에 나가 일하던 아버지의 머슴들을 부르는 걸 보았는데, 반 리그(약 2Km) 쯤 떨어져 있었지만 마치 바로 밭 옆에서 부르는 것처럼 들렸습니다. 그리고 그녀의 가장 좋은 점은 절대로 수줍어하지 않는다는 것입니다. 그래서 모든 사람들과 농담도 하고 놀려대며 장난도 칩니다. 솔직히 말하자면, 돈키호테 님, 전 아무것도 모르고 있었습니다. 정말로 나는 그동안 둘시네아 공주가 주인님과 사랑에 빠진 어떤 훌륭한 공주라고만 생각했지요."

"내가 전부터 여러 번 말했지만, 넌 말이 너무 많다. 그저 나에게는 둘시네아 아가씨가 이 세상 그 어느 공주보다 훌륭하고 아름답게 보인다는 걸 이해하라, 그걸로 충분하다.”

이런 말과 함께 그는 수첩을 꺼내더니, 한쪽 구석으로 가서 아주 진지하게 편지를 쓰기 시작했다. 그는 편지를 다 쓴 다음 산초를 부르더니 이렇게 읽어 주었다.

고귀하신 부인께

감미로운 토보소의 둘시네아(Dulcinea) 공주여, 심히 상처받은 이 몸이 비록 안녕치 못하나 그대에게 안부를 전합니다. 아름다운 당신이 저를 냉대한다면 저는 살아갈 수 없습니다. 나의 착한 종자 산초가 모든 것을 전해줄 것입니다. 오, 무정한 여인이여, 저는 당신의 사랑을 위해 고행을 하고 있습니다. 저에게 호의를 베푸는 것이 그대의 기쁨이기를. 저는 당신의 것입니다. 그렇지 않다면, 제 삶을 끝냄으로써 그대의 잔인함과 저의 욕망을 한꺼번에 충족시킬 것입니다.

이 생명 다할 때까지
우수에 찬 기사

“제 아버지를 두고 맹세컨대, 제가 여태까지 들었던 편지들 중에서 가장 훌륭합니다. 그러니 이제는 주인님이 세 마리 당나귀 양도증서를 써주실 겁니까?”

“그렇게 하지.” 하고 돈키호테가 대답했고, 그는 원하는 대로 해주었다.

"그럼 저는 이만 물러나 로시난테에 안장을 얹겠습니다. 전 주인님이 하시는 바보같은 짓을 더 이상 보지 않고 곧장 떠나겠습니다. 하지만 한 가지 두려운 것이 있는데, 제가 있는 곳이 워낙 험하고 힘든 곳이라 못 돌아올 수도 있다는 겁니다."

"표시를 잘 해두거라. 네가 돌아올 즈음 가장 높은 바위 꼭대기에 올라가 있겠다. 또 나뭇가지들을 몇 개를 잘라서 그걸 뿌리

◆

'아드리아네와 테세우스'(Nicolo Bambini). 다이달로스가 크레타의 국왕 미노스를 위해 크노소스에 건설한 정교한 복합건물을 미궁(Labyrinth)이라 한다. 미노스는 아테네에서 열린 경기에 참가하다 죽은 아들을 위해 인신공물을 강요했는데, 이들을 이 미궁에 갇힌 괴물 미노타우르스에게 먹이로 주었다. 그러자 아테네의 영웅 테세우스가 희생물로 자원하여 미궁 속의 미노타우르스를 죽인 뒤 공주 아리아드네가 건네준 실꾸리 덕분에 빠져나왔다.

면서 가는 게 좋을 것이다. 테세우스(Theseus)가 미로를 빠져나올 때 썼던 실꾸리처럼, 그 가지가 다시 돌아가는 길을 찾는 데 표시 역할을 할 수 있을 게다."

산초는 주인님 말대로 했고, 둘시네아를 위한 미친 짓 몇 가지를 보고가라는 부탁을 거들떠보지 않고 로시난테를 타고 후다닥 줄행랑을 쳤다.

그러나 백 걸음도 채 못 가서 산초가 돌아오더니 이렇게 말했다.

"주인님, 주인님의 말씀이 옳은 것 같습니다. 제가 공주님께 어리석은 짓들을 말씀드리기 전에, 주인님이 하시려는 것들을 하나라도 봐야 양심에 가책을 느끼지 않을 것 같습니다."

"내가 그렇게 말하지 않았더냐? 잠깐만 기다리거라."

그러더니 서둘러 옷을 홀라당 벗은 돈키호테는 깡충깡충 뛰어다니다 공중제비를 돌리기 시작했다. 산초조차도 이젠 둘시네아 부인에게 그녀의 애인이 미쳤다고 진실로 말할 수 있어서 흡족해했다. 그리고 돌아선 산초는 이번엔 진짜로 길을 떠났다.

17

귀부인 둘시네아를 만나러 가는 산초의 여정

혼자 남은 돈키호테는 높은 산꼭대기에 올라 아름다운 둘시
네아에 대한 시를 지어 주위의 바위와 나무에 적어놓느라 바쁜
나날을 보냈다. 이처럼 그는 냇가의 요정들을 불러냈고 숲의 사
튀로스(Satyros, Satyrs; 고대 그리스 신화에 나오는 '숲의 신'. 염소의 다리와 뿔을 가진
모습을 하고 있다.-역주)들을 불러내 그의 울음소리를 들으면서 산초가
없는 동안을 그렇게 보냈다.

큰길로 돌아선 산초는 토보소로 가는 길로 접어들었는데, 다
음날 담요로 키질을 당했던 여관에 도착했다. 그는 여관을 보자
마자 다시 한번 허공으로 던져진다고 상상을 하니, 마침 저녁 식
사시간이고, 며칠 동안 찬 음식밖에 먹지 않았으므로 한 번이라

도 조리된 고기를 맛보고 싶은 생각이 굴뚝 같았으나 좀처럼 들어가고 싶지 않았다. 들어갈지 말지 고민했지만, 그래도 배가 고프다는 생각이 그를 여관 가까이로 이끌었다.

그가 이런 생각에 잠겨 망설이고 있을 때, 여관에서 나오던 두 사람이 그를 단박에 알아보더니 다른 사람에게 말했다.

"저기 보시오, 신부님. 저기 말에 타고 있는 자가 돈키호테와 함께 종자로 떠난 산초 판사가 아닌가요?"

"그렇군, 돈키호테가 타던 말이네요."

돈키호테의 절친인 신부와 이발사는 산초를 잘 알고 있었다. 얼마 전까지만 해도 그들은 돈키호테의 책을 불태우고 그의 서재에 벽 쌓는 작업을 도왔기 때문이다. 그래서 그들은 돈키호테의 소식이 궁금해서 그에게 다가가 이렇게 말했다.

"이보게, 산초 판사, 도대체 자네 주인은 어디에 두고 왔는가?"

산초 판사는 그들을 즉시 알아보았다. 하지만 기사님이 남아 있는 장소와 현재 상태를 숨기고 싶었기 때문에, 지금 주인님은 말할 수 없는 아주 중요한 일들 때문에 어떤 장소에 머물고 있다고 대답했다.

"산초 친구여, 그건 안될 말이네. 자네가 돈키호테가 있는 곳을 알려 주지 않으면, 자네가 그의 말을 타고 있으니, 그를 강탈한 뒤 죽였다고 믿을 수밖에 없네. 자넨 반드시 우리에게 말 주인이 있는 곳을 알려주어야 할 걸세. 그렇지 않으면 자네에게 더 안 좋은 일이 생길 거야."

"제게 겁을 줘봤자 아무 소용 없습니다. 전 누구를 강탈하거나 살해할 위인이 못 되니까요. 주인님은 내가 방금 떠난 시에라 모레나 산속에서 고행을 즐기고 계십니다."

그런 다음 산초는 주인님이 고행하는 방법, 그리고 그가 행하고자 하는 미친 짓들에 대해 자초지종을 이야기해주었다. 그리고 로렌소 코르추엘로의 딸 토보소의 둘시네아 공주님에게 보내는 편지를 가지고 있는데, 기사님이 그녀와 완전히 사랑에 빠져 있다고 말해주었다.

두 사람은 돈키호테의 광기를 이미 알고 있었지만, 산초의 말을 듣고서 놀라움을 금치 못해 둘시네아 공주에게 전달할 편지를 보여 달라고 했다. 산초는 그것이 수첩에 적혀 있으며, 자기가 본 첫 번째 마을을 들러 그것을 다른 종이에 옮겨쓰라는 명령을 받았다고 말했다.

신부님은 그것을 보여주면, 산초에게 공정한 사본을 만들어 줄 거라고 말했다. 그러자 산초는 그 수첩을 꺼내려고 품속으로 손을 찔러 보았지만, 죽을 때까지도 찾을 수 없었을 것이다. 돈키호테가 그 수첩을 준다는 걸 까맣게 잊어버렸고, 산초도 그걸 달라고 하는 것조차 잊어버린 채 길을 떠나온 것이다. 산초는 그 수첩이 없어진 걸 알고 얼굴이 백지장처럼 창백해졌다. 온몸을 더듬어보아도 분명 수첩은 없었다. 그러자 갑자기 수염을 붙잡더니 절반쯤을 쥐어뜯었고, 얼굴과 코를 주먹으로 대여섯 번을 후려치자 온통 피범벅이 되고 말았다.

이것을 보고 신부님과 이발사는 도대체 무슨 일이냐고 묻자, 자기는 그래도 싸다고 했다.

"아, 이게 무슨 일이람."

가엾은 산초가 소리쳤다.

"왜, 난 네가 본 가장 훌륭한 당나귀 세 마리를 바람처럼 흘려보냈을까?"

"어떻게 그럴 수 있지?"

이발사가 물었다.

"수첩을 잃어버렸단 말입니다. 둘시네아 공주에게 보내는 편지뿐만 아니라, 주인님이 조카딸에게 보낸 편지도 있었는데, 거기엔 집에 있는 네다섯 마리 중 세 마리를 저에게 주라고 적혀 있습니다." 하고 대답했다. 그렇게 말한 뒤, 산초는 그들에게 잃어버린 당나귀 대플에 대한 이야기까지 들려주었다.

신부님은 주인을 만나면 바로 정식으로 다시 증서를 쓰도록 할 것이라고 말하며 산초를 위로했다. 이에 산초는 용기를 냈다. 그렇게 될 수 있다면 모든 게 괜찮을 것이라고 말했다. 둘시네아에게 전달할 편지는 거의 외우다시피 했으니 잃어버려도 별로 신경을 쓰지 않았기 때문이다.

"어서 말해보거라, 산초야."

이발사 말했다.

"그럼 우리가 그것을 받아쓸 거야."

그러자 산초는 가만히 서서 머리를 긁적거리더니 그 편지를 기억해내려고 애썼다. 그는 한쪽 다리로 섰다가 다시 다른 쪽 다리로 서서 하늘을 한번 보고 다시 땅으로 눈을 돌린 다음 손톱의 절반을 갉아먹다가 한참을 망설이던 끝에 이렇게 말했다.

"제가 다 기억할 수 있을지 모르지만, 그것은 이렇게 시작되었습니다. '키가 크고 괴기하신 아가씨.'"

"내가 장담하는데."

이발사가 말을 가로막으며 말했다.

"'괴기한' 것이 아니라 '고귀하신 아가씨'라고 했겠지."

"그러고 보니 그렇네요."

산초가 말했다.

"그러고 나서 환자인 양반이 아름답지만 매정한 여인에게 건강인지 질병인지 뭔지에 대해 물었고, 무언가를 써내려가다가, 끝에 '이 생명 다할 때까지, 우수에 찬 기사 올림.'이라고 되어있던 것 같습니다."

두 사람은 산초의 뛰어난 기억력에 박수를 쳐주더니, 시간이 될 때 그것을 옮겨적을 수 있도록 자기들에게 편지 내용을 한두 번 더 들려달라고 부탁했다. 신이 난 산초는 세 번이나 되풀이했고, 그때마다 실수를 하나씩 저지르곤 했다. 그러고는 그들에게 자기 주인님에 대해서도 이야기를 했지만, 담요에 키질 당했던 일에 대해서만큼은 입을 꼭 다물었다. 산초는 괜히 여관에 들어가기를 꺼려했지만, 그들이 식사를 마친 뒤 자기도 먹을 맛있고 뜨거운 음식과 로시난테를 위해 보리를 좀 가져다 달라고 애원했다.

그리하여 그들은 여관으로 들어갔고, 잠시 후 신부님이 그에게 고기를 가져다주자 산초는 무척이나 기뻐했다.

이제 신부님과 이발사는 여관에 있는 동안 돈키호테를 집으로 데려올 수 있는 최선책을 함께 논의했고, 드디어 신부님이 돈키호테의 입맛에도 맞는 계획을 생각해냈는데, 꼭 성공할 것만 같았다. 다름이 아니라 이 계획은 그가 이발사에게 말한 대로, 자기를 방황하는 처녀처럼 변장시켜달라는 것이었고, 이발사가 그녀의 종자 역을 맡아 돈키호테가 고행을 하고 있는 곳으로 가자는 것이었다. 신부님이 비탄에 빠져 괴로워하는 처녀처럼 행세하며 도움을 청하면, 용맹스런 편력기사인 그로서는 절대로 거절하지 못하리라는 것이다.

THE CURATE
& THE BARBER
IN DISGUISE.

◆

변장을 한 신부님과 이발사

　처녀가 부탁해야 할 일은 돈키호테가 자신을 따라와 자기에
게 나쁜 짓을 저지른 어떤 사악한 기사를 응징하는 것이었다. 더
구나 돈키호테가 그녀의 부탁으로 사악한 기사를 응징했을 때
까지는 그녀의 베일을 벗으라거나 그녀의 상태에 대해 묻지 말도
록 하자는 것이었다. 그래서 그들은 돈키호테를 마을로 끌고 온

다음 그의 미친 생각을 바로잡길 바랐던 것이다.

이발사는 신부님의 생각에 쾌재를 불렀고, 곧바로 실행에 옮기기로 결정했다. 그들은 신부님의 새 사제복을 담보로 여관 안주인에게서 가운과 머리 장식을 빌렸고, 이발사는 여관 주인이 말등을 빗어주는 빗을 꽂아두던 붉은 황소 꼬리로 긴 수염을 손수 만들었다.

이를 본 여관 안주인은 그들에게 도대체 이런 것들을 어디에 쓰려는지 물었다. 그러자 신부님은 돈키호테의 광기에 대해, 그리고 그가 묵고 있는 산에서 그를 데려오기 위해 이런 변장이 왜 필요한지에 대해 간단히 설명해주었다.

그러자 여관 주인 내외는 그 희안한 손님들에 대해 모든 걸 기억하고, 이발사와 신부님에게 그와 그의 발삼에 대한 것들뿐만 아니라 산초가 어떻게 담요로 키질을 당했는지까지 몽땅 털어놓았다. 그리고 나서 여관 안주인은 더 이상 잘될 수 없을 만큼 솜씨있게 신부님을 치장해주었다. 그녀는 그에게 한 뼘 정도의 검은색 벨벳 띠가 달린 옷 가운을 입혔고, 하얀 융단을 덧댄 녹색 벨벳 조끼를 입혔는데, 둘 다 '노아의 방주' 시대에 만들어진 것 같았다. 신부님은 여자처럼 머리장식을 하는 걸 거절하고, 잠잘 때 쓰려고 들고 다니는 하얀 퀼트 린넨의 취침용 모자를 썼다. 그리고 두 가닥의 검은 붕대로 손수 가면을 만들어 고정시켰는

데, 얼굴과 수염을 아주 가지런히 덮어주었다. 그리고 나서 그는 커다란 모자를 쓰고, 망토로 몸을 감싼 다음 노새 등에 여자처럼 옆으로 앉았다. 이발사도 노새에 올랐는데, 앞에서 말했지만, 붉은 황소의 꼬리로 만든 수염이 허리까지 내려올 정도였다.

이제 그들은 떠날 차비를 하고, 여관에 있는 사람은 모두 그들이 잘 되기를 바랐다. 하지만 그리 멀리 가지 않아 신부님은 아무리 좋은 일을 하는 것이더라도 여자 옷에 그런 복장을 하고 돌아다니는 것이 도리가 아닌 것 같아 걱정이 앞섰다. 그래서 이발사보고 대신 괴로워하는 처녀 행세를 하라고 제안하면서, 신부님이 종자 역할을 맡아 그에게 어떻게 말하고 행동해야 하는지를 가르쳐 주겠다고 했다. 이때 산초가 그들에게 다가왔고, 이상한 차림을 하고 있는 두 사람을 보고 도저히 웃음을 참을 수가 없었다.

그러자 신부님은 얼른 변장을 벗었고, 이발사도 마찬가지였다. 두 사람 모두 돈키호테에게 가까이 다가갈 때까지 이 옷을 입지 않기로 마음먹었는데, 그때는 이발사가 괴로운 처녀 행세를 하고, 신부님이 종자가 되기로 했다.

그리고 나서 그들은 산초의 안내를 받아 시에라 모레나 산맥을 향해 길을 떠났다. 그들은 산초의 주인이 언제든 황제가 되거나 산초가 원하는 섬을 줄 수 있는 직위에 오르려면, 주인을 당장 고행하는 곳에서 끌고 나와야만 한다고 설명해주었다.

18
—
카르데니오 이야기가
계속되다

　다음날 그들은 산초가 길을 따라 나뭇가지를 던져둔 곳에 도
착했다. 거기서 산초는 이제 돈키호테가 있는 곳에 가까워졌으
니 옷을 입는 게 나을 것 같다고 말했다. 그들은 산초에게 이 비
참한 고행으로부터 주인을 구해내려는 계획 일부를 말해주었고,
기사에게 그들의 정체를 말하지 말라고 당부했었기 때문이다.
또 돈키호테가 둘시네아에게 편지를 전달했냐고 물으면, 그렇게
했으나, 그녀가 글을 읽을 수 없어 그냥 그녀에게로 돌아오라는
메시지만 주었다고 말하도록 일렀다. 산초는 주인님이 고행을 포
기하고 다시 섬을 찾으러 간다는 기대감에 이 모든 이야기를 잘
듣고 기억하겠다고 말했다. 또한 그는 둘시네아의 메시지만으로

도 충분히 돈키호테를 산에서 끌어낼 수 있다며, 자기가 먼저 가는 게 낫다고 제안했다.

그러면서 산초는 산골짜기로 더 들어가 실개천이 흐르고 시원한 나무와 바위가 있는 곳에 두 사람을 남겨두고 혼자 떠났다.

때는 8월의 가장 후텁지근한 어느 날이었다. 그 지역에서 가장 더운 날, 산초가 그들을 떠난 것은 오후 세 시쯤이었다. 남은 두 사람은 마음 편히 그늘에서 쉬고 있었는데, 어디선가 악기 반주도 없이 아주 감미로운 멜로디로 노래하는 소리를 들었다. 이곳은 그렇게 노래를 잘하는 가수가 있을 법한 장소가 아니었기에 깜짝 놀라지 않을 수 없었다.

가수가 노래를 마치자 이발사와 신부님은 놀라움과 기쁨에 겨워 좀 더 들어보려고 했다. 그러나 침묵이 계속되는 바람에 두 사람은 이 이상한 음악가를 찾아보기로 했다. 그들이 움직이려는 순간 그는 다시 노래를 부르기 시작했고, 노래가 끝나자 깊은 한숨을 내쉬었고, 음악은 흐느낌과 가슴이 미어지는 신음소리로 바뀌었다.

그를 찾기 위해서는 그리 멀리 가지 않아도 되었다. 바위 모퉁이를 돌아서자 산초가 그들에게 말해준 카르데니오와 딱 맞아떨어지는 남자를 보았던 것이다. 신부님은 즉시 그에게로 다가가 친절하게 그가 산속에서 비명횡사하지 않으려면 이 비참하고 방황하는 삶을 그만두라고 충고했다.

이때는 가끔씩 미쳐 날뛰는 발작에도 사로잡히지 않았고 제 정신이었던 카르데니오가 대답했다.

"선생님들이 누구신지 모르지만, 전 쓸모없는 사람이라는 걸 잘 압니다. 아직도 제게 친절을 베풀어 제가 좀 더 좋은 곳에서 살도록 설득하는 분들도 계십니다. 그리고 이 끔찍한 광기가 저를 압도하고 있다는 것도 잘 압니다. 많은 사람들이 저의 불행을 가엾게 여기기보다는 제 별난 행위를 더 손가락질하지요. 그러나 제 이야기를 들어보면, 제가 왜 여기까지 내몰렸는지, 무엇이 저를 화나게 만들었는지, 제가 어디까지 비난을 받아야 하는지, 그리고 제가 얼마나 불쌍한지를 알게 될 겁니다."

자신의 입으로 자신이 불행한 이유를 알아내는 것만큼 좋은 것이 없다는 생각에 신부님과 이발사는 그에게 이야기를 들려달라고 부탁했고, 그에게 위로가 된다면 할 수 있는 건 다 하겠다고 약속했다.

이렇게 해서 카르데니오가 이야기를 시작했는데, 루신다가 『아마디스 데 가울라』에 대한 책을 빌려주었다는 이야기까지 돈키호테에게 이야기해줄 때와 똑같이 들려주었다. 이번에는 돈키호테의 방해도 없었기에, 카르데니오는 루신다가 책을 돌려주었을 때 그 속에서 아름답게 표현되고 가장 부드러운 소망들로 가득 찬 편지를 발견하게 된 경위를 일러주었다.

 "이 편지 때문에 저는 다시 한번 루신다를 아내로 맞이해야 겠다고 마음먹었습니다. 또 이 편지는 돈 페르난도가 내 행복이 이루어지기 전에 날 파멸시킨 원인이기도 했죠. 저는 돈 페르난 도에게 제 사정을 털어놓았습니다. 그녀의 아버지는 루신다와 의 혼담(婚談)을 제 아버지와 하길 바랐는데, 저는 아버지가 승낙 을 거부하실까 봐 감히 아버지에게 그런 말을 꺼내지 못했다고 했습니다. 아버지가 루신다의 아름다움과 품위에 대해 몰라서 가 아니라, 적어도 리카르도 공작이 저에게 무엇을 해주려는지 알기 전까지는 빨리 결혼하는 걸 바라지 않았기 때문이죠. 결국 전 그 일에 대해 감히 아버지께 말할 수 없다고 돈 페르난도에게 말하자, 그가 저 대신 아버지에게 루신다와의 결혼 승낙을 설득 해보겠다고 했습니다."

 "친구인 페르난도 같은 신사가 배신한다는 게 어떻게 상상이 나 갑니까? 하지만 정말 그랬어요! 그 친구는 제가 자신의 계획 에 걸림돌이 된다고 여겼는지, 시내에서 사들인 말 여섯 필 값을 자기 형네 집에 가서 좀 빌려오라고 부탁했습니다. 저는 그의 악 행을 전혀 상상하지 않았기에 선의를 가지고 그의 심부름을 해 주었습니다. 그날 밤 전 루신다와 이야기를 나누었고, 저와 페르 난도 사이에 정리되었던 일(카르데니오 대신 아버지에게 청혼 승낙을 받아내는 일 -역주)을 그녀에게 말해주고 모든 게 잘 되길 빈다고 했습니다. 제가 떠날 때 그녀는 눈물을 머금었고, 우리는 둘 다 지금 제가 생각하는 것처럼 저를 기다리고 있는 어두운 운명에 대한 비참함과 경계심으로 가득 차 있는 것 같았습니다. 결국 마을에 도착한 저는 편지를 돈 페르난도의 형에게 전달했습니다. 대접은 잘 받았으나 곧바로 절 돌려보낼 생각이 없어 보였고, 페르난도가 필요로 하는 돈을 마련하기가 쉽지 않다는 핑계를 대며 차일피일 미뤘습니다. 이렇게 저는 역겨운 나날을 보냈는데, 루신다와 이토록 오랫동안 떨어져 있을 수는 없었습니다."

"그런데 도착한 지 나흘째 되는 날, 어떤 남자가 편지를 들고 저를 찾아왔는데, 글씨체로 보아 루신다의 것임을 알았습니다. 저는 그녀가 그렇게 한 적이 거의 없어 저에게 편지를 보낼 만한 무슨 심각한 문제가 있는 게 틀림없다고 여겨 얼른 펼쳐보았죠. 저는 그 편지를 읽기 전에 그 남자에게 누가 편지를 줬는지, 또 여기까지 오는 데 얼마나 걸렸는지를 물었지요. 그는 제 고향의 어느 거리를 한낮에 지나가는데 우연히 아리따운 아가씨가 창문에서 자기를 부르더랍니다. 가엾게도 그녀의 눈은 눈물로 가득 차 있었는데, 자기에게 다급히 이렇게 말했답니다.

'형제님, 당신이 좋은 사람이라면, 이 편지를 주소에 적혀 있는 사람에게 꼭 전해주길 간절히 빌겠습니다. 그렇게 해서 저에게 큰 자비를 베풀어 주세요. 그리고 전달해주는 수고비는 이 손수건 안에 넉넉히 싸두었습니다.'"

"그렇게 말한 뒤 그녀는 창밖으로 손수건을 던졌답니다. 그 손수건 안에는 100레알이 들어있었고, 자기가 저에게 가지고 온 금반지와 저에게 전해준 편지가 들어있었답니다. 그는 그녀가 시키는 대로 할 것이라는 신호를 그녀에게 보냈고, 더구나 그는 저를 잘 알고 있는 터라 다른 사람은 믿지 못해 본인이 직접 왔답니다. 그래서 그는 머나먼 길을 떠나왔는데, '당신도 알다시피, 이 여정은 16시간이 걸렸고, 무려 18리그(약 72Km)나 떨어졌더라고요.' 하고 말하더군요."

"그 친절한 남자가 자기의 이야기를 하고 있을 때, 전 그 편지를 손에 들고 부르르 떨다가 마침내 용기를 내 펼쳐보았는데, 그때서야 이런 말이 눈에 띄었습니다."

"당신 아버지와 제 아버지의 대화를 설득해주겠다고
당신에게 약속한 돈 페르난도는 자기 멋대로 했답니다.
그가 저를 아내로 맞이하려는 것을 알았고,
그의 높은 지위에 넋이 나간 아버지가 그에 동의했기에
이틀 안에 우리는 비공식적으로 결혼하게 되었답니다.
당장 달려오지 않으면 제 심정이 어떨지 한번 상상해보세요,
당신의 약속을 저버린 돈 페르난도가 우리 아버님을 만나기 전에
이 편지가 당신에게 전달되길 바랍니다."

THE STORY OF CARDENIO · CONTINUED

◆

계속된 카르데니오 이야기

"편지에 적힌 그녀의 말을 듣고, 저는 페르난도에게 전할 회신도 기다리지 않고 당장 길을 떠났습니다. 그제서야 그가 말을 사들이는 게 목적이 아니라 자신의 비열한 쾌락을 추구하려고 저를 자기 형한테 보냈다는 걸 알았습니다. 정말이지 그토록 오랜 세월 동안 끈질긴 사랑으로 얻은 보석을 잃어버릴까 하는 두려움과 돈 페르난도에게 느끼는 분노의 감정이 교차했습니다. 마치 날개를 단 것처럼 저는 쏜살같이 고향으로 달려가 루신다를 보고 말을 걸기 딱 알맞은 시간에 도착했지요. 저는 몰래 시내로 들어가 우선 편지를 가지고 온 착한 사람의 집에 노새를 맡기고 곧장 루신다를 자주 만났던 작은 철문으로 달려갔습니다."

"거기서 그녀를 보았고, 저를 보자마자 몹시 괴로워하며 말했지요. '카르데니오, 전 웨딩드레스를 입고 있고, 홀에서는 배신자 돈 페르난도와 탐욕스러운 제 아버지, 그리고 증인들이 저를 기다리고 있어요. 아마도 그들은 제 결혼식이 아닌 제 죽음을 보게 될 겁니다. 저에게 자유를 달라고 설득할 수 없다면 적어도 이 단검으로 제 인생을 끝낼 수 있으니, 사랑하는 그대여, 걱정하지 마세요.'"

"저는 몹시 괴로워서 대답했습니다. '그대가 단검을 가지고 있다면, 나도 칼을 들고 그대의 생명을 지킬 것이오. 그렇지 못하면 운명이 우리에게 등을 돌린 걸로 알고 스스로 목숨을 끊을 것이오.”

“그녀는 황급히 불려 나갔기 때문에 제가 한 말을 다 듣지는 못했으리라 생각합니다. 그래서 저는 얼른 슬픔에서 벗어나 집 안으로 들어가 보았습니다. 전부터 출입구를 잘 알고 있었기 때문이죠. 두 개의 융단으로 덮인 큰 홀 창가의 푹 패인 곳에 보이지 않게 몸을 숨길 수 있어서 저는 아무도 몰래 홀에서 일어나는 일들을 볼 수 있었습니다.”

“신랑이 평상복을 입고 복도로 들어섰습니다. 루신다와 사촌지간인 대부(代父)와 하인들 외에는 방에 아무도 없었지요. 잠시 후 루신다는 어머니와 두 명의 하녀와 함께 탈의실에서 나왔는데, 불안해서 그녀가 무엇을 입었는지 알아볼 겨를도 없었답니다. 그저 진홍색과 흰색만 기억할 수 있을 뿐이었죠. 그녀의 머리 장식에 달린 보석의 희미한 빛이 기억납니다만, 이 모든 것들은 그녀의 아름다운 황금빛 머릿결에는 비할 바가 못 되었습니다.”

“그들이 모두 복도에 늘어서자, 교구의 신부님이 들어오더군요. 자리를 잡은 신부님은 두 사람의 손을 잡고 물었습니다. '루신다 양은 돈 페르난도 경을 합법적인 남편으로 맞아 주시겠습니까?' 저는 루신다가 뭐라고 대답했는지 듣기 위해 융단 사이로 머리와 목을 쭉 내밀었지요. 신부님은 그녀가 대답하기를 한

참 기다리며 서 있었는데, 저는 '아니오.'라는 대답을 기대하면서 그녀가 자신을 찌르려고 단검을 꺼내거나 진실을 밝히거나, 아니면 저에 대한 사랑을 고백하리라고 생각했습니다. 하지만 저는 그녀가 희미하고 나른한 목소리로 '네.' 하고 말하는 걸 듣고 말았지요."

"그러자 돈 페르난도도 똑같이 말했고, 그녀에게 매듭을 풀어 반지를 끼워주더라고요. 그러나 신랑이 그녀를 끌어안기 위해 다가오자 그녀는 가슴에 손을 얹더니 어머니의 품에 쓰러져 기절을 하고 말았습니다."

"제가 어떤 상태였는지는 저만이 알겠지요. '예!'라는 말에서 저는 모든 희망이 끝났다는 걸 알았고, 분노와 질투심으로 불타올랐습니다. 루신다가 기절하면서 집안은 온통 아수라장이 되었고, 어머니는 루신다가 숨을 쉬도록 웃옷 단추를 하나 풀어주자 품속에서 종이쪽지가 나왔는데, 페르난도가 그것을 낚아채 냉큼 횃불 옆으로 다가갔습니다. 쪽지를 읽어 본 그는 털썩 의자에 주저앉더니 두 손으로 얼굴을 감싸며 무척 난감해했습니다."

"모든 게 혼란스러웠습니다. 적에게 복수하고 싶은 마음조차 사라져 무작정 걸었습니다. 어느새 그 집을 빠져나와 노새를 맡긴 곳으로 가서 안장을 얹혔지요. 그러고는 아무에게도 작별 인사를 하지 않고 시내를 빠져나왔으며, 두 번 다시 그곳을 보지 않으려고 고개를 돌리지도 않았답니다."

"밤새도록 길을 걸었는데, 새벽 무렵 이 산으로 들어가는 입구 중 어느 곳에 이르렀는데, 그길로 접어들어 사흘 동안이나 이리저리 쏘다녔지요. 그러고 나서 노새와 소지품들을 다 버리고, 이 숲속에서 살게 되었답니다. 이 비참한 몸을 피할 수 있을 만큼 큰 코르크나무의 움푹한 곳이 바로 제가 자는 곳입니다. 다행히도 이 산속에 사는 산양치기들이 저에게 온정을 베풀어 먹을 것을 갖다준답니다. 때로 제가 제정신일 때 만난 사람들이 저에게 말해주는데, 어떤 때는 제가 그들에게 달려들어 그냥 건네줄 음식도 괜히 폭력을 써서 빼앗는다고 합니다."

"저는 온갖 미친 짓을 한다는 걸 스스로 알고 있지만, 루신다 없이는 결코 이성을 되찾지 못할 것이며, 저의 불행은 죽음으로만 끝날 수 있다는 확신이 듭니다."

19
─
돈 페르난도를 사랑한
도로테아 이야기

카르데니오가 우울한 이야기를 마치자마자 신부님은 그를 좀 위로해주려고 했다. 그런데 이때 어디선가 들리는 애절한 음성을 듣고 멈추고 말았다.

"아, 드디어 내가 이 비참한 삶의 종말을 찾았도다! 아아, 줏대 없는 인간사회보다 이 바위들과 덤불들과 함께 있는 게 그 얼마나 좋은가! 내가 어려웠을 때 충고해 준 사람이 있었던가, 곤경에 처한 나를 위로해 준 사람이 있었던가, 아니면 나에게 모욕을 준 놈들에게 복수해 준 사람이 있었던가!"

신부님뿐만 아니라 그와 함께 있던 사람들 모두가 이 소리를 듣고, 말소리의 주인공이 가까운 곳에 있다고 여겨 함께 찾아 나서기로 했다. 스무 걸음도 채 가지 않아 일행은 커다란 바위 뒤 물푸레나무 아래에 앉아 있는 한 청년을 보았다. 그는 농부 복장을 하고 있었으나, 개울물에 발을 씻으려고 고개를 숙이고 있어 얼굴을 제대로 보지는 못했다. 그들은 아무 말도 하지 않고 살금살금 다가갔으나, 그는 개울물에 다리를 씻기에 여념이 없었다. 입은 옷차림과는 달리, 이랑을 일구거나 소를 몰거나 쟁기질을 할 것 같지 않은 희고 아름다운 발을 보고 그들은 의아해했다. 이때 맨 앞에 있던 신부님이 일행에게 몸을 웅크리고 바위 뒤에 숨으라는 신호를 보냈다.

이렇게 해서 일행은 모두 회색 재킷과 같은 천의 반바지를 입고 회색 사냥 모자를 쓴 미소년에게 시선을 집중했다. 아름다운 발을 씻은 뒤 그는 발을 닦으려고 모자에서 손수건을 꺼내느라 고개를 들었다. 지금껏 조용히 지켜보던 일행은 너무나 아름다운 얼굴을 보게 되었다. 그러자 카르데니오가 혼잣말로 중얼거렸다.

"이 자는 루신다가 아니기 때문에, 지상이 아닌 어떤 천상의 존재일 수밖에 없도다."

젊은이는 모자를 벗었고, 머리를 흔들자 아폴론이 부러워했을 풍성한 머리카락이 어깨 위로 흘러내렸다. 그들 모두가 농부로 알았던 젊은이는 여자였으며, 더구나 난생 처음 본 우아하고 아름다운 여자였다. 카르데니오조차 오직 루신다만이 그녀의 미모에 필적할 수 있다는 것을 스스로 인정해야만 했다. 그녀의 금빛 머리채는 어깨를 감쌀 뿐만 아니라 발을 제외한 온몸을 덮을 지경이었다.

구경꾼들은 이 신비로운 미녀가 과연 누구인지 무척이나 궁금했다. 그 중 누군가가 일어서려고 할 때 그 아름다운 여인은 무슨 소린지 깜짝 놀라 두 손으로 머리카락을 쓸어올리며 고개를 들었다. 그들을 보기가 무섭게 그녀는 몸을 일으키더니, 신발도 제대로 못 신고 머리를 묶을 틈도 없이 보따리를 움켜쥔 채 기겁을 하고 달아났지만, 울퉁불퉁한 돌 때문에 여섯 걸음도 못 가 그만 땅바닥에 쓰러지고 말았다.

그들은 모두 그녀를 도와주려고 달려갔고, 맨 먼저 달려간 신부님이 이렇게 말했다.

"여보시오, 아가씨. 당신이 누군지 모르나 우린 당신을 해칠 생각이 전혀 없소. 그러니 도망갈 필요까지는 없소."

그러자 그녀는 부끄럽기도 하고 혼란스러웠는지 아무런 대꾸도 하지 않았지만, 신부님은 그녀의 손을 잡고 상냥하게 말을 이어갔다.

"아가씨, 그렇게 어울리지 않는 변장으로 그대의 아름다움을 감추고 이렇게 적막한 곳으로 들어왔다는 것은 사연이 그리 만만치 않다는 증거요. 우리가 당신을 찾아낸 것은 행운이오. 슬픔이 그토록 크면 친절한 말도 그리 소용없을지도 모르나, 적어도 우리가 그대에게 충고나 조언 정도는 해줄 수 있을 것이오. 그러니 아가씨, 그대의 행운인지 불행인지를 우리에게 한번 말해주시오. 그러면 우리가 최선을 다해 곤경에 처한 그대를 도와보겠소."

신부님이 말하는 동안 남장을 한 처녀는 넋을 잃고 서서 마치 시골뜨기처럼 처음에는 그가 한 말을 이해하지 못했다. 하지만 계속 말을 건넨 신부님은 그녀의 비밀을 조금씩 알게 되었다. 그녀는 깊은 한숨을 내쉬며 말했다.

"이 산들도 저를 숨겨줄 수 없고, 저의 가련한 머리카락이 제 비밀을 드러내 주는군요. 여러분이 믿을 수 없는 것들을 제가 꾸며대는 짓은 헛수고일 거예요. 그러니 신사 여러분, 저는 여러분의 친절과 호의에 감사드리며, 동정심을 얻기 위해서가 아니라 제가 이렇게 변장을 하고 여기에 혼자 있는 사연을 알 수 있도록 제 불행이 뭔지를 말해보렵니다."

너무도 유창한 말투와 감미로운 목소리로 쉬지 않고 말하자, 그들은 다시 한번 그녀를 도와주겠다는 걸 강조하면서 이야기를 계속해달라고 간청했다.

그러자 그녀는 구두를 신고 머리를 묶더니 세 사람 가운데에 있는 바위에 자리를 잡았다. 그녀는 흐르는 눈물을 몇 번 쓸어

도로테아를 찾다

내리며 청아한 목소리로 자신의 인생 이야기를 터놓기 시작했다.

"안달루시아 지방에 어떤 마을이 있는데, 거기에 마을 이름을 자기의 칭호로 삼은 공작이 있었습니다. 스페인에서 대귀족 중 한 사람이었죠. 그에게는 아들이 둘 있었는데, 큰아들은 영지의 상속자였으나, 둘째는 아버지의 못된 성질 빼놓고는 아무것도 물려받지 못한 것 같더라구요. 제 부모님은 이 공작에 딸린 하급 봉신(封臣)이었지만, 상당히 부유했답니다. 하늘이 부모님에게 재산에 걸맞은 출신을 선사했더라면, 전 귀족으로 태어나 지금 이런 기구한 불행을 겪지 않아도 되었을 겁니다. 부모님은 농사를 짓는 평범한 사람들이었으며, 가장 소중히 여기는 것은 최고의 보물로 여겼던 딸이었지요. 부모님에게는 외동딸이라 너무도 다정하고 관대해서인지 전 부모님에게 버릇없는 아이였답니다. 그리고 저는 부모님의 총애를 한 몸에 받았기에 전 재산까지 관리했습니다. 저는 올리브유를 짜고, 포도주를 걸러내며, 소와 양을 돌보고, 벌통을 관리하는 일까지 도맡아 했습니다. 또 하인들을 고용하고 해고하는 등 영지까지 관리했기 때문에 한마디로 우리 아버지 같은 부농이 할 수 있는 모든 일들을 해본 셈이죠. 농장을 관리하는 일들에서 벗어나면 바느질을 하든지 방석끈을 묶든지 실패감기를 했고, 그렇지 않으면 좋은 책들을 읽거나 하프를 연습하곤 했답니다."

"이것이 제가 아버지 집에서 보낸 삶이었습니다. 그리고 교회 외에는 거의 바깥출입을 하지 않았지만, 공작의 둘째 아들 돈 페르난도의 눈길을 끌었던 것 같았고, 그는 저를 불러냈습니다."

그녀가 돈 페르난도의 이름을 꺼내자 카르데니오의 얼굴색이 금세 변해버렸고, 신부님과 이발사는 그가 혹시나 발작을 일으키지나 않을까 노심초사했다. 하지만 다행히도 부르르 떨기만 하고 그냥 잠자코 있었으며, 그녀는 자기 이야기를 계속 이어나갔다.

"그때 돈 페르난도가 저를 보자마자 저에 대한 사랑에 푹 빠졌고, 그 순간부터 저는 조용히 지낼 수가 없었답니다. 밤이면 그의 세레나데 때문에 잠을 잘 수가 없었으며, 그에게서 사랑의 맹세가 넘치는 수많은 편지를 받은 끝에 마침내 그의 간청으로 우리는 여러 번 만남을 가졌습니다. 하지만 그가 온갖 사랑을 이야기했음에도 불구하고, 전 그의 아버지가 자기 봉신의 딸과 결혼하는 것을 허락하지 않으리라는 걸 알고 있었으며, 부모님도 공작이 결코 우리의 결혼을 승낙하지 않을 거라고 장담했습니다."

"어느 날 저녁 돈 페르난도는 저에게 아름다운 반지를 주면서 언제나 저에게 진실로 대할 것이라고 약속했답니다. 그 순간부터 저는 그와 약혼을 했다고 여겼고, 공작의 반대에도 불구하고 그가 진실로 저를 아내로 맞이하려고 했다는 걸 느꼈습니다. 저는 크나큰 기쁨속에서 나날을 보냈고, 돈 페르난도도 끊임없이 저를 만나러 왔지요. 하지만 얼마 후 그의 방문이 점점 뜸해지더니 마침내 완전히 발길을 끊었고, 누군가에게서 그가 다른 도시로 떠났다는 소식을 들었답니다."

"그에게서 편지가 오기를 마냥 기다렸지만 허사였습니다. 제가 처음 연인의 믿음을 의심하고 심지어 불신하기 시작했을 때, 아, 그런 나날들과 시간들이 얼마나 슬프고 쓰라렸던지! 저는 흐르는 눈물을 계속 지켜봐야 했고, 부모님이 제 불행의 원인을 알아낼 것만 같아 마냥 행복한 척해야만 했답니다. 그러나 이 모든 의혹의 시간들은 순식간에 끝이 나버렸습니다. 마침내 돈 페르난도가 결혼했다는 소식이 온 마을에 떠돌았기 때문이었죠. 그가 떠난 도시에는 루신다라는 아주 고귀한 처녀가 있었는데, 그들의 결혼에 대해 이상한 이야기들이 많이 나돌고 있었습니다."

카르데니오는 루신다라는 이름을 듣는 순간 관심이 없는 척했으나 이내 고개를 푹 숙이고는 쓰디쓴 눈물을 흘릴 따름이었다. 그러나 도로테아는 이야기의 실타래를 매듭짓지 않고 계속 풀어나갔다.

"이 슬픈 소식을 접하고 저는 분노와 노여움으로 불타올랐습니다. 저는 아버지의 양치기 중 한 명에게 같이 떠나자고 했고,

부모님에게는 아무 말도 없이 옷 몇 벌과 약간의 노잣돈 그리고 보석 몇 개를 챙겨 돈 페르난도가 간 도시로 떠났습니다. 적어도 왜 그런 짓을 벌였는지 이유를 들을 수 있을 것 같아서였지요. 이틀 반 만에 그곳에 도착했는데, 처음 물어본 사람에게서 돈 페르난도의 결혼에 대해 자초지종을 들었습니다. 결혼식에서는 루신다가 페르난도의 아내가 되겠다는 동의를 표한 후 기절을 했답니다. 그런데 그녀의 품에서 돈 페르난도의 아내가 될 수 없다는 쪽지가 떨어졌고, 거기에는 그녀가 고향 청년인 카르데니오와 약혼했다고 적혀 있었답니다. 쪽지에는 그녀가 결혼식 마지막에 자살할 작정이었다고 적혀 있었고, 그녀의 말을 뒷받침이라도 하듯 단검이 발견되었다는 겁니다. 이를 본 돈 페르난도는 루신다가 자신을 조롱했다고 여기고 단도로 그녀를 찌르려고 했는데 그녀의 부모가 간신히 막았답니다. 이런 일이 있고 난 뒤, 돈 페르난도는 도망쳤다는 소문을 들었고, 카르데니오가 그 결혼식을 지켜봤다는 사실도 알게 되었는데, 그녀가 '네.' 하는 말을 들은 그는 절망에 빠져 루신다가 자신에게 저지른 잘못을 적어놓은 편지를 남기고선 도시에서 사라져버렸답니다. 도시 전체에 이런 끔찍한 얘기들이 나돌고 있었는데, 루신다마저 아버지 집에서 행방불명되고, 그녀의 부모도 괴로움 속에서 이성을 잃다시피 했다는 사실이 알려지자 이들 이야기는 사람들의 입에 더 오르내렸습니다. 이 모든 소문을 듣고 저는 결혼했든 미혼이든 돈 페르난도를 찾으려 했습니다. 그러나 그를 찾으러 도시를 떠나기 전에, 저를 부모에게 데려다 주는 자에게 큰 상금을 내린다는 포고령이 떨어졌습니다. 혹시 이 상금 때문에 같이 온 양치기가 제 행방을 밀고하지나 않을까 걱정되어 저는 그곳을 탈출해버렸고, 이렇게 변장을 하고 시에라 모레나 산맥으로 들어온 것입니다. 여기서 늙은 산양치기를 도우며 거의 몇 달 동안을 그럭저럭 보내긴 했는데, 내 머리카락 때문에 여러분들에게 정체가 드러날 때까지 정말로 고통스럽고 불행한 나날을 보냈답니다. 정말이지 이것이 제 비극적인 실화의 전부입니다. 이렇듯 제 불행을 구제할 수 없으니 여러분의 위안도 별 소용이 없으리라는 생각에 두렵기만 합니다."

20
—
돈키호테가 더 이상
고초를 겪지 않도록 설득시키려고
그들이 실행한 유쾌한 계획

이야기를 마친 불행한 도로테아는 잠시 침묵을 지키며 슬픔으로 얼굴이 붉어졌다. 그리고 신부님이 그녀를 위로하려고 하자 카르데니오가 얼른 그녀의 손을 잡고 말했다.

"부유한 클레오나르도(Cleonardo)의 딸 아름다운 도로테아 아가씨."

도로테아는 카르데니오처럼 처참한 외모를 지닌 사람이 자기 아버지의 이름을 말하는 걸 듣고 깜짝 놀라 대답했다.

"누구신데, 아버지 존함을 그리 잘 아세요? 제가 틀린 게 아니라면, 제가 이야기하던 내내 아버지 이름을 단 한 번도 꺼내지 않았는데요.”

“제가 바로.”

카르데니오가 말했다.

“루신다와 약혼했던 불행한 사람이라오. 저 역시도 위로받을 희망이 없다고 생각했었소. 하지만 지금 루신다는 제 사람이기 때문에 결혼하지 않을 것이고, 페르난도는 당신의 사람이기 때문에 루신다와 결혼하지 못할 것이라는 이야기를 듣고 있는데, 제가 보기에 우리 둘에게는 그래도 좀 위안이 되는 것 같소. 그러니 신사의 신념을 걸고 그대가 돈 페르난도와 맺어질 때까지 그대를 버리지 않겠다고 맹세하오.”

신부님은 이제 그들에게 자기의 임무가 뭔지를 다 알려 주었고, 그들도 자기와 함께 마을로 가서 있을 때까지 머물자고 했다. 바로 이때 그들을 남겨둔 자리에 아무도 없자 산초 판사가 힘껏 큰 소리로 부르고 있었다.

그들은 산초 판사를 마중 나가 돈키호테에 대해 물었다. 산초가 말하길, 그는 윗도리만 걸치고 거의 벌거벗은 채, 깡마르고 누렇게 뜬 얼굴로 배고파 죽을 지경인데도 둘시네아 아가씨 생각에 한숨만 내쉬고 있다고 전했다. 그리고 그녀가 그에게 토보소로 돌아오라고 명령했다고 일러주어도, 그녀의 고귀한 아름다움에 걸맞은 위용을 펼치기 전에는 그녀 앞에 나타나지 않겠다는 선언을 했다고 전했다.

이제 신부님이 돌아와 도로테아에게 자기들의 계획을 알려주자, 그녀는 들고 다니던 보따리 안에 숙녀복이 있었기 때문에 곤경에 처한 처녀의 역할을 하겠다고 선뜻 나섰다.

"그럼 빨리 서둘러야겠군." 하고 이발사가 말했다.

도로테아는 값비싼 양모 스커트에 초록색 짧은 망토를 입고 작은 상자에서 온갖 장신구와 보석들을 꺼냈다. 그녀가 이런 것들로 아주 멋지게 꾸미자 적어도 공주처럼은 보였다. 산초는 그녀를 보자 깜짝 놀라며, 귀부인이 도대체 누구며, 이런 후진 곳에서 뭘 하고 있는지 알고 싶어 신부님에게 물었다.

"산초야, 이 아름다운 숙녀분은 네 주인님을 찾으러 온 막강한 미코미콘 왕국(Kingdom of Micomicon)의 직계 상속녀이신데, 사악한 거인이 저지른 잘못에 대한 복수를 부탁하기 위해 오신 거라네. 그런데 네 주인님의 크나큰 명성이 온 나라에 퍼진 덕분에 이 아름다운 공주님이 직접 그를 찾아뵈려고 하는 거란다."

"참 잘 찾아오셨습니다. 제 주인님은 미련퉁이 거인 따위는 단번에 박살 낼 겁니다. 그 녀석이 유령으로 둔갑하지만 않는다면요. 그렇게 변해버리면 우리 주인님도 당해낼 도리가 없지요. 그리고 이 일이 마무리되면 제 주인님은 공주님과 결혼할 겁니다. 그런데 공주님은 저에게 아직 존함을 말씀해주지 않았습니다.

아무튼 그렇게 되면 주인님은 황제가 되고, 나누어 줄 섬들도 차지할 겁니다."

"이 분은 미코미코나 공주님(the Princess Micomicon)이란다. 그런데 네 주인님의 결혼은 말이야, 음, 내가 도울 수 있는 일이 있다면 해야지."라고 신부님이 대답했다.

이러한 대답에 산초는 상당히 흡족해하고, 도로테아가 노새에 올라타자 돈키호테가 있는 곳으로 그들을 안내했다. 길을 가면서 이발사는 산초에게 자신이 누군지 아는 체하지 말라고 신신당부했는데, 아는 체를 했다간 돈키호테가 절대로 산을 떠나지 않을 것이며, 황제도 되지 못할 것이라고 겁을 주었다. 신부님과 카르데니오는 뒤에 남아 다음번에 다시 합류하기로 했다.

그들이 약 4분의 3리그(약 3Km) 쯤 걸었을 때, 아직 갑옷은 걸치지 않았지만 옷은 입은 채 바위틈에 앉아 있는 돈키호테를 발견했다. 산초는 도로테아에게 저분이 바로 주인님이라고 말하자, 그녀는 노새에 채찍질을 했고, 턱수염을 기른 이발사가 뒤를 바짝 따라와 노새에서 뛰어내리며 숙녀를 부축했다.

사뿐히 당나귀에서 내린 그녀는 돈키호테 앞에 무릎을 꿇었다. 그러자 당황한 돈키호테는 그녀를 일으켜 세우려 했으나 거절하면서 다음과 같이 말했다.

"저는 이 자리에서 절대로 일어서지 않을 겁니다. 가장 용맹

THE MEETING OF
DOROTHEA & DON QUIXOTE

◆

도로테아와 돈키호테의 만남

하고 패배를 모르는 기사님, 하늘 아래 가장 불행하고 상처받은 처자를 도와주고 당신의 명예와 명성을 드높여 줄 저의 부탁을 들어줄 때까지는 말입니다. 그리고 당신의 강인한 팔에서 나오는 용맹함이 기사님에게 주어진 불멸의 명성에 어긋나지 않는다면, 기사님에게 도움을 청하려고 머나먼 땅에서 찾아온 이 비참한 존재에게 부디 도움을 베풀어 주세요."

"아름다운 아가씨."

돈키호테가 대답했다.

"그대가 일어날 때까지 난 그대의 부탁도 듣지 않을 것이며, 아무 대답도 하지 않을 것이오."

"기사님."

그 불행한 처녀가 대답했다.

"제가 부탁한 청을 들어주실 때까지 저는 일어나지 않을 겁니다."

"아가씨."

돈키호테가 대답했다.

"그 청을 들어줄 것이니, 왕과 국가와 내 마음이 점지한 여왕에 대한 내 의무에 절대로 흠집을 내서는 안됩니다."

"기사님의 친절은 절대로 그들에게 아무런 해를 끼치지 않을 겁니다." 하고 도로테아가 대답했다.

바로 이때 산초가 주인님의 귀에 뭐라고 부드럽게 속삭였다.

"주인님, 그녀가 부탁하는 것은 아무것도 아니니 얼른 들어주세요. 그까지 것 포악한 거인 하나 죽이는 것뿐인데요. 그 부탁을 하신 분은 다름이 아니라 에티오피아에 있는 미코미콘 왕국의 미코미코나 공주이십니다."

"그녀가 원하는 대로 하겠소."

돈키호테가 말했다.

"난 그녀를 위해 의무를 다할 것이오."

그리고 그는 처자에게 돌아섰다.

"일어나시오, 세상에서 가장 아름다운 아가씨, 그대가 부탁한 청을 기꺼이 들어주겠소."

"고맙습니다."

도로테아가 말했다.

"제가 부탁할 것은 다름이 아니라, 기사님은 당장 제가 모시고자 하는 곳으로 저와 함께 떠나는 것과, 저를 왕국에서 쫓아낸 반역자를 응징할 때까지는 어떤 새로운 모험도 하지 않겠다고 약속하는 것입니다."

"그대의 청을 들어주겠다."

돈키호테가 말했다.

"그러니 아가씨, 오늘부터는 그대를 괴롭히는 모든 우울함을

떨쳐버릴 수 있을 것이오. 이 강인한 팔로 그대의 왕국을 되찾아
줄 것이오."

괴로워하는 처자는 그의 손에 입을 맞추려고 애를 썼지만, 세
상에서 가장 정중한 기사 돈키호테는 절대로 허락하지 않았다.
오히려 그녀를 일으켜 세우면서 가장 정중하게 대했다.

이제 그는 산초에게 로시난테에 안장을 얹고 무장을 거들라
고 일렀고, 마침내 기사는 출발할 준비를 마쳤다. 그동안 무릎
을 꿇고 있던 이발사는 이 모든 광경을 지켜보고 웃음을 참느라
수염이 떨어져 나갈 뻔했다. 그는 얼른 일어나서 노새에 올라타
는 숙녀를 기꺼이 도왔다. 마침내 돈키호테가 로시난테에 올라
타고 이발사도 직접 당나귀에 오르자, 그들은 모두 출발할 준비
를 마친 것 같았다. 다만 혼자서 걸어가야만 하는 산초로서는,
당나귀 대플을 잃은 슬픔에 젖지 않을 수 없었다. 하지만 지금
은 주인님이 공주에게 장가가는 길이고, 그래서 적어도 미코미
콘 왕국의 왕이 될 판이라 꾹 참아냈다. 하지만 그 나라는 얼굴
이 시커먼 무어인들이 살고 있다는 생각에 서글펐다. 따라서 자
기가 거느릴 신하들도 모두 흑인이라는 사실이 그저 안타까울
따름이었다.

이런 일이 진행되는 동안 신부님과 카르데니오는 한가로이 있
지 않았다. 신부님은 뛰어난 책략가였기에 묘수를 떠올리기에

여념이 없었다. 그는 작은 상자에서 가위를 꺼내 카르데니오의 울퉁불퉁한 턱수염을 잘라내고 머리를 아주 세심하게 다듬었다. 그리고 카르데니오의 어깨 위로 승마용 망토를 걸쳐주자 예전과 너무 달라 보였기 때문에 거울을 보면 언뜻 자신을 알아보지 못할 정도였다. 이런 작업을 마친 그들은 돈키호테와 다른 사람들을 만나러 나갔다.

그들이 자기들을 향해 오자, 신부님은 잠시 기사님을 진지하게 바라보더니, 두 팔을 벌린 채 그를 향해 달려갔다.

"아니, 기사도의 거울인 라 만차의 돈키호테, 고통받는 자들의 구세주를 이렇게 만나다니."

처음에 돈키호테는 그를 알아보지 못했지만, 신부님을 기억하자 말에서 내리려고 하면서 말했다.

"신부님, 신부님이 걸어가시는데, 제가 말을 타고 가는 것은 도리가 아닌 것 같습니다."

그러자 신부님은 그가 내리는 걸 극구 만류하고 그냥 타고 계시라고 말한 뒤, 자기는 공주님의 종자가 타고 있는 노새의 등 뒤쪽에 타겠다고 했다.

"저는 그렇게까지는 생각을 못했습니다. 훌륭하신 신부님."

돈키호테가 말했다.

"하지만 공주님, 저를 봐서라도 종자에게 명하여 안장 쪽을 신부님에게 양보하라고 해주시지요."

"그렇게 할게요."

공주님이 말했다.

"제 종자는 신부님에게 자기의 안장을 양보해도 전혀 개의치
않는답니다."

"그렇고 말고요."

이발사(지금은 공주의 종자로 변장했다-역주)는 이렇게 말하고 즉시 노새
에서 내렸다.

이렇게 해서 신부님은 안장 위에 탔지만, 이발사에게는 불행
이 닥쳤다. 그가 신부님 뒤로 올라타자 빌린 노새라서 그런지 몹
시 흥분하여 뒷다리를 들더니 이발사 니콜라스 씨를 땅바닥으
로 내동댕이쳐버린 것이다. 그가 떼굴떼굴 구르는 바람에 그만
수염이 떨어져 나가고 말았다. 돈키호테는 커다란 수염 덩어리가
피 한 방울 안 나고 턱에서 찢겨져 나와 종자의 얼굴 너머로 떨
어져 있는 것을 보고 깜짝 놀라 이렇게 말했다.

"맹세코, 이건 생전에 본 가장 위대한 기적 중 하나임이 틀림
없도다. 수염이 이발사의 손으로 다듬은 것처럼 노새의 발뒤꿈
치로 깨끗이 벗겨지다니."

신부님은 그들의 계획이 들통날까 봐 이발사 니콜라스가 누
워있는 곳으로 얼른 달려가더니, 라틴어 몇 마디를 중얼거린 뒤

수염을 재빨리 붙여놓았다. 그런 다음 이것은 수염을 붙게 하는 기도라고 일러주었다.

돈키호테는 이 치료법에 놀라움을 감추지 못했고, 공주님의 종자는 다시 치유되었다. 그는 신부님에게 이 기도가 이런 정도의 상처를 그리 쉽게 고치는데 이보다 더한 상처도 분명 치유할 수 있을 거라며 제발 이 기도문을 알려달라고 부탁했다.

신부님은 언젠가 돈키호테에게 이 비법을 알려주기로 하고, 일단 노새에 오른 일행은 천천히 여관으로 향했다.

21
주막으로의 여행

신부님이 먼저 노새에 올라탔고, 공주와 돈키호테도 노새와 말에 올랐으나, 카르데니오와 이발사 그리고 산초 판사는 걸어서 그 뒤를 따랐다.

돈키호테는 말을 타고 가면서 공주님에게 말했다.

"공주님 전하께서 가장 좋아하시는 길로 안내해 주십시오"

그녀가 대답하기도 전에 신부님이 말했다.

"공주님은 어느 왕국으로 가실 겁니까? 고향 미코미콘으로 가시게요?"

뭐라고 대답해야 할지를 잘 알고 있는 그녀가 대답했다.

"맞아요, 신부님. 지금 그 왕국으로 가고 있답니다."

"그렇다면."

신부님이 말했다.

"제가 살고 있는 마을을 지나야 하고, 거기서부터 공주님은 카르타헤나(Carthagena; 카르타고 시대 한니발의 아버지 하밀카르 바르카(Hamilcar Barca)가 스페인 동남부 지중해 연안에 건설한 식민 항구도시. 지금은 스페인 해군기지가 들어섰다.-역주) 항구로 가는 길을 택해야 합니다. 그곳에서 순조롭게 항해를 한다면, 9년 안에 메오나 호수(the Lake Meona)에 도달할 수 있습니다. 즉 공주님의 왕국에서 100여 일이나 더 가야 나오는 메올리다스(Meolidas)에 말입니다."

"신부님이 착각하고 계십니다."

그녀가 말했다.

"제가 그곳을 떠난 지 2년이 채 되지도 않은 데다, 좋았던 날씨가 한 번도 없었답니다. 그러나 저는 그토록 갈망했던 기사님을, 스페인의 해안에 닿자마자 그 영광스런 라 만차의 돈키호테님을 때마침 볼 수 있게 된 겁니다."

"그만두시오."

돈키호테가 소리쳤다.

"나는 아첨을 적대시하기 때문에 칭찬받는 건 도무지 참을 수 없소. 그대 말이 진실이라는 건 알지만 내 귀에 거슬린단 말이오. 나는 적어도 내가 용맹하든 안 하든, 이 한목숨 바쳐 공주님께 헌신하겠다는 일념뿐입니다. 하지만 궁금한 게 있어서 그러니 알려 주시오, 신부님. 도대체 어떻게 여기까지 오셨습니까?"

"그럼, 알려드리죠."

신부님이 대답했다.

"이발사인 니콜라스 님과 저는 서인도제도에 사는 친척들이 보내준 돈을 찾기 위해 세비야로 가는 길이었습니다. 그런데 어제 이 길을 지나가다 네 명의 강도들이 우리를 공격해 가진 것들을 모조리 빼앗아 달아났습니다. 그리고 여기 근처에 퍼진 소문에 따르면, 우리를 강탈한 사람들은 바로 갤리선으로 끌려가던 노예들이었는데, 이 근처에서 너무나 용맹스러운 한 남자가 인솔 경비원들이 있었음에도 불구하고 노예들을 모두 풀어주었다고 합니다. 분명히 그는 제정신이 아니거나, 노예들처럼 아주 교활한 자일 겁니다. 양떼들 사이에 늑대를 풀어놓는 거나 다름없는 짓이지요. 그것은 국왕의 합법적인 심판을 거역하는 것입니다."

산초가 갤리선 노예들과 벌인 모험담을 신부님에게 들려주었고, 신부님은 돈키호테가 어떤 반응을 보일지 궁금해서 그 이야기를 꺼낸 것이다. 기사님은 신부님의 말 한마디 한마디에 얼굴색이 바뀌었으나 자기가 벌인 일에 대해서는 한 마디도 벙긋하지 않았다.

신부님의 말이 끝나자 산초가 외쳤다.

"맹세컨대, 신부님. 그런 일을 벌인 사람은 제 주인님입니다. 그들은 죄인들이며, 죗값을 치르기 위해 갤리선으로 끌려가는 극악무도한 악당들이라고 미리 말씀드렸기 때문에 경고가 없었던 것도 아닙니다."

"이런 어리석은 놈아!"

돈키호테가 대답했다.

"고통받는 자나 쇠사슬에 묶인 자나 억압받는 자들을 길에서 만나면, 그들이 잘못해서 곤경에 빠져 있는지 아닌지 살피는 것은 편력기사의 도리가 아니다. 그들은 단지 불쌍하고 곤경에 처해 있기 때문에 구제해야 하느니라. 그들의 죄를 보는 게 아니라 그들의 슬픔을 봐야 한단 말이다. 앞으로 성스러운 신부님 이외에 이 일로 내 흉을 보는 자가 있다면, 나는 그에게 기사도를 하나도 모르는 거짓말쟁이라 말할 것이다. 그래서 난 내 칼의 힘으로 이 사실을 알려줄 것이다."

그들이 농담을 너무 많이 하는 것을 잘 알고 있는 터라 도로테아는 이제 신중하게 말했다.

"기사님, 잘 기억하셔야 합니다. 아무리 급박한 상황일지라도 당신이 저를 옳게 보기 전까지는 나서지 않겠다고 저에게 약속한 걸 말입니다. 그리고 돈키호테의 강력한 팔이 갤리선 노예들을 해방시켰다는 것을 신부님이 알았더라면, 분명히 기사님이 화가 날 말을 하기 전에 목구멍까지 나오는 것을 꾹 참았을 겁니다."

"그건 정말로 굳게 맹세할 수 있습니다." 하고 신부님이 말했다.

"공주님."

돈키호테가 대답했다.

"내가 약속한 일을 마칠 때까지 앞으로 조용히 있을 것이고 화도 꾹 참겠습니다. 그러니 그대의 괴로움이 무엇이며, 내가 누구에게 복수를 해야 하는지 당장 나에게 말해주시오."

그러자 도로테아가 대답했다.

"기꺼이 그리할 것이니, 기사님도 흥분하지 마시고 주의해주시길 바랍니다."

이 말이 떨어지자마자 카르데니오와 이발사는 재치 있는 도로테아가 자기 이야기를 얼마나 재치있게 꾸며댈지 궁금해서 바싹 다가갔고, 주인님만큼이나 깜빡 속고 있는 산초는 누구보다도 더 듣고 싶은 열망이 컸다.

그녀는 안장에 자리한 다음, 생동감 넘치게 다음과 같이 이야기를 시작했다.

"처음에는 신사 여러분들도 알다시피 제 이름이 …."

그녀는 신부님이 자기에게 붙여준 이름을 까먹는 바람에 여기서 잠시 멈칫거렸다.

신부님은 그녀가 당황해하는 걸 보고 재빨리 말을 가로챘다.

"위대한 아가씨, 자신의 불행을 말하기 주저하는 것은 그리 놀랄 일이 아닙니다. 위대한 환자들은 종종 기억을 잃기도 하는지라 자신의 이름조차 까먹기도 한답니다. 마치 위대한 미코미콘 왕국의 상속녀인 미코미코나 공주라는 걸 잊은 우리 아가씨처럼 말입니다."

"맞습니다. 하지만 지금부터는 제 기억을 되살려 주지 않아도 혼자 이야기할게요. 국왕이신 제 아버지는 현자 티나크리오 (Tinacrio)라고 하는데, 마법술까지 통달하신 분이라 어머니인 사라미야 왕비(Queen Xaramilla)가 자기보다 먼저 죽을 것이고, 결국은 제가 고아로 남는다는 사실을 알았지요. 이런 사실 때문에는 그리 걱정을 하지 않았지만, 우리 왕국 국경 근처에 있는 큰 섬의 영주이자 거인인 '우거지상 판다필란도'(Pandafilando of the Sour Face)가 막강한 군대를 이끌고 우리 왕국으로 쳐들어와 저를 납치해 간다는 걸 알고 있었답니다. 아버지는 저에게 이런 일이 일어나면, 괜히 백성들만 학살당하니까 대항하지 말고 곧장 스페인으로 달아나야 한다고 일러주었답니다. 그곳에서 저는 모든 왕국에서 이미 명성이 자자한 기사 한 명을 만나야 하는데, 그의 이름은 돈키호테라고 하며, 야윈 얼굴에 키가 크고 오른쪽 어깨 밑에는 억센 털이 난 황갈색 점이 있다고 말했습니다."

이 말을 듣더니 돈키호테가 말했다.

"산초야, 내 말을 좀 묶어놓고 내가 옷을 벗을 수 있도록 좀 도와주거라. 내가 현자 왕이 말씀하신 그 기사인지 확인해보고 싶구나."

"그럴 필요 없어요. 척추 근처에 그런 자국이 있다는 걸 예전부터 알고 있거든요."

"그 정도면 충분해요."

도로테아가 말했다.

"친구들 사이에는 너무 까다롭게 굴지 말아야 합니다. 그 점이 어깨에 있든 척추에 있든 상관없어요. 아무튼 오수나에 상륙하자마자 돈키호테 님의 명성을 들었는데, 그가 바로 이 분이라는 걸 확신하게 된 거죠."

그러자 돈키호테가 이상하다는 듯이 물었다.

"그런데 어떻게 오수나(Osuna)에 상륙하셨습니까, 공주님. 제가 알기로 그곳은 항구가 아닌데."

이에 신부님이 얼른 대답했다.

"공주는 말라가(Malaga; 스페인 남부 항구도시로, '스페인의 나폴리'로 불리는 곳이다. -역주)에 도착했고, 오수나는 기사님에 대한 소문을 처음 들은 곳이라고 말하려 한 것 같습니다."

◆

오수나는 안달루시아 지방의 세비야 남동쪽 도시, 넓은 평야의 가장자리에 있는 구릉지대에 자리잡고 있다. 로마 시대에는 우르소(Urso)라고 했다. 이곳은 율리우스 카이사르에 대항하여 폼페이우스 편에 섰으나 '문다 전투'(battle of Munda)에서 카이사르에게 패해 그의 식민지가 되었다.

"네, 그렇게 말하려고 했어요. 이제 '우거지상 판다필란도'가 있는 곳으로 안내하는 것밖에는 더 할 이야기가 없는 것 같네요. 기사님이 그를 처치한다면 저는 다시 제 왕국으로 돌아갈 수 있을 겁니다. 아버님이 예언한 대로, 모든 게 잘 되어 예언의 기사가 거인을 죽인다면, 그의 아내가 되는 것은 제 운명이며, 그는 저뿐만 아니라 저의 왕국까지 차지할 것입니다."

"넌 어떻게 생각하느냐, 산초야? 내가 이런 일이 일어날 거라고 예전부터 말하지 않았더냐? 여기에 명령할 왕국이 있고, 결혼할 여왕이 있단 말이다."

이 말을 듣고난 산초는 기뻐 날뛰며 도로테아에게 달려가 노새를 멈추게 한 뒤, 그녀를 자신의 왕후이자 안주인으로 받아들였다는 표시로 무릎을 꿇었다. 그런 다음 키스를 하기 위해 아주 공손히 그녀의 손을 부탁했다.

기사의 광기와 종자의 단순함 때문에 온 사방이 웃음을 감추기 힘들었다. 더구나 도로테아가 산초를 위대한 영주로 삼겠다는 약속을 하자, 산초는 그녀에게 감사를 표하는 바람에 모두가 다시 한번 웃음을 터뜨렸다.

상념이 가득해 보이는 돈키호테는 말을 이었다.

"공주님, 내가 한 말을 모두 되풀이하여 맹세를 새로이 하겠소. 판다필란도의 목을 베었을 때는 반드시 그대의 왕국을 평화롭게 넘겨주겠소. 하지만 나의 기억과 의지가 다른 분에게 사로잡혀 있기 때문에 내가 결혼하는 것은 불가능하오."

산초는 돈키호테가 하는 말을 듣고 몹시 역겨워 크게 화를 내며 외쳤다.

"돈키호테 님은 분명 제정신이 아닙니다. 그렇지 않다면 어떻게 공주님과의 결혼을 거절하실 수 있습니까? 그러시면 바다 밑바닥에서 버섯을 찾듯이 저는 백작 작위를 얻을 기회가 가물가물해집니다. 도대체 둘시네아 아가씨가 그리 아름답습니까? 그녀는 이 공주님과 비교도 안 됩니다. 공주님과 결혼하세요! 당장 결혼해서 왕이 되신 다음 저를 영주로 삼으세요."

돈키호테는 둘시네아 부인에 대한 악담을 듣자 더이상 참을 수가 없었다. 그는 단번에 창을 두 번 휘두르자 산초는 땅바닥에 나뒹굴고 말았다. 도로테아가 그를 살려달라고 기사님에게 애원하지 않았다면 분명 종자의 목숨은 달아났을 것이다.

"가련한 악당 놈아, 생각을 해봐라."

돈키호테가 외쳤다.

"죄는 네놈이 다 짓고 내가 마냥 용서해주길 바라느냐? 독사의 혀로 비웃는 자여, 내 팔을 자신의 무공을 세우기 위한 방편으로 삼는 둘시네아의 품위와 용맹이 없었다면, 누가 이 왕국을 쟁취하고, 누가 이 거인의 머리를 자르며, 누가 후작 작위를 줄 거라고 생각하느냐? 난 이 모든 게 이미 끝난 일로 보지만 말이다. 그녀는 내 안에서 싸우고, 나는 그녀 속에서 살아 숨 쉬고 있기에 살아가고 존재하는 것이다. 이 몹쓸 놈아, 너를 땅 먼지 속에서 일으켜 세워 귀족이 되게 하시고, 너에게 그런 영광을 베풀어 주시는 분에게 험담을 늘어놓다니 참으로 배은망덕한 놈이로구나."

산초는 주인의 말을 들을 수 없을 정도로 크게 다치지는 않았다. 그는 잽싸게 일어나 도로테아의 노새 뒤로 숨어서 주인님에게 말했다.

자기의 원래 당나귀 '대플'을 되찾은 산초 판사

"주인님, 이 위대하신 공주님과 결혼하지 않으시면, 이 왕국이 어떻게 주인님의 나라가 되고, 어떻게 저에게 호의를 베풀 수 있겠습니까? 제발 여기 계시는 여왕님과 결혼하시길 빌겠습니다. 둘시네아 아가씨의 미모에 대해서 저는 아무런 말도 하지 않겠습니다. 그녀를 본 적도 없거든요."

"사악한 배신자여, 너는 어찌 그녀를 못 보았다고 하느냐!"

돈키호테가 소리쳤다.

"네가 그분의 전갈을 가져오지 않았단 말이냐?"

"그런 게 아니라 제 말은."

산초가 변명했다.

"그녀의 아름다움을 판단할 만큼 세세하게는 보지 못했다는 거지요. 제가 본 바로는 그녀가 매우 사랑스러웠습니다."

"아! 그렇단 말이군."

돈키호테가 말했다.

"그러면 용서하마. 하지만 네가 말한 것을 잘 기억하거라. 물항아리가 우물을 한번 가기 시작하면 뻔질나게 드나들기 마련이니까 말이다."

"이제 그만들 하세요."

도로테아가 말했다.

"산초야, 어서 주인님의 손에 입을 맞추고 용서를 구하라. 그리고 이제부터는 둘시네아 아가씨에 대한 험담을 하지 말고, 행운의 여신이 왕자처럼 살 수 있는 땅을 찾아줄 수 있다고 믿어라."

산초는 고개를 늘어뜨리고 주인님에게 다가가 손을 구하자, 주인님도 차분하게 손을 내밀었다. 산초가 그 손에 입을 맞추자 기사는 그에게 축복을 내리니, 더이상 둘시네아에 대한 이야기는 나오지 않았다.

일행이 길을 재촉하고 있는데, 당나귀를 탄 남자 하나가 길을 따라오는 것을 보았다. 가까이 다가갔을 때 보니 집시인 것 같았다. 그러나 산초 판사는 당나귀만 보면 신경이 온통 그것에 쏠려 있었기 때문에, 그를 보자마자 도망친 강도 히네스 데 파사몬테라 여겼고, 그 당나귀는 바로 사랑하는 대플이라고 여겼다.

히네스가 집시로 변장했으나, 산초는 단번에 그를 알아보고 큰 소리로 불렀다.

"야, 이 도둑놈 히네스! 내 보물을 내놔라, 내 생명을 내놔라, 내 당나귀를 내놔라, 내 고향같은 편안함을 내놓고 썩 꺼져라, 악당 놈아! 네 것이 아닌 것들은 다 놓고 사라지란 말이다. 이 도둑놈아!"

사실 그렇게 많은 말을 할 필요도 없었다. 히네스가 황급히 뛰어내리더니 걸음아 나 살려라 하고 도망쳤기 때문이다.

산초는 자기의 당나귀에게 달려가 끌어안았다.

"내 사랑이여 나의 보물이여, 나의 눈이여, 나의 달콤한 동반자여, 그동안 어떻게 지냈느냐?" 하고 울부짖었다. 이렇게 그는 마치 사람을 대하듯 당나귀를 어루만지며 입을 맞추었다. 그러나 당나귀는 태연했고, 산초가 그냥 입을 맞추고 쓰다듬는 대로 가만히 있었다.

22
귀부인 둘시네아를 만나러 간 산초가
돈키호테에게 해준 이야기

나머지 사람들 모두가 달려 나와 당나귀를 찾은 산초를 축하 해주었고, 돈키호테는 그래도 약속한 당나귀 세 마리가 여전히 유효하다고 하자 이에 산초도 정말 감사하다고 답했다.

기사와 종자가 앞에 가고 있는 동안 신부님이 카르데니오에게 말했다.

"이 착한 기사는 자기가 좋아하는 책들의 문체와 스타일만 갖 추었을 뿐인데 우리가 꾸며낸 모든 것들을 그대로 믿어버리니 이상하지 않습니까?"

"그렇습니다. 정말로 그가 이야기책 속의 주인공이라면 누구 도 믿지 않을 겁니다." 하고 카르데니오가 맞장구쳤다.

"하지만 거기엔 또 다른 게 있답니다. 기사도에 대한 판단력이 좀 뭐해서 그렇지 그것만 빼면 그를 뛰어난 판단력을 지닌 인물로 보지 않을 사람이 없을 겁니다." 하고 신부가 말했다.

이때 돈키호테는 산초를 붙잡고 이야기하고 있었다.

"산초야, 이제 언짢았던 일들은 모두 잊어버리고, 언제 어디서 어떻게 둘시네아를 만났는지 말해주게나. 그녀는 뭘하고 계시더냐? 그녀에게 무슨 말을 했느냐? 뭐라고 대답하시더냐? 내 편지를 읽을 때 어떤 표정이더냐? 편지는 누가 대필해주었느냐? 더도 덜도 말고 자초지종을 말해주거라. 난 모든 게 궁금해 미칠 지경이란다."

"주인님."

산초가 말했다.

"진실을 말씀드리자면, 아무도 대필해주지 않았습니다. 편지 같은 건 가져가지도 않았으니까요."

그러자 곧바로 돈키호테가 말했다.

"네 말이 맞다. 자네가 떠난 뒤 이틀 만에 수첩에서 편지를 발견했지. 그래서 난 자네가 편지가 없다는 걸 알고 돌아올 줄 알았다네."

"당연히 그렇게 했겠죠." 하고 산초가 대답했다.

"주인님께서 저에게 읽어주신 걸 기억하지 않았더라면 말입니다. 하지만 전 어느 교구 서기에게 기억나는 걸 말할 수 있었고, 그는 제 머릿속에 있는 걸 하나하나 대필했지요. 그런데 그 사람이 말하기를 정말이지 이렇게 아름다운 편지는 난생 처음 읽어본다고 말했습니다."

"아니 산초야, 그걸 아직도 기억하고 있었더냐?" 하고 돈키호테가 물었다.

"아닙니다. 주인님. 기억나는 걸 말해준 뒤 더이상 쓸모가 없다고 여겨 그냥 잊어버렸지요. 기억나는 게 있다면, 그건 '볼품없는' 아니 '지고하신' 공주님으로 시작해 '죽는 날까지 당신의 우수에 찬 기사'라는 마지막 말 정도지요. 그 중간에는 3백 번도 넘게 '마음'이나 '사랑' 그리고 '상냥한 눈동자' 같은 말들을 집어넣었답니다."

"이 모든 걸 듣고 싶으니 얘기를 계속하거라." 하고 돈키호테가 말했다.

"네가 도착했을 때 아름다운 공주께서 뭘 하고 계시더냐? 진주를 실에 꿰고 계시든지, 아니면 그녀의 포로가 된 이 기사를 위해 금실로 특별난 것을 수놓고 계시는 공주님을 자넨 분명히 보았겠지."

"못 봤는데요. 그냥 마당에서 밀 2가마니를 키질하고 있던데요."

"그랬다면 밀알들이 그녀의 손에 닿자마자 진주알로 변했을 거라는 생각을 못 했나 보군. 아무튼 내 편지를 전해주니 그녀가 거기에 입을 맞추시더냐? 그 편지에 합당한 어떤 의식이나 아니면 뭐 다른 걸 하시더냐?"

"제가 편지를 전해드리려고 하자,"

산초가 답했다.

"그녀는 너무 많은 밀을 키질하느라 정신이 없으니 편지를 자루 위에 놔두라고 하더군요. 키질이 다 끝난 뒤에 읽어보겠다고 말입니다."

"오, 사려깊으신 공주님." 하고 돈키호테가 말했다.

"그녀는 분명 일을 마치신 후에 천천히 음미하면서 읽으시려고 그런 거지. 산초야, 계속하거라. 나에 대해 뭘 묻더냐, 넌 뭐라고 대답했느냐?"

"아무것도 안 묻던데요." 하고 종자가 대답했다.

"하지만 그녀를 위해 주인님을 두고 온 상황을 말해주었죠. 주인님이 짐승처럼 바위 틈에서 윗도리를 벗고 맨몸으로 고행을 하고 있다고요. 그리고 땅바닥에서 주무시며 수염에 빗질도 안 하고 주인님의 운명을 저주하면서 울부짖고 있다고 말입니다."

"네가 말을 잘못 전달했구나." 하고 돈키호테가 말했다.

"난 내 운명을 저주한 게 아니라 오히려 축복한 거란다. 나에게 토보소의 둘시네아 공주처럼 아름다운 부인을 사랑할 수 있는 자격을 갖게 해주었기 때문이지. 그런데 그녀가 곡식을 모두 걸러 방앗간으로 보낸 다음 내 편지를 읽더냐?"

"아니요." 하고 산초가 대답했다.

"안 읽었습니다. 그녀는 읽을 줄도 쓸 줄도 모른다고 하셨습니다. 그러더니 편지를 조각조각 찢어버리더군요. 마을 사람들에게 그녀의 비밀이 새어나갈까 봐 아무도 읽지 못하게 하려고 그런 거랍니다. 마지막으로 그녀는 주인님의 손에 입맞춤을 했다고 제게 말했습니다. 그리고 주인님에게 편지를 쓰기보다는 직접 보고 싶은 열망이 부풀어 오르니 덤불과 나무딸기 속에서 미친 짓을 그만두고 당장 토보소로 출발하라고 하셨습니다. 주인님이 너무 보고 싶답니다. 그리고 제가 주인님이 '우수에 찬 기사'라 불린다고 했더니 많이 웃으셨습니다. 내친김에 비스카야인이 거기에 왔었는지를 물었더니 그렇다고 하면서 아주 괜찮은 사람이라고 하더군요. 또 갤리선 노예들에 대해서도 물어봤더니 아직 그들은 보지 못했다고 합니다."

그러자 돈키호테가 말했다.

"거기까지는 다 좋다. 혹시 네가 떠날 때 소식을 전해준 감사 표시로 무슨 보석 같은 걸 주시지 않더냐? 편력기사들과 귀부인들 사이에서는 좋은 소식을 전해준 종자들이나 하녀들 그리고

SANCHO'S STORY
OF HIS VISIT TO
THE LADY DULCINEA

◆

둘시네아 부인을 만나러 간 산초의 이야기

난쟁이들에게 고마움을 표하기 위해 보통 값비싼 보석을 선물하는 게 오랜 관습인데 말이다."

"그렇게 할 수 있겠죠."

산초가 대답했다.

"그리고 대단히 훌륭한 관습이라 생각합니다. 하지만 그것이 지금도 남아있는지 의심스럽습니다. 요즘엔 빵 한 조각에 치즈 한 덩이를 주는 모양입니다. 둘시네아 부인께서 제가 떠날 때 주신 것은 그게 전부였으니까요, 치즈도 양젖으로 만든 거더라고요."

그러자 기사님이 이렇게 말했다.

"그녀는 놀랍도록 관대하시구나. 너에게 황금 보석을 주지 않았다면 필시 그때 가지고 있지 않아서일 게다. 하지만 언젠가는 주시겠지. 그런데 산초야, 내가 그토록 놀란 게 뭔지 아느냐? 네가 너무 빨리 돌아온 것 때문이지. 마치 공중을 날아서 갔다가 돌아온 것 같구나. 여기서 토보소까지 30리그도 넘는데 겨우 사흘 만에 다녀왔으니 말이다. 그래서 내 일들을 보살피는 내 친구 현명한 마법사가 네가 모르는 사이에 네 갈 길을 도운 게 분명하다고 믿는다. 잠들어 있는 편력기사를 몰래 1,000리그나 떨어진 곳에 옮겨놓았는데, 그는 이튿날 깨어나서야 알았다는 전설도 있단다. 그런 식이 아니면 편력기사는 곤경에 처했을 때 서로를 도울 방법이 없지. 어떤 편력기사가 아르메니아 산속에서 용이나 사나운 뱀과 싸우다 죽기 일보 직전에 있을 때, 조금 전까지 영국에 있었던 그의 친구 기사가 구름이나 불의 전차를 타고 금세 나타나 그를 도와 위험에서 구해주는 것이 바로 그런 거란다. 그리고 이 모든 것들은 용감한 기사들을 보살피는 현명한 마법사들의 기술과 지혜로 이루지는 것이다. 그건 그렇다 치고, 내가 부인의 명을 받들어 찾아가 뵈야 할지 어쩔지 넌 어떻게 생각하느냐?"

"착한 주인님, 말씀해보시죠."

산초가 대답했다.

"주인님은 이토록 부자이시고 고상하신 공주님을 놓치시고 토보소로 떠날 작정이십니까? 제발 제 충고를 받아들여, 가다가 성당이 있는 첫 번째 마을에서 당장 그녀와 결혼식을 올리세요. 아니면 여기 우리 신부님보고 해달라고 하든지요. 옛말을 새겨들으세요. '덤불 속 두 마리 새보다 손안의 새 한 마리가 더 낫다'는 말입니다."

"이봐라 산초야." 하고 주인님이 입을 열었다.

"네가 나한테 결혼하라는 것은 결국 거인을 무찌르고 왕이 되어야 너에게 섬을 줄 수 있다는 말인데, 듣거라 산초야. 난 결혼을 안 해도 그럴 수 있다. 이 괴물을 무찌르면 공주와 결혼을 하지 않더라도 나에게 왕국의 일부를 달라고 요구할 것이기 때문이다. 그러면 이걸 너에게 하사하겠다는 말이다."

"그렇다면, 그렇겠죠." 하고 산초가 말했다.

"그리고 지금부터는 둘시네아 공주를 찾아뵈어 골머리 썩는 일이 없도록 기도할게요. 대신 당장 가서 거인을 무찌르고 이 일을 마무리하세요. 그것이야말로 대단히 영광스런 일일뿐만 아니라 엄청난 부까지 가져오리라 믿기 때문입니다."

"산초야, 널 믿는다." 하고 돈키호테가 말했다.

"네 말이 맞다. 둘시네아 부인을 만나기보다는 공주와 먼저 일을 도모하라는 네 충고에 따를 것이다."

바로 이때 이발사 니콜라스가 잠시 기다려달라고 그들에게 말을 걸었다. 거기에 있는 작은 우물에서 잠시 쉬면서 물을 마시고 가자는 것이었다. 하도 거짓말을 많이 해 이미 지쳐버렸고, 주인님이 말꼬리나 잡지 않을까 두려웠던 터라 돈키호테가 말을 멈춰 세우자 산초는 너무나 흐뭇해했다. 산초는 둘시네아가 토보소에서 농사짓는 처녀라는 건 알았지만, 살아생전 한 번 본 적도 없기 때문이었다.

23

주막으로 향하는 기나긴 여정에서
일어난 사건들

그들은 모두 말에서 내려 우물로 향했다. 이때 카르데니오는
도로테아가 걸쳤던 옷을 입고 있었는데, 썩 훌륭하지는 않았어
도 그가 벗어 던진 옷보다는 나아보였다. 신부님이 여관에서 가
져온 약간의 먹을 것을 우물가에 차려놓고 그럭저럭 허기를 달
랬다.

일행들이 편히 쉬고 있는데, 어떤 소년이 지나가면서 이들을
유심히 바라보더니 갑자기 돈키호테에게 달려가 다리를 붙잡고
눈물을 쏟았다.

"오, 나리. 절 모르시겠어요? 안드레스라고요. 떡갈나무에 묶
여있던 저를 풀어주셨잖아요."

돈키호테는 그를 단번에 알아보았다. 그는 소년의 손을 잡고 일행들 쪽으로 몸을 돌리며 말했다.

　　"그대들은 뻔뻔스럽고 사악한 무리들이 저지른 악행과 부정을 바로잡기 위해 이 세상에서 편력기사들이 얼마나 중요한지를 볼 수 있을 것이오. 지난날 숲을 지나다가 나는 곤경에 처한 어떤 사람의 깊은 한숨 섞인 울음소리를 들었소. 당장 그곳으로 달려갔는데, 거기에 여러분 앞에 있는 이 소년이 떡갈나무에 묶인 것을 발견했소. 난 그가 여기 있다는 것이 기쁘다오. 내가 진실을 말하지 않는다면, 그가 내 증인이 되어줄 수 있기 때문이오. 그는 윗도리가 벗겨진 채 떡갈나무에 묶여있었고, 나중에 그의 주인이란 걸 알았지만 어떤 촌놈이 말 채찍으로 그를 때리고 있었지요. 주인에게 그토록 잔인하게 때리는 이유를 물었죠. 그 농부가 말하길, 그는 자기 하인인데 일을 게을리하고 어리석기보다는 도벽이 심해서 그랬다는 겁니다. 그러자 저 아이가 말하길, 주인에게 임금을 달라고 했더니 때렸다는 겁니다. 이에 주인이 온갖 변명을 늘어놓았으나 난 안 믿었다오. 난 그에게 당장 소년을 풀어주고 집으로 데려가 하루에 1레알씩 쳐서 임금을 지불하라고 명했고 약속까지 받아냈소. 안드레스야, 이게 다 사실 아니더냐? 주저하지 말고 이 신사분들께 네가 겪어온 지난 일들을 말해주거라. 방방곡곡에서 편력기사가 왜 필요한지를 이분들이 알 수 있도록 말이다."

"나리 말씀은 모두 사실입니다." 하고 소년이 대답했다.

"그런데 일이 나리가 생각한 것과는 딴판으로 끝나버렸습니다."

"뭐라고?"

돈키호테가 놀라서 말했다.

"주인 놈이 그때 임금을 지불하지 않았단 말이냐?"

"그는 임금을 주기는커녕 나리가 숲에서 나가시자마자 저를 다시 떡갈나무에 묶고 녹초가 되도록 두들겨 팼답니다. 주먹을 날릴 때마다 나리를 비웃는 듯한 농담을 해댔는데, 제가 그토록 심한 고통을 느끼지만 않았다면, 정말이지 저는 크게 웃었을 겁니다. 사실 그는 제가 그 후로 줄곧 통원 치료를 다닐 정도까지 비참한 처지로 몰아넣었습니다. 이 모든 게 나리 탓입니다. 그냥 나리 가시는 길을 가고 남의 일에 참견만 하지 않았어도 우리 주인은 열두어 방 주먹을 날리고 바로 저를 풀어주고 임금도 지불했을 텐데 말입니다. 하지만 나리가 주인을 그토록 심하게 겁박을 주는 바람에 화가나서 그런 거죠. 그리고 혼자서 나리에게 복수를 할 수 없으니 제게 화풀이를 해댄 겁니다. 그런 바람에 전 생전엔 다시 남자 구실을 할 수 없을 것만 같네요."

"그런 불행은 내가 거길 떠나서 생긴 것이다." 하고 돈키호테가 입을 열었다.

"너에게 임금을 지불하는 걸 보고 떠났어야 하는데 말이다. 약속을 지키는 게 체질에 안 맞는 못된 놈이 약속을 지키지 않는다는 걸 난 경험으로 알고 있단다. 그러나 안드레스야, 그가 임금을 지불하지 않으면 내가 돌아와 그를 찾아내고, 아무리 제 깐 놈이 고래뱃속에 몸을 숨기더라도 찾아내고 말겠다던 맹세를 기억해야 한다."

"그건 사실이지만 아무 소용이 없어요." 하고 안드레스가 말했다.

"소용이 있고 없고는 두고 봐라." 하고 돈키호테가 말했다. 그리고 황급히 일어나 산초에게 그동안 풀을 뜯고 있던 로시난테에게 재갈을 물리라고 명했다.

도로테아가 뭘 하려고 그러냐고 묻자, 돈키호테는 그 농부를 찾아내 이 세상 모든 농부들이 원망을 하더라도 그의 못된 짓에 벌을 내리고, 안드레스에게 밀린 임금을 한 푼도 빠짐없이 지불하게 만들겠다고 말했다.

그러자 도로테아가 자기 일이 모두 끝날 때까지는 다른 어떤 모험도 감행할 수 없다는 약속을 기억하라고 말했다. 그리고 어느 누구보다도 그가 이를 잘 아는 바이니, 그녀의 왕국에서 돌아올 때까지는 화를 가라앉히고 있으라고 말했다.

"그건 맞습니다." 하고 돈키호테가 대답했다.

"안드레스는 내가 돌아올 때까지 참을 수밖에 없겠군요. 하지만 임금이 지불될 때까지는 절대로 가만히 있지 않겠다고 다시금 맹세하고 약속하겠소."

"전 이 맹세를 믿지 않아요." 하고 안드레스가 말했다.

"이 세상 그 어떤 복수보다도 당장 세비야로 갈 여비가 더 급합니다. 먹을 것이 있으면 좀 주시고 보내주세요. 편력기사라면 당연히 제가 힘들 때 같이 해야 하는 것 아닙니까?"

그 말을 들은 산초가 자루에서 빵 한 조각과 치즈를 꺼내 소년에게 주면서 말했다.

"자, 받아라. 안드레스야. 네 불행을 우리와 함께 나누자꾸나."

그러자 안드레스가 말했다.

"아저씨는 어떤 부분을 맡을 건데요?"

"네게 준 이 빵 조각과 치즈란다." 하고 산초는 말했다.

"내가 그것을 다시 필요로 할지 여부는 아무도 모른다. 친구여, 편력기사를 따라다니는 우리 종자들은 지독한 배고픔과 불운 그리고 말로 하는 것보다 더한 많은 일들을 겪는단다."

안드레스는 빵과 치즈를 손에 쥐고, 더이상 아무도 자기에게 뭔가를 줄 기미가 보이지 않자 고개를 숙인 채 길을 떠났다. 그는 가다가 돌아서서 돈키호테에게 말했다.

돈키호테의 두 다리를 잡고 경의를 표하는 안드레스

"편력기사 나리, 다시 저를 만나거든, 제 몸뚱아리가 두 동강 나는 걸 보시더라도 제발 절 도와주지 마시고 그냥 제 불운에 맡기게 내버려두세요. 나리께서 도와주는 바람에 생긴 재앙보다 더 큰 재앙은 없을 겁니다. 그러니 나리와 이 세상에 태어난 모든 편력기사들은 저에게서 제발 떨어져 각자의 길을 가도록 하십시오."

돈키호테가 그를 혼내주려고 일어섰으나 너무도 빨리 줄행랑을 치는 바람에 아무도 그를 뒤쫓으려 하지 않았다. 기사는 안드레스의 이야기에 몹시 부끄러워했고, 다른 사람들은 노골적으로 웃지 않으려고 애를 썼기 때문에 그를 무척 혼란스럽게 만들었다.

저녁 식사를 마친 일행은 말에 안장을 얹고, 이튿날까지 이렇다 할 사건도 없이 여행한 끝에 산초 판사의 두려움과 공포가 깃든 여관에 도착했다. 차라리 여관에 들어가지 않았으면 좋았을 텐데, 그래도 그는 별다른 수가 없었다. 돈키호테와 산초가 돌아오자 여관 주인 부부와 딸, 그리고 마리토르네스는 무척 반가운 마음으로 그들을 맞이했다. 기사님은 엄숙히 예의를 갖추어 환대를 받아들이며, 예전 것보다 더 좋은 침대를 준비해달라고 말했다.

"물론이죠, 기사님." 하고 안주인이 대답했다.

"저번보다 돈을 더 내면 어떤 왕자님 침대 못지않은 걸로 드리죠."

돈키호테가 그렇게 하겠다고 하자 그녀는 지난번 묵었던 방에 적당한 참대를 마련해주었다. 그러자 몸과 마음이 몹시 지치고 피곤했던 돈키호테는 곧장 잠자리에 들었는데, 문고리를 걸힘조차 없었다.

이제 안주인은 이발사에게 달려가 수염을 붙잡고 소리쳤다.

"맹세컨대, 내 꼬리를 더 이상 수염으로 쓸 수 없을 거예요. 꼬리에 꽂아두었던 빗이 바닥에 나뒹굴다니 정말로 부끄러운 일이에요."

그러나 이발사는 그녀가 아무리 잡아당겨도 결코 포기하지 않을 것같아 보이자, 신부님이 나서서 그녀에게 돌려주라고 했다. 이제 더이상 변장을 할 필요가 없으니 이발사는 원래 자기의 모습으로 나타나도 된다고 말했다. 돈키호테에게는 갤리선 노예들에게 털려서 이 여관으로 피신해왔다고 말하라고 일렀다. 기사님이 공주의 종자에 대해 물어보면, 왕국의 백성들에게 자유를 안겨주실 분을 모시고 공주가 돌아온다는 소식을 전하기 위해 먼저 공주의 왕국으로 보냈다고 하라고 일렀다. 이렇게 해서 이발사는 그들이 빌린 다른 물건들과 함께 그 꼬리를 안주인에게 건네주었다.

여관에 있는 사람들은 모두 도로테아의 아름다움과 양치기 카르데니오의 건장한 체격에 감탄을 금치 못했다. 신부님은 그들에게 여관에서 만들어 낼 수 있는 최고의 저녁 식사를 준비하도록 했고, 여관 주인은 돈을 더 받을 요량으로 재빨리 멋진 저녁 식사를 준비했다. 이 모든 것들이 돈키호테가 자고 있는 동안 이루어졌는데, 일행은 돈키호테가 먹는 것보다 자는 것이 더 이롭다고 여겼기 때문에 그를 깨우지 않기로 했다.

24
—
**돈키호테가 거인이라고 여긴 것과 벌인
해괴망측한 싸움**

　돈키호테는 저녁 식사가 차려질 때까지도 여전히 잠들어 있
었고, 저녁 식사 동안에는 투숙객들 모두와 여관 주인 내외와
딸, 그리고 마리토르네스도 함께 했다. 그들은 돈키호테의 기이
한 광기와 그를 발견했을 당시의 상태에 대해 이야기를 나눴다.
안주인은 그들과 대상(隊商)들 사이에 있었던 사건을 말해준 뒤,
혹시 산초가 있는지 빙 둘러보더니 눈에 띄지 않자 그가 담요로
키질 당한 이야기까지 들려주어 모두에게 적지 않은 즐거움을
선사해주었다. 신부님은 그놈의 기사소설 때문에 돈키호테의 머
리가 돌아버렸다고 말했다.

"어찌 그럴 수 있는지 모르겠습니다." 하고 여관 주인이 말했다.

"제 생각엔 세상에서 이보다 더 좋은 읽을거리는 없는 것 같은데. 추수 때 일꾼들이 종종 여기에 모이면 글을 읽을 줄 아는 사람이 그 책을 들고 읽어주는데, 30명가량이 그의 주위에 빙 둘러앉아 즐거운 마음으로 경청하지요. 전 그 얘기들을 밤낮으로 듣고 싶은 마음이 굴뚝같더라고요."

안주인도 나서서 거들었다.

"저도 그렇게 생각해요. 당신이 책 읽는 소리에 푹 빠져 있을 동안에는 저에게 잔소리하는 걸 잊어버리거든요."

"아, 저도 듣고는 있어요." 하고 주인집 딸이 말했다.

"하지만 아버지가 좋아하는 결투 장면은 그리 좋아하지 않아요. 대신에 기사들이 귀부인과 떨어져 있을 때 그리움에 사무쳐 한숨짓고 눈물을 글썽이는 장면이 좋아요."

"우리 친구의 하녀와 여조카가 여기에 있을 필요가 있겠군." 하고 신부님이 말했다.

"착한 주인님, 이 책들을 조심하세요. 이 책들 때문에 돈키호테가 들어선 길로 끌려가지 않도록 신경써야 한단 말입니다."

"그렇지 않아도 됩니다." 하고 여관 주인이 말했다.

"내가 편력기사로 돌아설 만큼 그렇게 어리석지는 않을 겁니다. 이 유명한 기사들이 활개치고 다니던 시절에나 행해진 것이지 지금은 아니라는 걸 잘 알고 있기 때문이지요. 모든 게 지금은 소용이 없어요."

산초가 이런 이야기가 오가는 도중에 끼어들어 편력기사들은 이제 아무런 쓸모가 없고, 기사소설들은 어리석음과 거짓으로 가득 차 있다는 그들의 이야기를 듣고 깜짝 놀랐다. 그래서 그는 주인님의 이 여정의 결과를 지켜보고, 자기가 기대했던 것만큼 행복해지지 않으면 아내와 자식들에게 돌아가 예전에 하던 일을 하기로 마음먹었다.

바로 이때 돈키호테가 자고 있던 방에서 무슨 소리가 나자, 산초는 주인님이 뭘 원하기라도 하는지 황급히 달려가 보았다. 잠시 후 그는 허겁지겁 달려오더니 큰 소리로 외쳤다.

"얼른 이리들 와 주인님을 좀 도와주세요. 생전 처음 보는 무시무시한 싸움을 벌이고 계십니다. 정말로 미코미코나 공주님의 적, 바로 그 거인을 처단했는데, 무 자르듯 단칼에 그의 목을 베어버렸답니다."

"지금 무슨 얘기야." 하고 신부님이 말했다.

"정신이 있는 게냐, 산초야? 그 거인은 여기서 적어도 2,000리나 떨어진 곳에 있는데, 가당키나 한 말이냐?"

바로 그때 일행은 방에서 굉장히 큰 소리가 나는 걸 들었다. 그리고 돈키호테가 소리쳤다.

"멈춰라, 도둑놈, 건달, 불한당아! 이제 넌 내 손안에 있단 말이다. 그러니 너의 인월도(偃月刀)도 소용이 없겠지."

그는 벽을 힘차게 여러 번 때리는 것 같았다. 다급해진 산초가 말했다.

"듣고만 있지 말고 들어가서 싸움을 말리든지 주인님을 도와주든지 하세요. 지금은 필요 없을지 모르지만요. 분명히 거인을 처단하여, 그가 잘못 살아왔다는 걸 보여주었으니까요. 저는 집 안에 흐르는 피와 잘려 나간 머리를 보았는데, 그건 커다란 포도주 부대 자루만큼이나 큼지막했답니다."

이 말을 듣고 놀란 여관 주인이 외쳤다.

"돈키호테라는 양반이 머리맡에 놓인 가득 찬 포도주 부대 자루를 자른 게 아니라면 손가락에 장을 지지겠소. 이 양반이 피라고 여긴 건 새어 나온 포도주가 분명하단 말이오."

이렇게 말한 뒤 그는 방으로 달려갔고, 나머지 일행도 그를 따라갔다. 그랬더니 돈키호테가 상상을 초월하는 괴기한 차림을 하고 있었다. 무릎에도 닿지 않는 셔츠를 입고 바짝 마른 긴 다리에 털이 숭숭 나 있어 그리 깔끔해 보이진 않았다. 머리에는 여관 주인 것으로 보이는 기름투성이의 붉은 두건을 쓰고 있었다. 왼팔에는 침대에 깔았던 담요를 걸쳤는데, 산초가 성난 얼굴로 째려보았다. 그 담요에 원한이 맺혀있었기 때문이었다. 오른손에

DON QUIXOTE'S EXTRAORDINARY BATTLE

◆

돈키호테의 해괴망측한 싸움

는 칼을 쥐고 마치 어떤 무시무시한 거인과 싸우는 것처럼 소리를 지르며 사방을 향해 칼부림을 하고 있었다. 천만다행으로 그는 눈을 뜨지 않고 있었다. 그는 잠에서 덜 깨어 거인과 싸우는 꿈을 꾸고 있었던 것이다. 그의 머릿속에는 모험으로 가득 차 있었기 때문에 이미 미코미콘 왕국으로 달려가 적과 싸우는 꿈을 꾼 것이다. 그래서 그는 거인으로 여긴 포도주 부대 자루를 난도질하는 바람에 방안에 온통 포도주가 흥건했던 것이다.

이 광경을 목격한 여관 주인은 너무 화가 나서 돈키호테에게 달려들더니 주먹세례를 퍼부었다. 카르데니오와 신부님이 말리지만 않았어도 돈키호테는 거인과의 싸움을 완전히 끝장낼 뻔했다. 이 가련한 기사는 이발사가 우물에서 찬물을 몇 주전자 퍼와 온몸에 뿌려대자 그때서야 잠에서 깨어났다. 겨우 잠에서 깨어난 돈키호테는 자신이 어떤 상황에 처해 있는지 전혀 납득을 하지 못했다.

산초는 거인의 머리를 찾으려고 바닥 여기저기를 훑어보았으나 보이지 않자 이렇게 말했다.

"이제야 난 모든 걸 알았소. 머리가 잘려나간 걸 내 눈으로 똑똑히 보았으나 여기에 없고, 또 몸뚱아리에서 샘물처럼 솟구친 피도 흔적이 없으니 이 집이 마법에 걸린 게 틀림없단 말이오."

그러자 몹시 혈압이 오른 여관 주인이 소리를 질렀다.

"여기서 지금 피니 우물이니 하며 지껄이는 게 뭔 줄 아느냐? 이 도둑놈아! 도대체 피니 우물이니 하는 게 다 포도주 부대 자루가 찢어져 새어 나온 붉은 포도주가 바닥을 흥건하게 적셨다는 걸 모른단 말이냐?"

"이것은 알지요." 하고 산초가 대답했다.

"거인의 머리를 찾지 못하면 내 백작 작위가 물에 던진 소금처럼 사라져버린다는 것 말입니다."

사실 잠들어 있던 주인보다 오히려 깨어있는 산초가 더 불행했다. 주인님의 약속을 그토록 소중히 여겼던지라 산초의 입장이 난처해졌기 때문이었다.

여관 주인은 산초의 어리석음과 그 주인이 저지른 행짜를 보고 어쩔 줄을 몰랐다. 하지만 지난번처럼 돈을 안 내고 가는 일이 없도록 하고, 기사도 특권이 이에 대한 핑곗거리가 되어서는 안되기 때문에 망가진 포도주 부대 자루를 변상하도록 하겠다고 굳게 마음먹었다.

이때 신부님이 돈키호테의 손을 잡고 있었는데, 돈키호테는 이제야 모험을 완수했다고 여기고 미코미코나 공주가 지켜보는 가운데 신부님 앞에서 무릎을 꿇고 고백했다.

"고귀하고 아름다우신 공주님, 지금부터는 흉칙한 거인의 위험에서 벗어나 편히 지내실 수 있을 겁니다. 저 또한 공주님과 했던 약속에서 벗어나 자유로워졌습니다. 저를 살아 숨 쉬게 하는 여인의 은혜 덕분에 이렇듯 무사히 임무를 완성할 수 있었던 것 같습니다."

"제가 말하지 않았습니까?"

주인님의 말을 듣고 있던 산초가 끼어들었다.

"전 취하지 않았다고요. 주인님은 지금 거인을 쓰러뜨려 소금에 절여두었습니다. 제 영지(領地)도 안전하고요."

주인님과 종자 두 사람의 어리석음에 웃지 않을 사람이 누가 있겠는가? 여관 주인만 빼고 말이다. 그는 이전보다 열 배는 더 화가 나 있었다.

마침내 이발사와 카르데니오 그리고 신부님은 낑낑대며 돈키호테를 다시 침대에 눕히자 그는 매우 피곤한 모습으로 곧장 잠이 들고 말았다. 그들은 돈키호테가 자도록 놔두고 거인의 머리를 찾지 못해 무척 우울해하는 산초에게 다가가 위로의 말을 건넸다. 하지만 그들은 졸지에 사망한⑦ 포도주 부대 자루 때문에 거의 미칠 지경인 여관 주인을 안정시키는 일이 남았다.

안주인도 잔소리를 하며 이리저리 날뛰더니 소리를 질렀다.

"아휴, 이 편력기사가 우리 집에 왔을 때 재수가 없더니만. 이렇게 비싼 대가를 치르게 하는 사람은 생전 처음이네. 지난번에는 편력기사랍시며 자기 밥값과 숙박료는 물론이고 말과 당나귀가 먹은 짚과 보리값도 안 내고 갔다오. 그러고 나서 그를 위해 다른 신사가 와서 제 멋진 꼬리를 빌려가더니 망가뜨려서 돌려주더군요. 그런데 이제는 그가 포도주 부대 자루를 망가뜨려 포도주를 쏟아버렸지 뭐요. 차라리 그만큼 그 작자의 피가 흐르는 걸 볼 수 있으면 좋으련만."

안주인은 너무 분해서 탄식을 늘어놓았고, 착한 하녀 마리토르네스도 옆에서 그녀를 거들었다.

마침내 신부님이 이 모든 소동을 진정시키고 포도주와 부대 자루, 특히 안주인이 신경쓰는 망가진 꼬리 등에 대해 보상을 약속했다. 도로테아는 산초에게 그의 주인님이 거인의 목을 벤 건 분명하다고 말하면서 안심시킨 다음, 자기 왕국으로 무사히 돌아가면 자기의 가장 훌륭한 영지를 하사하겠다고 약속했다.

이렇게 위안을 받은 산초는 그녀에게 자기가 잘린 거인의 머리를 보았으며, 그 거인의 수염이 허리까지 내려왔었다고 말했다. 그것이 발견되지 않는다면, 이 여관에서 일어난 일이 온통 마법에 걸렸기 때문이라는 것이다. 지난번에도 자기가 직접 그런 고통을 겪었다는 것이다.

도로테아는 자기도 같은 생각이라고 말해주고 모든 게 그가 바라는 대로 잘 될 것이기 때문에 염려하지 말라며 산초를 안심시키려 애썼다.

25

여관에서 일어난
또 다른 희한한 모험들

며칠 후, 문 앞에 서 있던 여관 주인이 외쳤다.

"저기 괜찮은 손님들이 몰려오는데, 우리집에 묵으면 좋아서 콧노래가 나오겠는데 말입니다."

"그들이 누군데요" 하고 카르데니오가 물었다.

"말을 탄 네 명인데, 창과 방패를 들고 모두 검은색 복면을 하고 있네요. 그들과 함께 오는 여인은 흰옷을 입고 안장에 걸터앉았는데, 그녀의 얼굴도 가려져 있고, 그 뒤로 하인 두 명이 걸어서 오는군요." 하고 여관 주인이 대답했다.

"가까이 왔어요?" 하고 신부님이 물었다.

"거의 다 왔는데." 하고 여관 주인이 답했다.

"지금 도착할 것 같네요."

이 말을 들은 도로테아는 얼굴을 가렸고, 카르데니오는 돈키호테의 방으로 들어가버렸다. 그러자 잠시 후 주인이 말한 그 사람들 모두가 여관으로 들어왔다. 차분하고 품위있는 네 사람이 말에서 내리더니 안장에 앉아 있는 여인을 내려주었다. 그중 한 사람은 여인을 안아서 카르데니오가 들어간 방 앞에 놓인 의자에 앉혔다. 그러는 내내 여인과 그들은 코까지 가린 복면을 벗지 않았고, 입도 뻥끗하지 않았다. 그저 여인만이 의자에 앉을 때 한숨을 내쉬며 병자처럼 팔을 늘어뜨리고 있을 뿐이었다. 걸어온 하인들은 말들을 마구간으로 끌고 갔다.

이를 본 신부님은 낯선 차림에 여관으로 들어와 아무런 말이 없는 그들이 누군지 알고 싶어서 하인들에게 다가가 궁금한 것을 물어보았다.

"죄송합니다만, 전 이 분들에 대해 말해드릴 게 없습니다. 다만 지체가 높으신 분들 같다는 말씀 밖에요. 특히 여자분을 말에서 내려준 사람이 가장 높아요. 다른 분들이 그의 말에 모두 복종하니까요."

"그러면 저 여인은 누굽니까?" 하고 신부님이 물었다.

"그것도 모릅니다." 하고 하인이 대답했다.

"여기 오는 동안 저 여자분 얼굴을 한 번도 보지 못했으니까요. 하지만 여자분이 가끔씩 신음하면서 내뱉는 탄식을 듣긴 했답니다."

"그러면 혹시 그들 중 누구의 이름을 들어는 봤나?" 하고 신부님이 물었다.

"전혀요." 하고 하인이 대답했다.

"그들은 묵묵히 여행했습니다. 가련한 여자분이 탄식을 하며 흐느끼는 것 말고는 들은 게 전혀 없으니까요. 그래서 우리는 그녀가 어디를 가는지는 모르지만 억지로 끌려가는 것이라는 심증을 굳혔답니다."

"그럴 수도 있겠군" 하고 신부님은 여관으로 돌아갔다. 얼굴을 가린 여인이 그토록 서글프게 탄식하는 걸 들은 도로테아는 동정심이 발동해 그녀에게 가까이 다가가 물었다.

"부인, 뭐가 그리 괴로운가요? 제가 힘이 닿는 만큼 기꺼이 도와드리죠."

그래도 여인은 아무 대답이 없었다. 그래서 도로테아가 다시 상냥하게 물었으나 침묵으로 일관했다. 마침내 복면을 한 신사가 건너와 도로테아에게 말했다.

"부인, 저 여자에게 어떤 호의를 베푼다는 건 헛수고일 뿐입니다. 그녀는 배은망덕한지라 고마워할 줄을 모른다오."

그러자 조용했던 그녀가 입을 열었다.

"전 결코 그렇지 않아요. 제가 너무 불행해서 그럴 수도 없어요. 지금 저는 거의 불행의 구렁텅이에 빠져있답니다."

카르데니오는 그녀와 돈키호테의 방문 하나를 사이에 두고 있었기 때문에 그녀가 그들과 나눈 말들을 아주 분명하고 또렷하게 들었고, 곧바로 그는 큰 소리로 외쳤다.

"내가 들은 게 뭐지? 내 귓가를 스치는 저 목소리는 도대체 누구의 것이란 말이냐?"

깜짝 놀란 여인이 이 소리를 듣고 고개를 돌렸으나 목소리의 주인공이 없자 방으로 들어가려고 했다. 그러사 신사분이 그녀를 붙잡고 꼼짝 못하게 했다.

이런 갑작스런 움직임에 그만 얼굴 가리개가 떨어져 나가자, 놀랍도록 아름다운 그녀의 얼굴이 드러났다. 하지만 그녀의 안색은 시무룩하고 창백했으며, 이리저리로 눈을 돌리는 것이 마치 정신이 나간 것처럼 보였다. 그러자 도로테아와 나머지 일행은 그녀를 연민어린 눈으로 보지 않을 수 없었다.

신사분이 얼른 그녀의 양어깨를 붙잡았는데, 그녀를 제지하느라 너무 경황이 없어 자기의 복면이 흘러내리는 걸 잡지 못했다. 그래서 도로테아는 그가 자기의 연인인 돈 페르난도라는 걸 알았다. 그녀는 그를 보자마자 긴 한숨을 쉬더니 가슴속 깊은 곳에서 스며 나온 '아!' 하는 비통한 탄식과 함께 기절하여 뒤로

OF · THE · RARE
· ADVENTURES · AT
· THE · INN ·

◆

여관에서 일어난 희한한 모험들

쓰러지고 말았다. 이발사가 제때 손을 잡아주지 않았으면 바닥에 그대로 널브러지고 말았을 것이다.

그러자 신부님이 그녀의 베일을 벗기고 물을 끼얹으려 했는데, 이때 돈 페르난도가 그녀를 보더니 그만 얼굴이 새하얗게 질리고 말았다. 도로테아의 이야기를 들었던 카르데니오는 그녀가 바닥에 쓰러지자 방에서 뛰쳐나갔는데, 그만 자기의 연인 루신다를 돈 페르난도가 붙잡고 있는 걸 보고 말았다.

그들은 모두 말없이 서로를 쳐다보았다. 도로테아는 돈 페르난도를, 돈 페르난도는 카르데니오를, 카르데니오는 루신다를, 그리고 루신다는 카르데니오를 말이다. 도대체 무슨 영문인지 몰라 모두가 놀라면서 말없이 서 있었다. .

침묵을 깬 사람은 루신다였다.

"절 놓아주세요, 돈 페르난도." 하고 그녀가 외쳤다.

"당신 자신의 신분에 맞는 행동을 위해서라도요. 제가 담쟁이넝쿨 담을 기어올라가게 내버려 두세요. 당신의 협박도 약속도 절 그이와 떨어뜨려 놓을 수 없어요."

이때 정신을 차린 도로테아가 아직도 루신다를 놓아주지 않고 있는 걸 보았다. 그녀는 그의 발밑에 무릎을 꿇고 수정같은 눈물을 흘리며 애원했다.

"태양과도 같은 루신다의 아름다움이 당신의 눈을 가리지만 않았어도, 당신의 발밑에 무릎을 꿇은 여자가 바로 기구하고 비참한 도로테아라는 걸 아셨을 겁니다. 당신은 비천한 시골처녀였던 저와 결혼을 약속했습니다. 서방님, 저를 포기하게 만든 루신다의 미모와 고귀함은 제가 당신에게 품고 있는 비할 데 없는 사랑으로 보상될 수 있다는 걸 알아두세요. 서방님, 당신은 아름다운 루신다의 남편이 될 수 없습니다. 제 남편이기 때문이지요. 그녀는 당신이 아니라 카르데니오의 아내입니다. 그리고 이 모든 것들은 사실입니다. 당신은 고귀한 만큼 독실한 분이잖아요. 그런데 왜 저를 다시 한번 행복하게 해주길 주저하나요? 당신의 가족에게 줄곧 충성을 다해온 제 부모의 여생을 끔찍하게 만들지 마세요. 기억해두세요. 당신이 좋든 싫든 당신은 영원히 저와 약혼한 남편으로 남아있다는 사실을 말입니다."

이런저런 사연들 때문에 슬픔에 잠긴 도로테아가 너무도 감정에 복받쳐 눈물을 쏟아내자, 거기에 있던 일행들, 심지어 돈 페르난도와 같이 왔던 사람들조차 그녀에게 동정심을 품지 않을 수 없었다.

돈 페르난도는 한동안 꼼짝 않고 도로테아를 바라보고 있다가 마침내 회한과 감탄을 금치 못하고 그녀를 껴안으며 말했다.

"당신이 이겼소. 오, 아름다운 도로테아. 당신이 이겼단 말이요!"

바로 그 순간, 돈 페르난도의 눈에 띄지 않게 뒤에 있던 카르데니오가 쓰러지는 루신다를 잡아주려고 튀어나왔다. 루신다는 두 팔로 그의 목을 껴안고서 말했다.

　"당신이군요. 당신만이 저의 주인님이자 서방님이에요."

　이처럼 진정한 연인들끼리 모두 합해졌다. 그리고 선한 신부님과 이발사, 심지어 산초 판사도 눈물의 대열에 동참했다. 그토록 기구했던 불행을 이토록 큰 기쁨이 대신한 것이다. 산초는 자기가 눈물을 흘린 이유를 나중에 털어놓았는데, 도로테아가 자기가 생각했던 미코미코나 공주가 아니라는 걸 알았고, 그래서 자기가 받기로 한 어마어마한 선물과 후원이 날아갔기 때문이라고 했다.

　이들은 각자 자기가 지내온 이야기를 꺼내기 시작했다. 돈 페르난도는 루신다가 카르데니오에 대한 사랑을 선언하는 두루마리를 발견한 후, 그 도시에서 자기에게 닥친 일들을 모두 말해주었다. 결혼식이 엉망이 된 다음날 루신다는 아버지 집에서 아무도 몰래 나와 도망쳤다. 하지만 몇 달 후 돈 페르난도는 그녀가 어느 수녀원에 있다는 것을 알게 되었고, 그녀가 카르데니오와 함께 살 수 없다면 평생 그곳에 남아 있겠다는 결심을 들었다. 그는 그런 사실을 알자마자 자기를 도와줄 세 명의 기사를 뽑아 그녀가 있는 곳으로 갔다. 어느 날 그는 그녀가 수녀원에서 수녀 한 명과 함께 걸어가는 것을 보고 놀랐으나, 다짜고짜 그녀를 낚아채 데리고 나왔다. 거기서 나온 그들은 그녀를 어떤 마을로 데리고 갔고, 거기서 변장을 한 다음 이 여관까지 말을 타고 왔다. 그러나 루신다는 그의 손아귀에 있다는 걸 알아차리고 아무 말도 하지 않고 하염없이 울면서 한숨만 내쉬었다. 이렇게 침묵과 눈물 속에서 이 여관에 도착했다는 것이다.

그는 이곳이야말로 모든 불행들이 끝나고 진정한 사랑으로 이끈 곳이기 때문에, 그와 다른 사람들 모두에게 이 세상에서 가장 아름다운 곳으로 남아 있을 거라며 이야기를 마무리지었다.

26
___

여기에서는 기품 있는
미코미코나 공주의 이야기가 계속된다

　이 모든 이야기를 들은 산초는 작위에 대한 희망이 연기처럼
사라지자 실망이 너무나 컸다. 아름다운 미코미코나 공주가 도
로테아로 변해버렸고, 자기 주인은 무사태평하게 잠에 곯아 떨
어져 있었다. 도로테아는 지금 자신이 누리고 있는 행복이 꿈이
아니라는 게 믿을 수 없었다. 카르데니오와 루신다도 마찬가지
였고, 돈 페르난도는 필시 자신의 모든 명예와 신용을 잃게 된
것이 뻔했던 그 험난한 길에서 자유로워진 것에 진심으로 감사
하고 있었다.

　한마디로 모든 게 만족스러웠고 행복했고, 사려깊은 신부님
은 일일이 축복을 내렸다. 그러나 가장 기뻐한 사람은 다름 아닌

안주인이었다. 카르데니오와 신부님이 돈키호테가 여관에 입힌 손해를 모두 변상해주기로 약속했기 때문이었다.

오로지 산초만 불행하고 서글프다고 말했다. 그는 우울한 표정으로 막 잠에서 깨어난 돈키호테에게 말했다.

"주인님, 우수에 찬 기사님. 이제는 맘 편히 실컷 주무세요. 거인을 죽이거나 공주님에게 왕국을 되돌려주려는 수고는 안 해도 되니까요. 이미 모든 게 다 해결되었습니다."

"그런 것 같구나" 하고 돈키호테가 대답했다.

"생전에 있을지 없을지 모를 결투를 거인과 벌였는데, 그 녀석의 머리를 한 번 후려갈겼더니 방바닥에 쓰러지더군. 그러자 피가 솟구쳐 마치 물처럼 땅바닥으로 흘러가더구나."

"마치 적포도주처럼이라고 말하는 게 낫죠." 하고 산초가 대답했다.

"주인님이 모르신다면 제가 알려드려야 하겠습니다. 죽은 거인은 낡은 포도주 부대 자루이고, 피는 거기에 담겨 있던 90리터(6 arroba; 1아로바는 약 15리터) 정도의 적포도주였습니다."

"뭐라고? 너 미쳤느냐." 하고 돈키호테가 소리쳤다.

"너 제 정신이냐고?"

"일어나세요, 주인님." 하고 산초가 말했다.

"그리고 주인님이 벌여 놓은 멋진 일들을 직접 보세요. 여왕이 도로테아라는 그저 평범한 부인으로 바뀌고, 또 깜짝 놀랄 만한 것들이 많이 있으니까요."

"난 놀랄 게 하나도 없지." 하고 돈키호테가 말했다.

"내가 제대로 기억한다면 지난 번 우리가 여기에 있을 때 모든 게 다 마법에 걸려서 그렇다고 말해주었듯이, 지금도 마찬가지이니 그리 놀랄 필요가 없다."

"제가 담요로 키질 당했던 것도 마법의 하나였다면 그걸 모두 믿어드리겠습니다." 하고 산초가 대답했다.

"하지만 분명히 실제로 당했습니다. 그리고 지금 여기 있는 여관 주인도 담요 한 귀퉁이를 잡고 킥킥대며 아주 우아하고 힘차게 키질을 했어요. 비록 제가 단순하고 지은 죄가 많더라도 사람들은 알아볼 수 있었다니까요. 마법은 없었고, 그저 고행과 불운이 겹쳤다고요."

"이제 시간이 말해줄 것이다." 하고 돈키호테가 외쳤다.

"하지만 내 옷 좀 주거라. 네가 말해준 이 놀라운 일들을 한번 봐야겠구나."

산초가 돈키호테에게 옷을 갖다주었고, 그가 차비를 하는 동안 신부님은 돈 페르난도와 나머지 일행들에게 돈키호테의 광기 어린 짓거리와 자신이 귀부인의 냉정함 때문에 쫓겨났다고 여겨 틀어박힌 시에나 모레노 산맥에서 그를 데려오려고 써먹었던 속

DON QUIXOTE
ADRESSING
DOROTHEA

◆

도로테아에게 말을 거는 돈키호테

임수에 대해 말해주었다.

신부님은 이에 덧붙여 도로테아 부인의 행운 때문에 앞으로의 계획에 차질을 빚었으니 그를 고향으로 돌려보내기 위한 다른 길을 모색해야만 한다고 말했다.

카르데니오는 이미 시작한 모험이니 계속하자며, 루신다가 도로테아 역할을 맡도록 하자고 제안했다.

"아니오."

돈 페르난도가 말했다.

"그래선 안 됩니다. 도로테아가 자기 계획대로 하게 놔둡시다. 착한 기사의 고향이 여기서 그리 멀지 않습니다. 제가 그분의 치유를 돕는다는 게 무척이나 즐겁습니다."

"이틀 정도밖에 안 걸리죠." 하고 신부님이 말했다.

"그보다 더 걸리더라도 좋은 뜻으로 여행길에 오른다면 행복하겠습니다."

바로 이때 돈키호테가 큰 구멍이 난 맘브리노 투구를 쓰고 팔에는 방패를 든 채 창을 비껴들고 완전무장한 채로 나타났다. 돈키호테의 괴상망측한 모습에 돈 페르난도와 그 일행들은 무척 놀랐는데, 그는 깡마르고 누렇게 뜬 얼굴에 어설픈 무기를 들고 진지한 태도를 보이는 돈키호테를 무척 궁금해했다. 모두가 묵묵히 그의 행동을 주시했고, 마침내 그는 엄숙하고 침착하게 아름다운 도로테아를 향해 이렇게 말했다.

"아름다운 부인이시여. 당신의 위대함이 종말을 고하고 직위를 박탈당해 이제 공주가 아니라 평범한 처자가 되었다는 걸 제 종자로부터 익히 들었습니다. 이것이 혹시 현명한 마법사이자 국왕이신 아버지의 특별한 명령으로 이루어진 것이라면, 필시 제가 당신에게 필요한 도움을 전혀 줄 수 없을까 염려했기 때문입니다. 저는 그분이 자기의 마법을 어설피 알고, 기사도 모험의 역사에 대해서도 문외한이라고 봅니다. 저만큼 관심을 가지고 기사도 이야기들을 읽었더라면, 저보다 훨씬 덜 유명한 기사들도 이보다 절박한 모험을 어떻게 끝냈는지 알 수 있기 때문이지요. 거인이 제아무리 오만불손하더라도 거인을 죽이는 일은 그리 대단치 않기 때문입니다. 사실 저 혼자서 거인과 싸운 시간은 그리 오래 걸리지 않았지만, 내가 거짓말을 한다고 말할까 봐 그냥 입을 다물고 있을 겁니다. 모든 것들을 탐지해내는 시간은 우리가 전혀 기대하지도 않았을 때 그 사실을 밝혀줄 것입니다."

"당신은 거인이 아니라 포도주 부대 자루 두 개와 싸운 거라고요." 하고 여관 주인이 외쳤다.

돈 페르난도가 주인에게 조용히 하라고 말한 뒤 돈키호테를 방해하지 말라고 당부했다. 그리고 돈키호테가 말을 이어갔다.

"지체 높고 지위를 박탈당하신 공주님. 아버님께서 당신을 이렇게 바꿔놓으셨다고 해서 염려하실 필요는 없습니다. 제 칼이 헤쳐나가지 못할 그런 큰 위험은 이 세상에 없기 때문입니다. 그러므로 며칠 안으로 적들의 머리를 땅바닥에 내동댕이치고 당신의 머리 위에 왕관을 씌워드리겠습니다."

　　돈키호테는 더이상 말을 하지 않았으나, 공주의 답변을 기다렸다. 그녀는 자기의 역할을 계속했으면 하는 돈 페르난도의 바람을 알고 있었기 때문에 아주 우아하고 예의바르게 말했다.

　　"용감하신 우수에 찬 기사님. 제가 변했다는 걸 누가 기사님에게 알려드렸는지 모르지만, 사실이 아닙니다. 전 어제의 저와 오늘의 제가 똑같습니다. 제가 바라거나 희망했던 것보다 더한 행운이 저에게 주어져 약간의 변화가 생긴 것은 사실입니다. 그렇다고 이전에 했던 일을 그만두지 않았습니다. 여전히 용감하고 천하무적인 기사님의 도움을 받길 원합니다. 그러니 기사님 제 아버님의 명예를 회복시켜주시고, 그분이 지혜롭고 현명하시다는 걸 믿어주세요. 그분의 마법 덕분에 제 모든 불행의 구제책을 찾은 겁니다. 기사님을 만나지 않았더라면 지금 누리고 있는 행복을 결코 얻지 못했을 거예요. 그리고 제가 진실을 말하는 것에 대해서는 이 착하신 신사분들이 증인이 되어주실 겁니다. 이제 바라는 것은 내일 아침 우리의 여정을 시작하자는 거예요. 제가 고대하는 좋은 결과는 용감하고 천하무적인 기사님에게 맡기도록 하겠습니다."

재치있는 도로테아의 말을 듣고 있던 돈키호테는 산초를 향해 몹시 화가 난 듯 말했다.

"산초, 넌 스페인에서 가장 못된 불한당이도다. 떠돌이, 도둑놈아, 말해보거라. 이 공주님이 변해서 도로테아라는 처녀가 되었다고 하지 않았더냐? 또 내가 잘라낸 거인의 머리가 뭐 포도주 부대 자루라고? 말도 안 되는 일로 살아생전 당해보지 못한 굴욕을 안겨주는 거냐?"

그리고 하늘을 쳐다보며 이를 악물고 말을 이어갔다.

"맹세코 널 혼내주마. 앞으로 이 세상에서 편력기사를 보필할 모든 거짓말쟁이 종자들의 골통에 제정신이 들게 해주어야 해."

"참으세요, 주인님." 하고 산초가 대답했다.

"미코미코나 공주의 변신을 언급한 건 제가 속아서 그럴 수도 있습니다. 하지만 거인의 머리를 베고, 아니 포도주 부대 자루를 자르고 피가 적포도주에 불과하다는 것은 맹세코 속지 않았습니다. 찢어진 부대 자루가 주인님 머리맡에 있었고, 적포도주는 주인님 방을 호수로 만들어버렸으니까요. 그리고 여관 주인이 손해배상을 청구할 때면 이 모든 것들을 주인님은 아실 겁니다."

"산초야, 넌 참 우둔하구나. 미안하지만 이제 됐다." 하고 돈키호테가 말했다.

이때 돈 페르난도가 나섰다.

"정말 그렇습니다. 그러니 이제 그만 두시지요. 오늘은 너무 늦었으니 공주님께서는 내일 떠날 거라고 하십니다. 그러니 오늘 밤에는 화기애애하게 정담을 나누고, 내일 훌륭하신 기사 돈키호테 님과 함께 동행하기로 합시다. 그래서 그가 이 모험에서 새울 무훈의 증인이 됩시다."

이제 저녁을 먹을 시간이 되어 여관에 네모반듯한 식탁도 둥근 식탁도 없었기 때문에 모두가 긴 식탁(주로 하인용 탁자이다)에 앉았다. 그리고 주빈 자리에 앉기를 한사코 거부하는 돈키호테를 기꺼이 앉혔다. 하지만 자리에 앉자 돈키호테는 미코미코나 공주를 옆자리에 앉으라고 명령했다. 자기가 공주의 보호자이기 때문이었다. 다른 사람들은 차례대로 앉아 모두 돈키호테의 주 특기인 기사도 모험을 주제로 한 지혜롭고 기묘한 이야기들을 들으며 즐겁게 저녁 식사를 했다.

27

불행한 기사의
이상한 마법

저녁 식사를 마친 후 잠자리에 들어야 했으나 일행들이 모두 묵을 방이 넉넉지 못했다. 그래서 숙녀분들은 쾌적한 방으로 모시고 신사분들은 그저 불편함만 면할 수 있는 곳을 찾아갔다. 산초는 당나귀 고삐를 베개삼아 이내 잠이 들었고, 돈키호테는 무장한 채 로시난테를 타고 여관 주위를 도는 자신의 의무감에 흡족해했다. 그는 자신을 이 상상 속의 성을 지키는 파수꾼이라 여긴 것이다.

얼마 후 여관에 깊은 적막이 흘렀다. 돈키호테의 기질을 너무도 잘 알고 있는 주인집 딸과 마리토르네스만 깨어 있었다. 이들은 여관을 지키기 위해 무장을 한 채 말을 타고 주위를 돌고 있는 돈키호테를 골려주거나 그의 엉터리 이야기를 잠시 들어보기로 했다. 여관에는 들판을 볼 수 있는 창문이 하나도 없고 곳간에 밖에서 짚을 던져 넣는 구멍이 하나 있을 뿐이었다. 두 아가씨는 이 구멍을 통해 돈키호테가 말을 타고 창에 기대어 이따금씩 고통스럽고 깊은 탄식을 하는 걸 보았는데, 마치 그때마다 영혼의 깊은 곳을 뜯어내는 것처럼 느껴졌다. 그렇지만 그가 부드럽고 사랑스런 목소리로 말하는 것도 들었다.

"오, 나의 둘시네아 부인이여. 모든 아름다움의 절정이자 신중함의 총체이며, 우아함의 보물상자이자 덕목의 저장고이며, 이 세상의 모든 가치와 겸손과 환희의 이상이시여! 그대는 지금 무엇을 하고 계시는지. 혹시 그대를 위해 온갖 위험들을 무릅쓰고 자신을 스스럼없이 내던질 그대의 포로 기사를 생각하지나 않으신지? 제발 그대의 소식을 전해주오. 오, 달님이시여! 그대는 지금 화려한 궁전의 어느 화랑을 걷거나 어느 발코니에 기대어 저의 고통에 어떤 영광을 주어야 할지, 제 걱정거리를 어떻게 덜어줄지, 저의 죽음에 어떤 삶을 줄지, 저의 보필에 어떤 보상을 해줘야 할지를 고민하는 그녀를 비추고 있겠지요. 그리고 그대 태양이시여. 그대는 지금도 그분을 만나러 제때에 말안장을 얹히느라 바쁘겠지요. 저를 대신해 그녀에게 안부 인사를 해주기를 간청은 하지만, 저의 질투심을 불러일으키지 않으려면 제발 그녀의 얼굴에 입맞춤은 하지 말아주십시오."

돈키호테가 줄곧 읊어대고 있을 때, 여관집 딸이 다소곳이 말했다.

"기사님, 괜찮으시다면 조금만 가까이 오세요."

이 소리에 돈키호테는 고개를 돌려 밝게 빛나는 달빛 아래 곳간의 구멍에서 자기에게 손짓하는 걸 보았다. 그에게는 구멍이 값비싼 금으로 치장된 창살이 빼곡히 박힌 아름다운 창문으로 보였고, 여관은 호화로운 성으로 여긴 것이다. 순간적으로 그는 이상한 공상에 사로잡혀 성주의 딸인 아름다운 처녀가 사랑에 빠져 자기에게 말을 걸어왔다고 믿었다. 이렇듯 공상에 빠진 그는 자신이 불손하고 배은망덕한 사람으로 보이지 않기 위해 로시난테의 고삐를 돌려 구멍 쪽으로 다가가 두 처녀를 보고 말했다.

"아름다운 아가씨, 그대의 우아함에 맞는 보답을 할 수 없는 곳에 사랑을 두신 것을 정말 유감으로 생각합니다. 첫눈에 운명의 여인이 된 그녀 이외의 어떤 여인에게도 눈길을 주지 않는 사랑을 지닌 이 미천한 편력기사를 제발 나무라지 마십시오. 그러니 착한 아가씨, 절 용서하시고 그대의 방으로 들어가십시오. 저에게 더이상 말을 걸지 마십시오. 저를 더이상 배은망덕한 사람으로 보이지 않도록 해주십시오. 그대가 저에게 품고 있는 사랑 말고 제가 그대에게 봉사할 수 있는 다른 것을 찾아낼 수 있다면, 당장 말해주시오. 전 흔쾌히 수행하리라 맹세합니다. 비록 그 임무가 뱀으로 된 메두사의 머리채를 가져오라거나, 유리병에 햇빛을 가두어달라 할지라도 말입니다."

"우리 아가씨는 그런 거 다 필요없어요, 기사님." 하고 마리토르네스가 대답했다.

"그러면 아가씨께서 뭐가 필요하신가, 차분한 여인이여?" 하고 돈키호테가 물었다.

"그저 기사님의 손만 내밀어주시면 됩니다." 하고 마리토르네스가 대답했다.

"그것만으로도 아가씨에게는 위험천만이었지만 이 창문으로 이끈 욕망을 채워줄 수 있답니다. 그것도 아가씨의 아버지이신 영주님이 아시면 모르긴 해도 그녀의 귀를 잘라버릴지도 모릅니다."

"자기의 사랑스런 딸의 가녀린 팔다리에 손찌검을 해서 세상에서 가장 비참한 최후를 맞이하는 아버지가 되고 싶지 않다면 그렇게는 못 하시겠지. 영주님도 그걸 잘 알고 있을 게다."

마리토르네스는 돈키호테가 시키는 대로 손을 내줄 것이라 생각하고, 어떻게 할 것인지를 정했다. 우선 그녀는 마구간으로 내려가 산초 판사의 당나귀 고삐를 가지고는 재빨리 되돌아왔다. 마침 돈키호테는 상사병에 걸린 처녀가 있다고 생각되는 철

THE ENCHANTMENT
OF DON QUIXOTE

◆

돈키호테의 마법

창에 닿는 것이 낫겠다는 생각에 로시난테의 등에 올라서서 구멍 안으로 손을 내밀며 이렇게 말했다.

"아가씨, 제 손을 잡으세요. 아니 악당들을 벌주는 채찍이라는 말이 더 낫겠군. 이 손을 잡아요. 그 어떤 여성의 손도, 심지어 제 육신의 온전한 주인이신 그녀의 손조차 잡아보지 못한 손입니다. 제 손에 입을 맞춰달라고 내미는 것이 아니라 아가씨가 그 힘줄의 세기, 근육의 연결조직, 크고 부풀어 오르는 정맥들을 보고, 그러한 손에 연결된 팔의 힘이 얼마나 센지 헤아리라는 겁니다."

"지금 볼게요." 하고 마리토르네스가 답했다.

그러고는 고삐로 매듭을 지어 돈키호테의 손목에 걸고 구멍에서 내려와 재빨리 고삐의 다른 쪽 끝을 곳간 문고리에 묶어놓았다.

돈키호테는 손목에 건 고삐의 거친 감촉을 느끼며 말했다.

"내 손을 붙잡기보다는 오히려 줄칼로 긁는 것 같군요. 하지만 내 마음이 준 상처가 손의 잘못은 아니니 그리 거칠게 다루지는 말아주십시오. 정말로 어떤 사람을 사랑하는 사람은 다른 사람을 사랑하는 그에게 이토록 잔인한 복수는 하지 않는다는 사실을 기억하시오."

그러나 돈키호테의 말을 듣는 사람은 아무도 없었다. 마리토르네스가 그를 재빨리 묶고 웃음을 겨우 참으면서 주인집 딸과 함께 사라져버렸기 때문이다. 혼자서는 풀 수 없을 정도로 단단히 묶어놓고 가버린 것이다. 앞에서 말한 대로 그는 로시난테의 등 위에 서서 구멍 안에 팔 전체를 찔러넣고 손목은 문고리에 묶어둔 매듭에 걸려 있었는데, 로시난테가 어느 한쪽으로 조금이라도 움직이면 한쪽 팔로 매달려 있어야 할까 봐 무척 두려웠다. 그래서 그는 꼼짝 않고 있었다. 다행히 로시난테의 인내심과 침착성 때문에 자기만 오래 산다면 백 년 정도는 안 움직이고 서 있을 수도 있을 것 같았다.

결국 돈키호테는 자기가 묶여있고 아가씨들이 없어졌다는 것을 알고는, 바로 예전에 자기와 산초가 그런 기묘한 모험을 겪었던 것처럼 모두 마법 때문에 이루어졌다는 상상을 하기 시작했다. 그러면서 판단력과 신중함이 부족한 자신을 책망했다. 이 성에 처음 왔을 때 그렇게 혹독하게 당하고도 감히 다시 왔기 때문이었다. 원래 편력기사는 어떤 모험을 시도했을 때 성공을 거두지 못하면, 그것은 자기를 위한 것이 아니라 다른 기사를 위한 것이라는 금언이 있었다.

아무튼 그는 스스로 풀 수 있을지 팔을 앞으로 잡아당겨 봤으나 너무 단단히 묶여있어 헛수고였다. 로시난테가 움직이지 않게 하려면 조심스럽게 팔을 끌어당길 수밖에 없었다. 그는 다시 안장에 앉고 싶었지만, 똑바로 서거나 팔을 비틀어 빼는 것 외에는 별다른 도리가 없었다. 그는 누차 어떤 마법의 힘도 통하지 않는 아마디스의 검이 있었으면 했고, 자신의 운명을 저주했으며, 다시 둘시네아 아가씨를 떠올리기도 했다. 마침내 그는 착한 종자 산초 판사를 부르기로 했는데, 그는 안장 꾸러미에 늘어져 잠에 파묻혀 있었기 때문에 그의 말을 듣지 못하자, 현자 우르간다를 헛되이 불러댔다.

이윽고 그날 아침, 그는 절망과 혼란으로 가득 차 황소처럼 거친 숨을 내쉬었다. 그는 이 마법이 영원할 것이라고 철썩 같이 믿었기 때문에 날이 밝아도 그 고통이 치유될 희망이 없다고 여겼다. 로시난테가 전혀 미동도 하지 않았기 때문에 더욱 그렇게 믿었다. 그래서 자신과 말 모두가 이런 불운이 지나갈 때까지, 아니면 어떤 위대한 마법사가 풀어줄 때까지 먹지도 마시지도 잠도 자지 않은 채 그대로 있어야 한다고 생각했다.

날이 막 새기 시작하자마자 여관 문 앞에 화승총을 안장에 꽂은 네 명의 기병들이 도착했는데, 그들은 〈신성사제단〉의 장교들이었다. 그들은 아직 닫혀있는 여관 문을 두드리며 큰 소리를 질렀다. 그러자 아직도 보초를 서고 있던 돈키호테가 큰 소리로 오만하게 외쳐댔다.

"기사 양반들, 종자들, 아니면 누구든, 이 성문을 더이상 두

드려서는 안 되오. 이런 시간에는 모두가 잠들어 있고, 태양 (Phoebus)이 대지를 비칠 때까지 그들의 요새를 열지 않을 것이기 때문이라오. 그러니 날이 밝을 때까지 물러서서 기다리시오. 그때 가서 그대들에게 성문을 열어 주어야 할지 말지를 생각해봅시다."

"이게 무슨 성이고 요새란 말이야."

그들 중 한 명이 외쳤다.

"우리가 이런 의식을 지켜야 한단 말이야? 당신이 여관 주인이라면, 당장 문을 열라고 하시오. 우리는 말에게 먹이만 먹이고 지체없이 떠나야 한단 말이오."

"당신이 보기에 내가 여관 주인 따위로 보인단 말이오?" 하고 돈키호테가 말했다.

"당신이 어떻게 보이는지는 잘 모르겠소." 하고 다른 사람이 말했다.

"허나 당신이 미쳐서 이 여관을 성이라고 말한 건 알겠소."

"이건 분명 성이오. 그것도 이 지방에서 가장 훌륭한 성 가운데 하나이고, 이 안에 있는 분은 손에 왕홀을 쥐고 있고 머리에 왕관을 쓰고 있단 말이오." 하고 돈키호테가 대답했다.

"그렇다면 무슨 유랑극단이겠군." 하고 한 사람이 웃으면서 대꾸했다.

"그렇지 않고서야 이따위 허름한 여관에서 누가 왕홀을 쥐고 왕관을 쓰고 있겠나."

"당신은 세상을 잘 모르는군." 하고 돈키호테가 대답했다.

"보아하니 편력기사에게는 종종 일어나는 일들에 대해 하나도 모르는군."

이 일행들은 이런 대화가 너무 피곤했기 때문에 다시 문을 힘껏 두드렸다. 그러자 여관 주인뿐만 아니라 손님들 모두가 깨어버렸고, 여관 주인은 그들을 맞으려고 일어났다.

그러는 사이에 그들이 타고 온 말 한 마리가 로시난테의 주위를 돌면서 냄새를 맡았다. 로시난테는 우울하고 슬픈 표정을 지으며 두 귀를 내린 채 뻣뻣한 주인을 받치고 있었다. 하지만 같은 종끼리는 다정함을 보이는 성향이 있는 게 결국은 동물인지라 자기에게 다가온 말의 냄새를 맡기 위해 돌아서지 않을 수 없었다.

로시난테가 겨우 한 걸음 움직였는데, 붙어있던 돈키호테의 두 발이 안장에서 미끄러져 팔로 매달리고 있지 않았더라면 땅바닥에 나뒹굴 뻔했다. 그는 너무나 아파 손목이 부러졌거나 팔이 빠졌다고 생각했다. 그는 땅바닥 가까이 매달려 있어 발끝을 뻗으면 닿을 정도였다. 그런데 불행이 더 가중되고 말았다. 조금만 더 힘쓰면 발 전체가 땅에 닿으리라고 여겨 혼신을 다했으나

닿을 듯 말 듯하는 바람에 그만 희망이 물거품이 되고 말았기
때문이다.

28
여기에서는 주막에서 일어난
놀라운 사건들이 계속된다

돈키호테가 하늘과 땅 사이에 동동 매달려 있으면서 너무 시
끄럽게 소리를 지르자, 여관 주인은 도대체 누가 그렇게 큰 소리
를 질렀는지 보려고 황급히 달려가 문을 열어보았다.

그 소리가 무엇인지 짐작하며 일어난 마리토르네스는 건초
곳간으로 달려가 아무도 몰래 돈키호테를 묶어놓았던 고삐를
풀어주었다. 그러자 돈키호테는 여관 주인과 네 명의 여행자들
이 보는 앞에서 땅바닥에 굴러떨어지고 말았다. 이들은 돈키호
테에게 다가가 도대체 어찌 된 일이냐고 물었다.

그는 묵묵히 손목에서 고삐를 풀고 로시난테에 올라타더니
방패를 팔에 끼고 창을 비스듬히 겨누며 들판으로 달려 나갔다

가 곧바로 돌아와 이렇게 말했다.

"누가 감히 내가 마법에 걸렸다고 떠들 경우, 미코미코나 공주께서 허락만 해주신다면, 그자의 거짓말을 만천하에 드러내고 한판 대결을 벌이자고 할 것이다."

여행자들은 그 말에 놀랐으나 여관 주인이 그가 지금 제정신이 아니니 그리 신경 쓸 필요가 없다고 말해주었다.

돈키호테는 네 명의 나그네들이 모두 자기에게 무관심하고 또 도전에 응하지도 않자 분노가 치밀었다. 편력기사가 합법적으로 다른 일도 할 수 있다고 규정에 나와 있더라면, 아무리 처음 약속했던 일을 마치기 전에는 절대로 다른 일을 하지 않기로 맹세했어도, 그들에게 달려가 굳이 대답을 강요했을 것이다.

여관에 묵고 있던 사람들은 온통 들떠 새로 도착한 사람들을 보기 위해 여관 주인과 함께 몰려나왔다. 그들이 큰 방에서 네 명의 여행자와 술을 마시며 이야기를 나누고 있었는데 갑자기 밖에서 소란이 일어났다. 네 명의 기병들이 늦은 밤에 온 까닭을 알리고 모든 사람들이 정신이 팔려있을 때 여관에 묵었던 어떤 나쁜 손님들이 계산도 하지 않고 공짜로 도망가려고 했기 때문이었다. 그러나 다른 사람들의 일보다 자기 일에 더 충실한 여관 주인은 그들이 도망가려는 걸 막고 그들의 부정직한 행위를 꾸짖으며 숙박비를 내라고 했다. 하지만 그들은 주먹질로 대답을 해주었다. 이렇게 사태가 너무 심각해지자 불쌍한 여관 주인은 어쩔 수 없이 도움을 청할 수밖에 없었다.

안주인과 딸이 멍하니 서서 바라만 보고 있는 돈키호테에게 울부짖었다.

"기사님, 좀 도와주세요. 불쌍한 아버지를 도와주세요. 나쁜 사람들 두 명이 아버지를 밀가루 빻듯이 해대고 있어요."

이에 돈키호테는 느긋하게 무게를 잡으며 대답했다.

"아름다운 처녀여, 지금은 그대의 청을 들어 줄 수가 없소. 내가 수행하고 있는 임무를 완수할 때까지는 다른 새로운 모험에 착수할 수 없기 때문이라오. 지금 그대에게 해줄 수 있는 건 지금 그대에게 해준 말뿐이오. 얼른 아버지에게 달려가 내가 미코미코나 공주에게 아버지를 곤경에서 구해주어도 좋다는 허락을 받아올 때까지 남자답게 계속 싸우고 있으라고 하시오. 공주님이 허락하시면 반드시 그를 구하러 갈 것이니 말이오."

"세상에나, 정말로."

옆에 서있던 마리토르네스가 소리쳤다.

"기사님이 허락을 받아오기 전에 주인님은 이미 저세상에 가 있을 거요."

"제가 허락을 받아오도록 해주시오." 하고 돈키호테가 말했다.

"아버지가 저세상에 있든 말든 그건 큰 문제가 아니오. 저세상이지만 제가 가서 데려오면 되니까요. 아니면 아버지를 그곳으로 보낸 자들에게 그만큼 복수를 해줄 것이니, 그대도 만족할 거요."

그는 더이상 말을 꺼내지 않고 안으로 들어가더니 도로테아 앞에 무릎을 꿇었다. 그리고 지금 곤경에 빠진 성주를 도와주려고 하니 허락을 해달라고 기사다운 말투로 정중하게 부탁했다.

공주는 기꺼이 떠나라고 허락하자, 그는 즉시 방패를 팔에 걸고, 손에 칼을 쥔 채 두 손님이 아직도 여관 주인과 싸우고 있는 여관 문으로 달려갔다. 그러나 도착하자마자 그는 멈춰서서 가만히 있었다. 그러자 마리토리네스와 안주인은 그들의 주인과 남편을 돕는 데 주저하는 까닭을 두세 번이나 물었다.

"내가 가만히 있는 것은." 하고 돈키호테가 말했다.

"기사가 아닌 종자같은 녀석들을 향해 칼을 드는 것은 기사도가 허락하지 않기 때문이오. 그러니 내 종자 산초를 불러주시오. 이런 싸움은 그에게 주어진 의무란 말이오."

이 모든 일들이 여관 문밖에서 벌어졌는데, 그곳에서 주먹이 오가고 여관 주인은 큰 상처를 입었다. 돈키호테의 비겁함과 주인이자 남편이고 아버지인 그가 계속 맞고 있었기 때문에 마리토르네스와 안주인 그리고 딸은 분노와 비탄에 빠져들고 말았다.

THE DISPUTED
POMMEL

◆

안장 다툼

그러나 기사단의 법도가 돈키호테의 싸움을 방해하기는 했지만, 그는 곧 손님들의 행위를 현명하게 나무라고 설득하여 여관 주인에게 숙박비를 지불하도록 했다. 그 순간에 다른 여행자가 그곳에 도착하지만 않았어도 모든 사람들이 여관에서 평화스러웠을 것이다. 이것은 다름 아닌 돈키호테가 맘브리노 투구를 빼앗고 산초 판사가 당나귀의 고삐와 장식을 자기 것과 억지로 바꾼 이발사가 나타난 것이다. 그리고 이발사가 마구간으로 말을 끌고 갔을 때 산초 판사가 안장을 수선하는 걸 보고 말았다.

　　산초를 보자마자 금방 알아본 이발사는 산초에게 이렇게 말했다.

　　"도둑놈아, 이제야 널 잡았구나! 대야고 안장이고 내게서 훔쳐간 마구들을 다 내놓거라."

　　산초는 자신이 갑자기 공격당한 것을 알고 얼른 한 손으로는 안장을 꽉 움켜쥐고, 다른 한 손으로는 이발사에게 주먹을 날려 이빨을 피로 물들게 했다. 그러나 이발사가 안장을 꽉 움켜쥐고 큰 소리로 울부짖자 여관의 모든 사람들이 떠들며 야단법석이었다.

　　"국왕과 정의의 이름으로 여기 좀 도와줘요." 하고 이발사가 소리쳤다.

　　"이 도둑놈, 노상강도는 내가 내 물건을 되찾겠다는데 날 죽이려 하오."

"아니오, 거짓말이오." 하고 산초가 외쳤다.

"난 노상강도가 아니고, 이것들은 돈키호테 기사님이 정당한 결투를 벌여 얻은 전리품이란 말입니다."

이때까지 자리에 가만히 앉아 있던 돈키호테는 자신의 종자가 어떻게 자신을 방어하고 적을 공격하는가를 보더니, 그 순간부터 그를 용맹한 사나이로 인정했으며, 또 기사도를 잘 따를 것으로 생각했기 때문에, 제안해 오면 기꺼이 기사 작위를 주기로 마음먹었다.

"나리님들."

어리둥절하고 화가 난 이발사가 말했다.

"이 안장은 확실히 제 것입니다. 제가 낳은 자식처럼 그것을 잘 알아볼 수 있지요. 그리고 제 말이 거짓말이 아니라는 걸 마구간의 제 당나귀가 증명해줄 겁니다. 그러니 그 녀석에게 한 번 얹혀봅시다. 만약 그것이 그 녀석에게 딱 맞지 않는다면, 저는 기꺼이 악당으로 불릴 용의가 있습니다. 또 할 말이 있네요. 그들이 제 안장을 빼앗아 가던 바로 그날, 그들은 한 번도 안 쓴 새 놋쇠 대야도 강탈해갔습니다. 1크라운(crown; 영국의 구 화폐로 5실링짜리 동전. 현재의 25펜스에 해당)을 주고 산 것인데 말입니다."

여기서 돈키호테는 더 이상 말 없이 가만히 있을 수 없었다.

그래서 두 사람 사이에 끼어들어 서로를 떼어놓고, 분쟁이 결정될 때까지 사람들이 보는 앞에서 안장을 땅에 놓도록 했다. 그리고 이렇게 말했다.

"여러분은 이 선량한 종자가 저지른 명백한 실수를 결국은 이해할 수 있을 겁니다. 과거에도 그랬었고 지금도 그러하며 앞으로도 맘브리노 투구를 세숫대야라고 부르기 때문입니다. 그것은 그와 벌인 공정한 싸움에서 합법적인 무력으로 쟁취한 것입니다. 안장에 대해서는 내가 간섭하지 않겠소. 하지만 나의 종자 산초가 이 패배한 겁쟁이에게서 뺏은 마구(馬具)들로 자기 당나귀를 꾸미도록 허락해달라고 요청했다는 건 말할 수 있소. 내가 그렇게 하도록 허락해줬고, 그는 마구들을 가져갔소. 마구에서 당나귀의 안장으로 바뀐 것은 달리 설명할 수가 없습니다. 그러한 변신은 기사단의 일에서 흔히 이루어지기 때문이지요. 그리고 내가 말하는 것들이 모두 진실이라는 걸 확인시켜드리겠습니다. 산초야, 이 선량한 분이 세숫대야라고 우기는 투구를 냉큼 가져와 보거라."

"주인님."

산초가 말했다.

"맹세코 말하건대, 우리 이야기가 지금 주인님이 하신 말보다 더 좋은 증거가 없다면, 이 선량한 종자의 마구가 안장이라면 맘브리노 투구도 정말 대야입니다."

"내가 시키는 대로 하거라." 하고 돈키호테는 대답했다.

"이 성안의 모든 일들이 마법에 따라 움직인다는 것을 믿을 수 없노라."

산초가 달려가서 세숫대야를 가져왔는데, 돈키호테가 그것을 보자마자 두 손으로 받아 들고 말했다.

"여러분들, 이 뻔뻔스러운 종자가 무슨 낯으로 이것을 투구가 아니라 세숫대야라고 우기는지 보고 있소. 내가 기사도의 법도를 걸고 여러분에게 맹세컨대, 이것은 내가 그자에게서 얻은 바로 그 투구이며, 이는 더하거나 빼지도 않은 진실입니다."

"그건 의심의 여지가 없습니다." 하고 산초가 말했다.

"우리 주인님이 이겼을 때부터 지금까지 단 한 번 그것을 쓰고 싸운 적이 있습니다. 그때 운 나쁘게도 사슬에 묶인 사람들을 구해주었을 때입니다. 그때 세숫대야, 그러니까 투구가 없었더라면 그렇게 위기에서 탈출하지 못했을 것입니다. 그 전투 내내 굵은 돌멩이들이 빗발쳤었거든요."

29

여기에서는 맘브리노 투구와
안장에 대한 의혹과 다른 사건들에 대한
진실이 마침내 밝혀진다

"여러분들." 하고 이발사가 외쳤다.

"이게 세숫대야가 아니라 투구라고 우기는 이들을 어떻게 생각하십니까?"

"그는 거꾸로 얘기하고 있소." 하고 돈키호테가 말했다.

"그가 기사라면 거짓말을 하고 있다는 걸, 그가 종자라면 수천 번도 더 거짓말을 되풀이하고 있다는 걸 알게 해주겠소."

돈키호테의 친구인 이발사 니콜라스도 옆에 있었는데, 모두가 웃을 수 있도록 장난을 더 치고 싶어서 다른 이발사에게 말했다.

"이발사 양반, 아니 당신이 누구더라도 나 역시 당신과 직업이 같고 면허증을 딴 지도 20년이 넘었소. 그래서 이발소에서 쓰는 도구들은 다 알고 있다오. 더구나 난 젊었을 때 군인이었기 때문에 면갑(面甲)이 없는 투구나 턱받이가 없는 투구 그리고 다른 종류의 무기들도 구별할 수 있지. 그러니 언제나 더 나은 견해를 따르고자 하는 나는 우리 앞에 있는 이 훌륭한 물건이, 이 선량한 기사님이 쥐고 있는 것이 이발사의 세숫대야가 아니라고 말하고 싶소. 그건 마치 검은 것과 흰 것 차이와 같단 말이오. 아무튼 그게 투구이긴 한데, 내가 보기엔 온전한 것 같진 않군."

"물론이오." 하고 돈키호테가 대답했다.

"반쪽, 즉 턱받이가 없소."

"그렇소." 하고 신부님이 친구 이발사의 속내를 눈치채고 맞장구쳤다. 그러자 카르데니오와 돈 페르난도 그리고 동료들도 이를 거들었다.

"오, 하느님 맙소사!" 하고 놀림을 당한 불쌍한 이발사가 울부짖었다.

"훌륭하신 분들이 이리도 많은데 이게 세숫대야가 아니라 투구라고요? 정말 가당키나 합니까? 그토록 현명한 사람들이 모인 대학 전체를 깜짝 놀라게 할 일이군요. 됐다고요. 이 세숫대야가 투구라면 안장 꾸러미는 번쩍거리는 마구겠네요."

"내가 보기엔 안장 같은데." 하고 돈키호테가 타이르듯 말했다.

"하지만 난 상관하지 않겠다고 이미 말했잖소."

"그게 안장인지 여부는."

신부님도 한마디 거들었다.

"돈키호테 님에게 물어보는 게 낫겠습니다. 기사도에 관한 것들이라면 나나 여러분들은 이분의 박학다식에 고개를 숙여야 하니까요."

"여러분."

돈키호테가 말했다.

"이 성에서 내가 두 번이나 묵으면서 이상한 일들이 너무나 많이 일어났기 때문에, 내가 그것들을 판단하는 것은 성급한 짓일 거요. 이것이 세숫대야이지 투구가 아니라고 말하는 사람들에게 나는 이미 대답을 해주었소. 하지만 이것이 안장이든 마구든 나는 다른 사람들의 결정에 따르려고 하오."

돈키호테의 광기를 잘 알고 있는 사람들에게 이 모든 것들은 폭소를 자아냈고 즐거운 놀이였다. 하지만 그날 아침에 도착한 네 명의 나그네들과 판관들 그리고 〈신성사제단〉 군인들에게는 세상에서 가장 어처구니없는 일이었다.

그러나 분노가 치밀어 가장 절망스러워하는 사람은 이발사였다. 분명히 자기의 세숫대야가 눈앞에서 맘브리노 투구로 바뀌고, 자기의 안장이 지금 훌륭한 말의 호화로운 마구로 둔갑했다고 느꼈기 때문이었다.

세숫대야가 투구인지 아닌지 이 사람 저 사람의 의견을 듣기 위해 돈 페르난도가 들락거리는 모습을 보고 낄낄대며 웃고 있던 그들은 자기네 판결이 비밀리에 그에게 전해지도록 귓속말로 속삭였다.

그리고 돈키호테를 알고 있는 사람들 모두의 의견을 듣고서 돈 페르난도가 이발사에게 큰 소리로 말했다.

"선량한 친구여, 사실 난 그토록 많은 의견들에 지쳐버렸다네. 내가 알고 싶은 것을 묻자마자, 그들은 나에게 이것이 당나귀의 안장이라니 터무니 없다며, 마구 그것도 혈통 있는 훌륭한 말의 마구라고 대답했다네."

"당신들이 그렇게 속고 있다면, 전 결코 천국에 갈 수 없을 것이오."

마음이 심란해진 불쌍한 이발사가 말했다.

"그것은 안장이지 마구가 아닌데. 하지만 법률이 그것을 내게서 빼앗아 갔으니 그만 포기할래요."

이발사의 단순함은 돈키호테의 엉뚱한 행위 못지않게 사람들의 웃음을 자아냈다. 이때 돈키호테가 말했다.

"각자가 자기 것을 가져갔으니 이제 더이상 할 일이 없소."

붙잡힌 돈키호테

그런데 바로 그 순간 네 명의 〈신성사제단〉 군인들 중 한 사람이 이런 말다툼을 듣고 있다가 말했다. 그는 이런 허튼소리를 진지하게 말하는 걸 듣고 몹시 화가 나 있었다.

"이것이 꾸며진 장난이 아니라면, 그대들 모두 지식도 있으신 분들 같은데 이게 대야도 아니고 저게 안장도 아니라고 하니 도무지 이해가 안 됩니다. 내 아버지가 내 아버지이듯이 분명히 그건 안장이 맞습니다. 달리 말했거나 말하려는 사람은 술이 취한 게 틀림없소."

"촌뜨기 악당 같으니. 거짓말을 하고 있구나!" 하고 돈키호테가 말했다. 그리고 늘 손에 쥐고 있던 창을 들어 올려 그의 머리를 겨냥해 던졌다. 그가 다행히 피했으니 망정이지 하마터면 그자리에 쓰러질 뻔했다.

그 바람에 땅에 떨어진 창은 산산조각이 났고, 다른 일행들은 동료가 그렇게 학대당하는 것을 보고 〈신성사제단〉의 이름으로 살려달라고 외쳤다. 이들 편을 드는 여관 주인은 칼을 들고와 그들을 돕기 위해 기다렸다. 이때 이발사는 그의 안장을 잡았고 산초 판사도 동시에 그렇게 했다. 돈키호테는 칼을 쥐고 〈신성사제단〉 군인들을 공격했고, 카르데니오와 돈 페르난도가 그의 편을 들었다. 신부님은 소리쳤고, 여주인은 악을 썼으며, 딸은 비명을 질렀고, 마리토르네스는 울부짖었고, 도로테아와 루신다는 놀

◆

아그라만테는 아프리카 사라센(Saracen) 왕으로, 루도비코 아리오스토의 소설
『광란의 올란도』(1532)는 그와 샤를마뉴 대제와의 전쟁을 배경으로 삼고 있다.
이것은 전형적인 기사도 소설이지만 르네상스 문학에 속한다.

랍고 겁에 질려 멍하니 서 있었다. 이발사는 산초에게 몽둥이질을 했고, 산초는 되받아쳤다. 돈 페르난도는 〈신성사제단〉 한 명을 발로 짓누르며 호되게 꾸짖고 있었으며, 여관 주인은 〈신성사제단〉을 응원하려고 큰 소리를 질렀다. 이렇게 여관은 온통 통곡과 울음소리, 징징거림, 혼란, 두려움, 공포, 재난, 상처, 난타, 곤봉, 발차기 그리고 낭자한 피로 가득했다.

이런 와중에 돈키호테는 자기가 아그라만테 왕(King Agramante)과의 싸움 속으로 몰입하고 있다는 생각에 힘껏 소리를 질렀다.

"모두들 멈추시오. 칼들을 거두시오. 살아남고 싶다면 진정하고 내 말을 들으시오."

우렁차고 괴물 같은 목소리를 들은 그들은 모두 가만히 서 있었고, 돈키호테는 말을 이어갔다.

"분명히 내가 이 성이 마법에 걸렸다고 말하지 않았소? 그리고 어떤 마술사 군단이 살고 있다는 사실도 말이오. 아그라만테왕 진영의 불화가 우리 사이에 일어난 것을 보시오. 우리 모두가 싸우고 있고, 무엇 때문에 그런지 아무도 모르고 있소. 그러니신부님, 이리 오셔서 우리 사이를 평화롭게 해주시고 속죄를 하게 해주시오. 맹세컨대, 이렇게 많은 고상한 분들이 그토록 사소한 이유로 죽임을 당하는 것은 크나큰 잘못이고 불행이오."

이발사는 수염과 안장이 모두 갈기갈기 찢어지는 바람에 그렇게 하기로 했으며, 산초는 곧바로 주인님의 말에 순종하여 더욱 충실한 하인이 되었다. 〈신성사제단〉 군인들은 돈 페르난도의 계급과 지위를 알고 조용해졌지만, 투덜거리며 싸움에서 물러났고, 일이 돌아가는 꼬락서니에 결코 만족하지 못했다.

마침 이 〈신성사제단〉들 중 한 명, 즉 돈 페르난도에게 그토록 심한 폭행을 당한 바로 그자가 돈키호테의 체포 영장을 가지고 있었는데, 돈키호테는 어떤 갤리선 노예들을 풀어준 혐의로 기소되어 있었다. 그는 이것을 기억하자마자 돈키호테의 모습이 자기 앞에 있는 사람과 일치하는지 알아볼 필요가 있었다.

그는 품에서 양피지 두루마리를 꺼내 아주 천천히 읽어 내려갔다. 그는 대단한 학자가 아니었기 때문에, 한 마디씩 읽을 때마다 돈키호테를 쳐다보며, 영장에 적혀 있는 인상착의와 기사의 얼굴을 비교한 결과, 틀림없이 그가 수배받고 있는 사람이라는 것을 알게 되었다.

그는 결심을 굳히자마자 왼손에 영장을 쥔 다음 오른손으로 돈키호테의 먹살을 부여잡고 소리쳤다.

"〈신성사제단〉의 명령이다! 그러니 내가 찾는 사람이 맞는지 그 영장을 읽어보아라. 거기에는 이 노상강도를 잡으라고 적혀 있을 것이다."

신부님이 영장을 받아 들고 읽어보니 그 〈신성사제단〉 군인의 말이 사실이며, 돈키호테의 인상착의와 아주 흡사하게 묘사되어 있는 걸 알았다.

우리의 기사님은 미천한 불한당─자기가 그렇게 생각했다─이 모욕적으로 굴자 분노가 치밀어 양손으로 그의 목을 힘껏 졸랐다. 그가 동료들에게 속히 구출되지 않았다면, 돈키호테가 놓아주기 전에 그냥 거기서 삶을 포기해야만 했을 것이다.

여관 주인은 어쩔 수 없이 군인을 도와주었고, 안주인은 남편이 다시 싸움에 끼어드는 것을 보고 목청을 높였다. 이 외침을 들은 딸과 마리토르네스는 사람들 모두에게 도움을 청했다.

사태가 이렇게 흐르는 걸 본 산초가 말했다.

"분명히 이 성은 주인님 말대로 마법에 걸려 있는 게 맞아. 한시도 조용히 살 수가 없으니 말이야."

돈 페르난도는 곧바로 군인과 돈키호테를 떼어놓았지만, 그 일행들은 계속 죄인을 넘겨달라고 요구했고, 다른 사람들에게도 그를 잡아갈 수 있도록 도와달라고 했다. 그것이 국왕과 〈신성사제단〉에 대한 충성이며, 자기네가 국왕과 〈신성사제단〉의 이름으로 이 도둑놈, 노상강도를 체포하는 데 협조해달라는 것이었다.

돈키호테는 그들이 그렇게 멍청하게 하는 말을 듣고 웃으며 아주 차분히 말했다.

"더럽고 비열한 패거리들아, 이리 오너라. 사슬에 묶인 자들을 풀어주고, 무고한 죄수들에게 자유를 주고, 비참한 자들을 도와주고, 넘어진 자들을 일으켜 세우고, 가난한 자들을 도와주는 사람을 감히 노상강도라니 말이 되는가? 아, 이 악랄한 놈들 같으니. 편력기사도의 덕목을 알기나 하느냐? 네 놈들이 거짓말을 일삼으면서 편력기사의 그림자는 물론이고, 그가 등장한 것을 우러러보지 않은 죄와 잘못을 깨우쳐주마. 이리 와서 나 같은 기사에게 체포 영장을 발부한 멍청이가 누군지 말해달라. 편력기사는 모든 재판에서 면제된다는 것을 모르는 그자는 어떤 놈이냐? 편력기사는 자기의 칼이 곧 법이요, 용기가 그들의 법정이고, 그들의 의지와 즐거움이 곧 규정이다. 다시 한번 말하지만, 기사 작위를 받은 그 날로부터 기사도를 실천하는 데 몸바치는 편력기사의 특권을 알지 못하는 미치광이가 도대체 누구란 말이냐? 편력기사가 세금이나 관세를 지불한 적이 있던가? 편력기사에게 옷 한 벌을 지어주고 돈을 받는 재단사가 있던가? 어떤 성주가 그를 성안에 묵게 해놓고 숙박비를 받은 적이 있던가? 편력기사를 식사에 초대하지 않는 왕이 있던가? 마지막으로, 자기 앞을 가로막고 서 있는 400명의 헌병들에게 혼자서 400번의 몽둥이질을 할 만한 용기가 없는 편력기사가 이 세상 어디에 있었으며 또 앞으로도 있겠느냐?"

돈키호테가 이렇게 호통을 치는 동안 신부님은 군인들에게 그가 제정신이 아니며, 설령 체포한다 해도 미친 사람이라는 이유로 결국 석방해야 할 것이라며 설득하고 있었다.

"정말이지 당신네들은 그를 데려갈 필요가 없소. 내가 보기엔 그도 그냥 끌려가지는 않을 것 같소." 하고 신부님이 말했다.

군인들은 이런 말에 어렵사리 수긍했다. 돈키호테의 광기를 충분히 지켜본 터라 결국 신부님의 제안에 동의했다. 목숨을 걸고 그를 체포하는 것보다 그를 자기 집으로 데려가는 것이 낫다고 여긴 것이다.

산초와 이발사가 벌인 논쟁도 순조롭게 정리되었다. 산초가 지켜야 할 안장이 거의 남아 있지 않았으며, 신부님이 돈키호테 모르게 이발사에게 세숫대야 값 8레알을 주었기 때문이다. 그렇게 해서 사람들은 맘브리노 투구 논쟁을 더이상 듣지 않아도 되었다.

30

여기서 선량한 우리 기사의
고귀한 모험들이
마무리된다

이제 신부님과 돈 페르난도는 여관 주인을 한쪽으로 데려가 돈키호테에게 청구한 모든 요구사항을 해결했다. 그가 동전 한 닢까지 다 지불하지 않으면 로시난테고, 산초의 당나귀고 한 발자국도 움직이지 못할 것이라고 윽박질렀기 때문이다. 돈키호테는 자신을 둘러싼 모든 다툼으로부터 해방된 것을 깨닫고, 이제 자신이 선언하고 선택한 여정을 다시 시작하여 위대한 모험을 마무리할 시간이 왔다고 생각했다.

그래서 떠나기로 마음먹은 그는 도로테아 앞에 가서 무릎을 꿇고 말했다.

"지체 높으신 공주님, 우리가 이 성에 머무는 것은 아무런 이득도 없고, 오히려 피해를 입을 수도 있습니다. 공주님의 적인 거인이 첩자나 다른 비밀 수단을 써서 제가 자기를 쳐부수려고 하는가를 이미 알고 있을지 누가 압니까? 그래서 그는 지금쯤 패배를 모르는 제 팔의 힘조차 거의 쓸모가 없을 어떤 난공불락의 성이나 요새에서 자신을 무장하고 있을지도 모릅니다. 그러니 친애하는 공주님, 얼른 서둘러서 그의 계략을 교란시킨 다음 행운이 우리를 부르는 곳으로 떠납시다."

돈키호테는 더이상 말하지 않고 아름다운 공주님의 대답만을 기다렸다. 그녀는 기품있는 공주답게 돈키호테의 말투에 맞춰 다음과 같이 대답했다.

"기사님, 저의 이 큰 욕구를 충족시켜주고자 하는 열의에 진심으로 감사드리며, 당신의 그 열의 덕분에 제 욕구가 꼭 이루어지리라 믿습니다. 세상에는 은혜를 갚는 여성들도 있다는 걸 보여주고 싶군요. 저의 출발 문제는 기사님 뜻대로 하세요. 저는 기사님의 의지 외에 다른 생각이 없기 때문에 마음대로 진행하셔도 됩니다. 저는 일단 기사님에게 저의 안녕을 맡겼으며, 저의 영지를 되찾아 주는 일도 기사님 손에 달려있으니 기사님의 지혜에서 나오는 제안 말고는 다른 어떤 일도 하지 않겠습니다."

"그럼 바로 출발하도록 합시다." 하고 돈키호테가 말했다.

"산초야, 얼른 로시난테에게 안장을 얹어주고, 네 당나귀와 공주님이 타실 작은 말을 준비시켜라. 그리고 성주와 여기 여러 분들에게 작별 인사를 하고 즉시 떠나도록 하자."

그곳에서 모든 걸 듣고 있던 산초는 고개를 좌우로 흔들면서 입을 열었다.

"아, 나리, 나리. 이 조그만 촌구석에서 일어난 불미스러운 일보다 더 큰 것이 있습니까!"

"야 이 촌놈아. 이 세상 어느 마을, 어느 도시에 내 명예를 실추시킬 만한 것이 뭐가 있겠느냐?" 하며 그의 주인님이 화를 벌컥 냈다.

"그렇게 화를 내시면 주둥이를 닫고 있겠습니다. 훌륭한 종자로서 또 착한 하인으로서 드려야만 할 말씀도 생략하겠습니다." 하고 산초가 말했다.

"그래, 하고 싶은 말을 해 보거라." 하고 돈키호테가 말하면서 종자가 무슨 말을 하는지 기다렸다.

"제 말은요." 하고 산초가 말을 이었다.

"위대한 미코미콘 왕국의 공주라시는 이 귀부인께서 제 어머니와 다를 바 없다는 게 확실하고 분명하다는 겁니다. 그녀가 정말로 지체 높으신 분이라면 이 선량한 동료들 중 누구와 아무데서나 사랑을 속삭이진 않을 것이니까요."

산초의 말에 도로테아는 얼굴을 붉혔는데, 연인 돈 페르난도가 가끔씩 애정에 대한 보상으로 그녀의 입술을 덮치곤 했던 게 사실이었기 때문이다. 그녀는 산초에게 한마디 대답도 못 하고, 또 하고 싶지도 않아 산초가 다음과 같은 말을 계속하도록 했다.

"다름이 아니라 이 때문에 말씀드리는 겁니다. 착한 주인님. 우리가 큰길과 갓길을 걸어오면서 궂은 밤과 더 안 좋은 낮을 견뎌낸 끝에 찾은 여관에서 어떤 사람이." 하고 산초는 일부러 돈 페르난도를 보면서

"우리 공주님과 결혼해서 우리들 노력의 결실을 가로채려고 한다면, 로시난테나 대플에 안장을 얹거나 공주님의 조랑말을 서둘러 준비할 필요는 없다는 겁니다. 차라리 가만히 앉아서 저녁밥을 챙겨 먹는 게 낫지요."

자기의 종자가 그토록 무례하게 말하는 걸 듣고 있던 돈키호테는 분노가 치밀었다. 그는 목소리가 떨리고 말을 더듬으며 눈에서는 불꽃이 튀어 이렇게 말했다.

"악당같은 촌놈, 경솔하고, 버릇없고, 무식하고, 무례하고, 입버릇이 고약하고, 뒷담화 하는 놈 같으니! 감히 내 앞에서, 더구나 이 고귀한 아가씨들 앞에서 그런 말을 한단 말이냐? 어찌 감히 그런 경솔하고 어리석은 상상을 네 아둔한 머리로 생각을 해냈느냐? 내 눈앞에서 꺼져라, 이 천상 괴물아, 거짓의 창고야, 속

임수의 무기고야, 사기의 개수대야, 악당의 제조자야, 미치광이의 배출자야, 왕실 사람들에게 해야 하는 예절을 모르는 웬수같은 놈아. 이 악당아, 썩 물러가거라. 그리고 더 이상 분노의 고통에 잠긴 내 앞에 나타나지 말도록 해라."

그렇게 말한 다음 그는 오른쪽 발로 땅을 세게 일격을 가하면서 눈썹을 찌푸리고 사방을 둘러보았다. 그리고 돈키호테의 험악한 말과 격노한 몸짓에 무척 겁을 먹은 가엾은 산초는 그 순간 발밑에서 땅이 열려 자기를 삼켜 버리기를 바랐다.

그러나 이제 돈키호테의 성질을 잘 알고 있는 도로테아가 재치있게 화를 삭여주며 이렇게 말했다.

"우수에 찬 선량한 기사님, 착한 종자가 빈말로 한 것에 너무 상심하지 마세요. 그가 아무 근거 없이 한 말은 아닌 듯하고, 또 분별력이 뛰어난 그가 고의로 비방했다거나 거짓으로 고발했다고는 생각하지 않습니다. 그러니 우리는 의심하지 말고 그걸 믿어야만 합니다. 기사님 말씀대로, 이 성에서는 모든 것들이 마법에 걸려 있는 바람에 산초가 어떤 사악한 환상에 속아 그런 일이 일어났을지도 모르니까요."

"맹세하노니," 하고 돈키호테가 소리쳤다.

"공주님께서 하신 말씀이 맞습니다. 어떤 악령이 이 죄인 산초 앞에 나타나 마법이 아니고서는 볼 수 없었던 것들을 보여주었

THE MANNER OF
DON QUIXOTE'S
RETURN HOME

돈키호테가 집으로 돌아가는 방식

습니다. 어느 누구에게도 거짓말을 할 줄 모르는 이 불쌍하고 가엾은 놈의 선함과 순박함을 나 또한 잘 알고 있거든요."

"그건 그렇소." 하고 돈 페르난도가 거들었다.

"그러니 선한 돈키호테 님은 그를 용서하고 다시 한번 은혜의 품으로 데려가야 합니다."

돈키호테는 기꺼이 용서를 한다고 대답하자, 산초는 무릎을 꿇은 채 주인님의 손을 공손하게 청했고, 그는 순순히 산초에게 내밀었다. 돈키호테는 산초에게 입맞춤을 허락한 뒤 축복을 내리면서 말했다.

"산초야, 이제는 내가 너에게 누차 얘기한 것들을 알았으리라. 이 성에서 일어난 모든 일들이 마법에 의해 일어났다는 걸 말이다."

그리고 이 산초는 그들이 자기를 담요 위에서 키질한 것 외에는 모든 것들을 믿을 마음의 자세가 되어 있었다. 자기 주인님이 늘 말씀하시던 대로 환영이나 실체가 없는 유령이나 그림자가 아니라 뼈와 살과 피를 가진 사람들에게 키질을 당했다는 사실을 잘 알고 있었기 때문이었다.

품격있는 일행들은 모두가 여관에 묵은 지 이틀이 지나자 이제 떠날 때가 되었다고 생각했다. 그래서 그들은 어떻게 떠날지를 고민했다. 그래서 도로테아와 돈 페르난도가 돈키호테를 힘

겹게 고향으로 돌려보내는 대신, 신부님과 이발사가 원래 고향으로 데려가 그의 광기를 치료하려던 계획을 짜기 시작했다.

그들이 짜낸 계획은 다음과 같다. 그들은 마침 길을 지나던 소몰이꾼과 협상하여 다음과 같이 그를 데려가기로 했다. 우선 돈키호테가 들어가 앉거나 편히 누울 수 있는 크기로 나무 우리를 만들고, 신부님의 지시에 따라 돈 페르난도, 카르데니오, 그리고 그 일행들과 여관 주인은 모두 얼굴을 가리고 돈키호테가 성에서 보았던 사람들과 전혀 다른 사람으로 여기도록 각자 변장을 했다.

준비가 되자 그들은 얼마 전 싸움의 여파로 피곤해 잠들어 있는 돈키호테의 방으로 조용히 들어갔다. 그리고 이런 소동은 아랑곳하지 않고 평화로이 자고 있는 그를 꽉 붙잡고 손발을 꽁꽁 묶었다. 그래서 그가 잠에서 깨어났을 땐 옴짝달싹도 할 수 없었고, 그저 자기 앞에 서 있는 낯선 얼굴들을 보고 놀라워할 따름이었다.

순간 그는 엉뚱한 상상을 펼치면서 이 모든 이상한 형상들이 마법에 걸린 성의 환영과 유령이란 생각에 빠져들었고, 그래서 스스로 움직이거나 방어할 수 없는 걸 알고 분명 마법에 걸렸다고 믿었다.

모든 것들이 신부님의 계획대로 맞아떨어졌다. 그들은 돈키호테를 나무 우리로 데려가 안으로 들여보낸 다음 단단히 못질을 하여 웬만해서는 부술 수 없도록 했다. 산초는 주인님에게 혹시 무슨 일이라도 일어날까 봐 줄곧 지켜보고 있었다.

그때 유령들이 그를 둘러메고 방문을 나서자 친구 이발사가 아주 끔찍한 소리를 냈다.

"오, 우수에 찬 기사여! 그대의 구속을 슬퍼 마라. 그대의 모험을 더 빨리 끝내기 위함이니라. 오, 허리에 항상 칼을 차고 수염을 기르며 코가 움푹한 품격있고 충실한 종자여! 모든 기사도의 구감(龜鑑)이 이렇게 갇혀 있는 걸 보고 낙담하지 마라. 네가 이 마법에 걸린 용감한 기사가 가는 길을 뒤따른다면. 너에게 돌아갈 임금은 분명히 지불될 것이다. 그러면 더이상 말을 하는 게 허용되지 않은 관계로 이만 작별을 고하마."

돈키호테는 이 예언을 끝까지 귀 기울이며 들었다.

"오, 그대여. 그대가 누군지 모르나 내 이름을 걸고 부탁하오. 난 내 임무가 끝나기 전에는 이 감옥에서 죽을 수 없으니 제발 살려주시오. 그리고 난 종자 산초 판사가 선량하기 때문에 행복할 때나 불행할 때나 날 버리지 않을 것이라고 믿소. 설령 나와 그의 불운 때문에 그에게 약속했던 섬을 줄 수 없다 하더라도, 임금만큼은 잃게 할 수 없단 말이오. 그래서 이미 써놓은 유언장에 그의 온갖 훌륭한 보필에 합당한 보상을 적어두었다오."

이 말을 듣고 있던 산초 판사는 몹시 경건한 마음으로 고개를 숙이고, 꽁꽁 묶여 있는 주인님의 두 손에 입을 맞추었다. 그러자 유령들은 어깨에 둘러맨 우리를 소떼가 끄는 달구지 위에 얹혀놓았다.

일행은 남은 사람들에게 작별을 고한 다음 행렬이 시작되었다. 먼저 소몰이꾼이 달구지를 몰고, 그 뒤로 〈신성사제단〉 군인들이 따르고, 다음에 산초가 당나귀를 타고 로시난테의 고삐를 잡으며 따라갔다. 마지막에는 힘센 노새를 타고 얼굴을 가린 신부님과 이발사가 있었다.

돈키호테는 양손이 묶이고 다리를 쭉 뻗은 채 우리에 기대며 가고 있었다. 그런 묵묵하고 참을성 있는 모습은 사람이라기보다는 마치 동상처럼 보였다. 그리고 그들은 육중한 소의 느린 걸음걸이에 보조를 맞추려고 면장 걸음걸이로 집으로 향한 여정을 이어갔다.

이틀 후 일행은 드디어 돈키호테의 마을에 도착해 정오쯤 들어갔다. 마침 그날은 일요일이라 시장에 사람들이 붐볐는데, 돈키호테를 실은 달구지가 그곳을 지나갔다. 사람들은 달구지 안에 뭐가 있는지 보려고 몰려들었는데, 거기에 아는 동네 사람이 앉아있는 걸 보고 그만 깜짝 놀라고 말았다. 이때 어떤 소년이 돈키호테의 집으로 달려가 가정부 할머니와 조카딸에게 주인님이, 아저씨가 돌아왔다고 전했다. 선량한 두 여인이 울부짖고 탄식하는 소리를 들은 사람이라면 누구나 이들을 가엾게 여겨 가슴이 울적했을 것이다. 두 여인은 빌어먹을 기사소설들에 온갖 저주를 퍼붓고 있었는데, 마침 돈키호테가 이상한 마차를 타고 대문 안으로 들어오는 걸 보았다.

산초 판사의 아내도 남편이 돌아왔다는 말을 듣고 부리나케 달려갔는데, 맨 먼저 물어본 것은 당나귀가 건강에 이상이 없냐는 것이었다. 산초는 당나귀가 주인보다 건강하다고 대답해주었다.

"그러면 말 좀 해보세요. 당신은 종자로서 무슨 이익을 남겼나요? 집에 올 때 저에게 주실 외투라도 가져오셨나요? 아이들에게 줄 신발은요?" 하고 산초의 아내가 물었다.

"난 그런 거 하나도 가져오지 않았소, 여보." 하고 산초가 답했다.

"하지만 난 더 중요한 것들을 가져왔다오."

"기꺼이 받아야죠." 하고 아내가 말했다.

"그것들을 보고 싶네요. 당신이 없는 동안 그토록 슬펐던 내 마음을 결국엔 기쁘게 해주시는군요."

"집에 가서 봅시다." 하고 산초가 타일렀다.

"지금은 이것으로 만족해. 우리가 다시 한번 모험을 찾아 여정에 오르면, 당신은 조만간 세상에서 제일 좋은 섬들 중 하나의 영주 아니면 백작인 나를 볼 것이오."

"그렇게 되길 하느님께 빌게요." 하고 아내가 맞장구쳤다.

"그런데 그 섬이라는 게 뭐예요? 도무지 하나도 이해할 수가 없네요."

"꿀은 당나귀나 먹으라고 만들어진 것이 아니다." 하고 산초가 말했다.

"하지만 때가 되면 모든 걸 알게 될 거야. 여보, 후아나, 모든 걸 성급히 알려고 서두르지 말구려. 당신에게 진실을 충분히 말해주었으니 그만 입 좀 다무시오. 말이 나온 김에 이 한마디만 더 합시다. 정직한 사람이 모험을 찾아 나서는 기사의 종자가 되는 것만큼 즐거운 일은 이 세상에 없다는 것일세."

* * *

자, 이후 돈키호테가 꽤 건강해져서 이런 온갖 모험을 그만두고 집에서 조용히 지냈으며, 다시는 집 밖에 나가지 않았다고 했다면, 그것은 사실이 아니라고 말해주어야만 한다.

언젠가, 아니 그리 머지않아 독자들은 위대한 세르반테스가 쓴 이야기를 다시 읽을 수 있을 것이다. 거기에는 내가 독자들에게 이야기해준 모험뿐만 아니라 돈키호테의 두 번째 모험이, 그 중 일부는 첫 번째 것보다 훨씬 더 경이롭게 펼쳐져 있다. 거기서 여러분은 산초 판사가 마침내 조그만 섬의 영주가 된 사연, 그리고 그가 훌륭한 지혜와 민첩성을 발휘해서 통치한 내막도 알 수 있을 것이다.

이 모든 훌륭한 것들은 언젠가는 읽어서 당신 것이 될 것이다. 그것들이 내 것이었고 모든 사람들의 것이었듯이 말이다. 세상의 모든 위대한 소설들처럼, 돈키호테의 이 소설은 사실 어떤 국가나 특정한 개인에 속하지 않는다. 우리가 어떻게든 그리고 어디서든 자유롭게 즐길 수 있도록 우리 모두에게 주어진 자산이기 때문이다. 우리는 그러한 소설들에 담긴 유머와 지혜를 체득함으로써 스스로를 좀 더 생기있게, 좀 더 풍요롭게 만들 수 있다.

그러므로 독자들은 그런 모든 책들을 사랑하고 높이 살 수 있기를 바라며, 세르반테스가 쓴 것과 같은 책들에 관심을 갖고 읽을 만하다고 생각한다면, 그것은 내가 독자들에게 바라는 최고의 소망일 것이다. 정말이지 독자들이 그것을 이해하는 재능을 갖길 바라는 것은 독자들의 행복한 삶을 기원하는 것이나 마찬가지이다.

제1권 **기발한 시골귀족 라 만차의 돈키호테** 서문
(1605년)

미겔 데 세르반테스

EL INGENIOSO
HIDALGO DON QVI-
XOTE DE LA MANCHA,

Compuesto por Miguel de Ceruantes Saauedra.

DIRIGIDO AL DVQVE DE BEIAR,
Marques de Gibraleon, Conde de Benalcaçar, y Baña-
res, Vizconde de la Puebla de Alcozer, Señor de
las villas de Capilla, Curiel, y
Burguillos.

Año,   1605.

CON PRIVILEGIO,
EN MADRID Por Iuan de la Cuesta.

Vendese en cafa de Francisco de Robles, librero del Rey nro señor.

1605년 『돈키호테』 제1권 초판의 겉표지

한가로운 독자 여러분께

독자 여러분은 내가 내 머릿속의 산물인 이 책이 무턱대고 가장 멋지고 사려 깊으며 기발한 책이 되기를 바란다고 여길지도 모른다. 하지만 만물은 자신과 닮은 것을 낳는다는 자연의 법칙을 거스를 수는 없다. 그러므로 이토록 빈약하고 미숙한 내 재능으로 탄생시킨 거라고는 그 누구도 상상할 수 없을 만큼 온갖 엉뚱한 생각으로 가득 찬 깡마르고 쭈글쭈글한 늙은이 이야기가 고작이다. 그것은 온갖 비참함이 잠겨 있고 모든 슬픈 탄식이 서려 있는 감옥에서나 태어날 법한 것이 아니겠는가? 평온함, 기분 좋은 칩거, 쾌적한 들판, 눈부신 하늘, 시냇물의 속삭임, 마음의 평화는 전혀 임신이 불가능한 뮤즈들(Muses; 그리스 신화에서 예술을 담당하는 9명의 처녀 신들)조차도 애를 배도록 하고, 경이와 기쁨으로 가득 찬 세상을 만들어낼 수 있다. 추하고 막돼먹은 아들을 둔 아비는 때로 자식에 대한 애착에 눈이 멀어 결점을 보지 못하고, 오히려 그것을 잘나고 똑똑한 것으로 여긴 나머지 친구들에게 침을 튀기며 자랑하기도 한다.

친애하는 독자 여러분, 난 '돈키호테'의 아비로 알려져 있지만, 사실은 그저 의붓아비에 불과하기 때문에 관례처럼 남들에게 자식의 결점을 용서해 달라고 눈물을 흘리며 애걸복걸하지는 않을 것이다. 더구나 그대는 그 아비의 친척이나 친구도 아니기에 호소에 연연할 필요가 없을 것이다. 그대의 영혼은 그대의 것이며 의지 또한 모든 사람들처럼 자유로울 것이다. 왕이 세금을 맘대로 책정하듯이 그대도 집에서는 왕이다. 사람들이 "내 망토 안에서는 왕도 죽일 수 있다."고 하는 말을 그대는 알고 있다. 그대는 어떤 배려나 책임으로부터도 자유롭고 면제받고 있다. 당신은 이 책에 대해 거리낌 없이 말할 수 있으며, 비방했다고 욕을 먹거나 호평했다고 보상받을 일도 없다.

나는 서문을 장식하거나 관례적인 소네트, 경구 그리고 찬사들을 늘어놓지 않고, 책을 그냥 독자들에게 소박하고 간결하게 선보이고 싶었다. 이 책을 쓰는 데 좀 고생은 했으나 지금 그대가 읽고 있는 이 서문보다는 훨씬 쉬웠다. 여러 번 펜을 들었다가 막상 무엇을 써야 할지 몰라 다시 내려놓기를 수없이 되풀이했다. 한 번은 종이를 앞에 놓고 펜을 귀에 꽂은 채 책상에 팔꿈치를 괸 다음 뺨에 손을 대고 생각에 잠겼을 때, 활달하고 똑똑한 친구 하나가 불시에 들이닥쳤다. 고심하고 있는 나를 보더니 그는 이유를 물었다. 그리 숨길 일도 아닌지라 '돈키호테' 이야기의 서문을 생각 중이라고 대답했다. 그게 너무 힘들어 서문을 빼든지, 아니면 이렇게 고상한 기사의 무용담을 아예 출간하지 말지 생각 중이라고 말했던 것이다.

"예로부터 그리 여겨 온 '대중'이라는 입법자가 나를 보고 뭐라고 할지 심기가 불편하지 않을 수 없다네. 망각의 침묵 속에서 그토록 오래 잠을 잔 후 깨어보니 나이만 잔뜩 들었지, 골풀처럼 메마르고 독창력도 모자라며 문체도 무미건조한데 사상도 빈약하고 배움과 지혜까지 부족한 책을 선보이려 하니 말이야. 내가 보기에 모두 잡담 같고 통속적인 책들도 아리스토텔레스와 플라톤 그리고 모든 철학자들의 경구들을 꽉 채워 독자들을 경탄하게 만든다네. 또 그런 작가들을 지식이 풍부하고 해박하며 유창한 사람으로 믿고 있는데, 다른 책들처럼 여백에 인용구와 주석이 있는 것도 아니니 어찌 망설여지지 않겠는가. 그들이 성서까지 인용할 때는 말할 것도 없지! 그들이 토마스 아퀴나스 아니면 교회의 박사님들이라고 말할지도 모르지. 더구나 책의 품격을 유지하려고 마음 산란한 연인을 그리다가 바로 다음 줄에서 약간의 독실한 설교를 하는 식으로 기발한 방법을 동원하니 듣고 읽는 사람들에게는 그야말로 기쁨이요 선물이 아니겠는가. 내 책은 이 모든 게 부족할 걸세. 여백에 인용도 없고, 말미에 주석도 없으며, 더군다나 내가 어떤 작가를 인용했는지조차 모르니까 말이야. 게다가 다른 작가들은 A, B, C 순으로 아리스토텔레스에서 시작해 크세노폰 혹은 독설가인 조일로스(Zoilus)[1]나 화가인 제욱시스(Zeuxis)[2]로 끝나는 작가들을 책머리에 적어두지. 또 책 맨 앞에 소네트도 없네. 적어도 공작, 후작, 백작, 주교, 귀부인 혹은 유명한 시인들의 소네트들 말이야. 물론 두세 명의 친절한 친구들에게 부탁한다면, 우리 스페인에서 비할 데 없는 최고의 명망을 갖춘 그들이 네게 소네트를 지어주겠지."

난 말을 이어갔다.

"아무튼 친구여, 하늘이 그런 부족한 점들을 채워줄 누군가를 보내주실 때까지 난 돈키호테 씨를 라 만차의 서고에 묻어두기로 했다네. 속도 비고 배움도 부족하다는 걸 알기 때문에 내가 그것들을 채우기엔 역부족일세. 더구나 나는 천성적으로 부끄러움이 많고 태평해서 내 스스로 쓸 수 있는 글을 군이 써달라고 작가들을 찾으러 다니지는 못하겠더라고. 이 때문에 고민하던 차에 마침 자네가 들어왔던 거야. 내 말을 듣고 나니 자네도 충분히 이해가 가겠지."

---

1) 조일로스(B.C. 400~320)는 트라키아 출신의 그리스 철학자이자 문법학자인데, '악의에 찬 비평'의 보통명사로 쓰이기도 한다. 특히 호메로스의 시를 비난한 것(homeromastix, Homer whipper)으로 유명하다.
2) 제욱시스는 BC 5세기 말 이탈리아에서 활동한 그리스 화가인데, 주로 신화 속의 여성들을 그렸으며, 특히 플리니우스의 백과사전인 『박물지』의 세밀화로 유명하다.

이 말을 듣던 친구는 이마를 툭 치며 크게 웃더니 이렇게 말했다.

"오, 세상에, 이 보게나, 오랫동안 자네를 알아 왔지만, 내가 몰라도 너무 몰랐던 것 같아 이점 바로잡아야겠군. 매사에 날카롭고 현명한 친구인 줄 알았더니, 이제 보니까 영 아닌걸. 잠깐이면 쉽게 해결할 수 있는 문제 때문에 더 힘든 장애도 잘 헤쳐나갈 재치꾼이 이토록 시간을 낭비하며 당황하고 있을 수 있단 말인가? 내가 보기에 이건 능력이 부족해서가 아니라 너무 게으르고 인생 경험이 부족한 탓이네. 내가 진실을 말해주면 들을 생각은 있나? 그렇다면 잘 들어보게. 눈 깜짝할 사이에 모든 문제들을 어떻게 해결하는지 말이야. 자네가 말했던 모든 편력기사들의 빛이자 거울인 그 유명한 돈키호테 이야기를 세상에 내놓길 망설이니 문제를 어떻게 처리하는지 잘 보라는 거야."

나는 친구의 말을 듣고 이렇게 대답했다.

"내 기를 살려주어 이 당혹스런 혼돈 속에서 어떻게 빠져나올 수 있는지 말해주겠는가?"

그는 이렇게 답했다.

"우선 문제는 첫머리에 소네트, 경구 혹은 찬가 따위가 있어야 하고, 그것도 지체 높으신 분들이 써줘야만 한다는 건데, 자네가 좀 번거롭겠지만 이것들을 직접 쓰면 해결되는 거잖아. 그런다음 세례를 주고 자네가 좋아하는 이름을 갖다붙이면 되겠지. 내가 듣기로 유명한 시인들이었다는 인도의 사제왕 요한(Prester John)이나 트라피존드(Trebizond; 현재의 터키의 '트라브존')의 황제같은 사람들 말일세. 쓴 사람이 진짜로 그들이 아니라고 해서 학자인 체하는 사람들이나 대학을 졸업했다는 인간들이 자네를 공격하거나 사실 여부에 의문을 품더라도 걱정 없다네. 가짜로 밝혀진다 한들 그들이 그것을 쓴 자네 손을 잘라버릴 수는 없을 테니까 말이야.

그리고 책의 여백에 넣을 인용문이나 자네가 책속에 넣은 속담이나 경구의 저자 문제는 이렇게 하면 되네. 자네가 가슴에 품고 다니던 멋있는 문장이나 라틴어 한마디 혹은 언제라도 쉽게 찾을 수 있는 걸 넣기만 하면 되는 거야. 예를 들어 자유와 속박에 대해서 말할 때는 이런 것을 집어넣으면 되지.

Non bene pro toto libertas venditur auro.
진정한 자유란 황금으로도 살 수 없는 것.

그리고 나서 여백에 호라티우스나 그럴듯한 시인의 이름을

IL PRETEIANNI RED'
ETHIOPIA

Rom̄ Kal: Mar: 1199   Ioannis Orla: formis.

◆

'사제왕' 요한은 중세 시대에 동방 어딘가에 거대하고 풍요로운 기
독교 왕국을 다스렸다는데, '프레스터 존'(Prester John, Presbyter
Johannes)이라고 불리기도 한다. 사제왕 요한의 이야기는 12세기
초반에서 17세기 초반까지 유럽에서 유행했다.

적어두는 거야. 또 죽음의 위력에 대해 언급하고 싶다면, 이런 게 안성맞춤이지.

> *Pallida mors aequo pulsat pede pauperum tabernas,*
> *Regumque turres.*
> 창백한 죽음은 가난한 자의 움막이나 왕의 궁전이나 똑같은 발로 걷어찬다.

하느님이 분부하시길 우리가 적을 대할 때 지녀야 할 것이 우정과 사랑이라면, 그대는 곧장 성경으로 달려가게. 거기서는 별로 힘들이지 않고 하느님이 직접 말씀하신 '내가 너희에게 말하노니 원수를 사랑하라(Ego autem dico vobis; diligite inimicos vertros).'를 인용할 수 있다네. 나쁜 생각에 대해서 말하고 싶다면 복음서로 돌아가 '악한 생각은 마음에서 비롯된다(De corde exeunt cogitationes malae).'를 인용하게. 변하기 쉬운 우정에 대해서는 카토(Cato)의 다음과 같은 대구(對句)를 건네면 되지.

> *Donec eris felix, multos numerabis amicos,*
> *Tempora si fuerint nubila solus eris.*
> 그대가 행복할 때는 친구들이 많지만
> 그대가 암울해지면 그땐 홀로 남을지니.

정식 이름은 마르쿠스 포르키우스 카토(Marcus Porcius Cato Uticensis, 영어: Cato the Younger; B.C. 95~46)인데, 대 카토의 증손자이기 때문에 소 카토'라고 불린다. 율리우스 카이사르와 대적하여 로마 공화정을 수호한 것으로 유명하며 스토아학파 철학자이기도 했다. 그는 당시 부패가 만연한 로마의 정치 상황에서 완고하고 올곧으며 청렴결백함의 상징이었다. 이탈리아의 시인 단테도 『신곡』에서 카토를 연옥의 섬을 지키는 수호자로 묘사하고 있다.

이런 라틴어 문구나 그 비슷한 것들을 집어넣으면 아무튼 자네를 고전어 학자로 여길 걸세. 요즘엔 라틴어 학자라면 작지 않은 영광이요, 이득이 아니겠는가. 그리고 책 뒤에 주석을 덧붙이는 것은 이런 식으로 하면 안전하지. 자네 책에 등장하는 어떤 거인의 이름을 붙이려면 거인 골리앗이라고 하는 거야. 이렇게만 해도 손쉽게 훌륭한 주석을 달 수 있을 걸세. 자, 이렇게 말이야. '블레셋 사람 골리앗 혹은 골리아스(Golias or Goliath)라는 거인은 엘라 골짜기에서 양치기 소년 다윗(David)에게 커다란 돌에 맞아 죽었다는 사실이 『열왕기』에 나와 있다.'라고 말이지.

그 다음 문학이나 천지학(天地學, cosmography)에 조예가 깊은 척하려면 자네 이야기에 나오는 강의 이름을 타호(Tagus)[3]라고 짓고 곧바로 또 다른 유명한 주석을 달고 설명해줘야지. '어느 스페인 왕이 타호 강이라고 이름을 붙였는데, 어떤 곳에서 발원하여, 거기서 대양으로 흘러간다. 유명한 도시 리스본(Lisbon)의 성벽을 따라 흐르며, 강변엔 금빛 모래가 깔려 있다고 알려졌다는 등.' 도둑놈들에 관한 이야기라면 내가 줄줄이 외우고 있는 카코스(Cacus) 이야기를 해주겠네. 매춘부 이야기라면 몬도네도(Mondonedo) 주교가 있지 않은가. 그분이 라미아, 라이다 그리고 플로라를 자네에게 소개해 줄 거고, 그녀들에 대한 주석의 정확성 덕분에 자넨 커다란 명성을 얻을 걸세. 매정한 여자 이야기라면 오비디우스의 메데이아(Medeia, Medea)가 있고, 마녀나 요부 이야기라면 호메로스가 칼립소(Calypso)를, 베르길리우스가 키르케(Circe)를 추천할 것이네. 용감한 장군들에 대한 이야기라면 율리

---

3) 타구스 강(영어: Tagus), 타호 강(스페인어: Tajo) 또는 테주 강(포르투갈어: Tejo)으로도 불린다. 이베리아 반도에서 가장 긴 강으로, 스페인에서 발원하여 포르투갈의 리스본에 이르러 대서양으로 빠져나간다.

David and Goliath
- Slaying Giants

◆

브엘세바에서 예루살렘으로 가는 중간에 있는 엘라 골짜기(Valley of Elah; '유대 상수리나무의 골짜기'라는 뜻이어서 테레빈스 골짜기(the Terebinth valley라고도 한다)에서 어린 다윗이 투석기(sling)로 거인 골리앗을 물리쳤다.

우스 카이사르가 『갈리아 전기』에 나오는 자기 자신을, 플루타르코스는 수천 명의 알렉산더 대왕을 빌려줄 것이네. 사랑에 대한 것이라면 자네가 토스카나어를 조금밖에 모른다 해도 레온 아브라바넬(Leon the Hebrew)[4]이 마음에 쏙 들 만큼 들려줄 걸세.

---

4) 혹은 Judah Leon Abravanel(1460–1530). 유대인 출신 포르투갈의 시인이자 철학자. 『사랑의 대화 Dialogues of Love』가 유명하다.

혹시 외국으로 나가기가 귀찮으면 우리나라에는 폰세카(Alonso III Fonseca; 1475-1534)의 『하느님의 사랑에 대해서 (Of the Love of God)』가 있지. 이 책에는 사랑에 대한 최고의 상상이 응축되어 있다네. 한 마디로 자네가 할 일이란 이 이름들을 인용하고 내가 말한 이야기들을 여기저기서 언급하는 게 전부라네. 주석이나 인용구를 넣는 것은 내게 맡겨두게. 여백을 꽉 채우고 책의 분량을 네 쪽쯤 더 늘려주겠네.

자, 이제는 다른 책에는 있으나 자네 책에는 없는 작가들 인용 건으로 가보세, 이 문제는 간단히 해결할 수 있다네. 그냥 A부터 Z까지 모든 작가들을 나열해놓은 책을 찾아낸 다음, 자네 책에 똑같이 알파벳 순으로 집어넣는 거야. 속이 뻔히 드러나 보일지도 모르지만, 어차피 자네가 그 작가들을 인용할 필요가 거의 없으니까 별 상관없어. 단순한 자들은 아마도 자네의 소박하고 꾸밈없는 책에 이 모두를 인용했다고 믿고도 남을 거야. 아무튼 이런 장황한 작가 목록은 자네의 책을 무척 권위 있게 보이도록 해줄 걸세. 게다가 누가 무슨 득을 보겠다고 나서서 자네가 그 작가들을 정말 인용했는지 여부를 확인하겠나. 내가 잘못 판단하지 않았다면, 사실 자네 책은 처음부터 끝까지 기사소설들을 혼내주려는 것이기 때문에 그런 인용이 필요 없지. 아리스토텔레스도 생각해 보지 않았고, 성 바실리우스도 한마디 말한 적

불을 뿜는 카코스를 때려잡는 헤라클레스(Sebald Beham; 1545). 카코스는 '불과 대장간의 신'인 헤파이스토스의 아들로, 헤라클레스가 빼앗온 게리온의 소떼 중 8마리를 헤라클레스가 잠든 사이에 훔쳐갔다가 화가 난 헤라클레스에게 살해당하고 말았다.

이 없으며, 키케로도 알지 못했던 이야기가 아닌가.

확실한 진리를 규명할 필요도 없고, 예측 불허의 점성술 연구의 범주에 들지도 않으며, 기하학적 측정이나 수사학에 관계된 것들에 필요한 논쟁에 대한 반박도 없다네. 게다가 누구에게 설교하려고 인간의 것과 하느님의 것을 섞어놓는 것도 아니지. 이런 류의 잡동사니야말로 기독교적 지성이라면 결코 입어서는 안 될 옷이지. 글을 쓸 때는 오직 사실 그대로를 모방해야 하고, 모방이 완벽할수록 글은 더 좋아질 것이네. 자네가 쓴 이 글의 목적은 그저 세상과 대중에게 미치는 기사에 관한 책들의 권위와 영향을 무너뜨리는 것이 아닌가. 그러니까 철학자들의 경구나 성서가 주는 교훈, 시인들의 이야기나 웅변가들의 말, 성인들이 일으키는 기적에 구걸할 필요가 없다는 거지.

그런 것들보다는 오히려 명료하면서도 적절하고 적합한 단어를 선택하여 자네만의 문체와 어법을 음악이 흐르듯 유쾌하고 꾸밈없이 전개하는 데 신경쓰게나. 또 복잡하지 않고 모호하지 않은 글로 자네의 의도를 쉽게 이해할 수 있도록 하고, 자네의 능력을 최대한 발휘하여 자네의 목적을 이루도록 하게. 또한 자네의 이야기를 읽고 우울한 사람이 웃음을 되찾을 수 있고, 즐거운 사람은 더 즐거워지도록, 그리고 심심한 사람을 지루하지 않게 해주고, 사려깊은 사람도 글에 찬사를 보내도록 하고, 근엄한 사람이 멸시하지 않도록 하며, 현명한 사람이 칭찬을 하지 않을 수 없도록 힘쓰게나. 끝으로, 근거도 없는 구성된 기사 이야기들을 일부는 싫증을 내지만 아직도 더 많은 사람들이 좋아하는데, 이것들을 쓰러뜨리는 데에 자네의 모든 능력을 쏟아붓게나. 그 목표를 이룬다면 자넨 적잖은 성공을 거둔 것이나 다름없다네."

나는 입을 굳게 다문 채 친구의 말을 듣고 있었다. 그의 관찰력은 깊은 인상을 남겼고, 무엇 하나 버릴 것이 없기에 그의 말로 이 서문을 엮어내기로 작정했다. 관대한 독자여, 이 서문을 읽으며 내 친구의 지혜뿐만 아니라 필요한 때에 그런 조언자를 만난 나의 행운을 알게 되었으리라 믿는다. 또한 저 유명한 '라만차의 돈키호테' 이야기가 더해지거나 고쳐지지 않고 전해진 것에 안심할 것이다. 몬티엘 평원(Campo de Montiel)의 모든 주민들의 말에 따르면, 돈키호테야말로 오랜 세월 동안 그 지역 최고의 순정파 연인이었고 가장 용감한 기사였다고 한다. 이렇듯 유명하고 명예로운 기사를 당신에게 소개한 것을 과대포장하고 싶지는 않다. 하지만 돈키호테의 종자(從者, squire)인 그 유명한 산초 판사(Sancho Panza)를 만나게 해준 것에 대해서는 감사의 말을 듣고

돈키호테와 산초 판사(파블로 피카소 작)

싶다. 엉터리 기사 이야기를 다룬 책들 여기저기에 흩어져 있는 종자들의 해학(諧謔)들을 모두 지니고 있는 그를 만날 것이기 때문이다. 그럼 하느님의 가호가 있기를 바라며, 또 날 잊지 말기를. 안녕.

제2권 기발한 기사 라 만차의 돈키호테 서문 (1615년)

미겔 데 세르반테스

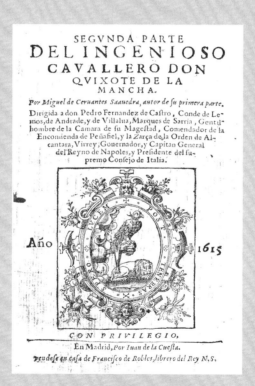

1615년 『돈키호테』 제2권 초판의 겉표지

독자에게 바치는 서문

아이고 세상에, 고상한(아니면 평범할 수도 있는) 독자들이여, 내가 이 서문에서 토르데시야스(Tordesillas)에서 잉태되어 타라고나(Tarragona)에서 태어났다는 위작 『돈키호테』 제2권의 작가에 대해 복수하거나 질책하거나 모욕을 줄 거라고 얼마나 학수고대했는가! 그렇지만 난 사실 그런 독자들을 흐뭇하게 해드릴 수가 없다. 물론 모욕감이란 겸허한 가슴속에서도 분노를 자극하는 법이지만, 나에게는 그게 예외로 작용할 것이기 때문이다. 독자 여러분은 내가 그를 당나귀, 멍청이 또는 염치없는 자라고 부르길 바라겠지만 그럴 생각이 전혀 없다. 그의 행위는 응당 벌을 받을 것이며, 결자해지로 마무리되지 않겠는가. 다만 내가 불쾌하게 생각하는 것은 그가 날 늙은이에 외팔이라고 빈정댔기 때문이다. 마치 내가 흘러가는 시간을 잡아둘 능력이 있어야 한다는 듯이, 아니면 마치 어떤 술집에서 싸우다 그런 일이 일어나기라도 한 듯이 말한다. 그러나 내가 한쪽 팔을 잃은 것은 과거와 현재 그리고 앞으로도 절대 볼 수 없을 가장 고귀한 기회에서 일어난 것이다[1]. 내 상처들이 지켜보는 사람들 눈에 그리 아름답게 보이

---

1) 세르반테스는 1571년 10월 7일 그리스 남서부에서 벌어진 에스파냐 베네치아 연합군과 오스만 투르크 사이에 벌어진 '레판토 해전'에서 가슴에 총알 두 발을 그리고 손에 한 발을 맞아 팔이 불구가 되었다. 그러나 자신은 '레판토의 외팔이'라는 별명을 평생 자랑스럽게 여겼다. 위작을 쓴 아베야네다의 모욕적

358

진 않더라도, 적어도 이 상처들을 어디서 입었는지를 아는 사람들이라면 이 상처들을 명예로운 것으로 평가할 것이다. 군인은 도망쳐서 살아남기보다는 오히려 전장에서 죽는 모습을 보이는 게 낫기 때문이다. 따라서 지금은 불가능한 제의이긴 하지만, 난 전쟁에 참여하지 않아 상처를 입지 않는 것보다는 차라리 전쟁에 참여하겠다는 것이 확고한 나의 심정이다. 군인이 얼굴과 가슴에 드러난 상처들은 다른 사람들을 명예로운 천국으로 이끌 뿐만 아니라, 온당한 칭송을 받기 바라는 사람들을 인도하는 별이다. 더구나 글은 희끗한 머리가 아닌 지혜로 쓰는 것이며, 그 지혜는 보통 세월이 흐르면서 더욱 풍요로워진다는 사실을 알아야 한다.

또 하나 불쾌했던 점, 내가 질투의 화신이라면서 마치 내가 무식하다는 듯이 질투가 무엇인지를 설명하고 있다는 사실이다. 사실 질투에는 두 종류가 있지만, 난 성스럽고 숭고하고 고결한 질투밖에 모른다. 그래서 난 그 어떤 사제도 공격할 것 같지 않다. 특히 그가 종교재판소(the Holy Office)의 일원이라면 더욱 그렇다.[2] 그가 그렇게 말했다면, 아마도 그가 그렇게 말한 것 같은데,

---

인 언사에 대해 세르반테스가 불쾌감을 표시한 대목이다.
2) 세르반테스는 2편의 위작을 펴낸 아베야네다가 당시 마드리드 같은 거리에 살았던 극작가 로페 데

그렇다면 완전히 실수를 저지른 것이다. 난 그 사람의 재주를 존중하므로 그의 작품들과 그의 쉴새없는 격렬한 업무를 존경한다. 사실 난 이 작가 양반에게 고맙다고 해야 한다. 그는 내 작품들이 모범적이라기보다는 오히려 풍자적이지만 훌륭하다고 했기 때문이다. 모든 것이 갖춰지지 않았다면 훌륭할 수가 없는 법이다.

독자들은 내가 너무 겸손하다고 말할 것 같은데, 이는 고통스러운 사람에게 고통을 더해주어서는 안 된다는 것을 알고 있는 터라 겸손할 수 있는 한 최대로 자제하고 있기 때문이다. 그런데 이 양반은 너무 큰 고통을 느끼고 있는 게 틀림없다. 그가 마치 무슨 불경죄를 저지르기나 한 것처럼, 자기 이름을 숨기고 고향도 위조하면서 벌건 대낮에 열린 공간으로 감히 나서지 못하고 있기 때문이다. 그대가 혹시 그 양반을 안다면 난 전혀 모욕을 당했다고 여기지 않는다고 말해주길. 난 악마의 유혹이 무엇인지 알고 있으며, 그 중 가장 큰 유혹은 누구에게 돈만큼 명성을 얻고, 명성만큼 돈을 얻게 해주는 한 권의 책을 쓸 수 있고 출판

베가라고 여겼다. 『돈키호테』 1편 48장에서 세르반테스는 당시 인기를 끌던 로페 데 베가의 연극이 아리스토텔레스의 고전극 원칙을 어긴 엉터리라고 신랄하게 비난했는데, 로페 데 베가가 앙갚음을 하기 위해 아베야네다라는 가명으로 돈키호테를 비웃는 위작을 펴냈다는 설이 있다. 로페 데 베가는 1608년경 종교재판소 관리로 임명되었고, 1614년에 사제 서품을 받았다.

할 수 있다는 생각을 머릿속에 심어주는 것이다. 그리고 독자들 자신의 멋진 말과 재치있는 방식으로 그것을 입증해주길 바라며, 그 양반에게 이 이야기를 꼭 전해주길.

세비야에 이 세상에서 가장 우스꽝스런 엉터리 짓들 중 하나에 빠진 어떤 미치광이가 있었다. 그는 끝이 뾰족한 갈대 대롱을 하나 만들어, 길거리에서든 어디에서든 개 한 마리를 잡아 한 발로 재빨리 개의 다리 하나를 누르고 손으로는 다른 다리를 들어 올린 다음, 재주껏 갈대 줄기를 개의 그곳에 꽂고 입으로 바람을 불어 넣어 개를 마치 공처럼 둥그렇게 만들곤 했다. 그런 다음 개의 배를 손바닥으로 두어 번 툭툭 치고 놓아주면서, 구경꾼들 (그들은 항상 붐볐다)에게 이렇게 말했다.

"여러분은 지금 개 한 마리를 부풀리는 게 쉬운 일이라고 생각하십니까?" - 마찬가지로, 당신은 지금 책 한 권을 쓰는 게 쉬운 일이라고 생각하십니까?

그리고 이 이야기가 그에게 그리 적합하지 않다면, 사랑하는 독자인 그대는 어떤 미치광이와 개에 대한 이런 이야기를 그에게 해주길.

코르도바에 또 다른 미치광이가 살고 있었다. 그는 대리석판

조각이나 제법 묵직한 돌 조각을 머리에 이고 다니다가, 넋 놓고 있는 개를 만나면 그 개에게 다가가 머리에 이고 다니던 것을 모두 쏟아붓곤 했다. 그러면 화가 난 그 개는 깨갱거리다가 울부짖으며 온 거리를 쉬지 않고 싸돌아다녔다. 그런데 공교롭게도 이런 일이 있었다. 어느 날 그가 돌을 쏟아부었던 개들 중에 어떤 모자 제조공의 개가 있었는데, 마침 주인이 애지중지하던 녀석이었다. 미치광이가 쏟아부은 돌조각에 머리를 얻어맞은 개는 비명을 질렀고, 이 광경을 목격한 개 주인은 몹시 화가 나 잣대로 쓰던 막대기를 옴켜쥐고 그 미치광이한테 달려가 흠씬 두들겨 패주었다. 막대기로 후려칠 때마다 그는 "이 개 같은 도둑놈아, 내 사냥개를! 이놈아, 내 개가 사냥개로 안 보여?"라고 말했다. 그는 '사냥개'라는 말을 하고 또 하면서 미치광이를 녹초가 되도록 두들겨 팬 뒤 쫓아내버렸다. 미치광이는 아주 혼쭐이 나서 줄행랑을 쳤고, 한 달 이상 광장에서 보이지 않았다. 하지만 그 후 그는 더 많은 돌을 머리에 이고 다시 나타났는데, 전에 보았던 어떤 개에게 다가가 아주 조심스레 살피더니, 감히 그 돌을 쏟아부을 엄두도 내지 못하고 이렇게 말했다.

"이 개는 사냥개야. 조심해!"

그렇다. 그는 스치며 만난 모든 개들은 맹견이든 잡종견이든 모두 사냥개로 불렀던 것이다. 그리고 그 뒤로는 더 이상 돌조각을 쏟아붓지도 않았다.

　이 작가에게도 똑같은 일이 벌어질지도 모른다. 더는 책 만드
는 기량을 쏟아붓는 무리수를 두지 않을 것이다. 불량도서는 바
위보다도 더 딱딱한 법이니까. 또 그가 자기 책으로 내 수입을
가로챌 거라고 위협해봤자 눈 하나 깜빡하지 않는다고 전해주
라[3]. 난 『라 페렌뎅가(La Perendenga)』라는 유명한 막간극의 대사
를 빌려서, "시장님(the Veintiquatro; '24'라는 뜻으로 원래는 도시 평의회 멤버를
뜻했다.) 만세, 그리스도여 우리 모두와 함께하시길." 하고 그에게
답하겠다. 위대한 레모스 백작(Conde de Lemos) 만세, 그분의 그리
스도적 사랑과 널리 알려진 관대함은 불운 때문에 생긴 모든 고
통들에 맞서도록 나를 응원해주었다. 고명하신 톨레도의 추기
경인 베르나르도 데 산도발 이 로하스 님(Don Bernardo de Sandoval
y Rojas)의 지극하신 자비심 만세. 이 세상에 인쇄소가 없다 하더
라도, 그리고 『밍고 레불고(Mingo Revulgo)』라는 풍자시에 나오는
시구보다도 더 많은 책들이 날 비방하기 위해 인쇄되더라도, 이
두 분의 대공들께서는 내가 어떤 과찬이나 아첨을 하지 않았는
데도 그저 자신들의 친절한 마음씨만으로 날 도와주고 은혜를

---

3) 아베야네다가 위작의 서문에 '그대가 쓸 『돈키호테』 2권에서 벌어들일 수익을 가로채는 내 작품을 원
망하오.'라고 썼는데, 이에 대한 답변이다.

베푸는 역할을 맡아주었다. 그래서 난 행운이 평범한 길을 따라 절정에 오른 것보다 지금이 더 행복하고 풍요롭다고 여긴다. 가난한 사람은 명예를 지닐 수 있지만 사악한 사람은 그럴 수 없다. 가난은 고귀함을 흐려놓을 수 있지만 그 고귀함을 완전히 덮을 수는 없다. 그러나 덕은 스스로 빛을 발하기 때문에 비록 궁핍과 빈곤이라는 좁은 틈을 통과하더라도, 그 덕은 지고하고 고귀한 정신들로부터 인정을 받고, 따라서 그것들의 보호를 받을 것이다.

그러니까 그에게 더 이상 말을 할 필요도 없고, 나도 독자 여러분에게 더 이상 말을 하지 않을 것이다. 다만 가슴 속에 품고 있던 말, 즉 이『돈키호테』2편은 1편과 동일한 작가와 동일한 천에서 재단되었다는 사실을 말하고 싶다. 그리고 난 이 2편에서 독자들에게 더욱 넓은 지역을 누비다가 마침내 죽어서 묻힌 돈키호테의 이야기를 전해준다. 이는 어느 누구도 감히 더 이상 새로운 증거를 들이대지 못하도록 하기 위해서다. 이미 선보인 것들로 충분하고, 또 어떤 명망있는 인간이 위작자의 이 약삭빠른 미친 짓들에 대해 전부 논했기 때문에 또다시 거기에 휘말리는 것은 원치않는다. 과하게 흘러 넘치는 것은 그게 아무리 좋은 것일지라도 귀하게 여기지 않는 마음이 들도록 한다. 그리고 부족한 것은 그게 비록 나쁜 것일지라도 고귀한 것으로 여기도록 만

◆

『밍고 레불고 민요집 (Coplas de Mingo Revulgo)』에 나오는 목동 밍고 레불고. 이것은 15세기 스페인 최초의 민중 풍자시인데. 왕과 귀족 등을 비꼬고 조롱하는 시로 당시 크게 유행했다. 주인공인 목동 밍고 레불고는 '민중'을 상징한다.

든다. 아, 참. 독자 여러분에게 『페르실레스 Persiles』를 기다려달라는 말을 깜빡 잊었다. 이제 거의 마무리 단계에 있으며, 『갈라테이아 Galatea』 2부도 마찬가지다[4].

---

4) 『페르실레스와 시히스문다의 고난들』에서 세르반테스는 숨을 거두기 나흘 전 1616년 4월 19일 레모스 백작에게 바치는 헌사를 썼다. 이 헌사에서 『갈라테이아』 2부의 완성을 언급했으나 작품은 출간되지 못했고, 소실되었는지 아무튼 지금까지도 발견되지 않고 있다.

부록 3

귀스타브 도레 일러스트 영어판 서문
(1885년)

존 옴스비

1885년 귀스타브 도레 일러스트판 겉표지

I. 이 번역본에 대하여

이 작업을 진행하기 위해 그동안 내가 애지중지해오던 작업, 즉 이제는 다소 희귀한 책이 되어버린 토마스 셸턴(Thomas Shelton)의 『돈키호테』 신판 작업을 포기하는 것은 내게는 썩 내키지 않은 일이었다. 독특한 풍미가 담긴 셸턴의 『돈키호테』 구판(1612)은 여러 미흡한 점에도 불구하고 나 자신을 포함한 일부 사람들에게는 그 어떤 현대 번역판도 흉내낼 수 없는 매력을 지니고 있다. 현대 번역판들이 제아무리 세련되고 정교하다 해도 그것은 흔들림 없는 사실이다. 셸턴은 세르반테스와 동시대를 살았다는 무엇과도 바꿀 수 없는 강점을 갖고 있다. 그에게 『돈키호테』는 동시대인들만이 느낄 수 있는 생생함으로 다가왔다. 셸턴으로서는 세르반테스가 보았던 것들을 자신도 보기 위해 남다른 노력을 기울일 필요가 없었다. 셸턴이 구사한 언어에는 어떤 시대착오적인 측면도 존재하지 않았다. 그는 세르반테스의 스페인어를 셰익스피어의 영어로 옮겼다. 셰익스피어 자신도 십중팔구 그 책을 알았을 것이다. 셰익스피어는 말안장 주머니에 그 책을 넣고는 생애 마지막 여행을 끝내고 고향 스트랫퍼드(Stratford)로 돌아와 자신의 저택 뉴 플레이스(New Place) 뽕나무 아래에서 그 책을 읽으며 자신과 비슷한 어느 천재와 손을 맞잡았을 것이다.

토마스 셸턴의 영어판 『돈키호테』 구판(1612; 오른쪽)과
프랑스어판(1618; 왼쪽)

하지만 나는 큰 인기까지는 아니어도 사람들이 셸턴을 즐겨
읽기를 바라는 것조차 헛된 일임을 이내 깨닫게 되었다. 그의 고
색창연하고도 멋진 영어를 즐기는 축은 의심할 여지없이 소수일
터이지만 말 그대로 소수에 그치고 말 것이었다. 셸턴을 열렬히
흠모하는 사람들은 그가 세르반테스의 만족스러운 대리인이 아
니라는 사실을 인정해야만 한다. 『돈키호테』 전편에 대한 번역작
업은 무척 서둘러 진행되었고 그의 수정도 거치지 않았다. 그 번

역판은 생생함과 활기를 담고 있었지만 서둘러 작업한 탓에 곳곳이 오류투성이였다. 문장은 눈에 거슬릴 정도로 직역 투인데다 썩 정밀하지도 못했다. 셸턴은 스페인어 일상회화체에 대해 해박한 지식을 갖고 있었지만, 그 이상도 이하도 아니었다. 한 단어를 모든 경우에 동일하게 번역하는 것이 적절치 못하다는 사실을 그가 깨닫는 것은 무리인 듯 보인다.

흔히들 『돈키호테』의 만족스러운 번역판이 없다고 말한다. 원본에 익숙한 사람들에게 그런 말은 자명하고도 진부한 이야기로 들린다. 『돈키호테』를 영어나 다른 언어로 완벽히 번역해내는 일은 사실상 불가능하기 때문이다. 스페인어의 표현양식이 통역할 수 없을 정도로 매우 까다로운 것은 아니다. 물론 번역하기 힘든 단어들이 무척 많지만 그렇다고 해서 과도하게 많다고 할 수도 없다. 하지만 그 소설의 해학에 담긴 정취는 격언조의 간결함에서 나오고 그것은 스페인어만의 고유한 특징이어서 다른 언어로는 기껏해야 어렴풋이 흉내나 낼 수 있을 정도이다.

『돈키호테』 영역판의 역사는 많은 점을 시사한다. 다른 언어로 번역된 최초의 사례인 셸턴의 영역판은 분명 1608년 즈음에 번역작업이 끝났지만 1612년에야 세상에 선을 보였다. 물론 그것도 전편만 번역한 것이었다. 1620년에 출판된 후편을 번역한 이는 셸턴이 아니라는 주장이 있지만 단 한 가지 사실 말고는 그런 주장을 지지할 근거가 없다. 전편에 비해 후편 번역에 우리가 일반적으로 "밀어붙인다"는 표현에서 떠올리는 일종의 기백이 덜하다는 것, 따라서 전편은 펜 가는 대로 휘갈겨 쓰는 젊은이의 번역이고 후편은 서적상의 요구에 따라 작업한 중년의 번역이라고 보는 편이 타당하다는 것이다. 반면에 후편에서는 전편보다 더 원전에 충실하고 직역 투도 더 심해졌을 뿐 아니라 문체가 전편과 동일하고 똑같은 번역에 똑같은 오역이 눈에 띈다. 따라서 새 번역자가 번역의 신뢰도를 높이기 위해 자기 이름을 숨기고 셸턴의 이름을 내걸었을 가능성은 거의 없다.

1687년 밀턴의 조카 존 필립스(John Phillips)가, 스스로 밝힌 바 "우리 현대어의 해학에 맞춰 영어로 만든" 『돈키호테 이야기』를 세상에 선보였다. 필립스의 『돈키호테』는 번역이라기보다는 차라리 모조품에 가까웠다. 조악하고 저속하고 익살스럽다는 측면에서 이 모조품은 그 당시 문학계에서도 그 전례가 드물었다.

존 필립스의 영어판
『돈키호테 이야기(1687)』

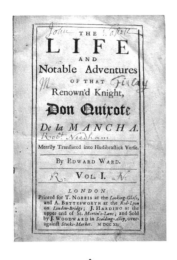

THE
LIFE
AND
Notable Adventures
OF THAT
Renown'd Knight,
Don Quixote
De la MANCHA.

Merrily Translated into Hudibrastick Verse.

By EDWARD WARD.

VOL. I.

LONDON:
Printed for T. NORRIS at the Looking-Glass,
and A. BETTESWORTH at the Red-Lyon
on London-Bridge; J. HARDING at the
upper end of St. Martin's-Lane; and Sold
by J. WOODWARD in Scalding-Alley, over-
against Stocks-Market. M DCC XL.

◆

네드 워드(Ned Ward)의 『휴디브라스풍
의 운문으로 유쾌하게 번역한 돈키호테
의 삶과 놀라운 모험』(1700)

네드 워드(Ned Ward)의 『휴디브라스¹ 풍의 운문으로 유쾌하게 번역한 돈키호테의 삶과 놀라운 모험 (Life and Notable Adventures of Don Quixote, merrily translated into Hudibrastic Verse)』(1700년)은 번역이라고 말하기 어려운 책이지만 그 당시 사람들이 『돈키호테』를 어떤 시선으로 바라보고 있었는지를 보여준다.

또 다른 사례는 1712년 피터 모튜(Peter Motteux)²가 번역한 영역판이다. 피터 모튜는 당시 차 거래를 문학에 새로이 접목한 인물이다. 이 영역판은 "대여섯 명의 역자가 원작을 번역한" 것으로 알려져 있는데 그렇듯 여러 역자가 번역에 참여하다 보니 원작에 담긴 스페인어만의 정취는 완전히 증발해버리고 말았다. 그러다 보니 이 영역판에서는 프랑

---

1) 새뮤얼 버틀러(Samuel Butler)의 동명의 풍자시에 나오는 주인공, 위선과 이기주의로 뭉쳐진 완고한 보안관.
2) 프랑스에서 이주한 피터 모튜는 영국에서 중국, 일본, 인도산 수입품을 판매하는 일을 하기도 했다.

스계 런던내기 풍의 정취가 뚜렷하다. 이 영역판을 원작과 꼼꼼히 비교해본 사람이라면 이 책이 피요 드 생 마르탱(Filleau de Saint Martin)이라는 프랑스 사람과 셸턴의 요소들을 뒤섞은 데다가 필립스로부터는 원작을 다루는 방식을 차용했다는 사실을 금세 알아챌 것이다. 이 판은 좀 더 점잖고 품위가 있는 게 확실하지만 『돈키호테』를 더 이상 재미있을 수 없는 일종의 만화책과 비슷한 유형으로 다룬다.

모튜가 고용한 작업자들이 그랬듯이 『돈키호테』의 해학에 런던 풍의 경박한 익살을 주입해서 재미를 더하고자 하는 시도는 일등급 소고기 등심에 돼지기름을 바르는 어리석은 짓일 뿐 아니라 원작의 정신을 철저히 왜곡하는 행위이다. 또한 무가치한 번역보다 더 나쁜, 말하자면 원작을 제대로 옮기지 못해서 무가치하면서 원작을 잘못 전하고 있다는 면에서 무가치한 것보다 더 나쁜 이런 책이 그렇듯 사람들 사이에 인기가 있을 수밖에 없었던 사정이야말로 일반적으로 『돈키호테』를 무비판적으로 읽고 있다는 반증이라 할 만하다.

하지만 이 영역판은 전혀 다른 정신으로 진행된 번역, 즉 포프(Alexander Pope), 스위프트(Jonathan Swift), 아버스노트(John Arbuthnot), 게이(John Gay)의 친구이자 초상화가인 찰스 저버스(Charles Jervas)의 영역판을 세상에 선보이게 하는 결과를 가져왔

피터 모튜의 영역판
『돈키호테』(1712)

다. 이 영역판은 세상에는 대체로 자비스(Jarvis)의 번역으로 알려져 있기 때문에 아무도 저버스의 번역 사실을 알지 못해서 그는 이 영역판의 역자로 거의 인정을 받지 못해왔다. 이 번역판은 그의 사후에 출판되었고 화가들은 그 당시 통용되던 발음 그대로 역자 이름을 붙였다. 이 영역판은 모든 영역판 『돈키호테』 가운데 가장 스스럼없이 활용되어 왔으며 그만큼 가장 거리낌 없이 오용되어 왔다. 저버스의 영역판은 타의 추종을 불허할 만큼 많은 판형으로 인쇄되어 세상에 선보였으며 지금까지 단연코 가장 신뢰할 만한 번역으로 인정받고 있다. 하지만 저버스 자신과 그의 영역판은 사람들에게 좋은 소리를 듣지 못하고 있는 듯하다. 저버스는 서문에서 독자들에게 자기 자신에 대한 편견을 심어주었던 게 분명하다. 서문에서 저버스는 셸턴, 스티븐스, 모튜에 대해 입바른 소리를 전하는 가운데 셸턴이 스페인어로 된 원작이 아닌 프란치오시니(Franciosini)의 이탈리아 번역판을 원본으로 삼아 번역을 했다며 그에 대해 부당하게 섣부른 비난을 퍼부었다.

그런데 사실 셀턴의 첫 번역본이 나온 뒤 10년이 되는 시점까지도 프란치오시니의 이탈리아판은 아직 출판 전이었다. 그런데 저버스의 번역 능력을 의심하는 분위기는 그가 화가를 직업으로 삼은 데다가, 우리에게 남아 있는 스위프트 초상화 가운데 최고의 작품을 남겼음에도 불구하고 그를 이류 화가로 보는 시선과도 무관치 않은 듯 보인다. 거기에 포프가 한 말이 그런 분위기를 더욱더 강화했다. 포프는 저버스가 "스페인어를 제대로 이해하지 못한 상태로 『돈키호테』를 번역했다."고 말했다. 또 저버스가 스스로 폄하했던 셀턴의 영역판으로부터 도움을 받았다는 점이 비난의 화살로 되돌아왔다. 그가 몇몇 난해하고 애매모호한 문장을 번역하면서 셀턴을 차용하고 셀턴이 오류를 범한 곳에서는 그 오류를 그대로 답습했던 것도 사실이다. 하지만 이런 종류의 잘못을 굳이 따지자면 저버스가 옳고 셀턴이 틀린 곳이 50군데나 있다. 포프의 발언과 관련해서도 저버스의 영역판을 원작과 일일이 대조하며 꼼꼼히 훑어본 사람이라면 그가 아마 단순한 일상 구어체 스페인어를 제외하면 셀턴과는 비교할 수 없을 정도로 뛰어난 정통 스페인어 학자라는 사실을 알게 될 것이다. 사실상 그는 정직하고 충실한 노력파 번역가였다. 결점이 없다 할 수는 없겠지만 그는 실수와 오역을 크게 걱정할 필요 없는 독보적인 영역판을 남겼다.

저버스의 영역판에 대한 비난은 그것이 딱딱하고 건조하다는, 한마디로 "마른 나무 같다"는 점이다. 그렇게 비난할 만한 근거가 있다는 사실을 부인할 사람은 없다. 하지만 저버스를 굳이 옹호하자면 책 곳곳에서 보이는 이러한 경직성은 그가 그 이전에 나온 영역판들이 보인 가볍고 경박하고 익살맞은 문체를 혐오한 데서 비롯되었다고도 볼 수 있다. 그는 돈키호테식 해학의 본질인 웃음기 없는 엄숙성을 이해한 몇 안 되는 번역자 중 하나였다. 그는 세르반테스를 불러 세워 놓고 그만이 가진 장점들에 대해 히죽대고 낄낄대는 것은 범죄라고 생각한 듯하다. 그의 번역에 특징적인 점, 즉 활기를 띠고 있는 것은 모조리 금욕적이라할 만큼 배제하는 태도는 상당 부분 이로부터 기인하는 것인지도 모른다. 대부분의 현대 판형에서 그의 문체는 스페인어 원작과는 상관없이 매끄럽고 활달하게 변하고 있다. 그렇듯 저버스의 영역판을 좀 더 기분 좋게 읽을 수 있도록 탈바꿈하는 것은 결국 그로부터 정확성과 충실성이라는 장점을 앗아가는 일에 다름 아니다.

1755년에 출판된 스몰렛(Smollett)의 영역판은 특별할 것 없는 그저 그런 번역으로 간주되어도 큰 무리는 없을 듯하다. 아무튼 그 구성에서 저버스의 번역에 매우 노골적으로 의지하고, 스페

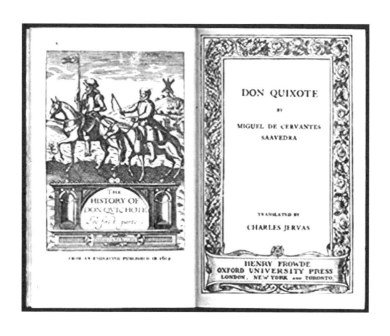

화가이자 번역가이며 예술품 수집가인 찰스 저버스(1675–1739)의 『돈키호테』(1742).

인어 원작은 거의, 아니 전혀 거들떠보지도 않았던 게 분명하다.

이후에 나온 영역판은 간단히 언급하고 넘어가도 좋을 듯싶다. 1769년에 선을 보인 조지 켈리(George Kelly)의 번역판은 말 그대로 "그 번역자를 위해 인쇄된" 책으로 뻔뻔스러운 사기행위라 할 만하다. 이 판은 모튜의 영역판을 이곳저곳 몇 개의 단어만을 교묘히 바꿔 출판한 책에 불과하다. 찰스 윌모트(Charles Wilmot)의 영역판(1774)은 플로리언(Florian) 영역판의 요약본에 불과하지만 그 구성도 솜씨가 썩 좋지 않다. 1818년에 출판된 스머크(Smirke)양의 영역판은 남동생의 삽화와 함께 선을 보였는데 기존 영역판에서 이것저것 주워 모아 짜깁기한 책이었다. 가장 최근에 나온 듀필드(A. J. Duffield) 씨의 영역판은 여기에서 내 견해를 피력할 가치조차 없을 정도로 어느 면으로 보나 참으로 보기 민망한 책이다. 내게 이 작업에 대한 의뢰가 들어온 시점까지도 나는 그 책을 보지조차 못했다. 이 영역판은 듀필드 씨의 평판과 예쁘장한 디자인으로 세르반테스를 사랑하는 모든 이들을 유혹한다. 하지만 여러 명백한 이유로 나는 앞으로도 그러한 유혹을 뿌리치고 누군가 물어보면 그저 한번 훑어보았노라고 말할지도 모르겠다.

지금까지 살펴본 『돈키호테』 영역판의 역사에 비추어볼 때 상당수의 사람들은 자신들을 즐겁게 해줄 형식으로 여러 사실, 사건, 모험들을 가득 모아서 이야기를 꾸며주기만 하면 세르반테스가 원래 자기 생각을 담았던 형식이야 어찌 되었든 상관하지 않는다는 것을 알 수 있다. 반면에 그가 풀어내는 이야기뿐 아니라, 적어도 표현양식과 환경의 차이가 허용하는 한도 내에서 그가 본래 말하고자 했던 이야기를 듣고 싶어 하는 독자들도 많다는 것 또한 명백하다. 그런 독자들은 설사 번역가 스스로 서투른 방식으로 자기를 변호하고 나섰다 할지라도 어쨌든 성실하고 양심적인 번역가를 선호할 게 분명하다.

하지만 그렇다고 해서 두 부류가 서로를 진정으로 적대시하는 것은 아니다. 누군가를 즐겁게 하는 것이 다른 이들을 즐겁게 해서는 안 될 이유는 없기 때문이다. 혹은 무심한 독자들이『돈키호테』를 유명한 옛 만담집 정도로 여기는 번역가를 용인하듯이, 그 소설을 위대한 고전으로 여기며 예의를 갖춰 다루고자 하는 번역가를 받아들여서는 안 될 이유 또한 없기 때문이다.『돈키호테』가 일반 독자들이 범접할 수 없는 지고한 작품이라는 이야기가 아니다. 만일 그렇다면 잘못은 그런 소설을 쓴 사람에게 있다. 세르반테스가 스페인 사람들의 귀를 혹하게 한 방식은, 일부 수정을 거쳐야 하겠지만 대다수 영어권 독자들에게도 마찬가지로 효과적이어야 마땅하다. 적어도 이런 문제에 무관심한 독자들이 있겠지만 방법론에 대한 성실성, 정확성은 소재에 대한

1863년 파리 하셰트 판(Hachette edition)의 권두 삽화로 살린
귀스타브 도레의 '돈키호테'. 영어본에서는 1885년 존 옴스비 판에 처음 실렸다.

성실성, 정확성만큼이나 번역자의 의무에 속한다. 만일 그가 모든 독자들을 즐겁게 해줄 수 있다면 금상첨화일 것이다. 하지만 무엇보다 번역자는 재량껏 원작을 번역해서 전달하는 일만큼이나 원작자의 대변인 역을 충실히 수행해주기를 기대하는 독자들을 저버려서는 안 된다. 번역자는 가능한 한 원작의 자구 하나하나에 충실해야 하고 가능한 한 원작자의 정신에 충실해야 한다.

이 지면을 통해 무언가 번역에 규칙이 될 만한 것들을 독단적으로 정하겠다는 것이 아니다. 다만 『돈키호테』라는 사례와 관련해서 내가 지금까지 따랐던, 아니 적어도 내가 최선을 다해 따르고자 애썼던 바들을 보여주고 싶을 따름이다. 『돈키호테』를 번역하면서 가장 엄격하게 따라야 할 점은 가식적 요소를 철저히 배제하는 것이다. 어떤 의미에서 보면 그 소설은 사실상 그런 가식에 대한 저항이라 할 만하다. 세르반테스만큼 가식을 혐오한 사람도 없었다. 이런 이유로 나는 고색창연한 구닥다리 표현을 쓰고자 하는 유혹을 철저히 배격해야 한다고 생각한다. 그것도 결국은 가식이다. 어떠한 근거도 변명의 여지도 없는 가식이다. 17세기 이후 스페인어는 유럽의 여타 언어들에 비해 변화를 덜 겪었다. 따라서 『돈키호테』의 상당 부분 아니 거의 모든 부분은 오늘날 스페인 사람들이 사용하고 있는 일상어와 언어상에서 별반 차이가 없다. 꾸며낸 이야기나 돈키호테의 대사를 제외하면 가장 단순하고 평범한 일상의 언어를 사용하는 번역자가 원작에 가장 근접한 번역자가 될 가능성이 무척 높다.

『돈키호테』의 이야기와 모든 등장인물, 사건들이 2세기 반 넘도록 영어권 독자들에게 일상어만큼이나 익숙한 것이었다는 점을 감안할 때 친숙한 옛 이름이나 관용구를 합당한 이유 없이 바꾸는 것은 온당치 못하다는 게 내 생각이다. 물론『돈키호테』가 위대한 고전 대우를 받을 자격이 충분하다고 생각하는 역자라면 당연히 제4장에 나오는 모리스코(Morisco, 국토 회복 전쟁이 끝난 1492년 이후에도 이베리아 반도에 남아 있던 가톨릭으로 개종한 이슬람교도를 말한다-역주)에 대해 그 어떤 생략도 덧칠도 해서는 안 된다는 점을 금과옥조처럼 받아들일 것이다.

II. 세르반테스와 돈키호테에 대하여

4세대가 지나도록 사람들은『돈키호테』를 그저 재미있는 이야기 정도로 생각해왔다. 그러다가 누군가 책 속표지에 이름이 박힌 미구엘 데 세르반테스 사베드라가 누구며 어떤 사람인가 물었다. 1738년 카터릿 경(Lord Carteret)의 의뢰를 받아 출판된 런던 판에 저자의 삶을 조명하는 내용을 첨가하자는 제안이 있었다. 하지만 그 질문에 만족스러운 답변을 하기에는 때가 너무 늦어 있었다. 그 당시에는 이미 세르반테스 개인의 자취들이 모두 사라져버렸기 때문이다. 세르반테스에 관한 아무런 기록도 남아 있지 않은 상태에서 그나마 세르반테스를 알았던 사람들로부터 입에서 입으로 옮겨지던 이야기들마저 이미 오래 전에 자취를 감추었다. 16, 17세기는 "자기 시대의 사람들"에 대해 호기심이 없었기 때문이다. 19세기는 셰익스피어나 세르반테스를 배출해내지 못했음에도 어쨌든 그런 비난을 받지는 않았다. 세르반테스의 흔적을 찾아 헤매던 마이안스 이 시스카르(Mayans y Siscar, 1699-1781, 스페인 역사가, 언어학자, 계몽주의 작가)와 그를 따르던 리오스 (Rios), 펠리체르(Pellicer), 나바레테(Navarrete)가 했던 일은 기껏해야 그의 삶과 관련 있는 발견 가능한 기록상의 증거 조각들과 함께 그가 쓴 다양한 서문들 속에 숨어 있던 희미한 암시들을 이어 붙이는 것이었다.

하지만 모든 선배들을 대체할 만큼 효과적으로 작업을 진행한 사람은 맨 마지막에 거론한 나바레테였다. 나바레테의 작업은 그 철두철미함에서 타의 추종을 불허했다. 나바레테는 보기 드문 인내심과 통찰력으로 기왕에 드러난 것들을 샅샅이 살피고 검증하고 체계화하면서 무언가 단서가 될 만한 것들을 찾기 위해 온갖 수를 다 썼다. 우리가 흔히 쓰는 속담처럼 그야말로

"뒤집어보지 않은 돌이 없었다." 나바레테는 온 감각을 총동원해 성실히 작업에 임했다. 우리가 원하는 것을 그에게서 찾지 못했다면 그것은 나바레테의 잘못이 아니다. 할람이 셰익스피어에 관해 했던 말은 세르반테스에게도 거의 그대로 적용될 만하다.

"우리가 찾는 것은 그의 세례 명부도 그의 유언장도 이름의 철자법도 아니다. 당대의 그 누구도 그의 저작과 대화와 성격에 관해 단 한 줄의 글조차 남기지 않았다."

따라서 세르반테스의 전기 작가들은 볏짚 없이 벽돌을 만들어야 하는 심정으로 주로 추측에 의지할 수밖에 없었고, 그 추측이 경우에 따라서는 점차 기정사실이 되고 말았다. 필자가 여기에서 의도하는 바는 사실의 영역을 추측의 영역으로부터 분리해서, 그 자료들이 추론을 정당화하는지의 여부를 결정하는 일은 독자들의 판단에 맡기겠다는 게 전부다.

스페인 문학의 맨 앞자리에 이름을 올리는 데 모두가 동의하는 이름들, 즉 세르반테스, 로페 데 베가(Lope de Vega), 케베도(Quevedo), 칼데론(Calderon), 가르실라소 데 라 베가(Garcilaso de la Vega), 멘도사스(the Mendozas), 공고라(Gongora)는 모두 유서 깊은 가문 출신이며, 묘하게도 공고라를 제외하고는 스페인 북부의 같은 산악지역 태생이다. 세르반테스의 가문은 흔히 갈리시아(Galicia)에 뿌리를 둔 것으로 알려져 있으며 아주 오랜 옛날 갈리시아에 토지를 소유하고 있었다. 하지만 '본향', 즉 가문이 본래 둥지를 튼 지역은 카스티야와 레온(Leon), 아스투리아스(Asturias)가 만나는 지점 인근의, 구 카스티아 북서쪽 구석에 자리한 세르바토스(Cervatos)였다. 용케도 〈유명한 톨레도의 성주 누노 알폰소의 걸출한 조상들과 공적 및 귀족 자손들(Illustrious Ancestry, Glorious Deeds, and Noble Posterity of the Famous Nuno Alfonso, Alcaide of Toledo)〉이란 표제 아래 10세기부터 17세기까지 망라하는 세르반테스 가문의 완벽한 족보가 현존한다. 이 족보는 계관시인이자 요한 2세의 사료편찬위원이었던 후안 데 메나(Juan de Mena)가 쓴 족보 원고를 손에 넣은, 성실한 계보학자 로드리고 멘데스 실바(Rodrigo Mendez Silva)가 1648년에 집필한 것이었다.

세르반테스라는 이름의 기원도 별나다. 누노 알폰소는 반세기 전 알폰소 6세 통치기에 시드(Cid)가 그랬던 것처럼 알폰소 7세 통치기에 무어인들과의 전투에서 큰 공적을 세워 톨레도 인근의 여러 땅을 하사받은 인물이었다. 누노 알폰소는 하사받은 땅 가운데 톨레도로부터 8km 정도 떨어진 곳에 성 하나를 짓고 그 이름을 세르바토스라 붙였는데 바스크 지방(Basque Provinces)으로부터 레온까지 뻗어 있는 이 산악지대가 예로부터 세르바토스로 불렸으며 "그가 몬타나 산악지대 세르바토스 지역의 영주"였기 때문이다.

그가 1143년 전투 중 사망하자 세르바토스 성은 그의 뜻에 따라 아들 알폰소 무리노(Alfonso Munio)에게 상속되었다. 알폰소 무리노는 당시 단순한 부계 조상의 이름 말고 영토 혹은 지역의 이름을 딴 성씨가 유행하자 자기 이름에 세르바토스라는 성을 더 붙였다. 이후 무리노의 장남 페드로가 성을 물려받으면서 아버지를 본받아 세르바토스라는 성씨도 물려받았다. 그런데 차남 곤살로(Gonzalo)는 이런 상황을 불쾌히 여긴 듯하다.

톨레도를 아주 잠깐이나마 들렀던 사람들은 알칸타라(Alcantara) 다리가 타호 강 협곡을 가로지르는 지점 위 언덕에 앉아 있는 폐허가 된 성을 기억할 것이다. 그 성의 망가진 윤곽과 허물어진 성벽으로 인해 협곡 건너편 도시의 지붕들 위로 우뚝 솟아 있는 견고한 정방형의 궁전은 흡사 멋진 목걸이를 걸치고 있는 형상이다. 이 성은 1085년 알폰소 6세가 톨레도를 점령한 직후 세워졌는데 그는 한 스페인 순교자의 이름을 따 이 성에 산 세르반도(San Servando)라는 이름을 붙였다. 이 이름은 나중에 산 세르반(San Servan)(『시드의 노래(Poem of the Cid)』에 나오는 이름을 따라), 산 세르반테스(San Servantes)를 거쳐 산 세르반테스(San Cervantes)로 바뀌었다. 이와 관련해서 최근 『스페인 안내서(Handbook for Spain)』는 이 이름이 『돈키호테』의 저자와 모종의 관계에 있다는 추측은 금물이라고 경고한다. 우리 모두가 알고 있다시피 스페인 여행의 길벗이자 길잡이를 자처해온 포르드(Ford)는 문학 혹은 역사 문제에서 잘못된 길을 제시하는 경우가 거의 없다. 하지만 이 경우만큼은 그의 실수이다. 그 이름은 『돈키호테』의 저자와 전적으로 관련이 있다. 사실상 오늘날 스페인이 가장 자랑스럽게 여기는 이름을 그 나라에 베풀어준 것은 바로 이 오래된 성벽이기 때문이다. 앞서 언급했듯이 무리노의 차남 곤살로가, 명목상 성의 명칭에서 딴 것이기는 하지만 실제로는 가문의 옛 영토로부터 유래한 이름, 따라서 자신에게도 사용할 동등한 권리가 있는 이름을 형이 독차지한 것에 불쾌했을 것은 쉽게 상상이 가는 일이다. 그래서 일종의 보상심리가 발동한 나머지 형과 자신을 구분하기 위해 타호 강 하안에 지은 성의 이름을 자신의 성씨로 취했다. 가문의 전통에 따라 그의 증조부도 그 성을 건축하는 과정에 일정 지분을 갖고 있었기 때문이다.

형제 모두 가계를 일구었다. 그런데 세르반테스 쪽 가계가 더 억척스럽고 강인한 면모를 보여 자손들이 안달루시아, 에스트레마두라, 갈리시아, 포르투갈 등 전국 각지로 뻗어나갔다. 이들은 교회와 국가를 위해 복무하며 두각을 나타낸 여러 뛰어난 남자들을 배출했다. 곤살로 자신과 그의 아들이 분명한 한 남자는 페르디난드 3세를 뒤따르며 1236~48년에 걸친 실지회복 운동

(레콩키스타(Reconquista), 711~1492년까지 780년 동안 무어인에게 정복당한 이베리아반

도를 기독교인들이 재탈환하고자 벌인 운동 -역주)에 참여했다. 이를 통해 스페인 기독교도들은 코르도바와 세비야를 손에 넣고 무어인들을 그라나다 왕국에 가둘 수 있었다. 그의 자손들은 이베리아 반도의 지체 높은 귀족 가문들과 결혼했으며 숱한 군인, 행정장관, 그리고 최소한 두 명의 추기경을 비롯한 교회 고위직을 지냈다.

안달루시아에 정착한 후손들 가운데 산티아고의 기사단 지휘관이었던 데이고 데 세르반테스(Deigo de Cervantes)는 후안 아리아스 데 사베드라(Juan Arias de Saavedra)의 딸 후아나 아벨라네다(Juana Avellaneda)와 결혼해서 슬하에 대여섯 명의 자식을 두었다. 그 중 하나가 곤살로 고메스(Gonzalo Gomez)로 그는 헤레스(Jerez) 시 행정장관을 지냈으며 가문의 멕시코, 콜롬비아 계 시조로 알려져 있는 인물이다. 또 다른 아들 후안은 도나 레오노르 데 코르티나스(Dona Leonor de Cortinas)와 결혼해서 슬하에 로드리고(Rodrigo), 안드레아(Andrea), 루이사(Luisa), 그리고 우리의 작가 미겔, 그렇게 네 명의 자식을 두었다.

세르반테스 가문은 『돈키호테』와 관련이 없지 않다. 저 멀리 펠라요(Pelayo)[3] 시대로부터 그라나다 포위작전에 이르기까지 어

---

3) 라틴어로는 펠라기우스(Pelagius). 펠라요는 718년에 이베리아 반도 북부의 아스투리아스 지방에서 우마이야 왕조의 이베리아 총독이던 무누자(Munuza)에게 반기를 들어 기독교 왕국인 아스투리아스 왕국(Asturorum Regnum)을 세우고 722년에는 코바동가 전투(Battle of Covadonga)에서 이슬람 군을 물리쳤다. 그런 이유로 그는 레콩키스타의 개시자라는 평가를 받는다.

느 편력기사 가문을 실제로 되짚어볼 수 있었던 사람이라면 그 모험담에 담긴 엉터리 기사도 정신에 관해 강렬한 느낌을 받았을 가능성이 컸다. 게다가 그가 마치 피라미드처럼 한때 번성했다가 물거품처럼 사라져버린 가문들에 관해 여러 차례 언급을 한다면 그것은 무엇을 의미하는 것일까? 그것은 자기 자신의 이야기였다.

그는 1547년 알칼라 데 에나레스(Alcala de Henares)에서 태어나 10월 9일 산타마리아 마요르(Santa Maria Mayor) 교회에서 세례를 받았다. 세르반테스의 소년, 청년 시절과 관련해서는 그가 『희극들Comedies』 서문에서 자신에 관해 언뜻 내비친 내용이 아니었다면 우리는 세르반테스에 대해 아는 바가 아무것도 없었을 것이다. 그는 이 서문에서 로페 데 루에다⁴와 그의 극단이 광장에 허름한 가설무대를 세우고 소박한 소극들을 공연하는 광경을 지켜보던 한 소년의 모습을 그리면서 이 소극들이 훗날 자신이 쓴 막간극들의 모델이 되었다고 밝히고 있다. 하지만 그가 스치듯 기술한 이 내용은 의미심장하다. 그것이 세르반테스의 삶에 엄청난 영향을 끼치면서 나이가 들수록 점점 더 강해지는 듯한 극에 대한 사랑의 맹아를 보여주고 있으며, 그의 죽음 직전

---

4) Lope de Rueda(1510?–1565); 16세기 스페인 극작가로 서민적이고 사실적인 연극의 창시자이다. 세르반테스 등 후세 극작가들에게 영향을 끼쳤다. 소극(笑劇, Paso)에서 독창적 재능을 발휘하였다. 『올리브 열매』, 『하우하의 토지』, 『초대객』 등이 유명하다.

돈키호테와 산초 판사의 좌상이 있는 세르반테스의 생가(알칼라 데 에나레스).
지금은 박물관이 되었다.

에 쓴 이 서문이 그런 사랑에 대한 명백한 증거이기 때문이다. 또한 세르반테스는 청년 시절 자신이 독서광이었음을 우리에게 알려준다. 하지만 이에 관해서는 별도로 증거를 들 필요조차 없다. 『돈키호테』 전편 자체가 잡다하고 방대한 그의 독서 편력을 입증해주기 때문이다. 그는 기사도소설, 담시(譚詩), 대중시, 연대기 등을 닥치는 대로 섭렵했다. 그리고 세르반테스 인생에서 초반 20

년 말고는 이렇듯 책을 읽을 시간이나 기회가 없었다. 잘못된 인용이나 세부적인 부분에서의 실수는 언제나 어린 시절 읽었던 책들을 기억해내는 과정에서 생긴 것임을 주목할 필요가 있다.

세르반테스가 소년이었을 당시 연극을 제외한 다른 것들은 모두 맹아기에 있었다. 그의 소년 시절은 스페인에게 모든 면에서 일종의 과도기였다. 기사도 시대의 옛 스페인은 자취를 감추고 말았다. 새 스페인은 로마제국 이후 세계가 목도한 권력 가운데 가장 강력한 권력이었다. 새 스페인은 그런 강력한 힘의 대가를 아직은 치르지 않은 시점이었다. 페르디난드와 히메네즈(Ximenez)의 정책에 따라 국왕은 절대권력을 쥐었고 교회와 종교재판은 절묘한 변신을 통해 국왕의 절대권력 유지를 도왔다. 귀족들은 무어인들과 맹렬히 투쟁해왔던 모습 그대로 절대주의에 거세게 저항했고 그 결과 모든 정치권력을 박탈당했다. 도시들도 비슷한 운명을 겪었고 카스티야와 아라곤의 자유 헌법은 휴지조각으로 변했다. 의회(Cortes)의 유일한 기능은 국왕의 명령에 돈을 대는 것이었다.

변화는 문학에도 찾아왔다. 이탈리아 전쟁에 참전한 가르실라소 데 라 베가(Garcilaso de la Vega)와 디에고 우르타도 데 멘도사(Diego Hurtado de Mendoza) 같은 인물들은 르네상스 이후의 문학작품들을 이탈리아로부터 도입했는데 이 문학적 산물들은 스페인에 뿌리를 내리고 번성해서 토종 문학의 성장을 방해할 정도로 위협적이었다. 데이몬(Damon)과 티르시스(Thysis), 필리스(Phyllis)와 클로에(Chloe)는 좌절하는 양치기와 완강한 처녀 양치기라는 관념에 참신한 분위기를 부여할 만한 목가시의 장치들을 총동원함으로써 스페인에 당당히 정착했다. 이에 대한 대항마로 역사적이고 전통적인 옛 담시들과 진정한 목가시들, 농민들의 삶을 담은 노래와 담시들이 앞다투어 서정시집(cancioneros)들에 담겨 출판되었다. 하지만 이런 출판 확산의 가장 주목할 만한 결과는 기사도 소설의 홍수였다. 기사도 소설들은 가르시 오르도네스 데 몬탈보(Garci Ordonez de Montalvo)가 16세기에 들어서면서 『갈리아의 아마디스(Amadis de Gaula, 원시적 형태의 소설이자 기사도 문학의 출발을 알리는 작품으로 아서왕 전설 류의 기사 모험담의 스페인판 원류이다. 1508년 몬탈보가 재편집해 세 권의 책으로 출판했다-역주)』를 재구성한 이래로 속속 선을 보였다.

16세기 중반 스페인에서 가볍든 본격적이든 간에 젊은 시절 독서를 하기에 알칼라 데 에나레스(Alcala de Henares)만한 곳은 없었다. 당시 이곳은 살라망카(Salamanca)의 진취적인 경쟁자 그 이상의 무언가를 지닌 번잡하고 인구가 많은 대학 도시였다. 당시의 알칼라 데 에나레스는 오늘날 여행자들이 마드리드로부터 사라고사로 가는 길에 만나게 되는 우울하고 적막하고 황량한 알칼라와는 사뭇 다른 곳이었다. 신학과 의학이 그 대학의 강점이었을지 모르지만 도시 그 자체는 인문학과 경문학(輕文學) 쪽으로 흐르는 경향을 보이고 있었으며 서적 출판과 관련해서 알칼라는 이미 오래 전부터 인쇄가 발달했던 톨레도, 부르고스(Burgos), 살라망카, 세비야 등과 경쟁할 만한 위치에 올라 있었다.

세르반테스가 처음으로 연극을 구경하던 광경과 비견할 만한 풍경이 당시의 알칼라 거리에서 자주 펼쳐지고 있었을지 모른다. 그곳에서 한 발랄하고 호기심 많은 황갈색 머리칼의 소년이 신간 도서들이 사람들을 유혹하며 펼쳐져 있는 어느 서점 안을 뚫어져라 바라보고 있다. 소년은 『라사리요 데 토르메스의 생애, 제2판Vida de Lazarillo de Tormes, segunda impression』[5]으로 불리는, 맹인 거지와 소년의 목판 그림이 찍힌 소책자가 혹시 그곳에 있는지 궁금해하고 있었을지도 모른다. 아니면 당시 기사도 소설 출판사들이 책 속표지에 즐겨 인쇄해 넣었던 별난 행색에 깃털 장식을 한 편력기사의 파격적인 초상화를 기쁨에 들뜬 눈으로 응시하고 있었을지도 모른다. 만약 소년이 그 편력기사를 창조해낸 사람이었다면 50줄 나이의 그 남자에게서 강하게 풍겨나오던 조화롭지 못한 느낌은 열 살 소년에게 생생하게 다가왔을 터이다. 따라서 이와 같은 상황들이 반영되어 『돈키호테』

---

5) 50쪽 정도의 소책자로 전 7부로 구성되어 있으며 하층계급 출신의 주인공 소년 라사로의 삶을 그린 자전체적 소설. 피카레스크 소설이라는 장르를 개척한 것으로 유명하다.

가 실제로 탄생했다고 보아도 무방하지 않을까?

좀 더 알찬 교육을 받기 위해 그가 살라망카로 향했다고 알려져 있다. 하지만 세르반테스가 살라망카에 갔다고 추정할 만한 근거가 우리에게 있다면, 무척 가난했던 로드리고 데 세르반테스가 코앞에 대학이 있는데도 아들을 굳이 240km나 떨어진 대학에 보내야 했던 이유는 수수께끼일 수밖에 없다. 그에 대한 유일한 증거는 토마스 곤잘레스 교수가 했던 모호한 발언이다. 교수는 언젠가 오래된 입학생 명부에서 미겔 데 세르반테스라는 이름을 보았다고 말했다. 이후 그 명부를 보았다는 사람은 없는 듯 보인다. 하지만 설사 누군가 보았다 하더라도, 그리고 자료가 교수의 주장에 부합했다 하더라도 그 사실이 증명할 수 있는 것은 전혀 없다. 16세기 중반에 태어난 적어도 두 명의 다른 미겔이 존재하기 때문이다. 게다가 그 중 하나는 사촌 세르반테스 사베드라였다. 전기작가들을 무척 당혹케 하는 사실이 아닐 수 없다.

그가 살라망카 학생도 알칼라 학생도 아니었다는 사실은 그 자신의 작품을 통해서 쉽사리 입증된다. 세르반테스만큼 경험에 의지해 작품 활동을 한 사람도 없다. 그는 학창 시절의 추억담을 그 어디에도 남기지 않았다. 심지어 대부분의 남자들이 잘 기억하는 시절을 그도 기억하고 있음을 보여주는 "대학생들 사이에 떠도는 우스갯소리" 한 마디조차 남기지 않았다. 우리가 그의 교육과 관련해서 알고 있는 것은 꽤 저명한 인문학 및 순수문학 교수인 후안 로페스 데 오요스(Juan Lopez de Hoyos)가 세르반테스를 "아끼고 사랑하는 학생"이라 부른 사실이 전부다. 이 표현은 필립 2세의 두 번째 왕후 이사벨 데 발로이스(Isabel de Valois)의 죽음에 부쳐 여러 작가들이 쓴 시들을 모아 1569년 그 교수가 출판한 한 시가집에 나온다. 이 시집에 세르반테스는 비가(悲歌) 한 편과 소네트 형식의 비문(碑文) 한 편 등 모두 4편의 시를 기고했다. 『리시다스Lycidas』(1637)[6] 같은 시가 이런 종류의 책에 수록될 기회는 극히 드물다. 더구나 세르반테스는 밀턴이 아니다. 그의 시들은 통상적으로 그런 시들이 보이는 수준보다 썩 나쁘지 않았다. 그런 시들에게 최소한 그런 표현 정도는 해줄 수 있다고 본다.

그 책이 출판될 즈음 세르반테스는 이미 스페인을 떠난 상황이었다. 이후 세르반테스는 마치 운명인 것처럼 12년 동안 자신의 삶에서 가장 파란만장한 세월을 보냈다. 1568년 말, 훗날 추기경이 된 지울리오 아크콰비바(Giulio Acquaviva)는 다소 정치적인 의도가 내포된 교황의 조문 사절로 필립 2세를 알현했다. 스페

---

6) 존 밀턴이 학우 에드워드 킹(Edward King)을 추도해서 지은 애가(哀歌)

인에서 국왕에게 다소 홀대를 받은 지울리오 아크콰비바는 로마로 돌아오는 길에 세르반테스를 교황의 가정에서 시중을 들 시종(camarero)으로 데려갔다. 세르반테스가 이 직책을 고수했다면 틀림없이 교황청에서 출세의 길을 걸었을 것이다. 하지만 세르반테스는 1570년 여름 시종 일을 그만두고, 당시에는 마르크 안토니 콜론나(Marc Antony Colonna) 사령부에 소속되어 있던 돈 미겔 데 몬카다(Don Miguel de Moncada) 연대 산하 디에고 우르비나(Diego Urbina) 중대에 이등병으로 자진 입대했다.[7] 그가 이런 선택을 하게 된 배경이 무엇인지, 자기 직업에 대한 혐오감 때문이었는지 아니면 단순히 군인이 되겠다는 열정 때문이었는지 우리는 알 수 없다. 다만 당시가 격동의 시대였기 때문에 후자가 그 배경이 되었을 가능성이 크다. 하지만 스페인과 베네치아, 교황이 오스만이라는 공동의 적에 맞서 동맹(신성동맹)을 맺고 그 연합함대가 레판토(Lepanto)에서 승리를 거두는 일련의 상황 전개는 세르반테스 개인의 삶보다는 유럽 역사에 속한다. 세르반테스는 1571년 9월 돈 후안 데 아우스트리아(Don Juan de Austria)의 지휘 아래 메시나에서 발진한 부대의 일원이었다. 하지만 터키 함대가 눈앞에 모습을 드러낸 10월 7일 아침 세르반테스는 열병으

---

7) 당시 이탈리아 주둔 스페인 군은 베네치아, 제노바 군과 연합에서 투르크 군과 지중해 패권을 놓고 격돌하고 있었다.

로 몸져누워 있었다. 적이 출현했다는 소식에 세르반테스는 자리에서 일어났다. 동료와 상관들의 만류에도 불구하고 세르반테스는 자기 몸을 지키느니 차라리 신과 국왕을 위해 죽음을 선택하겠다고 말하며 군인으로서의 직분을 다하겠다고 고집했다. 그가 탄 갤리선 '마르케사(Marquesa)' 함은 격렬한 교전 한가운데 놓였고 그 와중에 세르반테스는 가슴에 두 발, 왼손 혹은 왼팔에 한 발 등 모두 세 발의 총탄을 맞았다. 나바레테(Navarrete)에 따르면 전투가 끝나고 맞이한 아침 세르반테스는 부상자들을 몸소 조사하던 사령관 돈 후안과 면담을 가졌다고 한다. 그 결과 그의 봉급이 3크라운 올랐지만, 들리는 이야기로는 장군과 친분관계를 맺을 기회를 얻었다는 것이 더 큰 소득이었다.

세르반테스가 얼마나 심각한 부상을 입었는지는, 건장한 체격에 믿을 수 없을 만큼 쾌활하고 낙천적인 기질의 젊은이가 메시나에 있는 한 병원에서 무려 여섯 달 동안 입원해 있었다는 사실만으로도 충분히 추측할 수 있다. 퇴원할 당시 그의 왼팔은 영구 장애를 입은 상태였다. 세르반테스가 죽기 2년 전에 출간한 시작품『파르나소로의 여행(Viaje del Parnaso)』에서 머큐리가 '오른팔의 더 큰 영광'에 대해 말한 사실로 미루어볼 때 그의 왼팔은 기능을 완전히 상실했다. 하지만 그렇다고 군 복무를 전혀 못할 상황은 아니었다. 1572년 4월 세르반테스는 로페 데 피게

◆ 1571년 10월 7일에 발발한 '레판토 해전'에 동원된 갤리선들

로아(Lope de Figueroa) 연대 산하 마누엘 폰세 데 레온(Manuel Ponce de Leon) 중대로 복귀했다. 그 부대는 동생 로드리고가 소속해 있었다. 세르반테스는 그 부대에서 이후 3년간 튀니스의 골레타(Goletta) 항과 튀니스(Tunis) 함락 작전을 포함한 여러 작전에 참여했다. 세르반테스는 터키군이 이 지역을 탈환한 뒤 이어진 소강 국면을 이용해 스페인으로 귀국하도록 허가를 받았다. 세르반테스는 1575년 9월 갤리선 '솔'(Sol; Sun) 호를 타고 나폴리를 떠나 바르셀로나로 향했다. 동생 로드리고, 골레타 항의 전 총독 페드로 카리요 데 케사다(Pedro Carrillo de Quesada)를 비롯한 몇몇 인사들과 함께였다. 세르반테스의 품에는 돈 후안 데 아우스트리아와 시칠리아 총독인 세사(Sesa) 공작의 편지가 들어 있었다. 편지에는 군 복무 중에 세르반테스가 쌓은 공적과 부상 이력을 들어 국왕에게 그를 중대장으로 추천하는 내용이 담겨 있었다. 26일 일행은 뜻밖에 오스만령 알제리의 해적선 함대와 맞닥뜨려 그들의 공격에 완강히 맞섰지만 결국 진압당해 알제(Algiers)로 끌려가는 신세로 전락했다.

형제는 몸값을 지불하고 풀려난 인질 한 사람을 통해 자신들이 처한 상황을 가족에게 용케 알릴 수 있었다. 소식을 들은 즉시 알칼라의 가난한 가족들은 몸값을 마련하려고 온갖 수를 다 썼다. 아버지는 자신이 소유한 모든 재산을 처분하고 두 자매는 결혼지참금을 포기했다. 하지만 세르반테스의 주인이 된 달리 마미(Dali Mami)는 국왕에게 보내는 돈 후안과 세사 공작의 추천서를 세르반테스에게서 발견하고는 그가 매우 중요한 인물이라고 결론내렸다. 결국 몸값이 도착했지만 달리 마미는 몸값이 터무니없이 적다며 콧방귀를 뀌며 거들떠보지도 않았다. 반면에 로드리고의 주인은 만족해하며 기꺼이 몸값을 받아들였다. 형제간에 상의를 한 끝에 로드리고가 스페인으로 돌아가 배를 마련해서 알제리로 다시 와서 그 배에 미겔과 가능한 한 많은 동료들을 태워 탈출하기로 했다. 사실 세르반테스가 탈출을 시도한 것은 이번이 처음이 아니었다. 억류 직후 세르반테스는 동료 대여섯 명을 설득해서 당시 스페인 군 주둔지였던 오랑(Oran)까지 도보로 탈출하기로 했다. 그런데 탈출 첫날이 지나고 오랑까지 안내하겠다던 무어인이 그들을 버리고 도망치는 일이 벌어졌다. 결국 일행은 출발지로 되돌아올 수밖에 다른 도리가 없었다. 두 번째 시도는 더 처참했다. 세르반테스는 해안가에 있는 그 도시 교외의 한 정원에 스페인 정원사의 도움을 받아 은신처를 만들고 억류된 사람 14명을 한 사람씩 은신처로 데려와 그곳에서 몇 달동안 비밀리에 기거토록 했다. 식량은 금 도금사(El Dorador)로 알려진 한 배교자가 조달해주었다. 포로 신세였던 세르반테스가 어떻게 이 모든 일을 도모할 수 있었는지는 수수께끼 가운데 하나다. 계획 자체는 좀 엉성한 듯 보일지 몰라도 이번의 탈출 기도는 성공 일보 직전까지 갔다. 로드리고가 마련한 배가 도시 앞바다에 모습을 드러내더니 도망자들을 탈출시키기 위해 해안을 향해 다가오고 있었다. 바로 그때 어선 한 척이 지나가자 깜짝 놀란 선원들은 황급히 줄행랑을 쳤다. 그리고 얼마지나 다시 뱃머리를 해안으로 돌렸는데 그 과정에서 선원들이 혹은 적어도 그들 가운데 일부가 생포당하고 말았다. 결국 얼마 지나지 않으면 더 큰 자유가 자신들의 손안에 들어올 것이라는 기대에 부풀어 있던 은신처의 가엾은 동료들은 한순간에 터키 기병대와 보병대에 포위당하는 신세로 전락했다. 금 도금사가 모든 계획을 하산 총독에게 일러바쳤던 것이다.

　세르반테스는 그들에게 닥친 사태를 알고 모든 책임이 자신에게 있다며 그 어떤 비난도 달게 받겠다고 동료들에게 말했다. 동료들이 결박당하고 있을 때 세르반테스는 이 모든 계획을 자기 혼자 세운 것이며 나머지 사람들은 아무도 계획에 관여한 바가 없다고 큰 소리로 외쳤다. 총독 앞에 끌려가서도 세르반테스는 같은 말을 했다. 그들은 세르반테스를 죽창으로 찌르고 고문하겠다고 위협했다. 알제리 사람들은 귀와 코를 자르는 행위를 장난하듯 아무렇지도 않게 저질러왔기 때문에 그들의 고문이 어떠할지는 불을 보듯 뻔한 일이었다. 하지만 세르반테스는 자신에게 책임이 있고 자기 말고는 그 누구에게도 책임이 없다는 애초의 말을 바꾸지 않았다. 두 번째 탈출 기도의 결말은 이랬다. 불쌍한 정원사는 자기 주인에 의해 교수형을 당했고 총독의 수중에 들어갔던 억류자들은 나중에 원래 주인에게 돌려보내졌다. 하지만 세르반테스만큼은 달랐다. 총독은 달리 마미에게 500크라운을 지불하고 세르반테스를 계속 억류했다. 총독은 세르반테스 같이 지략과 정력과 대담성을 지닌 자는 개인 소유로 넘겨버리기에는 너무 위험한 재산이라고 느꼈다. 총독은 세르반테스에게 단단히 족쇄를 채워 감옥에 가두었다. 총독이 이런 식으로 죄수의 정신을 망가뜨리거나 결심을 흐트러뜨릴 수 있다고 생각했다면 그것은 오산이었다. 세르반테스는 오래잖아 용케 사람을 구해 오랑의 총독에게 자신과 동료 억류자 세 명의 탈출을 도울 믿을 만한 사람 하나를 보내달라고 간청하는 편지 한 통을 보냈기 때문이다. 여기에는 명백히 좀 더 믿을 만한 안내자와 함께, 첫 번째와 같은 방식으로 다시 한 번 탈출을 시도하겠다는 속셈이 담겨 있었다. 하지만 불행히도 편지를 전하러 가던 무어인이 오랑 시로 들어서기 직전에 저지당했다. 편지가 발견되자 무어인은 알제로 되돌려 보내졌고 그곳에서 총독의 명령에 따라 본보기로 즉형에 처해졌다. 세르반테스도 곧장 2천 대의 형에 처해졌는데 우리가 모르는 일부 사람들이 탄원을 하지 않았더라면 이 곤장 2천 대 때문에 세상 사람들은 영영『돈키호테』라는 걸작을 못 볼 뻔했다.

이후 또 한 번의 탈출 시도 때까지 거의 2년이라는 세월이 필요했던 것을 보면 세르반테스는 이전보다 더 철저한 감시 하에 놓였던 듯하다. 이번 계획은 스페인 배교자 한 사람과 알제에 거주하던 발렌시아 상인 두 사람의 도움을 받아 자신과 60명의 지도자급 포로들을 탈출시킬 무장선을 구입하는 것이었다. 하지만 그들이 이 계획을 실행에 옮기려던 찰나 동포 성직자 후안 블랑코 데 파스(Juan Blanco de Paz) 박사가 총독에게 모든 사실을 일러바쳤다. 성격상 자기희생적이고 지칠 줄 모르는 정력의 소유자였던 세르반테스는 동료들을 곤경에서 구하기 위해 부단히 노력했던 까닭에 이미 포로 집단 내에서 지도적인 인물로 떠오른 상황이었다. 믿기 힘든 일일지 모르지만 그의 영향력과 평판을 시기한 후안 블랑코가 그를 잔혹한 죽음의 구렁텅이로 몰아넣기 위해 이런 짓을 저질렀던 것이다. 총독이 모든 사실을 간파했음을 알고 세르반테스가 고문에 못 이겨 모든 것을 털어놓음으로써 자신들의 목숨까지 위태롭게 할지도 모른다는 두려움에 떨던 상인들은 막 스페인으로 출항하려던 배에서 내려 도망치라고 세르반테스를 설득했다. 하지만 세르반테스는 자신은 어떤 고문을 당하든 거기에 굴복할 사람이 아니라며 상인들에게 전혀 두려워할 필요가 없다고 말하고는 총독에게 가서 자수했다.

이전과 마찬가지로 총독은 공범의 이름을 대라고 세르반테스를 압박했다. 그를 즉시 처형이라도 할 분위기였다. 올가미가 목에 걸리고 손은 등 뒤로 묶였다. 하지만 총독이 세르반테스로부터 얻을 수 있었던 것은 그 자신이 이미 알제를 떠난 네 명의 남자들의 도움을 받아 이 모든 일을 계획했고 자신과 함께 하기로 되어 있던 60명은 마지막 순간까지도 이 계획을 까마득히 몰랐다는 자백이 전부였다. 세르반테스로부터 아무것도 얻어낼 수 없다는 사실을 깨달은 총독은 전보다 더 단단한 족쇄를 채워 그를 감방에 도로 가두었다.

가난한 세르반테스의 가족은 다시금 몸값을 마련하기 위해 여태껏 온갖 수를 다 쓰고 있었다. 마침내 300더컷(ducat, 12~16세기에 유럽 대륙에서 사용하던 화폐의 단위-역주)의 돈을 마련한 가족들은 막 알제로 떠나려던 〈레뎀프토르회(Redemptorist)〉 신부 후안 질(Juan Gil) 편에 돈을 맡겼다. 하지만 총독은 그 두 배를 넘는 몸값을 요구했다. 그런데 임기가 만료된 총독이 콘스탄티노플로 귀국하면서 자신이 소유한 노예를 모두 배에 태웠지만 세르반테스에 대해서는 무언가 꺼림칙한 생각을 버릴 수 없었다. 이미 단단히 결박한 채로 세르반테스를 배에 태운 상황에서 총독은 결국 몸값을 반으로 깎아주기로 했다. 질 신부 돈을 더 빌려 총독이 요구한 액수를 채웠다. 1580년 9월 19일, 딱 일주일이 모자라는 5년의 억류 끝에 세르반테스는 마침내 자유의 몸이 되었다. 자신이 종교재판소에 몸담고 있다고 주장했던 블랑코 데 파스는 스페인으로 귀국하던 중 세르반테스가 그간에 위법행위를 저질렀다며 그에 관한 증거를 날조하고 있었다. 세르반테스는 블랑코 데 파스를 궁지로 몰기 위해 억류 전 기간을 포괄하는 25 항목의 질문지를 작성하면서 질 신부에게 공증인 앞에서 신뢰할 만한 증언을 담아 진술서를 작성해달라고 요청했다. 알제에 함께 억류되어 있던 주요 인사 11명은 앞서 언급된 모든 이야기들 말고도 훨씬 더 많은 사실들을 증언했다. 우리는 공증인들이 공식적인 언어에 어떻게든 세르반테스에 대한 존경과 사랑과 감사의 뜻을 드러내 보이려고 애쓰는 모습을 보면서 자못 감동을 느끼기까지 한다. 그들은 세르반테스의 선행을 앞다투어 증언하면서 그가 마음 약한 이들을 얼마나 위로하고 도왔는지, 풀죽은 이들에게 얼마나 용기를 북돋아주었는지, 없는 돈에도 이 증인들의 호주머니를 어떻게 채워주었는지 "이 증인들이 그를 통해 얼마나 아버지, 어머니를 느꼈는지" 전했다.

스페인으로 귀국하던 중 세르반테스는 펠리페 2세[8]의 왕위

---

8) 1580년 포르투갈의 왕 엔리케 1세(Henrique I)가 자녀 없이 죽자 그의 조카인 안토니오(Ant nio de Portugal)가 왕위계승자로 추대되었는데, 마누엘 1세의 외손자인 펠리페 2세도 왕위계승권을 주장하고 알칸타라 전투를 벌여 포르투갈 왕을 겸하게 되었다.

옹립을 위해 포르투갈로 진군하던 - 예전에 그가 소속되어 있던 - 연대를 만났다. 무일푼이었던 세르반테스는 그 연대에 재합류하는 것 외에 다른 도리가 없었다. 그는 1582년과 이듬해의 원정 길을 함께 했다. 그리고 전쟁이 끝나자 1583년 가을 스페인으로 돌아왔다. 귀국하는 세르반테스의 손에는 자신이 직접 쓴 목가적인 소설『갈라테아(Galatea)』와, 내재적 증거를 통해 판단하건대, 아마도『페르실레스와 시히스문다의 여행(Persiles and Sigismunda)』 도입부 원고가 들려 있었다. 또한 세르반테스 전기 작가들에 따르면, 그는 귀국길에 어린 딸 하나를 데리고 왔다고 하는데 일부 전기 작가들은 무척 구체적인 정황상의 증거를 제시하며 그 딸이 리스본의 귀족 출신 처녀와 사랑을 나누면서 얻은 소생이라 했다. 하지만 작가들은 그 처녀의 이름이나 그녀가 살던 거리의 이름에 대해서는 얼버무린다. 이에 대한 유일한 근거라면 1605년에 세르반테스 가족 내에 공식 기록상 세르반테스의 친딸로 등재된 도나 이사벨 데 사베드라(Dona Isabel de Saavedra)라는 이름의 여자가 살고 있었으며 그 여성의 나이가 당시 스물이었다는 점을 들 수 있다.

불구가 된 왼손으로 군대 내에서 승진할 가망은 없었다. 돈 후안은 이미 이 세상 사람이 아니었고 이제 그의 주장과 공적을 앞장서 편들어줄 사람이 그에게는 전혀 없었다. 나이 마흔이 다

되도록 군에서 생활해온 남자에게 펼쳐질 장래란 어두울 수밖에 없었다. 그런데 세르반테스는 이미 시인으로 나름의 평판을 얻고 있었다. 이에 세르반테스는 문학과 운명을 같이 하기로 결심하고 그 첫 모험으로 『갈라테아』를 인쇄 의뢰했다. 살바 이 말렌(Salva y Mallen)이 명백히 제시하고 있듯이 『갈라테아』는 그의 고향 알칼라에서 1585년 출판되었다. 이 책은 의심의 여지 없이 세르반테스라는 이름을 보다 널리 알리는 데 도움을 주었지만 어떤 면에서 그에게 썩 유익하지만은 않았다.

　책이 인쇄되는 동안 세르반테스는 마드리드 인근 에스퀴비아스(Esquivias) 출신 처녀 도나 카탈리나 데 팔라시오스 살라사르 이 보스메디아노(Dona Catalina de Palacios Salazar y Vozmediano)와 결혼했다. 아내 카탈리나가 아니었다면 세르반테스가 그나마 근근이 입에 풀칠을 하고 사는 일도 불가능했을지 모른다. 그런 면에서 카탈리나는 집안의 복덩이였을지 모르지만 그게 전부였다. 그때쯤이면 연극은 시장의 가설무대와 유랑극단의 틀을 이미 벗어나 있었다. 오래 전부터 극 무대를 사랑해왔던 세르반테스는 마음에 맞는 직업을 찾아 자연스레 연극에 눈을 돌렸다. 대략 3년에 걸쳐 세르반테스는 2, 30편의 희곡을 썼다. 세르반테스는 그 희곡들이 오이나 돌멩이 세례를 받지 않고 공연되었으며 야유나 항의나 소란 없이 공연을 무사히 마쳤다고 말한다. 달리 말하자

1584년 12월 12일 그는 훨씬 어린 카탈리나 데 팔라시오스 살라자르와
1580년까지 수도였던 톨레도 (Toledo) 근처 에스퀴비아스에서 결혼했다.

면 그의 희곡이 야유 소리로 중단될 만큼 나쁘지는 않았지만 그
렇다고 관객을 매료시킬 만큼 훌륭하지도 않았다는 의미일 것
이다. 세르반테스의 희곡 가운데 단 두 편만이 오늘날까지 전해
져 내려온다. 그런데 그 두 편이 세르반테스가 만족스럽게 언급
했던 7, 8편의 희곡 가운데 우연히 들어 있는 것을 보면 그나마
호평을 받은 표본과도 같은 작품이라는 가정이 가능하고『누만
시아(Numancia)』와『트라토 데 아르젤(Trato de Argel)』을 읽은 그 누
구도 두 희곡이 흥행에 실패했다는 사실에 놀라지 않을 것이라

는 가정 또한 가능하다. 세르반테스의 희곡들은 그 장점이 무엇이든, 이따금 무엇을 보여주든 그 구성과 관련해서는 구제불능이라 할 정도로 엉성하다. 세르반테스의 낙관적인 기질과 불굴의 인내심에도 불구하고 극작가로 생계를 유지하면서 채 3년을 버티지 못한 사실만으로도 그의 희곡들이 얼마나 실패작이었는지를 분명히 알 수 있다. 세르반테스 자신은 정반대의 말을 했지만 흔히들 이야기하듯이 로페 데 베가의 떠오르는 인기도 그 원인은 아니었다. 로페가 언제부터 연극무대를 위해 글을 쓰기 시작했는지는 확실치 않다. 하지만 세르반테스가 세비야로 간 이후인 것만은 분명하다.

세노르 아센시오 이 톨레도(Senor Asensio y Toledo)에 의해 인쇄된 『누에보스 도쿠멘토스(Nuevos Documentos, 새로운 자료들)』 1592년 자료에는 세르반테스 특유의 상황을 명확히 보여주는 기록이 보인다. 이 자료는 로드리고 오소리오(Rodrigo Osorio)라는 극단 관계자가 세르반테스와 맺은 일종의 계약서인데 그는 희극 여섯 편을 한 편당 50더컷에 사들이기로 하고 그 희곡들이 공연 결과 스페인에서 그때까지 공연된 연극 가운데 최고로 손꼽힐 만한 작품으로 판명되지 않으면 고료를 지불하지 않는다는 조건을 달았다. 그때까지 이런 조건을 내건 경우는 그 어디에도 없었던 듯하다. 결국 로드리고 오소리오에게는 그 희곡들이 지금까지 공연된 연극 가운데 최고로 손꼽힐 만한 작품이 아니라는 게 너무도 분명해 보였던 것이다. 세르반테스가 주고받은 서신들 가운데『난봉꾼의 인생 역정(Rake's Progress)』에 나오는 것과 비슷한 내용을 담은 편지가 한둘이 아닐 것은 너무도 분명해 보인다.

"선생님, 보내주신 극 대본을 읽어보았습니다만 저희로서는 무대에 올리는 게 불가할 듯합니다."

세르반테스는 성 하신토(St. Jacinto)의 시성(諡聖)을 기리기 위해 1595년 사라고사(Saragossa)에서 열린 한 문학 경연에서 오히려 성공을 거두었다. 세르반테스는 이 경연에서 1등 상을 받아 부상으로 은수저 세 개도 받았다. 1594년에는 그라나다 왕국의 세입 징수관으로 임명된 바 있었다. 세르반테스는 징수한 돈을 국고로 좀 더 편하게 송금하겠다는 생각에 한 상인에게 돈을 맡겼는데 그 상인이 도산하고 종적을 감추었다. 파산자의 재산을 모두 처분해도 국고로 들어갈 돈을 채워 넣을 수 없었기 때문에 결국 세르반테스는 1597년 9월 세비야에 있는 감옥에 갇혔다. 하지만 그가 채워 넣지 못한 금액이 그리 많지 않았기 때문에 담보를 제공하고 그해 말 방면되었다.

세르반테스는 왕의 세금을 징수하러 이 도시 저 도시를 여행하면서『돈키호테』도처에서 등장하는 여관, 길가에 사는 사람들의 생활, 인물 등에 관해 자질구레한 것들까지 꼼꼼히 적어두었다. 안경을 쓰고 양산을 든 채 덩치 큰 노새의 잔등에 올라탄 베네딕트회 수도사들, 고색창연한 복장을 하고 이웃 마을로 마실을 가는 사람들, 환자의 피를 뽑는 과정에서 머리에 양푼을 뒤집어 쓴 이발사, 보따리에 총 개머리판을 넣고서 노래를 흥얼거리며 길을 따라 터벅터벅 걷고 있는 신참 병사, 길가 객줏집 밖으로 들려오는 『펠릭스마르테 데 히르카니아(Felixmarte de Hircania)』 읽는 소리에 입구로 몰려든 농부들, 객줏집 주인의 빗에 걸려 옴짝달싹 못 하고 있는 황소 꼬리나 침대 머리맡에 있는 포도주 가죽부대처럼 세르반테스가 어떻게 다루어야 할지 너무도 잘 알고 있는 호가스(Hogarth)[9] 식의 섬세한 표현들, 객줏집 예술의 뛰어난 전형들, 파리스(Paris)의 팔에 기분좋게 잠든 헬렌과 호두만 한 눈물방울을 뚝뚝 흘리며 탑 위에 있는 디도(Dido) 등은 모두 이 여행에서 얻은 소재들이다. 아니, 외딴 지역을 여행하면서 깡마른 늙은 말과 그레이하운드를 데리고 기사도 소설을 읽는, 증조부의 낡은 투구가 새로워 보이는 것을 보면 세상이 변했다는 행복한 무지 속에서 삶을 꿈꾸듯 살아가는 가난뱅이 신사의 전형을 이따금 만났을 것임에 틀림없다. 하지만 세르반테스가 스스로는 어떤 식으로든 인정하지 않으려 했음에도 불구

---

9) 영국의 화가이자 판화가로 인간 본성에 대한 예리한 통찰력과 재치, 살아있는 듯 생생한 표현력으로 18세기 영국 사회를 풍자했다.

하고 자신의 진정한 소명을 발견한 것은 세비야에서였다. 그가 자신이 경험한 바를 온전히 묘사하고자 하는 유혹에 빠진 것은, 그리고 여러 측면에서 『돈키호테』의 싹이라 할 만한 『린코네테 이 코르타디요(Rinconete y Cortadillo)』에서 정교하고 섬세한 필치로 자신의 해학을 처음으로 녹여낸 것도 그곳 트리아나(Triana)에서 였다.

『돈키호테』가 언제 어디서 집필되었는지 우리는 말할 수 없다. 투옥 이후 세르반테스의 공직상의 모든 행적이 사라져버린다. 이를 두고 사람들은 그가 복직하지 못했다고 추측한다. 그가 1598년 11월에도 여전히 세비야에 있었다는 사실은, 펠리페 2세 가 사망하자 그의 죽음을 애도하는 도시의 징표로 세운 정교한 관대(棺臺)에 그의 풍자 소네트가 적혀 있었다는 점으로부터 알 수 있다. 하지만 그 시점으로부터 1603년까지는 세르반테스의 행적에 관해 어떤 단서도 찾을 수 없다. 일반적으로『돈키호테』 전편에 부친 서문의 내용이 그가 감옥에서 그 책을 구상하고 최 소한 그 첫머리를 집필했다는, 십중팔구 그랬을 것이라는 결정 적 증거로 받아들여지고 있다.

세르반테스가 베하르(Bejar) 공작의 저택에서 상류층 청중들 을 앞에 두고 자기 작품 일부를 낭독했다는 이야기도 들린다. 그 리고 그런 활동이 그 책을 알리는 데 얼마간 도움을 주었을지도 모른다. 하지만 명백한 결론은 『돈키호테』 전편이 그토록 기발한 등장인물에 투자할 만큼 대담한 출판업자를 찾기까지 상당 기간 그의 손안에 머물러 있었다는 점이다. 결국 세르반테스가 원고를 팔아넘긴 마드리드의 프란시스코 로블레스(Francisco Robles)조차도 『돈키호테』를 거의 믿지 못해서 아라곤이나 포르투갈 판권을 확보하는 데까지 돈을 들일 생각은 전혀 없었고 그저 카스티야 판권을 사들이는 데 그쳤다. 인쇄는 12월에 끝나고 책은 1605년 새해가 밝으면서 선을 보였다. 흔히 『돈키호테』에 대한 출판 시장의 첫 반응이 냉랭했던 것으로 알려져 있다. 하지만 사실은 정반대였다. 『돈키호테』가 일반 독자들의 손에 들리자마자 리스본과 발렌시아에서 해적판을 발행할 태세였고 프란시스코 로블레스는 2월에 아르곤과 포르투갈 판권을 추가 확보하면서 아울러 제2판 발행을 준비했다.

　지역 사회 특정 계층에서 단순한 냉담을 넘어서는 반응이 있었던 것은 의심할 여지가 없다. 귀족들 가운데 재치와 감식력과 안목을 가진 사내들은 쌍수를 들어 환영했던 반면에 귀족들 전반은 자신들이 좋아하는 독서를 웃음거리로 만들고 자신들이 좋아하는 생각을 상당부분 조롱하고 있는 책을 즐길 것 같지 않았다. 로페를 중심으로 뭉친 극작가들은 세르반테스를 공동의 적으로 간주했다. 세르반테스 역시도 다른 패거리들, 즉 공고라를 우두머리로 두고 있던 교양 있는 시인들에 반감을 갖고 있었던 것은 분명하다. 위에서 언급한 자료에 대해 아무것도 몰랐던 나바레테는 세르반테스와 로페가 매우 친숙한 관계를 맺고 있었다는 것을 보여주기 위해 무척 애를 썼다. 아니 실제로『돈키호테』가 쓰이기 전까지만 해도 둘의 관계는 가까웠다. 또 사실상 세르반테스는 끝까지 너그럽고 사내다운 태도로 로페의 힘, 그의 한결같은 창작력, 경탄할 만한 다작 능력에 경의를 표했다. 하지만 행간을 읽어보면『돈키호테』전편 서문과『미지의 우르간다(Urganda the Unknown)』그리고 그 밖에 한두 곳에서 세르반테스는 개인적 선의가 전혀 보이지 않는 로페의 허영과 가식을 은근히 비꼬고 있다. 그리고 로페는『돈키호테』와 세르반테스를 노골적으로 비웃고, 세르반테스가 사망한 지 14년이 지나서야『라우렐 데 아폴로(Laurel de Apolo)』에서 냉담하고 상투적인 말 몇 줄로 그에게 찬사를 전했는데 그 글은 이름조차 알 수 없는 필부들에게 전하는 말보다 훨씬 더 차가운 듯하다.

1601년 바야돌리드(Valladolid)에 법원이 들어서고 곧바로 1603년에 세르반테스는 여전히 미해결 상태에 있던 국고 손실 건으로 법원에 출두했다. 이후 법률대행인과 공증인을 통해 자신을 변호하기 위해 바야돌리드에 머물렀던 게 확실하다. 아마 심의회에 제출할 탄원서와 진술서를 작성할 시간 등도 필요했을

것이다. 우리가 적어도 이렇게 추측할 수 있는 것은 길거리에서
벌어진 싸움에 연루되어 목숨을 잃고 살던 집으로 옮겨진 한 신
사의 사망사건과 관련해서 진술서가 남아 있기 때문이다. 이 진
술서를 쓴 당사자는 글을 쓰고 사업을 하는 남자로 당시 그의
가족은 아내와, 앞서 언급한 친딸 이사벨 데 사베드라, 이제는
과부가 된 누나 안드레아, 누나의 딸 콘스탄사(Constanza), 그리고
전기 작가들도 설명하지 못하는, 그 남자의 누나를 자처하는 베
일에 가린 여인 막달레나 데 소토마요르(Magdalena de Sotomayor)와
가정부로 기술되어 있다.

　그러는 동안 『돈키호테』의 인기는 상승곡선을 그리고 저자의
이름은 피레네 산맥 너머로 퍼져 나갔다. 1607년 브뤼셀에서 첫
판이 인쇄되었고 1608년에 마드리드의 출판업자 로블레스는 제
3판을 인쇄할 필요를 느꼈다. 전체적으로 보면 7판째였다. 이 책
이 이탈리아에서도 인기를 끌자 밀라노의 한 서적상이 1610년
자체적으로 책을 인쇄해 출판하기도 했다. 1611년에는 브뤼셀에
서 새로운 판을 인쇄해야 할 상황에 이르렀다. 자신의 책이 대중
의 취향에 적중했다는 이러한 증거를 앞에 두고 세르반테스가
후편을 집필하겠다는 다소 애매한 약속을 즉시 실행에 옮겼을
것으로 예상하는 게 자연스럽다.

　하지만 어느 모로 보나 그의 생각은 전혀 달랐다. 그는 이미

『돈키호테』에 삽입했던 것과 비슷한 짧은 옛날이야기 한두 편을 써둔 상태였다. 그래서 『돈키호테』의 모험들을 이어가는 대신에, 나중에 그가 '모범소설(Novelas Exemplares)'이라 불렀던 그런 류의 소설을 더 써서 한 권의 책으로 묶어내는 작업에 몰두했다.

이 소설들은 당시 문화예술의 후원자로 알려진 레모스 백작(Conde de Lemos)에게 헌정하는 형태로 1613년 여름에 선을 보였다. 이 책에는 세르반테스가 무척 좋아하던 대로 격의 없는 친근한 어조의 서문이 붙었다. 『돈키호테』가 선을 보인 지 8년 반이 지난 시점에 우리는 이 서문 안에서 『돈키호테』의 속편이 머지않아 세상에 나올 것이라는 첫 조짐을 본다. 세르반테스는 "여러분은 한층 더 돋보이는 돈키호테의 위업과 산초 판사의 해학을 곧 보게 될 것"이라고 말했다. 그런데 '곧'에 담긴 그의 생각은 다소 신축적이었다. 산초의 편지에 적힌 날짜로 미루어 짐작하건대 세르반테스는 열두 달 걸려 그 책의 절반을 가까스로 써냈기 때문이다.

하지만 그의 열망이 집중된 곳은 시도 전원시도 소설도 아닌 희곡이었다. 세르반테스는 극작가로서 대중의 관심을 얻고자 했던 그간의 노력이 모두 물거품이 되어버렸음에도 불구하고 알제의 감옥에서 좌절을 딛고 일어섰던 그 불굴의 정신으로, 자신과 동료의 탈출을 거듭 도모했던 바로 그 정신으로 희곡 집필에 공을 들였다. 본질적으로 세르반테스는 낙관적 기질을 지닌 사나이였다. 『모범소설집』 서문에 실린 자화상을 보면 매부리코에 밤색 머리칼, 부드럽고 매끈한 이마, 맑고 생기 있는 눈동자를 가진 세르반테스의 모습이 그려져 있는데 이는 낙천적인 사람의 전형적인 초상화이다. 극단 관계자들이 설사 공정한 기회가 주어진다 할지라도 세르반테스의 희곡이 지닌 장점을 인정받기는 힘들 것이라고 말해도 그를 설득하기란 불가능했다. 스페인의 살라미스 해전에 참전한 노병이 스페인의 아이스퀼로스(Aeschylus)[10]가 되고자 안간힘을 쓰고 있었다. 그는 예술의 진정한 원리에 입각한 위대한 국민 연극을 무대에 올려 온 국민의 선망의 대상이 될 터였다. 그는 어리석고 유치한 연극들을 무대에서 몰아낼 터였다. 그런 연극들은 감독들의 탐욕과 작가들의 근시안을 바탕으로 유행하는 "난센스의 거울이요 어리석음의 전형"이었다. 그는 그리스의 연극을 거울삼은 비극들, 예를 들어 그의 『누만시아(Numancia)』 같은 희곡과, 사람들을 즐겁게 하는 데서 한 걸음 더 나아가 개선하고 가르치는 희극들이 무르익을 때까지 대중의 취향을 바로잡고 교육할 터였다. 그에게 일단 자기 목소리를 들려줄 기회가 주어진다면 그는 이 모든 것을 해낼 터였다. 하지만 거

---

10) B.C. 525?~B.C.456, 고대 그리스의 대표적인 비극 작가로 페르시아 전쟁 중 살라미스 해전에 참여한 것으로 알려져 있다.

기에 첫 번째 어려움이 있었다.

  기사도 소설의 해체와 『돈키호테』가 사실상 세르반테스가 가슴속 가장 가까운 곳에 두고 있던 목표나 작품이 아니었던 것은 매우 명백해 보인다. 실제로 세르반테스가 서문에서 밝히고 있듯이 그는 『돈키호테』의 아버지라기보다는 차라리 의붓아버지에 가까웠다. 위대한 작품이 그 작가에 의해 이처럼 홀대받은 적은 없었다. 그 작품이 생각날 때마다 아무렇게나 끄적거려 태어났다고 해도 그것이 항상 그의 잘못이라고 할 수는 없었다. 하지만 그가 인쇄소로 보낸 원고를 다시는 읽지 않았던 것은 분명해 보인다. 세르반테스는 인쇄업자들이 얼마나 실수를 많이 저지르는지 알고 있었지만 제3판 출판이 진행 중이던 때에도 원고 교정에 품을 들이지 않았다. 자신의 머리에서 나온 자식을 진정으로 아꼈던 사람이라면 당연히 그런 모습을 보이지 않았을 것이다. 그가 『파르나소로의 여행』에서 밝히고 있듯이 세르반테스는 『돈키호테』를 "언제든 서글프고 우울한 마음을 달래고 싶을 때 읽는" 단순한 기분전환용 책(libro de entretenimiento) 정도로 치부했던 듯하다. 세르반테스가 자신이 탄생시킨 영웅에 대해 애정을 품고 있었고 산초 판사에게 매우 큰 자부심을 갖고 있었던 것은 의심할 여지가 없다. 그가 모든 소설 가운데 가장 해학적인 창작물에 대해 큰 자부심을 갖고 있지 않았다면 그야말로 이상한 일이 아닐 수 없다. 그는 그 책의 인기와 성공에도 자부심을 느끼고 있었다. 세르반테스가 후편에서 몇 줄 문장을 통해 자신의 자부심을 표현했던 그 소박한 말에는 더없는 뿌듯함이 묻어난다. 하지만 그것은 자신이 갈망하던 성공은 아니었다. 만일 로페 데 베가가 대략 일주일마다 한 번씩 누리는 그런 성공을 자신도 누릴 수 있다면 십중팔구 세르반테스는 『돈키호테』가 누리던 모든 성공을 기꺼이 내주었을 것이다. 아니 마요르 광장(Plaza Mayor)에서 『돈키호테』 책자가 모두 불태워진다 한들 눈 하나 깜빡 하지 않았을 것이다.

그렇게 세르반테스는 『돈키호테』를 만지작거리며 이따금 장(章) 하나를 추가하다가도, 우리가 알다시피 스페인어로 된 책 가운데 가장 재미있는 작품이며 〈테아게네스와 카리클레아(Theagenes and Chariclea)〉에 필적하는 『페르실레스와 시히스문다』를 집필하기 위해, 아니면 그가 사랑해 마지않는 희극 한 편을 마무리하기 위해 『돈키호테』를 다시 옆으로 밀쳐놓았다. 만일 로블레스가 언제쯤이나 『돈키호테』를 탈고할 수 있겠냐고 물었다면 그의 대답은 어김없이 "곧! 시간은 충분하니까."이었을 것이다. 예순여덟의 나이에 세르반테스는 마치 열여덟 소년이나 되는 양 미래를 향한 삶과 희망과 계획으로 가득 차 있었다.

하지만 네메시스(Nemesis, 그리스 신화에 나오는 복수, 인과응보의 여신)가

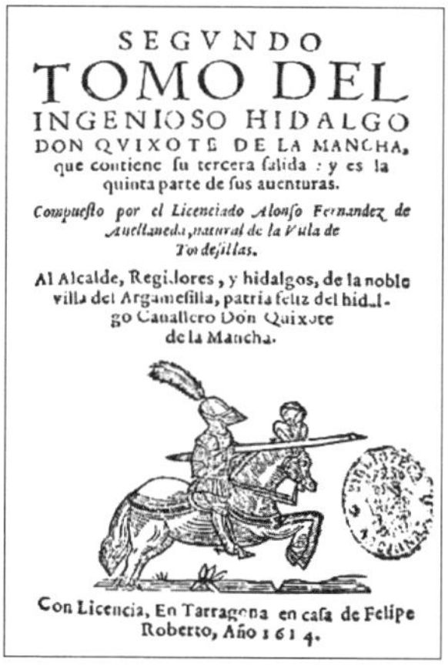
SEGVNDO
TOMO DEL
INGENIOSO HIDALGO
DON QVIXOTE DE LA MANCHA,
que contiene ſu tercera ſalida: y es la quinta parte de ſus auenturas.
Compueſto por el Licenciado Alonſo Fernandez de Auellaneda, natural de la Villa de Tordeſillas.
Al Alcalde, Regidores, y hidalgos, de la noble villa del Argameſilla, patria feliz del hidalgo Cauallero Don Quixote de la Mancha.
Con Licencia, En Tarragona en caſa de Felipe Roberto, Año 1614.

◆

『재기발랄한 시골 귀족, 라 만차의 돈키호테』
(토르데시야스의 알론소 페르난데스 데 아베야네다 펴냄; 1614)

세르반테스를 향해 서서히 다가오고 있었다. 집필 속도로 보아서는 도저히 불가능할 듯했지만 어쨌든 1614년 10월 혹은 11월경에 세르반테스는 『돈키호테』 속편의 제54장을 써내려가고 있었다. 그런데 바로 그 시점에 세르반테스는 그 즈음 타라고나(Tarragona)에서 인쇄된 소책자 한 권을 입수했다. 자칭 『재기발랄한 시골 귀족 제2권, 라 만차의 돈키호테: 토르데시야스의 알론소 페르난데스 데 아베야네다 펴냄(Second Volume of the Ingenious Gentleman Don Quixote of La Mancha: by the Licentiate Alonso Fernandez de

Avellaneda of Tordesillas)』이란 책이었다.『돈키호테』후편 제54장의 뒷부분과 후속 장(章)들을 보면 그 당시 세르반테스가 받은 충격을 어느 정도 짐작할 수 있다. 자기 자신 말고 그 누구를 탓할 것인가 하는 반성에도 불구하고 그의 분노는 쉽사리 가라앉지 않았을 것이다. 사실상 아베야네다가『돈키호테』의 속편을 세상에 내놓았다는 데 만족했다면 세르반테스로서는 딱히 합당한 불만을 표할 수도 없었을 것이다. 아베야네다의 의도는 그 책 말미에, 아니 그의 마지막 말, 즉 "좀 더 나은 영감을 가진 또 다른 작가가 있지 않을까."라는 말 속에 매우 모호한 형태로 표현되어 있다. 아베야네다는 사실상 그 작품을 이어나갈 자기 아닌 그 누군가를 초빙하고 있는 것으로 보인다. 이후 아무런 조짐 없이 8년 반이란 세월이 흘렀다. 그리고 그때쯤이면 아베야네다의 책은 분명 집필을 마쳤을 시점이다.

단순히 속편을 출판하는 행위만으로는 세르반테스가 아베야네다를 고소할 수 없거나 고소한다 해도 좋은 결과를 얻기 힘들었다. 하지만 아베야네다는 이른바『돈키호테』속편이라는 책에 서문을 쓰면서 거기에 악질적인 자가 아니면 쏟아놓을 수 없는 거친 인신공격성 욕설을 담았다. 그는 세르반테스가 늙다리라느니 손 한 쪽이 불구이고 전과자라느니 가난뱅이인 데다 주변에 친구도 없다느니 하며 세르반테스를 비웃었다. 또 로페의 성공에 시샘이나 하는 자이고 무례한 데다 매사에 불평만 해대는 사람이라는 등 온갖 비난을 늘어놓았다. 세르반테스를 아프게 한 곳은 바로 이 지점이었다. 아베야네다가 이렇듯 인신공격성 표현을 거침없이 쏟아낸 이유는 너무도 명백했다. 아베야네다가 어떤 사람이든 간에 그가 로페 파에 속한 극작가라는 점 하나는 분명했다. 극 비평 공간에서 세르반테스가 로페와 자신을 싸잡아 공격했다며 그를 비난하는 뻔뻔함을 보였기 때문이다. 아베야네다라는 사람의 정체는 여러 탁월한 비평가들을 당혹스럽게 했고 그의 정체를 밝히기 위해 진행되어 온 모든 노력과 조사를 무력화시켰다. 나바레테와 티크너(Ticknor)는 세르반테스가 아베야네다가 누구인지를 알고 있었다고 믿는 쪽이다. 하지만 세르반테스가 보여준 분노가 보이지 않는 공격자를 암시하고 있다는 내 생각을 이 자리에서 밝히지 않을 수 없다. 그의 분노는 어둠 속에서 모기에 물린 사람의 짜증과 같은 것이다. 세르반테스는 명백한 언어상의 결례에 미루어볼 때 그가 아라곤 사람이라고 단언한다. 그리고 같은 아라곤 사람인 페이세르(Pellicer)도 이러한 견해를 지지하는 가운데 한 걸음 더 나아가 그가 성직자, 그중에서도 도미니크회 수사일 가능성이 크다고 믿는다.

세르반테스는 아베야네다에게 어떤 장점이 있는지 곰곰이 따져보았다. 하지만 그는 반성이라는 것을 모를 만큼 아둔하다. 그가 "아둔하고 비열하다"는 점에 대해서는 편견 없는 독자들 절대다수가 공감할 것이라고 나는 생각한다. 그는 기껏해야 불쌍한 표절자에 불과하다. 그가 할 수 있는 것은 세르반테스가 제공한 본보기를 비굴하게 따르는 게 전부다. 그에게서 보이는 유일한 해학이라면 돈키호테가 여관을 성으로 여기며 머문다거나 자신을 전설적이고도 역사적인 인물로 착각한다는 설정과 산초에게 말실수를 저지르게 하고 속담을 뒤집어 말하게 하고 식탐을 드러내게 하는 정도이다. 아베야네다는 자기 소설 전편에 걸쳐 조악함과 추악함을 보여준다. 그는 16세기 그 어떤 소설에서도 볼 수 없는 추잡한 형태로 그것도 생기를 쏙 빼서 두 이야기를 소개하고자 무진 애를 썼다.

하지만 아베야네다와 그의 책이 어떠하든 간에 우리가 그 사람과 책에 진 빚을 잊어서는 안 된다. 그 둘이 없었다면 우리는 『돈키호테』를 완성된 작품이 아닌 손발 잘린 토르소로 전해 받았을 게 너무도 분명하다. 세르반테스가 자신이 붙들고 있던 부분까지는 집필을 마치기야 했겠지만 이후 부분에 대해서는 십중팔구 제3부를 집필해서 더 풍부한 돈키호테의 모험과 보호자 산초 판사의 유머를 보여주겠다고 약속하면서 글쓰기를 중단했을 것이다. 그가 기사도 모험담은 이미 다루었으므로 이번에는 목가 소설을 다루어보겠다는 의도를 한때 가졌던 것은 분명하다. 따라서 아베야네다가 아니었으면 세르반테스는 목가 소설 집필에 나섰을 것이다. 그랬을 경우 세르반테스의 계획들과 자기 앞에 쌓인 과제들 그리고 소망에 비추어볼 때 『돈키호테』는 죽을 때까지 미완성인 채로 남아 있었을 것이고 결국 우리는 공작과 공작부인을 영영 만나지 못하고 산초가 바라타리아(Barataria)로 향하는 장면도 보지 못했을 가능성이 높다.

아베야네다의 책을 손에 넣은 순간부터 세르반테스는 세상에 더 많은 아베야네다가 있을지 모른다는 두려움에 사로잡혔던 듯하다. 그래서 만사를 제쳐놓고 자기 과제를 끝내려 달려들었다. 그가 할 수 있는 유일한 길은 돈키호테를 죽여 그를 보호하는 것이었다. 그러다 보니 소설의 결론은 성급하고 경우에 따라서는 어설프기까지 하며 아베야네다를 향한 호통이 너무 잦다 보니 차라리 지루하기까지 하다. 하지만 어쨌든 그것도 하나의 결론이고 그것이야말로 우리가 아베야네다에게 감사해야 할 이유이다.

후편은 2월에 인쇄할 준비를 마쳤지만 1615년 말까지도 인쇄되지 못했다. 세르반테스는 막간을 이용해, 직전 몇 년에 걸쳐 써놓았지만 그의 하소연대로 무대에 올리겠다는 감독을 만나지 못했던 희극과 막간극들을 모아서, 책 자체보다 열 배는 가치 있는 서문을 붙여 출판했다. 서문에서 세르반테스는 스페인의 초

창기 연극 무대에 관해 설명하면서 극작가로서 자신이 시도했던 바들도 함께 기술해놓았다. 여기에 실린 작품들이 세르반테스 나름의 어떤 신념하에, 그 작품들이 가진 장점에 대한 완벽한 믿음 아래 출판되었다는 것은 굳이 말할 필요도 없다. 하지만 독자들은 이 작품들이 세르반테스의 마지막 작품이고 연극을 향한 그의 마지막 노력이라고 가정해서는 안 되었다. 그가 『엔가노 아로스 오호스(Engano a los ojos)』라는 또 다른 희극 하나를 집필하고 있었기 때문이다. 그가 잘못 말한 게 아니라면 이런 사실에는 의문의 여지가 없다.

세상은 이 명품 희극에 대해 판단할 기회를 갖지 못했다. 세르반테스의 건강이 한동안 악화되고 있었기 때문이다. 세르반테스는 1616년 4월 23일 세상을 떠났다. 수종(水腫)이 원인이었던 게 틀림없다. 바로 그날 영국은 셰익스피어를 잃었다. 영국의 달력이 아직 개혁되기 전의 일이기 때문에 물론 명목상 그렇다. 세르반테스는 자신이 살아온 그대로 자신의 운명을 당당히 그리고 즐겁게 받아들이며 이승을 하직했다.

세르반테스의 삶은 불행한 것이었을까? 전기 작가들은 한결같이 그의 삶이 불행했다고 말한다. 하지만 나는 그가 불행했는지 의심스럽다. 세르반테스의 삶은 지난했고 궁핍했으며 투쟁의 연속이었고 제대로 보상받지 못한 고역의 삶이자 좌절의 삶이었다. 하지만 세르반테스는 이 모든 불행에 대한 해독제를 자기 내부에 가지고 다녔다. 그의 해독제는 단순히 자체의 부력, 즉 낙천성에 의해서 역경을 넘어 일어서는 그런 가벼운 성질의 것이 아니었다. 그가 역경에 맞서 흔들리지 않은 것은 그만의 의연한 진취적 기상 덕분이었다. 낙담해서 포기한다거나 실의에 빠져 정신을 놓는 일은 세르반테스에게 상상도 할 수 없는 일이다. 가난과 관련해서 말하자면 그에게 가난은 그저 웃어넘길 일이었다. 그에게 한숨이란 "하늘이 내려주신 빵 한 조각을 받은 자는 행복합니다. 이는 오로지 하늘에 감사드려야 할 일입니다."라고 말할 때나 내쉬는 것이었다. 세르반테스의 이 모든 힘찬 기운과 정신적 활력에 지칠 줄 모르는 창의력과 낙천적 기질이 더해진다. 그의 삶이 매우 불행한 것이었을까 의심하기에 충분한 이유가 있을 것이다. 세르반테스가 겪은 것과 같은 고충에 공감함으로써 자기만의 내부적 장치들을 통해 그 고충을 견뎌낼 수 있는 사람이라면 적어도 행복한 삶을 살기 위해 그리 많은 비용을 들이지는 않을 것이다.

　세르반테스의 매장지와 관련해서 그가 생전의 뜻에 따라, 딸 이사벨 데 사베드라가 소속해 있던 것으로 추정되는 인근 〈성삼위일체 수도회 수녀원〉에 묻혔다는 사실 말고는 알려진 바가 없다. 이곳에서 생활하던 수녀들이 몇 년 후 다른 수녀원으로 모두 옮기면서 거기에 있던 묘들도 함께 이장되었는데 세르반테스의 유골도 함께 옮겨졌는지는 알 수 없다. 무덤을 추정할 만한 실마리를 찾을 수 있을 것이라는 희망은 이제 완전히 사라지고 말았다. 이는 당대인들의 반감에 맞서 방치되어 있던 세르반테스의 유품들을 지켜낼 수 있는 최소한의 조치였는지도 모른다. 이와 관련해서 일부 사람들은 상황을 터무니없이 부풀린다. 혹자는 세르반테스의 전기 작가들 대부분이 전하는 말을 그대로 받아들여 스페인 전체가 세르반테스와 그에 관한 기억을 지우기 위해 똘똘 뭉쳐 있었다고 추측하기도 한다. 그게 아니면 전 스페인이 최소한 세르반테스의 미덕에 무감각해서 그가 궁핍한 삶을 살다 비참하게 죽도록 방치했다고 주장한다. 세르반테스가 안달루시아에서 지난한 삶을 살며 자신에 어울리지 않는 직업들을 전전했던 사실을 언급하는 것은 어리석은 일이다. 생계에 위협을 받으며 아등바등 살아가는 사람들과는 다른 삶을 살기 위해 세르반테스는 무엇을 했을까? 실로 세르반테스는 전투 중 부상을 입고 억류당하고 조국의 명분에 고통당한 용맹한 군인이었지만 비슷한 상황을 겪은 이는 수도 없이 많다. 세르반테스는 평범한 수준의 무미건조한 목가 소설 하나와, 사람들을 즐겁게 해주어야 한다는 기본 조건을 명백히 따르지 않은 희곡 몇 편을 썼다. 그런데 세르반테스가 20년 후 『돈키호테』를 쓴 작가라 해서 연극 애호가들이 재미있지도 않은 연극들을 좋아해주어야 마땅한 일이었을까?

우리가 알다시피 『돈키호테』가 세상에 선을 보이자마자 해적판들이 앞다투어 나온 사실로 미루어 볼 때 당시 사람들이 이 책의 좋은 점에 대해 전반적으로 무감각했다고 보기는 힘들 듯하다. 물론 일부 사람들이 『돈키호테』에 대해 냉담한 반응을 보인 것은 의심의 여지가 없다. 하지만 누군가 가발을 조롱하는 글을 썼다면 가발을 쓴 사람들이 그 글에 대해 차가운 반응을 보이고 가발생산업자 전체가 자신을 미워하는 상황에 대해서는 자기 자신이 해명해야 마땅하다. 만약 그 시대 전반에 걸쳐 세르반테스에게 거부감을 느끼는 기사도 소설 독자, 감상주의자, 극작가, 시인들이 있었다면 그 책이 그럴 만한 이유를 담고 있기 때문이다. 만일 일반 대중이 세르반테스가 편안한 여생을 보낼 수 있도록 나서지 않은 것을 누군가 비난한다면 이는 월터 스콧(Walter Scott)[11]의 부채를 갚아주지 않은 영어권 대중의 무관심과 배은망덕을 비난하는 것이나 다를 바 없다. 일반 독자들은 세르반테스의 책을 읽고 좋아하고 구입했다. 그리고 이를 통해 서적상이 세르반테스의 다른 작품에 대해서도 후한 대접을 할 수 있

---

11) 19세기 초 영국의 역사소설가, 시인, 역사가. 3대 서사시 『최후의 음유 시인의 노래』, 『마미온』, 『호수의 여인』과 역사소설 『웨이벌리』, 『가이 매너링』, 『부적』으로 유명하다. 스콧은 말년에 진 큰 빚을 갚기 위해 작품 활동에 진력하다 병을 얻어 사망했다.

도록 했다. 그들은 최선을 다했다. 이런 일 말고 일반 대중이 할 수 있는 일이 또 무엇일까?

또한 스페인이 그토록 자랑스러워하는 사람을 위해 기념물 하나 세우지 않았다는 비난도 있었다. 즉 세르반테스의 기념물이 존재하지 않는다는 것인데 굳이 말하자면 그런 기념물이 아예 없는 것은 아니다. 의회 광장(Plaza de las Cortes)의 작은 정원에 청동상이 있고 그것도 훌륭한 예술작품인 것은 분명하지만 지방 소도시 광장에 서 있는 그 지역 출신 시인의 기념물이라면 몰라도 세르반테스를 기념하는 상이라면 그의 이름값에 어울리지 않고 수도 마드리드에도 어울리지 않는다고 말한다. 하지만 세르반테스가 "자기 이름에 대한 그렇듯 빈약한 증거"에 대해 무언가 부족하다고 느낄까? 아니 세르반테스의 경우, 어떤 기념물이 그것을 세운 사람의 우월감을 보여주는 것 말고 그 어떤 일을 해낼 수 있을까? '그의 기념비(記念碑)를 찾고자 한다면 주위를 둘러보아라(Si monumentum quoeris, circumspice).' 가장 가까운 서점에 들러보면 『돈키호테』의 저자에게 바치는 기념물이 얼마나 우스꽝스럽고 하찮은 것인지를 단번에 알게 될 것이다.

『돈키호테』 전편은 그가 죽기 전에 이미 9판을 선보이며, 세르반테스 자신의 추산에 따르면 모두 3만 부가 팔린 상황이었다. 그리고 제10판은 그가 죽은 다음 해 바르셀로나에서 인쇄되었다. 이렇듯 많은 공급이 이루어지면서 한동안 자연스럽게 수요를 충족시켜 주었다. 하지만 1634년이 되면 공급이 수요를 따라가지 못하는 상황이 발생한 듯 보인다. 그때 이후로 지금까지 꾸준히 여러 판이 빠르고 규칙적으로 출판되었다. 번역은 이 책이 처음 선을 보인 이래 어느 정도 인기를 누렸는지 한층 명백히 보여준다. 출판이 완료된 해로부터 7년이 지난 시점에 이미『돈키호테』는 유럽의 주요 4개 언어로 번역되어 있었다. 사실상 성경을 제외하고는『돈키호테』만큼 널리 확산된 책이 지금까지 없었다.『그리스도를 본받아』(Imitatio Christi, The Imitation of Christ)가 여러 다른 언어로 번역되었고『로빈슨 크루소(Robinson Crusoe)』와『웨이크필드의 목사』(Vicar of Wakefield)[12]도 거의 비슷한 수의 언어로 번역되었지만, 번역과 판형 수에서『돈키호테』는 이 책들을 멀찌감치 따돌리고 있다.

이렇듯 광범위한 확산에 나타나는 특징을 들여다보면『돈키호테』는 한층 더 독보적이다.『돈키호테』는 편력기사들의 의협행위에 대해, 있다 하더라도 아주 모호한 생각밖에 갖고 있지 못한 사람들, 기사도와 관련된 책을 듣도 보도 못한 사람들, 그리고 풍자극의 해학을 이해하지 못하거나 그 책의 저자가 품은 목적

◆

독일의 수도사 토마스 아 켐피스(Thomas a Kempis)가 쓴 로마 가톨릭교회의 대표적인
신앙 서적 『그리스도를 본받아』(Imitatio Christi, De Imitatione Christi)의 초고(草稿). 1418
년-1427년경에 라틴어로 처음 간행되었다.

에 공감하지 못하는 사람들 사이에 완벽히 녹아들었다. 또 한 가지 기이한 사실은 세상에서 가장 범세계적인 이 책이 민족적 색채가 가장 짙은 책이라는 점이다. 『마농 레스코』(Manon Lescaut)[13]는 『돈키호테』가 그 특성 면에서, 사상과 정서적 측면에서, 지역적 색채의 측면에서, 모든 면에서 스페인 색채를 띠고 있는 만큼 그렇게 철저히 프랑스적이지 않으며 『톰 존스』(Tom Jones, 1749)[14]는 그만큼 영국적이지 않으며, 『로브 로이』(Rob Roy)[15]도 그만큼 스코틀랜드적이지 않다. 그렇다면 무려 3세기 동안 해마다 치솟는 이런 독보적인 인기의 비결은 무엇인가? 하나는, 세상의 모든 책들이 그런 주장을 하지만 『돈키호테』는 그 어떤 책보다도 폭이 넓다는 점이다. 『돈키호테』에는 젊든 나이가 들었든, 똑똑하든 단순하든, 상류층이든 하류층이든 모든 부류의 독자들을 파고들 만한 그 무언가가 있다. 세르반테스 스스로 자랑스럽다는 듯 밝힌 것처럼 "모든 부류의 사람들이 이 책을 훑어보거나 정독하거나 암기한다. 아이들은 책장을 이리저리 넘겨보고 젊은이들은 읽고 성인들은 이해하고 노인네들은 칭찬한다."

하지만 『돈키호테』가 대중 사이에서 성공을 거둔 것은 해학이

---

13) 프랑스 소설가 아베 프레보의 대표작으로 반자전적(半自傳的) 소설. 1731년 간행.

14) 영국의 극작가이자 소설가 H. 필딩의 대표작으로 원제는 『기아(棄兒) 톰 존스의 이야기』이다. 18권 208장에 달하는 장편으로 18세기 영국의 소설을 대표하는 명작이다.

15) 1817년에 출판된 월터 스콧의 장편소설로 18세기 초 재커바이트 항거가 일어나는 스코틀랜드 고지 및 저지 지방의 사회, 정치적 상황을 현실적으로 묘사한 작품.

나 지혜 혹은 뛰어난 독창성이나 인간 본성에 대한 지식에서 기인했다기보다 그 소설 전편에 소극(笑劇)의 정맥이 뻗어나 있었기 때문이었음을 부정하는 것은 어리석은 일이다. 처음부터 독자들에게 큰 매력으로 다가왔던 요소, 그리고 지금도 대다수 독자들에게 어느 정도 매력적인 그러한 요소들을 들자면 양을 공격하고 포도주 가죽 부대와 싸우는 설정, 맘브리노의 헬멧, 피에라브라스(Fierabras, 악당)의 발삼나무, 풍차의 날개에 맞아 나동그라지는 돈키호테, 담요로 헹가래쳐지는 산초, 주인과 남자가 만나는 자잘한 사고와 불운 같은 것들이었다. 『돈키호테』가 처음에는, 그리고 사실상 스페인에서는 오랫동안 일반에게 웃기는 사건과 터무니없는 상황으로 가득 찬, 무척 재미있지만 머리를 싸매고 읽을 필요는 없는 괴상하고 우스꽝스러운 책으로 치부되었던 것은 분명한 사실이다. 유명한 인쇄소 이바라(Ibarra)가 인쇄를 하던 1637년부터 1771년까지 스페인에서 인쇄된 모든 판은 형편없는 종이에 아무렇게나 인쇄된 보급판으로, 상스러운 삽화에 출판업자가 쓸데없이 사족을 단 경우가 대부분이었고 장정도 오로지 대중성만을 노려 싸구려 티가 줄줄 흘렀다.

『돈키호테』가 이보다 나은 대우를 받을 자격이 있다고 인식한 첫 번째 나라는 영국이었다. 1738년에 나온 런던 판은 '카터렛 경(Lord Carteret) 판'이라 불리는데 그가 출판을 제안한 인물로 추정되기 때문이다. 이 런던 판은 단순히 장정만 고급스러웠던 게 아니었다. 종이와 활자가 적절하고, 딱히 만족스러운 수준은 아닐지 몰라도 적어도 좋은 의도가 엿보이고 공을 들인 듯한 전면 삽화들이 담겨 있었지만 정작 중요한 것은 원고를 정확히 옮겨 담으려 한 데 있었다. 그때까지 발렌시아와 브뤼셀 판을 제외하고는 그 어떤 판도 이 문제에 관해 눈길 한 번 준 적이 없었다. 이 첫 번째 시도는 꽤 성공적이었다. 일부 교정에서 용납할 수 없는 실수가 있었던 것은 사실이지만 이후 모든 편집자들이 이 판형이 지닌 장점들을 받아들였기 때문이다.

출판업자, 편집자, 주석자들의 열정을 갖고 다가가면서『돈키호테』에 대한 정서에 괄목할 만한 변화가 생겼다.『돈키호테』예찬자들 절대 다수가 그 책을 그냥 웃어넘기는 데 부끄러움을 느끼기 시작했다.『돈키호테』를 웃기는 책 정도로 치부하는 일은 거의 범죄에 가까웠다. 해학을 전적으로 부정하지는 않았지만 새로운 견해에 따르면 해학은 작품의 질을 따지는 데 오로지 부차적인 것, 단순한 장식으로 평가되었다. 말하자면 해학은 세르반테스가, 그것이 무엇이 되었든 자신의 철학과 풍자를 보여주기 위한 위장에 불과한 것이었다. 이 점에 관해서는 의견이 엇갈리지만 적어도 세르반테스가 기사도에 관한 책을 내려 했던 것이 아니라는 데는 모든 이들의 의견이 일치했다. 세르반테스는 전편의 서문에서 그리고 후편의 마지막 문장에서 자기 심중에 이러한 책들에 망신을 주는 것 말고 다른 목적은 없다고 유난히 강조했다. 세르반테스가 무언가 다른 목적을 갖고 있었음은 『돈 키호테』에 대한 훗날의 비평을 통해 명백해졌다.

　한 가지 설은 그 책이 이상과 현실 간, 시적 정신과 산문적 정신 간의 영원한 투쟁을 담은 우화의 일종이라는 것이다. 아마 독일 철학은 그 내면 의식 깊숙한 곳으로부터 보기 흉하고 있을 것 같지 않은 일들을 끄집어낸 적이 없었다. 『돈키호테』 안에서는 분명 모종의 대립이 엿보인다. 우리의 삶 도처에 그런 대립이 도사리고 있기 때문이다. 세르반테스는 그것을 우리 삶에서 끄집어냈다. 산초 판사와 돈키호테 사이에 오가는 끊임없는 동문서답 놀이가 그 모습 그대로 인식되지 않는 사회를 상상하기란 어렵다. 석기시대에도 호수 위 거주자 사이에, 혈거인들 사이에 돈키호테들과 산초 판사들이 존재했다. 말하자면 눈앞의 사실들을 전혀 보지 못하는 혈거인들이 있다면 오로지 눈앞의 사실 말고는 아무것도 보지 못하는 혈거인도 있었다. 하지만 두 권의 두꺼운 4절판 책에서 그러한 생각들을 진지하게 설명하고 있는 세르반테스를 가정하는 것은 그가 살았던 시대뿐만 아니라 세르반테스와도 너무 동떨어진 무언가를 가정하는 것이다. 세르반테스는 누군가 그런 시도를 하고 있으면 가장 먼저 비웃었을 사람이었기 때문이다.

그가 살던 시대에 기사도 소설들이 갖고 있던 엄청난 영향력은 『돈키호테』가 세상에 나오게 된 배경을 설명하기에 충분하다. 『돈키호테』 제7장을 꼼꼼히 읽어보면 16세기에 이런 부류의 문학이 대단히 융성했음을 짐작할 수 있을 것이다. 물론 독자에 따라서는 단연코 가장 거대한 문학 세력이라 할 기사도 소설과 관련해서 거기에 기술된 내용은 빙산의 일각에 불과하다고 생각할지도 모르겠다. 어쨌든 기사도 소설이 국민들에게 미친 영향에 관해서는 그 증거가 넘쳐난다. 16세기 말에 이르러 아마디스들(Amadis)[16]과 팔메린(Palmerin)들의 인기가 점차 치솟자, 말로 명성과 지위를 얻은 사람들이 기사도 소설과 그 소설에 심취한 독자들에 대해 험한 말을 쏟아내기 시작했다. 조롱이야말로 그 먼지를 쓸어낼 유일한 빗자루였다.

이것이 세르반테스 스스로 나서 떠맡은 임무였다는 사실, 그에게 자신을 다그치며 도발할 충분한 이유가 있었다는 사실은 그 증거를 찬찬히 들여다본 사람들에게는 너무도 명백해 보일 것이다. 또한 그가 노리는 공격 대상, 청산 대상이 기사도 그 자체가 아니었다는 사실 역시 분명해 보일 것이다. 누군가의 시심

---

16) 기사도의 전형이라고 할 만한 편력기사.

(詩心) 덕분에 앞으로 끝도 없이 반복될 그 모든 불합리한 지적들 중에 "세르반테스가 스페인의 기사도를 비웃고 조롱했다."고 말하는 것만큼 불합리한 것은 없다. 애초에 그가 조롱을 통해 청산할 기사도 자체가 존재하지 않았기 때문이다. 스페인의 기사도는 한 세기 너머 죽은 것이나 다름없던 상황이었다. 그라나다 왕국이 무너지면서 이미 기사도의 명맥은 끊겨버렸다. 기사도란 것이 그 성격상 본질적으로 공화주의적이었기 때문에 페르디난드(Ferdinand)가 중세 스페인의 자유로운 제도들 대신 도입한 규칙들 아래에서는 살아갈 수 없었다. 그가 조롱하고 비웃었던 것은 기사도가 아니라 진정한 기사도를 수치스럽게 하는 엉터리 기사도였다.

그 시인에 따르면 "세상이 그 앞에 굴복했던", 그리고 세르반테스의 단 한 번의 웃음으로 몰락해버린 "오른팔"과 "빛나는 대열"의 진정한 성격은, 조지 칼튼 대령이 자신의 〈1672~1713 군사 회고록〉에서 보고하고 있듯이 시인의 동포인 돈 펠릭스 파세코(Don Felix Pachco)의 말속에서 찾아볼 수 있다. 그는 이렇게 말한다.

"세르반테스의 노작이 세상에 선을 보이기 전에는 어느 남자든 거리낌 없이 혹은 위험을 느끼지 않고 거리를 걷는 일이 거의 불가능했다. 자기 연인의 집 창문 앞을 수많은 기사들이 저마다 서성거리며 활보하는 통에 그곳을 처음 와본 사람은 이 나라에는 편력기사라는 종자 말고는 아무도 없는 것 아닌가 하는 의구심을 품을 정도였다. 하지만 세상이 그 주목할 만한 역사를 어느 정도 접하게 된 이후로 한때 찬란했던 그 휘장 안에서 목격된 사람이 돈키호테로 지목되었고 그는 그 안을 온갖 농담으로 어지럽혀 놓고 있었다. 나는 지난 한 세기 동안 우리의 모든 회의 석상에 만연한, 우리 뛰어난 조상들의 보다 품격 있는 행동과는 동떨어진 눅눅한 정신, 빈곤한 정신이 바로 이로부터, 오로지 이로부터 기인한다고 진실로 믿는다.”

삶에 대해 비관적인 견해를 전파하면서 『돈키호테』를 슬픈 책으로 부르는 것은 그 책의 취지에 대한 총체적인 오해를 분명히 보여준다. 만약 이 책이 전하는 교훈이, 이 세상에서는 진정한 열정이라 해도 필연적으로 조롱과 자멸에 이른다는 것이라면 『돈키호테』를 슬픈 책이라 부를 수도 있겠다. 하지만 『돈키호테』는 그런 종류의 교훈을 설파하지 않는다. 만약 그 책에 교훈이라는 것이 있다면, 겉만 그럴싸한 거짓 열정은 그 열정의 소유자에게 해롭고 사회 전체에 상당한 골칫거리라는 것이다. 이러한 열정은 허영과 자만에서 비롯된 것으로, 목적에 이르는 수단이 아닌 목적 그 자체이며 주변 상황과 결과에 개의치 않고 단순한 충동에 따라 작동한다는 것이다. 이 두 열정을 구별할 줄 모르는 사람들에게 『돈키호테』는 의심할 여지없이 슬픈 책이다.

"신과 자연이 자유를 준 사람들을 노예로 만드는 것은 천인공노할 범죄"라고 방금 전 그토록 아름다운 감정을 보여주었던 한 남자가, 그의 터무니없는 선행 덕에 사회에서 마음 놓고 활개를 치는 악당들에게 배은망덕하게도 돌팔매질을 당하는 것은 참으로 슬픈 일이라고 생각하는 사람들에게 이 책은 분명 슬픈 책이다. 하지만 보다 분별 있는 태도를 지닌 사람들에게는 무모하고 자기만족적인 열정이 세상에 저지른 잘못에 대해 그런 식으로 대가를 치르는 일이 더 자주 일어나지 않는 게 유감스러울 것이다.

『돈키호테』의 구성을 아주 잠시만 살펴보아도 세르반테스가 집필을 시작할 당시 어떤 심오한 구상이나 정교한 계획을 갖고 있지 않았음을 금방 알 수 있다. 세르반테스가 "거장의 필치로 우리 앞에 그 지독히도 가난한 신사를 선보이는" 몇 줄의 글을 쓸 당시 그에게는 자신의 상상력이 최종적으로 노리는 목표에 대해 아무런 생각도 없었다. 그의 머릿속에는 그동안 자신이 썼던 작품들과 엇비슷한 짧은 이야기 하나를 써보아야겠다는 생각밖에 없었던 게 분명하다. 한 미치광이 신사가 시대착오적으로 편력기사 역할을 자처하는 가운데 그로부터 드러날 우스꽝스러운 결과들을 그리는 이야기 한 편을 써보겠다는 의도였을 것이다.

이렇게 판단하는 근거 가운데 하나는 산초 판사가 애초의 구상에 끼어 있지 않았다는 게 명백하다는 점이다. 만일 세르반테스가 산초 판사를 이미 염두에 두고 있었다면 그가 명백히 구성을 끝냈다고 생각한 영웅 명단에서 산초 판사를 빼지 말았어야 했다. 소설에서 산초 판사가 갑자기 튀어나온 것은 제3장에서 객줏집 주인이 우연히, 기사는 모름지기 종자(從者) 없이 여행하지 않는다고 말하면서다. 산초 판사 없이 돈키호테를 생각하는 것은 가위의 양날 가운데 한쪽 날만을 생각하는 것과 다름없다.

『돈키호테』는 애초에는 다른 작품과 마찬가지로 장 구분 없이, 시데 아메테 베넨젤리(Cide Hamete Benengeli)의 개입 없이 집필되었다. 둘시네아나 알돈사 로렌소(Aldonza Lorenzo) 같은 인물들은 집필 중에 깜짝 등장시킬 속셈이었을 수도 있다. 그러다가 돈키호테의 서재를 뒤지고 기사도 소설책들에 대해 논의하는 과정에서 세르반테스는 자기 생각을 좀 더 진전시킬 수도 있겠다는 생각을 처음으로 했을지도 모른다. 우스꽝스럽고 자질구레한 사건 사고들을 단순히 엮기보다는 기사도 소설들의 문체와 사건과 정신을 차용해서 이들 책들에 담긴 이야기를 풍자해보면 어떨까?

계획을 바꾸면서 세르반테스는 기왕에 썼던 글들을 '아마디스'를 본 따 몇 개의 장으로 서둘러 다소 어설프게 구분하고는

시데 아메테 베넨젤리는 『돈키호테』에 나오는 허구의 아랍 무슬림 역사학자,
세르반테스는 『돈키호테』 대부분의 실제 저자가 그 사람이라고 말한다.

신비로운 아랍 책에 전설적인 이야기가 담겨 있다는 설정을 했다. 그러고는 잘 알려지지 않은 이야기들을 추적해나간다는 식의 구성을 좋아하는 기사도 소설 작가들이 단골로 등장시키는 설정에 따라 시데 아메테 베넨젤리를 앞에 내세웠다. 새로운 구상을 풀어나가는 과정에서 세르반테스는 이내 산초 판사의 가치를 발견했다. 산초의 역할뿐 아니라 이 책 전반에 담긴 골자는 산초가 자기 당나귀도 함께 데리고 가겠다는 계획을 발표하면서 입에 담은 첫마디에 우연히 담겨 있다.

"당나귀라니? 돈키호테는 잠시 망설였다. 당나귀 잔등에 올라탄 종자를 데리고 여행하는 편력기사가 있었던가? 하지만 그의 기억에는 도무지 그런 기사가 떠오르지 않았다."

이 대목에서 우리는『돈키호테』의 모든 장면을 단번에 꿰뚫어 볼 수 있다. 산초의 둔감한 무의식과 그에 따른 주인의 당혹감이 그것이다. 그리고 돈키호테가 이를 인식하는 순간 부조화가 불쑥 끼어든다. 이는 이 책 전편에 걸쳐 산초가 맡은 임무이다. 산초는 무의식적인 메피스토펠레스 같은 존재이다. 산초는 언제나 주인의 포부나 염원을 부지불식간에 조롱거리로 만들어버린다. 언제나 산초는 어떤 극단의 사례를 의도치 않게 보여줌으로써 돈키호테의 잘못을 끄집어내고 아무런 악의 없이 무심하게 돈키호테를 사실과 일상의 세계로 되돌려놓는다.

세르반테스가『돈키호테』전편을 탈고하고 후편을 본격적으로 집필하겠다는 결심을 굳힐 때쯤에는 상황은 매우 많이 변해 있었다. 돈키호테와 산초 판사는 단순히 대중의 사랑을 받는 존재를 넘어서서, 두 사람이 탄생 이래로 그토록 간절히 바라왔듯이 대중들의 상상 속에 이미 현실 속에 실재하는 인물이 되었다. 이제는 세르반테스가 나서서 쓸데없이 사족을 달 일도 없었다. 아니, 독자들은 세르반테스에게 자신들이 원하는 것은 소설도 이야기도 여담도 아니며 지금 이상의 돈키호테, 지금 이상의 산초 판사라고 노골적으로 이야기했다. 세르반테스 자신에게도 그의 창조물은 현실 속 인물이 되었다. 세르반테스는 두 사람, 그 중에서도 특히 산초를 자랑스럽게 여겼다. 따라서 세르반테스는 매우 다른 조건 하에서 후편 집필에 착수했다. 상황이 변했다는 것은 즉시 명백해졌다. 번역판임에도 문체는 훨씬 쉽고 좀 더 거침없고, 보다 자연스러워졌으며 흔히 스스로를 믿고 자신의 독자를 믿는 작가에게서 볼 수 있는 그런 문체에 더 가까워져 있었다. 돈키호테와 산초 또한 변화를 겪었다. 전편에서 돈키호테는 아무런 특징도 개성도 갖고 있지 못했다. 그는 기사도 소설들의 정서를 대변하는 미치광이에 불과했다. 돈키호테는 자신의 모든 말과 행동을 통해 자신이 여러 책에서 배웠던 교훈을 그저 되풀이하고 있을 뿐이다. 따라서 비평가들이 돈키호테의 당당함, 초연함, 불굴의 용기 등등을 구구절절 논하며 쏟아내는 요란한 감정적 변설에 의지해서 돈키호테를 이야기하는 것은 옳지 못하다. 잘못을 바로잡고 상처를 어루만지고 고통에 신음하는 약자를 구제하는 것이 편력기사의 임무였다. 따라서 누군가 편력기사 역을 자임했다면 이런 일을 자기 임무로 받아들이는 것은 당연지사였다. 편력기사는 마땅히 용감무쌍해야 하고 따라서 매사에 두려움을 떨쳐버리고 나서야 한다. 돈키호테에 대해 바이런이 읊은 모든 허튼소리 가운데 가장 어리석은 발언은 "그의 미덕이 그를 미치게 만든다."는 진술이다. 진실은 정반대이다. 그의 광기가 그를 고결하게 만든다.

후편에서 세르반테스는 마치 자신이 어떠한 실수도 해서는 안 된다며 노심초사 했던 점이 바로 이것이라는 듯, 자신이 창조한 영웅의 광기가 오로지 기사도와 관련된 망상에서만 작동하고 다른 모든 문제와 관련해서는 돈키호테가 주도면밀하고 분별력이 완벽히 작동하는 사람이라는 점을 독자들에게 거듭 상기시킨다. 이를 통해 세르반테스는 돈키호테를 자신이 반성한 바를 대변하는 존재로 활용할 수 있게 되며 또한 상투적인 책들이 노골적으로 사용하는 수법처럼, 이야기가 옆길로 새지 않는 듯 보이면서도 필요할 때마다 안심하고 주제에서 벗어날 수 있도록 해준다.

돈키호테에 부여된 인격은 그리 많지 않다. 그에게서는 여러 성격이 자연스럽게 교차한다. 예를 들어 성마름과 온화함이 교차하고, 산초에 대해서도 그 종자의 수다스러움과 무례함에 짜증을 내면서도 그에 대해 별난 정을 보인다. 하지만 광기를 제외하면 그는 대체로 사려 깊고 교양 있는 신사일 뿐이다. 그는 본능에 가까운 고급 취향과 함께 사고의 명민함과 독창성도 뛰어나다.

　　산초와 관련해서는 『돈키호테』 전편의 서문 말미에 기술된 내용으로 미루어 볼 때 그는 일반 대중의 사랑을 받기 전에 이미 세르반테스의 사랑을 듬뿍 받았던 게 분명하다. 한 열등한 천재가 그런 사랑을 받고 있었다면 그로서는 스스로를 재차 엄하게 다그쳐 보다 재미있고 총명하고 정감 있고 덕이 높은 사람으로 거듭나기 위해 애쓸 가능성이 매우 높았다. 하지만 세르반테스는 자신의 작품을 이런 식으로 훼손하기에는 너무 진실한 작가였다. 산초가 다시 등장했을 때 그는 이미 우리에게 익숙해진 예전의 특징을 그대로 지닌 노인네 산초였다. 하지만 한 가지 달라진 점이 있었다. 그 특징들이 좀 더 뚜렷해졌지만 동시에 희화화한 만화적 특성들이 조심스럽게 배제되어 있었다. 산초의 윤곽은 채워져야 할 곳은 채워진 채 어느 장인의 손길 몇 번에 선명해졌다. 산초는 벨라스케스(Velazquez, 1599~1660)가 그린 초상화 속에 들어간 듯 그렇게 우리 앞에 서 있었다. 후편에서 산초는 전편에 비해 한층 중요하고 두드러진 인물로 등장한다. 실제로 소설에 큰 활기를 불어넣는 요소는 산초가 둘시네아에 관해 터무니없이 거짓말을 해대는 대목이다.

이런 측면에서 산초의 발전은 다른 어느 등장인물들만큼이나 괄목할 만하다. 전편에서 산초는 거짓말에 천부적인 소질을

◆

존 폴스타프 경. 셰익스피어의 『헨리 4세』와 『윈저의 즐거운 아낙네들(The Merry Wives of Windsor)』에 나오는 쾌활하고 재치 있는 허풍쟁이 뚱뚱보 기사이다.

보인다. 그의 거짓말들은 소설 속 거짓말쟁이들이 흔히 빠져 있는 엄청난 상상력이 가미된 거짓말이 아니다. 폴스타프(Falstaff)의 거짓말처럼 산초의 거짓말들은 그 거짓말을 낳은 아버지를 닮아 있다. 산초의 거짓말들은 단순하고 담백하고 알차다. 간단히 말해 꾸밈없이 작동하는 거짓말들이다. 하지만 돈키호테 같은 주인을 모시면서 산초는 빠르게 변한다. 세 시골 처녀, 즉 둘시네아와 그녀를 시중드는 두 하녀를 속여 넘기는 대목에서 우리는 산초의 그런 모습을 본다. 세 처녀를 속여 넘긴 뒤 의기양양해진 산초가 이후, 클라비에노[17]를 타고 여행을 했다고 허풍을 떨자 주변에서 그 말을 타고 날아보라고 터무니없이 꼬드기는 대목에 주목할 가치가 있다.

후편에서 풍자의 주제는 기사도 소설들의 사건, 사고가 아니라 오히려 그 정신이다. 둘네시아, 트리팔디(Trifaldi), 몬테시노스 동굴과 관련된 사건들에서 희화화된 그런 종류의 마법들은 나중에 나온 저급한 기사도 소설들에서 주된 역할을 맡는다. 그리고 또 하나의 현저한 특징은 둘네시아에 대한 돈키호테의 맹목적인 흠모에서 희화화된다. 기사도 소설들에서 사랑이란 단순한 육욕이 아니면 공상 속에서 이루어지는 터무니없는 숭배, 이 둘

---

17) Clavileno: 유럽과 근동 지역의 전설에 나오는 나무로 된 말.

중 어느 하나이다. 천박한 인간이라면 전자를 즐기는 데 관심을 가지겠지만 후자는 자연스럽게 세르반테스의 해학이 조롱할 만한 매력적인 주제였다. 이들 기사도 소설들에 담긴 그 밖의 모든 요소들처럼 이 숭배라는 것도 진정한 기사도 정서를 터무니없이 부풀린 것이지만 그 숭배가 유난히도 무절제한 이유는 아마도 과장법의 거장들인 프로방스 시인들의 영향을 받은 듯 보인다. 한 음유시인이 자신의 여인에게 모든 면에서 기꺼이 복종한다는 고백을 하면서 후세대들에게 무기력하고 상투적이라는 비난을 피하고 싶다면 스스로를 연인의 뜻에 복종하는 노예라고 밝힐 필요가 있다고 못박아버렸다. 이에 따라 후세대들은 이전 세대들을 압도할 만큼 훨씬 더 강력한 표현을 동원할 수밖에 없었다. 마치 경매장에서 구매가격을 부르듯 서로 앞다투어 헌사를 바쳤다. 사랑에 대한 정중한 관심과 연애론에 관한 의례적인 말이 등장해서 이윽고 남유럽 문학에 스며들어 한편으로는 베아트리체(Beatrice)와 로라(Laura)에 대한 초월적인 숭배로 다른 한편으로는 펠리시아노 데 실바(Feliciano de Silva) 같은 작가들이 설파하는 기괴하고 우스꽝스러운 숭배로 결실을 맺었다. 세르반테스가 둘시네아를 향한 돈키호테의 열정을 통해 보여준 숭배가 바로 이런 숭배였다. 세르반테스가 풍자를 이처럼 훌륭히 다룬 사례는 없다. 소설에서 둘시네아는 전면에 등장하지 않아 모호하고 어슴푸레한 존재로 남아 있다. 따라서 우리는 둘시네아가 실제로 존재하는 여성인지 계속 의심할 수밖에 없다. 세르반테스는 이런 장치를 통해 둘시네아의 덕성과 매력에 대한 돈키호테의 숭배를 더욱 더 과장하고 기사도 소설들의 정서와 언어를 희화화하는 데 한층 역점을 둔다.

『돈키호테』의 가장 큰 장점 가운데 하나는, 그리고 그 소설이 모든 독자층을 사로잡아 전 세계적인 책으로 손꼽히도록 해준 특징 중 하나는 단순성이다 물론 오늘날의 독자들에게는 직접적으로 와 닿지 않지만 17세기 스페인 독자들에게는 매우 명백히 다가오는 사항들이 있다. 세르반테스는 흔히 소수의 사람들만 이해할 수 있는 암시를 모든 사람들이 당연히 이해할 것으로 믿는다. 예를 들어 많은 스페인 독자들과 스페인 밖 독자들 대부분은 세르반테스가 자신이 탄생시킨 영웅의 본거지로 어느 시골을 선택한 의도를 완벽히 잊고 있다. 물론 라 만차를 보지 않고는 『돈키호테』를 완벽히 이해할 수 없다는 것은 지나친 말일지 모른다. 하지만 라 만차를 잠시 훑어보는 것만으로도 분명 그 어느 해설자도 줄 수 없는, 세르반테스의 의도를 꿰뚫어볼 통찰력을 갖게 될 것이다. 라 만차는 스페인 전역을 통틀어 그나마 모험소설의 구상이 떠오를 만한 마지막 지역이다. 라 만차는 이베리아 반도의 따분한 중앙 고원 지대를 통틀어 가장 따분한 지역이다. 에스트레마두라(Estremadura) 지방의 음울한 황야 주변에는 인상적인 무언가가 존재한다. 레온과 옛 카스티야 지역은 삭막하고 운치가 없기는 하지만 그곳에는 역사상 유명한 도시들이 산재해 있고 과거의 유물들이 도처에 널려 있다. 하지만 라만차 지역의 풍광에는 그것을 만회할 만한 아무런 특징도 없다. 그곳은 장엄함이 쏙 빠진 사막 그 자체다. 그곳의 단조로움을 깨뜨리는 몇 안 되는 소도시와 마을들은 초라하고 평범하다. 소도시와 마을들 주변에는 유서 깊은 것이라고는 전혀 존재하지 않고 그렇다고 생생한 빈곤의 흔적들이 있는 것도 아니다. 사실상 돈키호테 자신의 고향마을 아르가마시야(Argamasilla)는 거리와 집들이 고지식할 정도로 규칙적으로 놓여 있어 숨이 막힐 정도로 점잔을 빼고 있는 듯하다. 모든 것에 품위가 없다. 소설에서 나오는 바로 그 풍차도 풍차 중에서 가장 볼품없고 추레하다.

그 시골 마을을 잘 알고 있는 사람이라면 단순한 문체와 '라만차의 돈키호테'라는 제목이야말로 저자의 속뜻을 이해하는 열쇠임을 금방 알아차린다. 기사의 지방 라 만차와 그곳의 기사들의 무대는 판지로 만든 투구와 매한가지이고 종자가 올라탈 당나귀 잔등에 앉은 농장 노동자, 흉악한 객줏집 주인에 의해 수여된 기사 작위, 압제의 희생양이라 여겨지는 죄인들, 그리고 돈키호테의 세계와 그가 살고 있는 세계 사이의 부조화, 돈키호테의 눈에 바라다 보이는 사물과 실제의 사물 사이의 부조화와 다를 것이 없다.

『돈키호테』를 해석하겠다고 나선 사람들 대다수가 『돈키호테』 전반에 흐르고 있는 해학과 그 책의 목적 아래에 깔려 있는 이러한 부조화의 요소에 거의 주의를 기울이지 않았다는 것은 이상한 일이다. 예를 들어 삽화가들도 그러한 요소를 철저히 간과했다. 『돈키호테』의 삽화를 그린 미술가들 절대 다수가 스페인에 관해서 그것이 무엇이 되었든 전혀 몰랐던 게 분명하다. 그들에게 '객줏집(venta)' 하면 떠오르는 게 아무것도 없었다. 그저 길가에 들어선 여관쯤 되겠거니 하고 모호하게 생각했을 뿐이다. 따라서 삽화가들은 그곳을 성이라고 생각하고 접수한 돈키호테의 착각에 담긴 해학을 충분히 소화해낼 수 없었다. 모든 현실들이 돈키호테의 이상과는 동떨어져 있다는 사실을 인식할 수도 없었다. 하지만 스페인에 대해 제법 알고 있다는 삽화가들도 그 불일치가 갖는 막강한 힘에 대해 제대로 이해하지 못한 것으로 보인다.

예를 들어 돈키호테가 객줏집 안뜰에서 자기 갑옷을 지켜보고 있는 귀스타브 도레(Gustave Doré)의 그림을 보자. 전하는 바에

◆

객줏집 안뜰에서 자기 갑옷을 만지작거리는 돈키호테 (귀스타브 도레 작)

따르면 어쨌든 『돈키호테』에 묘사된 여관은 의심할 여지없이 세비야 거리에 있는 벤타 데 케사다(Venta de Quesada)이다. 세르반테스가 마음속에 그리고 있던 것은 딱 그 객줏집 뒤에 있는 안뜰과 비슷한 것이었다. 그리고 세르반테스의 상상 속에서 돈키호테가 자기 갑옷을 두었던 곳은 안뜰 구석 예스러운 두레우물 옆에 있는 돌로 된 투박한 물통 바로 그 위였다. 그런데 귀스타브 도레는 마부들이 스페인의 어느 객줏집 울타리 안에서 노새를 물 먹일 때 한 번도 만나본 적이 없는 그런 정교하게 다듬어진 우물을 그림으로써 세르반테스가 노렸던 요점을 완전히 놓치고 말았다. 돈키호테의 밤샘 경계와 그에 뒤이은 의식에 의미를 주는 것은 다름 아닌 그 보잘것없고 진부하고 흔하디 흔한 성격의 배경과 환경이다.

세르반테스의 해학은 대체로 뻔하고 단순하다. 그런 종류의 해학이 갖는 힘은 부조화에 대한 자각에 있다. 세르반테스에게 허구의 전 영역에서 가장 해학적인 창작물을 만들어준 요소는 놀라운 활력과 인물의 성격을 향한 진실성 못지않게, 산초의 모든 태도, 말, 일과 주인의 생각 및 목표 간의 부조화였다. 세르반테스가 최초의 위대한 달인이었던 쌀쌀맞아 보이는 엄숙성, 즉 "세르반테스의 엄숙한 분위기", 그래서 당연히 훗날의 유머작가들 중에서 유일하게 스위프트만이 같은 반열에 올랐던 그런 분위기는 이런 종류의 해학에 본질적인 것이다. 여기에서 다시금 세르반테스는 그를 해석하고자 했던 사람들의 손에 시달렸다. 세르반테스를 대변하고자 하는 어떤 시도 중에서 사실상 필립스의 천박한 익살을 제외하면, 예를 들어 모튜의 영역판에서 보이는 경박하고 장난기 가득한 설익은 문체 혹은 프랑스 번역가들이 때때로 채택하는 경쾌하고 활기 넘치는 분위기만큼 부적절한 것은 없다. 진지하고 무덤덤한 서술, 자신이 전혀 평범하지 않은 무언가 무척 웃기는 이야기를 하고 있다는 사실을 작가 스스로 전혀 의식하지 못하는 상황이야말로 세르반테스의 해학에 각별한 풍미를 제공한다. 세르반테스의 해학과 정확히 대척점에 있는 것이 자의식이 강한 유머작가 스턴(Sterne)의 해학이다. 토비 삼촌[18]이 한창 잘 나가고 있을 때에도 여러분은 언제나 토비 뒤에 서 있는 '인간 스턴'을 인식한다. 스턴은 자신이 어떤 효과를 만들어냈는지 보기 위해 토비의 어깨 너머로 여러분을 지켜보고 있다. 세르반테스는 언제나 당신 홀로 돈키호테, 산초와 함께 있도록 내버려둔다. 세르반테스와 스위프트, 그리고 여타의 뛰어난 유머작가들은 항상 당신들 눈에 띄지 않는 곳에 머문다. 아니 좀 더 정확히 말하면 그들은 오늘날의 유머작가들과는 달

---

18) Uncle Toby; 로렌스 스턴의 「신사, 트리스트럼 샌디의 생애와 의견(The Life and Opinions of Tristram Shandy, Gentleman)」에서 주인공 샌디의 숙부로 나오는 인물.

리 자기 자신을 전혀 의식하지 않는다. 요즘의 유머작가들은 예전의 이른바 '말의 가슴걸이 방식(horse-collar method)'을 되살려서 어떤 말도 안 되는 무지와 바보짓과 악취미를 가정함으로써 웃음을 이끌어내려고 애쓰는 듯 보인다.

다른 언어를 통해 스페인의 해학을 제대로 소화하는 일은 사실상 불가능에 가깝다. 스페인어에는 일상회화체를 사용할 경우, 불합리한 것은 두 배로 불합리하게 만들고 터무니없는 말은 그럴 듯해 보이도록 해주는 자연스러운 엄숙성과 격조 높은 위엄이 존재한다. 바로 그런 이유로 산초의 우스갯짓을 성실히 번역하고자 하는 사람들은 절망에 빠진다. 산초의 무뚝뚝한 말들이 전혀 감흥을 일으키지 못하는 일이야 없겠지만 카스티야 토박이 말을 다른 언어로 번역하는 과정에서 그 풍미는 절반으로 줄어든다. 하지만 외국인들이 세르반테스의 해학을 제대로 소화하지 못했다 하더라도 따지고 보면 스페인 시골사람들과 별반 다를 바 없는 처지이다. 실제로 스페인 농부들이 『돈키호테』를 즐기지 못한다면 혹자는 그 위대한 유머작가가 자기 조국에서는 유머작가로 간주되지 않는다고 생각할지도 모른다.

몇몇 사례에서 비평가들은 돈키호테의 광기를 오해해서 책 안에 없는 것들을 본다. 그들은 오직 자기들의 상상 속에만 존재하는 유령들에 화들짝 놀라 줄행랑친다. 오늘날의 수많은 비평가들처럼 그들은 비명은 비평이 아니라는 사실을 잊고 있다. 또한 새빨간 거짓말, 여러 겹으로 포장된 과장, 거드름 피우며 던지는 욕설들에 영향을 받는다면 그의 감식력이 저급한 증거라는 사실을 잊고 있다. 하지만 그들은 온갖 화려한 찬사와 함께 공상적 발상과 특색들이 세르반테스에게서 나온 것이라고 생각하면서도 그의 독자 백 명 중 아흔아홉이 가장 훌륭하다고 평하고 세르반테스를 모든 경쟁자보다 우위에 서도록 해주는 것이라고 주장하는 그 특색에 대해서는 전혀 깨닫지 못하는 것이 참으로 이상할 따름이다.

『돈키호테』를 단순히 재미있는 책이라고 말하는 것은 명백히 잘못된 발언이다. 이따금 세르반테스는『돈키호테』를 특별한 목적을 가진 글과 비판을 담은, 힘들고 바쁜 삶 속에서 얻은 반성과 지혜, 관찰을 담은 평범한 책으로 만든다.『돈키호테』는 인류와 인간 본성에 대한 예리한 관찰이 담긴 보고(寶庫)이다. 현대 소설 가운데 이보다 더 정교하게 인물을 탐구한 책이 간혹 있을 수도 있을 것이다. 하지만 개별화된 인물이 이처럼 풍부한 책은 없다. 시인이자 비평가인 새뮤얼 콜리지(Samuel Taylor Coleridge, 1772-1834)가 사소한 것들에 대해 셰익스피어가 취한 태도에 관해 말한 내용은 세르반테스에게도 진실이다. 그는 아무리 일시적인 목적을 위해서라도 허수아비 같은 인물을 결코 내세우지 않는다. 아무리 비중이 낮은 배역이더라도 혹은 독자 앞에 아무리 스치며 지나듯 모습을 내비치는 인물이라 해도 세르반테스의 모든 등장인물들에는 삶과 개성이 있다. 삼손 카라스코(Samson Carrasco), 부목사, 테레사 판사(Teresa Panza), 알티시도라(Altisidora) 그리고 심지어 몬테시노스 동굴로 가는 길에 만난 두 학생까지 모든 등장인물들은 살아 움직이며 자기 존재감을 보여준다. 그들 가운데 악의에 찬 인물이 하나도 없다는 사실은 세르반테스 특유의 폭넓은 인간애를 보여준다. 개탄스러운 품행의 소유자인 가련한 마리토르네스(Maritornes)조차도 자기 나름으로 친절한 마음씨를 지니고 있어 "그녀 이곳저곳에서 희미하나마 기독교도를 닮은 점들이 묻어난다." 산초의 경우에도 개들이 보여주는 주인에 대한 애착 같은 게 아니라면 아무리 뜯어보아도 그에게서 호감 가는 구석을 전혀 찾을 수 없지만 그렇다고 해도 내심 그를 사랑하지 않을 사람이 있을까?

하지만 『돈키호테』가 다른 소설류의 책들과 다른 점은 뭐니 뭐니 해도 그 안에 담긴 해학이다. 오늘날 분별력 있는 비평가로 손꼽히는 누군가가 말했던 것처럼 『돈키호테』를 "비교 불가한 세계 최고의 소설"로 만들어주는 것은 바로 그 해학이다. 『돈키호테』를 독자가 있는 모든 나라에 자연스럽게 녹아들게 하고 문학

을 가진 모든 언어에서 일종의 고전으로 만들어준 것은 일반적
인 소극부터 셰익스피어나 몰리에르만큼 절묘한 희극까지를 아
우르는 『돈키호테』의 변화무쌍한 해학이다.

1885년 존 옴스비(John Ormsby)

부록 4

에디 르그랑 일러스트 영어판 서문
(1950년)

어윈 에드먼 (Irwin Edman)

BY MIGUEL DE CERVANTES SAAVEDRA

DON
QUIXOTE
THE INGENIOUS GENTLEMAN
OF LA MANCHA

THE TRANSLATION BY *John Ormsby*
WITH A NEW INTRODUCTION BY *Irwin Edman*
AND THE ILLUSTRATIONS BY
Edy Legrand
FOR THE MEMBERS OF
The Limited Editions Club
1950

1950년 에디 르그랑 일러스트판 겉표지

들어가는 말

 허구의 작품에 바쳐지는 최고의 선물은 그 이야기가 신화로 변하고 그 이미지는 철학으로, 또 그 전설은 하나의 관념으로 변하는 것이다. 이 경우 한 소설은 세상의 상상적 산물로 흡수되어 이야기의 외형은 삶 그 자체의 우화가 되고 이야기 속 상황은 소설을 전혀 읽지 않은 사람에게도 변색되지 않는 기본적인 경험 체계 및 근본적인 감정 체계로 자리잡는다. 따라서 돈키호테와 산초 판사는 기사를 자처하는 우울한 인물의 모험담을 찾아 읽어본 적이 없는 사람들에게도 귀에 익은 이름이 되었고 풍차를 무찌르겠다고 달려드는 대목은 세계 어디에서도 통하는 속담처럼 유명해졌다. 우스꽝스럽기도 하고 한편으로는 애처롭기도 한 미친 기사, 그 젊잖으면서도 자기를 주체하지 못하는 이상주의자가 좌충우돌하는 이야기는 숱한 음악가, 시인, 화가들에게 영감을 불어넣어 주었다. 환상과 현실 간의 관계라는 형이상학적이기도 하고 도덕적이기도 한 궁극적인 주제는 철학자들을 사로잡았다.
 실제로 독일의 낭만주의 형이상학자들과 그들에게서 영향을 받은 비평가들(특히 스페인)은 때때로 이 소설에 관한 변증법적 논문에 지나친 추상적 개념들을 동원함으로써 이 이야기 자체를

◆

1,500부를 찍은 1950년 〈한정판 클럽〉 회원용의 권두 삽화 (에디 르그랑 작)

모호하게 하거나 아예 파묻어버린다. 어리벙벙한 이상주의적 기사와, 당혹스러운 주인에 헌신적이지만 무미건조한 종자 산초 판사는 한편으로는 외면할 수 없는 사실과 다른 한편으로는 거부할 수 없는 꿈에 갇힌 채 인간 경험의 양극단을 상징하는 존재가 되었다.

이제 『돈키호테』를 그 원래 모습인 건달소설 혹은 일련의 이야기들로 논의하는 것은 거의 불가능해졌다. 또 작가의 본래 의도인 듯 보이는 것에 의거해서 논의하는 것도 매우 어려워졌다. 예술의 과정이란 워낙 미묘하고 잠재의식 깊숙한 곳에서 이루어지기 때문에 우리의 생각과는 상관없이 세르반테스는 소설이 세상에 선을 보인 이후 갖게 된 모든 의미들을 소설을 쓸 당시 부지불식간에 "의도"했을지도 모른다. 우리는 그가 의식적으로 의도했던 것들에 관해 몇몇 증거들을 가지고 있다. 세르반테스는 자신이 살았던 스페인 문학 황금기의 한 축을 이루는 작가로 인정받고자 하는 야망을 품고 오랫동안 숱한 작품을 쏟아냈다. 하지만 오십대 초반의 나이가 되도록 딱히 성공작이라 할 만한 작품을 내놓지 못한 상황이었다. 가난과 질병에 내몰린 세르반테스는 결국 대중적으로 매력적인 요소들이 담긴 작품을 쓰기로 마음먹었다. 그는 작품에 재미있는 이야기를 담아 당장 돈을 벌

수 있는 떠돌이의 모험담을 쓰기로 작정하고 거기에 당시 사람들의 입에 널리 오르내리던 익숙한 이야기, 감상적이고 낭만적이면서도 익살로 가득한, 이른바 기사도적 전통으로 받아들여지던 이야기를 풍자적으로 담아 대중적 호소력을 높이고 싶었다. 오늘날의 시각에서 보면 특정 시대를 담은 이야기들을 훌륭하게 패러디하고 그 자체로 흥미진진한 모험담인 그런 통속 역사소설들이 풍자의 소재로 활용할 만한 그런 내용이었다.

흔히 사람들은 세르반테스가 기사제도를 풍자했다고 말한다. 세르반테스가 무언가 다른 의도를 갖고 있었을지 모른다는 생각에 소설을 꼼꼼히 뜯어볼 필요는 없다. 그는 이미 사라져버린 전통, 명백히 옛 풍습, 옛 자취가 되어버린 일종의 규범을 문학적으로 활용하도록 부추기는 그런 정서적 취향을 풍자하고 있었다. 따라서 세르반테스는 애초부터 기사도적인 호기, 충성심, 정중함, 의협심이 배어나는 기운과 분위기, 요컨대 어떤 초인적이고도 과장된 기질, 어떤 귀족적인 숭고함이 느껴지는 배경을 취할 수밖에 없었다. 하지만 세르반테스는 잔혹하고 추악한 현실의 한가운데서 마치 자신들만은 언제나 정중한 신사인 듯 살아가는 사람들, 오로지 명예를 위해서만 싸운다는 듯 살아가는 사람들, 또 어디 구해줄 여인네가 없는지, 바로잡을 부정이 없는

지, 곤경에 빠진 자를 도울 일은 없는지, 억압받는 자를 해방시킬 일은 없는지 주위를 두리번거리며 마치 기사라도 되는 양 살아가는 사람들의 어리석음을 웃음거리로 만들 기회 또한 가질 수 있었다. 세르반테스는 기사 모험담의 홍미진진함과 긴장감, 과장 섞인 이상주의를 동시에 담을 수 있었으며, 가짜 기사를 주인공으로 내세운 전통적 모방 문학작품들에 매우 익숙한 독자들을 마음껏 웃게 해주었다. 세르반테스는 화려하게 치장된 상상의 과거를 풀어놓은 싸구려 가짜 이야기들에 현혹된 현재(돈키호테가 한때 산양치기 무리에게 말했듯이 "황금기가 아닌 시대")를 사는 사람들에게 오락거리를 제공했다.

  우리가 알고 있는 한 세르반테스가 의도한 것은 이처럼 마치 집필 회사가 구상한 듯한 것이었다. 하지만 세상에 선을 보이자마자 거의 즉각적으로 해적판이 나돌면서 유럽의 베스트셀러가 된 전편을 탈고하기 전에 이미, 또 예술적 측면에서 보면 전편보다 더 성공적이라고 말할 수도 있는 후편을 마치기 전에 이미 세르반테스는 그 출발점에서부터 더 많은 무언가, 더 훌륭하고 더 심오하고 더 감동적인 무언가를 해내고 있었다. 당시의 독자들이 책을 읽는 순간 그랬듯이 그리고 이후에도 모든 독자가 한결같이 그랬듯이 세르반테스 역시 그 품위 있는 가난뱅이 늙은 신사와 사랑에 빠진 것이 분명했다. 처음 세르반테스는 그 신사를 기사도 소설을 너무 많이 읽은 탓에 망가질 대로 망가진 미치광이로 그렸다. 그런데 세르반테스에게 돈키호테는 점차 꿈 속을 헤매는 남자가 되어갔다. 꿈 속을 헤매듯 멍한 상태에서 평범한 시골 여인숙은 성처럼 보였고 기운이 쇠잔한 늙은 말은 위풍당당한 준마로 보였으며, 억센 농장 아낙네는 품위 넘치는 미모의 처녀로, 양떼는 용맹스러운 군대로 보였다. 장밋빛 최면에 빠진 돈키호테에게 흐리멍덩한 현실은 불꽃처럼 활활 타오르는 환영이 되었고, 예의와 명예가 존중받는 상상의 세계로 뛰어든 돈키호테는 애처롭게도 그것들을 진지하게 받아들였다.

돈키호테가 펼치는 그 익살스러운 이야기의 이면에는 언제나 무언가 통렬한 점이 숨어 있는데 그런 통렬함은 돈키호테가 자신을 혹은 자신의 이상을 진지하게 받아들이도록 그 어느 누구도 설득하지 못한다는 점에 있다. 그들, 그 가운데서도 특히 언젠가 어느 섬의 영주 자리를 주겠다는 약속에 일말의 희망을 품고 시종이 된 산초 판사는 사물을 여전히 현실의 눈으로 곧이곧대로 바라본다. 그들 눈에 늙은 말 로시난테는 그저 기운이 쇠잔한 늙은 말일 뿐이며 둘시네아는 억센 농장 아낙네일 뿐이며 양은 양으로, 산양치기는 산양치기로, 여인숙 주인장은 여인숙 주인장으로, 죄수는 죄수로 보일 뿐이다.

　어리벙벙한 돈키호테를 대하는 사람들의 태도는 냉정한 현실주의자와 어슴프레한 꿈을 좇는 사람들 사이를 명확히 구분해준다. 때때로 시시껄렁한 건달들이 돈키호테에게 주먹다짐을 하는데 거기에는 이상주의, 보기 드문 것, 색다른 것이 융통성 없는 사고방식의 소유자들에게는 그저 참을 수 없는 것에 불과하다는 사실을 엿볼 수 있다. 또 돈키호테가 산양치기들에 둘러싸여 있는 대목에서처럼 사람들은 그가 하는 말을 이해할 수는 없지만 실제로 산초 판사가 그랬듯이 그의 신실한 기품에 감명받는 경우도 있다. 돈키호테는 우스꽝스러운 존재이지만 사람들은 그에게서 숭고한 무언가를 어렴풋하게 느낀다. 돈키호테와 산초 판사 간의 관계에서 감동적인 점 중 하나는 산초 판사가 주인과는 다르게 현실을 무시하지 않으면서도 주인을 결코 등한히하지 않으며 돈키호테가 몬테시노스 동굴에서 겪은 모험담을 늘어놓을 때처럼 어쩐 일인지 주인의 꿈과 헌신에, 주인님의 무용담에 언제나 감동을 받는다는 사실이다. 산초 판사는 돈키호테가 말하는 것 대부분이 허무맹랑한 것임을 알고 있지만, 그의 곧은 성품으로 볼 때 돈키호테의 미친 짓에는 온당한 무언가가 있음을, 건실한 이상과 사랑이 있음을 알고 있다. 산초 판사는 자신이 낄

자리와 끼지 않아야 할 자리를 꼼꼼히 따져보고, 주인이 들려주는 기상천외한 이야기들을, 때로는 미심쩍어하기도 하고 재미있어하기도 하고 당황해하기도 하는 낯선 이들에게 들려주는 동안 자신은 술을 마시고 있는 모습을 자주 연출한다. 산초 판사는 현실적인 사고방식을 가진 사람들에게 고초를 겪거나 성벽이나 풍차 같은 엄연한 현실과 충돌하면서 입은 주인의 상처를 세심히 어루만져준다.

하지만 산초 판사 자신이 돈키호테의 이야기들에 존경의 염을 담아 진지하게 귀 기울이는 대목은 인상적이다. 산초 판사는 주인에게 현실의 냉혹성을 주지시켜 주지만 한편으로는 자신도 모르는 사이에 돈키호테의 꿈같은 이야기에 빠져든다. 돈키호테는 용맹한 전사를 꿈꾸고, 순수한 사랑을 꿈꾸고, 우정이 보상받는 꿈을 꾸고 진정한 기사의 명예이자 의무인 노블레스 오블리주를 꿈꾼다. 이는 평범한 사람들의 소명을 넘어서서 행동하고자 하는 꿈이다. 따라서 한 가지 덧붙일 말이 있다. 산초 판사는 신화를 만들어내고 꿈을 좇는 사람들에 대해 현실적 인간들이 갖는 신중한 존경심을 늘 품고 있다. 그들이 옳을 가능성을 언제나 현실적으로 염두에 두고 있다. 산초 판사는 어느 섬의 영주 자리를 주겠다는 약속을 받은 바 있었다. 그리고 그 약속이 현실이 될지는 아무도 모른다.

세대를 관통하면서 산초 판사와 그의 주인을 나란히 놓고 비교하는 일은 인간 실존의 중의적인 측면, 즉 비극적인 동시에 희극적인 면을 요약적으로 보여준다. 어떤 의미에서 망상 속에 사는 돈키호테는 물론 우스꽝스러운 인물이다. 우리는 그가 하찮거나 속된 것들을 금빛 꿈으로 화려하게 치장하는 대목에서 미소를 짓는다. 하지만 돈키호테의 꿈속에는 고결함이 존재하고 인간 본성과 인간 삶의 현실이 금빛이 아닌 것은 그의 잘못이 아닌 까닭에 우리는 눈물을 흘리기도 한다. 명백히 돈키호테도 자신이 잘못된 길을 걸어왔을지 모른다는 사실을 깨닫고 또 그런 사실을 넌지시 암시한다. 또한 돈키호테는 애처로운 모습으로 귀향해서 죽음을 눈앞에 두고는 자신이 환상 속에서 살아왔음을 절실히 깨닫는다. 애석하게도 돈키호테는 침상 곁을 지킨 조카딸과 목사가 심히 우려할 정도로 상식적인 인간이 되고 만다. 세르반테스는 작품에서 그런 미묘한 역설적 반전을 즐겨 동원하는데 조카딸과 목사는 돈키호테가 제정신을 차리자 이번에는 돈키호테의 광기가 다른 모습으로 나타나고 있다고 생각한다.

임종을 앞두고 돈키호테는 이렇게 말한다.

"이제 정신이 맑고 자유롭구나. 그 지긋지긋한 기사도 소설 속에 파묻혀 지내는 동안 내 정신에 드리워졌던 무지의 어두운 그림자에서 막 벗어난 느낌이다. 그 소설 속에는 온통 모순과 거짓만 난무한다는 사실을 이제야 깨달았다. 그런 환상에서 너무 늦게 깨어난 게 한탄스러울 뿐이구나. 내 영혼에 빛을 던져줄 다른 책들을 읽어 내 삶을 바꿔볼 시간이 없잖느냐. 조카딸아, 죽을 때가 다 되어서야 비로소 제대로 된 나를 찾은 느낌이구나. 내 삶이 그리 나쁘지 않았음을 보여주기 위해서라도, 내가 미치광이였다는 오명을 쓰지 않기 위해서라도 나는 지금 그런 나를 기꺼이 받아들이고 싶구나."

돈키호테가 끊임없이 미치광이처럼 굴 때에도 산초 판사가 그랬듯이 독자들 역시 기나긴 이야기를 읽어나가는 동안 그 늙은 귀족이 완전히 미쳐버렸다고 느끼지는 않았을 것이다. 결국 그의 이상주의는 온당하다. 정중함과 용맹과 노블레스 오블리주가 보편적이라면 그런 세상은 보다 합리적일 터이다. 지금까지 그 어떤 소설도 인간 본성과 인간이 마주한 상황 속 존엄성과 부조리함을 이처럼 명백하고 통렬하게 한 인간 내면에 특이한 형태로 융합시키고 병치시켜 묘사한 적이 없다. 돈키호테는 존엄함으로 인해 우스꽝스러우며 그의 이론의 여지 없는 고결함으로 인해 그를 비웃는 자들이 오히려 조금 터무니없어 보인다.
비근한 예로 리어 왕의 위엄이 그의 발광에 가까운 푸념을 통해 빛을 발하듯 그렇게 돈키호테의 정신적 위상은 빛을 발한다. 인간이 겪을 수 있는 양극단의 경험을 상징적으로 보여주는 이 소설은 전편에 걸쳐 너무도 암시적인 까닭에 사람들은 이 작품 전반을 순전히 무언가를 상징하고자 하는 수단으로 받아들이고 싶은 철학적인 유혹에 사로잡힌다. 사람들은 무언가 지적인 주제, 말하자면 시간이 흘러도 변치 않을 이 책의 도덕적 핵심을 곱씹고 싶은 유혹에 빠진다. 결코 간과해서는 안 될 일이지만 어떤 의미에서 이 소설을 그렇게 대하는 것은 온당치 못하다. 모든 위대한 예술작품이 그러하듯 위대한 소설에서는 내용과 양식이 불가분의 관계에 있다.

『돈키호테』에 담긴 심오한 의미들은 본질적으로 유쾌할 수밖에 없는 일련의 이야기들 속에 구현된다. 그리고 비록 구성 자체가 명백히 엉성함에도 불구하고 그 연속적인 이야기들이 모여 하나의 유기적인 이야기, 즉 품위 있게 미친 이상주의자와 현실을 중시하는 시종이 꾸미는 한 편의 이야기가 탄생한다. 여기에 소설 속 일화들은 풍자적이고 아슬아슬하며 또 돈키호테가 아무리 기상천외한 변장을 하고 그 변장 속에서 위험을 느낀다 하더라도 실제로 위험에 부딪히는 경우가 잦기 때문에 때로는 섬뜩하기까지 하다. 또한 상류층의 삶과 하류의 인생이 전편에 파노라마처럼 펼쳐진다. 때로는 투박한 농부들의 삶이 펼쳐지는가 하면 때로는 매몰차다 싶을 정도로 세련된 공작부인들과 공작들의 삶이 묘사되기도 한다. 소설에는 모차르트의 오페라처럼 슬픔이 배어나는 유쾌함이 있다. 또 진실이 버무려진 유쾌한 대사들이 돌발적으로 등장한다. 이런 대사들은 자유라는 상상 속 명분을 내세우며 추악한 범죄자들을 풀어주는 등 터무니없는 짓을 하는 과정에서 바로 돈키호테의 입을 통해 전달된다.

『돈키호테』는『톰 존스』[1]가 그렇듯 삶의 단면들로 가득하다. 하지만 좀 더 세속적인『천로역정』[2]이랄까 아니면 좀 더 섬세한 『에브리맨』[3]이랄까,『돈키호테』에는 묘사하는 이미지들이 모종의 철학적 함축과 유쾌하게 버무려져 있다. 때때로『돈키호테』는 근대 소설의 시조로 일컬어진다. 아무튼 근대소설이 재미있는 이야기 속에 무언가 더 많은 것, 즉 꿈꾸는 가슴이란, 통찰력 있는 정신이란 어떤 삶을 의미하는 것인지를 말하려는 것이라면『돈키호테』는 근대소설의 근원임에 틀림없다.

---

1) Tom Jones; 18권 208장으로 이루어진 헨리 필딩(Henry Fielding)의 1749년작 장편소설. 사생아로 태어난 매력적인 주인공의 파란만장한 방랑 생활을 그린 코믹한 피카레스크 소설이다.
2) Pilgrim's Progress; 영국 종교작가 존 버니언(John Bunyan)의 종교적 우의소설.
3) Everyman; 15세기 영국에서 유행한 도덕극.

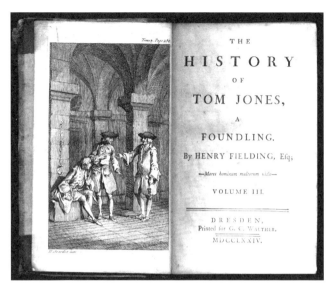

1774년판 『톰 존스』 속표지와 중세 도덕극 『에브리맨』의 표지

부록 5

햄릿과 돈키호테*
(1860년)

이반 S. 투르게네프

◆ 『햄릿과 돈키호테』 러시아어판 겉표지

* 번역의 텍스트는 Hamlet and Don Quixote by Ivan Turgenev(trans, Moshe Spiegel), Chicago Review, Vol. 17, No. 4 (1965), pp. 92–109,이다. –역주. * 이 글은 이반 S. 투르게네프가 1860년 1월 10일 페테르부르크에 있는 〈궁핍한 작가 학자 후원회〉(the Society for the Aid of Needy Writers and Scholars)의 대중 낭송회에서 행한 강연 내용이다.

셰익스피어의 비극 『햄릿』(Hamlet)과 세르반테스의 소설 『돈키호테』(Don Quixote) 제1권은 17세기에 들어선 지 얼마 안 되는 해에 동시에 선보였다.[1] 이 두 작품이 동시에 세상에 나왔다는 사실에는 심상치 않은 의미가 담겨 있다. 두 작품이 얼마 되지 않는 시차를 두고 탄생했다는 점은 일련의 사건들 전반을 들여다보도록 유혹한다. 괴테는 이렇게 말했다.

> "한 시인을 제대로 이해하고자 하는 사람이라면
> 그 시인이 살아온 환경 속으로 들어가야 한다."

그 말대로라면 시인이 아닌 사람은 그런 요구를 할 자격이 없을지 모르겠지만 그렇다고 해도 독자가 그를 벗 삼아 산책을 즐겨주기를 바랄 수는 있지 않을까? 독자가 자신의 탐험 여행에 함께 하기를 바랄 수는 있지 않을까? 이런 내 엉뚱한 생각에 혹자는 당혹해할지도 모르겠다. 하지만 발군의 천재적 지성이 창조해 낸, 그래서 영원한 생명력을 품고 있는 두 걸작에는 특이한 점이 있다. 작품에 담긴 개념들, 일반적으로 보면 삶에 대한 개념들이

---

1) 『햄릿』의 초연은 전해지지 않고 있으며, 지금까지 내려온 희극은 초연이 있은 후 상당한 시간이 지난 뒤 셰익스피어가 1604년에 다시 작업한 판본(Second Quarto; Q2 제2 4절판)이 텍스트인데, 어떤 판본은 1605년으로 되어있다. First Quarto (Q1; 제1 4절판)는 1603년에 선보였다. 그리고 『돈키호테』 제1권 초판은 1605년에 발행되었다.

서로 판이하게 달라 심지어 대척적이라 할 만함에도 불구하고 둘다 설득력이 있다는 점이 그렇다.

『햄릿』에 대해서는 이미 수많은 평론들이 나와 있고 앞으로도 훨씬 더 많은 비평이 쏟아져 나올 것이다. 이미 수많은 학자들이 햄릿이란 인물을 샅샅이 살펴, 깊이를 알 수 없는 우물처럼 불가해한 인물로 나름의 다양한 결론들을 내놓은 터이다. 반면에 『돈키호테』는 작품의 의도가 유별난 데다 묘사가 남쪽 햇볕이 스며든 듯 참으로 경탄할 만큼 명징(明徵)한 탓에 『햄릿』에서와 같은 그런 다양한 비평적 반응을 허용하지 않는다.

하지만 우리가 돈키호테라는 인물을 애매모호한 형태로 이해하고 있는 것은 불행한 일이다. 어릿광대에게 돈키호테라는 이름을 붙여주는 일이 비일비재하고 돈키호테적인 발상이라면 공상적인 헛소리를 떠올리는 반면에, 사람에 따라서는 돈키호테 자신이 비록 터무니없는 인물로 묘사되었다 할지라도 사실상 자기 희생의 전형으로 받아들여져야 마땅하다는 견해도 있기 때문이다.

앞서 언급했듯이 두 걸작이 동시에 선을 보였다는 사실 때문에 우리는 이 두 작품을 면밀히 살펴볼 필요가 있다. 내가 보기에 이 두 유형의 인물 속에는 기본적으로 대조적인 두 성향, 즉 인간이 하나의 회전축을 중심으로 돌고 있다고 할 때 그 축의 양극단이 구현되어 있는 듯하다. 내 생각에 모든 사람은 이 두 유형 가운데 어느 하나에 속해 있다. 즉 햄릿의 유형에 속한 사람이 있는가 하면 돈키호테 유형인 사람도 있다. 물론 오늘날 햄릿 유형의 사람들이 훨씬 흔하더라도 돈키호테 유형의 사람들이라 해서 찾아보기 어려운 것은 결코 아니다.

예를 들어보자. 모든 사람은 의식적이든 아니든 일정한 원칙, 특정한 이상에 따라 살고 있다. 한마디로 사람들은 스스로 진실이라 여기는, 아름답다 여기는 혹은 선하다고 여기는 것 등등을 기준으로 해서 살고 있다. 많은 이들은 역사적으로 수용된 특정 관습을 온전히 자신의 이상으로 삼는다. 그들은 그 이상이 보여주는 환영에 순응하며 살아간다. 그런 부류는 때때로 열정에 사로잡혀, 혹은 뜻밖의 사건에 내몰려 제 길을 벗어나기도 하지만 그렇다고 깊은 생각에 잠기거나 의심하는 법이 없다. 반면에 어떤 이들은 그 이상을 꼼꼼히 따져보고 그 깊이를 재본다. 아무튼 보통 사람들의 경우 자기 내면에든 아니면 어떤 외부의 목표에든 기본적인 이상, 즉 삶의 토대가 존재한다고 해도 지나친 말은 아니다. 달리 말하면 우리들 중에는 자신의 자아를 매우 중요시하는 사람이 있는가 하면 자아보다 더 높은 차원의 무언가를 중요시 여기는 사람이 있다.

혹자는 누군가의 '나'와 그가 한층 더 소중히 여기는 주변의 무엇 간에 그렇듯 명쾌하게 구분 짓는 일은 불가능하다고 반박할지 모른다. 요컨대 한때는 이것에 주의를 기울이다가도 곧 다른 것에 관심을 가지는 식으로 양쪽 끝 모두를 품는 사람도 있을 수 있으며 심지어는 그것들이 서로 모습을 바꿔가며 등장할 수도 있다는 것이다. 하지만 나는 변화와 모순이 인간 본성에서 전혀 불가능하다는 말을 하고자 했던 것은 아니다. 그저 이상을 대하는 인간의 두 극단적인 자세를 보여주고 싶었을 뿐이다. 따라서 그 두 가지 자세가 내가 언급한 유형의 인간들에게 얼마나 본질적인 것인지를 보여주고자 한다.

먼저 돈키호테를 살펴보자. 돈키호테가 상징하는 바는 과연 무엇인가? 그를 들여다보는 일에 너무 조급할 필요는 없다. 그를 피상적으로 훑어볼 위험이 있기 때문이다. 돈키호테에서 단순히 중세 기사들의 이야기를 풍자하기 위해 설정된 기사의 모습을 떠올려서는 안 된다. 지금은 이러한 개성의 의미가 작가 자신에 의해 수정되어 왔다는 사실을 일반적으로 인정하는 분위기이다. 세르반테스의 이 작품 후편에서 돈키호테는 더 이상 전편에서와 같은 인물이 아니다. 후편에서 돈키호테는 동네북 신세인 익살맞고 우스꽝스러운 어릿광대의 탈을 벗어 던지고 공작 부부의 유쾌한 동료로, 총독 호위대의 박식한 스승으로 등장한다.

문제의 핵심은 이렇다. 되풀이해서 말하는데 돈키호테는 어떤 인물로 전형화되는가? 무엇보다도 먼저 신뢰, 영원히 사라지지 않을 그 무언가에 대한 믿음을 들 수 있다. 이는 인간 개인의 이해력을 넘어서는 어떤 진실에 대한 믿음으로, 자기희생과 정도를 벗어나지 않은 숭배를 통해서만 이룰 수 있다.

돈키호테는 그것을 위해서라면 필설로 형용할 수 없는 고통도 기꺼이 참아낼 수 있는, 필요하다면 자신의 생명까지도 희생할 수 있는 그런 이상에 대한 애착으로 가득 찬 인물이다. 돈키호테는 자신의 목숨도 이 세상에 정의와 진리를 가져다 줄 그 이상에 봉사할 수 있는 한에서만 가치 있는 것이라 여긴다. 돈키호테의 혼란스러운 상상력은 그 발상 자체가 기사들의 공상적인 모험 세계에 바탕을 두고 있다고 말하는 사람들도 있을 수 있다. 그럴까? 돈키호테의 익살스러운 측면만을 보면 그렇다고도 할 수 있다. 하지만 그의 이상 자체는 여전히 순수하고 온전한 모습 그대로이다. 자기 자신을 위해 사는 것, 자기 욕심에 빠져 있는 것은 돈키호테에게는 수치스러운 일이다. 이런 표현이 가능할지 모르겠지만 그는 자기 밖에 존재한다. 돈키호테는 악을 무력화 시키고 인류의 적이라 여기는 마술사, 거인과 같은 사악한 무리 를 무찌르겠다는 희망을 품고 타인을 위해, 형제들을 위해 살아 간다.

그에게서 이기심이란 흔적조차 찾아볼 수 없다. 자기만의 기 쁨을 누리는 데는 관심조차 없다. 그는 자기희생의 완벽한 화신 이다. 이 자기희생이란 단어가 시사하는 바를 곱씹어보길 바란 다! 돈키호테는 꼬치꼬치 캐묻지도 의심하지도 않는다. 그는 늘 꿋꿋한 자세로 믿는다. 따라서 그는 입에 풀칠조차 힘들어도, 초 라한 행색에도 행복해하며 언제나 의연하고 불평하지 않는다. 풍족한 삶을 위해 그가 하는 일이라고는 없다. 애당초 풍족함이 라는 단어가 그의 머릿속에는 존재하지 않는다! 마음은 평화롭 고 영혼은 초연하고 단호하다. 경건하지만 얽매이지 않는다. 오 만하지 않으면서도 자신을 불신하지도 자신의 소명과 심지어 육 체적 능력을 의심하지도 않는다. 그의 의지는 강철처럼 굳고 변 함없다. 한 가지 동일한 목표를 향한 그의 끊임없는 분투는 그의 생각이 한결같음을 보여준다. 그의 사고력은 언제나 일방통행이다. 학자연(學者然)하기는커녕 지식이란 것을 쓸데없는 것이라 여긴다. 이것저것 다 안다는 것이 그에게 무슨 소용이 있을까? 그가 알짜로 알고 있는 단 한 가지 것은 그가 왜 무슨 이유로 존재하는가이다. 이것이야말로 모든 학식의 초석이 아니겠는가?

돈키호테가 완전히 미친 사람처럼 보일 때도 있다. 그가 눈앞에 너무도 명백한 물체들이 보이는데도 그것들을 못 본 척 지나쳐버리는 경우가 흔하기 때문이다. 말하자면 그 누구도 혼동할 여지가 없는 사물들이 기사의 열정에 불타오른 그의 눈앞에서 마치 초가 녹아내리듯 사라져버리기 때문이다. 돈키호테는 실제로 목각인형들에서 살아 있는 무어인들을 보고 양떼 앞에 두고 기사들의 주군을 본다. 또 어떤 때에는 자신의 정신적 능력의 한계를 보이기도 하는데 시시한 놀이에도 함께 할 수 없는, 누구나 쉽게 참여할 수 있는 일도 공유할 수 없는 모습을 보이기도 한다. 돈키호테는, 자신의 신념을 바꿀 수 없고 하나의 주제에서 다른 주제로 옮겨다닐 능력이 없다는 면에서 보면 땅속 깊숙이 뿌리내린 요지부동의 고목과도 같다.

돈키호테의 도덕 체계가 갖는 중량감(정도에서 벗어난 이 산만한 기사가 세상에서 가장 도덕적인 창조물이라는 사실을 잊어서는 안 된다)은 그가 무슨 말을 하고 무슨 행동을 하든 그 말과 행동에 남다른 엄숙함과 위엄을 선사한다. 한마디로 그의 도덕적 성격은 그가 끊임없이 굴러떨어지는 터무니없는 상황과 망신살에도 불구하고 그의 풍모 전반에 어떤 강직함을 부여한다. 돈키호테는 어떤 신념에 대한 헌신으로 빛을 발하는 일종의 광신자이다.

그렇다면 햄릿이 상징하는 바는 무엇인가? 무엇보다 먼저 분석과 진단과 자기중심과 그에 따른 불신이다. 햄릿은 전적으로 자신을 위해 살아가는 인물이다. 본질적으로 아무리 자기중심적인 사람이라도 자기 홀로 믿음을 빚어낼 수는 없다. 사람은 오로지 자기 밖 혹은 자기 위에 있는 존재를 믿기 때문이다. 하지만 햄릿에게는 자신이 신뢰하지 않는 대상이 여전히 소중한 존재이다. 이곳이야말로 그가 언제나 회귀하는 궁극적인 자리이다. 그의 영혼은 영혼 너머의 세계에서 스스로 신봉할 대상을 발견할 수 없기 때문이다. 햄릿은 회의론자이지만 항상 그 자신에 관해 혼란스러워 하는 인물이다. 그는 자신이 어떤 심적 상황에 있든 상관없이 영원히 흔들린다.

햄릿은 모든 것을 의심하면서 자신의 자아 역시 매몰차게 의

심의 대상에 올린다. 그는 지나치게 사려가 깊고 공정한 나머지 자신의 내부에서 스스로 발견한 것에 만족할 수 없다. 자의식이 강하고 자신이 나약한 존재임을 알고 있는 햄릿은 자신의 힘이 얼마나 제한적인지를 깨닫고 있다. 하지만 햄릿에게는 이런 자의식 그 자체가 일종의 힘이다. 돈키호테의 열정과는 정확히 대척점에 있는 역설이 바로 그것으로부터 나오기 때문이다.

햄릿은 자기 자신에게 기꺼이 독설을 퍼붓고 자신의 단점을 과장하고 자신을 염탐하고 자신의 아주 사소한 결점에 집착하고 스스로를 경멸하고 동시에 바로 그 경멸을 즐긴다. 햄릿은 자기 자신을 불신하면서도 동시에 그 자신에 대한 걱정이 더욱 심하다. 햄릿은 자신이 찾고 있는 것이 무엇인지, 그가 살아야 할 이유가 도대체 무엇인지, 왜 끈덕지게 삶에 집착하는지 모르기 때문이다.

『햄릿』제1막 제2장에서 그는 이렇게 절규한다.

> 오, 이 너무도 너무도 더러운 육신이 녹아
> 흐물흐물 녹아내려 한 방울 이슬로 사라지기를!
> 그리 될 수 없다면 신께서는 어찌

제 스스로 목숨을 해하지 말라는 계율을 정했단 말입니까!
오 신이시여! 신이시여!
이 세상 모든 관습이 내게는 어찌 이리도
지겹고 퀴퀴하고 맥빠지고 헛되어 보이는가!

하지만 햄릿은 이 맥빠지고 헛된 삶을 포기하지 않을 것이다. 그는 아버지의 유령이 나타나기 오래전부터, 이미 무력화된 의지에 치명타를 가하는 이런 섬뜩한 절규와 함께 자살을 곱씹어오고 있었지만 감행하지는 않는다. 햄릿의 삶에 대한 애착은 그가 사색 끝에 이런 말을 던진 데서 드러난다. 열여덟 나이라면 그런 감정이 어찌 들지 않겠는가?

"뜨거운 피가 솟구쳐 오를 때 영혼이 어찌나 종잡을 수 없이 날뛰는지!"

햄릿을 너무 가혹하게 다루어서는 안 될 듯하다. 그는 고통에 몸부림치고 그 고통은 돈키호테의 고통보다 더 치명적이고 극심하고 강렬하다. 돈키호테는 험악한 양치기들과, 돈키호테가 나서서 석방시킨 죄인들의 공격을 받지만, 햄릿의 상처는 스스로가 자초한 상처이다. 햄릿이 그 자신을 괴롭히고 고문했던 칼날은 분석이라는 양날의 칼이다. 마땅히 인정해야 할 사실이지만 돈키호테는 진짜로 우스꽝스러운 인물이다. 지금까지 그 어떤 시인도 그처럼 익살스러운 인물을 묘사한 적이 없다. 그의 이름이 심지어 러시아의 농부들 사이에서조차 비웃음의 별칭으로 불리고 있음은 우리들의 귀가 입증해주는 사실이다. 여기저기 헝겊을 덧대 기운 누더기 차림에 수척한 얼굴을 하고 유령처럼 창백한 늙은 말 위에 두 발을 쩍 벌린 채 무언가 홀린 듯 앉아 있는 깡마른 인물이 있다면 그에게서 돈키호테라는 이름을 떠올릴 수밖에 없지 않겠는가. 더군다나 다리를 절룩이는 나이 든 로시난테, 조롱 섞인 연민을 자아내는 그 동물도 함께이지 않은가.

그렇다. 돈키호테는 무언가 조화롭지 못하다. 하지만 어찌 된 일인지 그를 보고 웃는 사람들은 기꺼이 그를 용서하고 인내할 태세를 갖추고 있다. "지금 비웃는 자를 언젠가 공경할 날이 올지 모른다."는 격언이 맞는 말이라면 거기에 이 말을 덧붙일 수도 있을 듯하다.

"당신이 누군가를 비웃었다면 이미 당신은 그를 용서한 것이고 바야흐로 사랑할 찰나에 있는 것이다."

햄릿은 다르다. 그의 외모는 매력적이다. 쓸쓸한 표정, 창백한 얼굴(사실 햄릿은 말랐다기보다 약간 통통한 편이지만 그의 어머니 눈에는 "햄릿은 뚱뚱하다."), 검은 벨벳 옷, 모자에 꽂은 깃털, 정중한 태도, 시를 읊조리는 듯한 말투, 타인에 대한 변함없는 우월감, 자기 자신에 대한 신랄한 조소, 이 모든 것들이 우리를 사로잡고 매혹한다. 푸시킨이 친구이자 동시대 시인이었던 바라틴스키(Baratinsky)[2]를 "햄릿 바라틴스키"라 불렀던 것처럼 누구나 햄릿처럼 보이고 싶지 돈키호테처럼 보이고 싶은 사람은 없을 것이다. 그리고 그 누구도 햄릿을 조롱할 생각을 하지 못할 것이다. 바로 거기에 햄릿이 받은 형벌이 존재한다. 호레이쇼 정도 되는 인물이라면 모를까 햄릿을 사랑하는 일이 거의 불가능하기 때문이다. 이 점은 나중에 더 살펴보기로 하자. 거의 모든 사람이 햄릿에게서 자신도 갖고 있는 특징을 찾아낼 수 있기 때문에 햄릿에 공감할 게 분명하다. 그러나 다시 말하지만 그를 사랑하는 일은 불가능하다. 햄릿 자신이 그 누구도 사랑할 수 없기 때문이다.

두 인물을 좀 더 확대해서 비교해보자. 햄릿은 왕의 아들이고 그의 숙부는 왕위를 찬탈하기 위해 햄릿의 아버지를 독살한다. 햄릿의 아버지가 "지옥불과도 같은 고통의 화염"에 휩싸인 채 무덤에서 나와 햄릿에게 자신을 살해한 숙부에 복수하라고 명령한다. 하지만 아들은 망설이고 어물거리고 자책을 통해 자위한

---

2) 탐보프 주(州)의 귀족 가문 출신의 러시아 시인. 깊은 고뇌와 사색으로 일관된 그의 서정시는 나중에 점차 염세주의로 기울었지만, 거기에 깊은 사색과 섬세한 맛이 듬뿍 담겨 있어 푸시킨으로부터 높은 평가를 받았다. 대표작으로는 『환멸 Razuverenie』(1821), 『괴테의 죽음에』 등이 있다.

다. 그가 결국은 자신의 의붓아버지를 살해하지만, 그것은 어디까지나 우연이다. 바로 여기에 사려 깊은 비평가들조차 과감히 셰익스피어를 질책해온 심리학적으로 심오한 애매모호함이 존재한다! 하지만 아무런 사회적 배경도 없는 늙고 가난한 외톨이 돈키호테는 악을 뿌리 뽑고 그가 누구든 온 세상의 박해받는 자를 구하기 위해 홀로 나선다.

폭압으로부터 동심을 지키고자 하는 돈키호테의 첫 시도가 그 동심에 대해 오히려 고통을 배가시킨다 한들 본질은 그게 아니다! (나는 돈키호테가 주인으로부터 온갖 학대를 받던 한 도제를 구출하는 대목을 말하고 있다. 그런데 도제를 구출해준 사람이 사라지자 격분한 장인은 그 소년에게 열 배의 벌을 가한다.) 풍차를 위협적인 거인으로 믿고 공격하는 장면에서도 결국 돈키호테가 인간에게 유용한 대상을 파괴하고 있다 한들 상관없다. 이런 일화들의 익살스러운 맥락 때문에 그 일화 내부에 숨은 본질적인 의미를 놓쳐서는 안 된다. 자기를 희생할 찰나에 있는 사람이 그 일에 앞서서 자기 행동이 어떤 결과를 낳을지 일일이 따져보고 판단해야 한다는 것은 어불성설이다. 그런 세부적인 일에 지나치게 신경을 쓰는 사람은 자기 몸을 내던질 수 없는 법이다.
돈키호테와는 다르게 햄릿은 그런 경험을 결코 할 수 없는 인물이다. 세상사 모든 일을 다 이해하고 있다는 식의 치밀한 정신의 소유자인 햄릿은 그런 조잡한 실수를 저지르지 않는다. 말해 무엇하리! 햄릿은 결코 풍차를 향해 돌진하는 성스러운 전투에 나설 리가 없다. 풍차가 실제 거인이라 해도 마찬가지로 그들에게서 멀찌감치 떨어져 있을 것이다. 이발사의 세숫대야를 놓고 진짜 맘브리노의 마술 투구라고 사람들을 설득하면서 실랑이를 벌이는 일 따위는 햄릿에게서는 결코 일어나지 않는다. 심지어 나는 진리의 화신이 햄릿 앞에 모습을 드러낸다 해도 그는 여전히 그것이 진짜라는 데 회의적인 모습을 보일 것이라고 생각한다. 풍차 앞에서 거인들이 없다고 생각하듯이 그 진리의 화신에 도전하면서 혹시 진리는 없다고 말할지도 모른다.

우리는 돈키호테를 비웃는다. 하지만 따지고 보면 과연 우리 가운데 그 누가 언제나 어느 상황에서든 놋쇠 세숫대야와 마법의 황금 투구를 구분할 수 있다고 자신할 수 있겠는가? 과거에 자신이 확신했던 바와 현재 확신하고 있는 바를 양심적으로 들여다보자. 그런 다음 자신이 이것과 저것이 다르다고 얼마만큼 확신할 수 있는지 밝히도록 해보자. 내 생각에 정말 중요한 것은 확신 그 자체의 지속성에 있다. 결론적으로 말하자면 그것은 운명의 손아귀에 있다. 운명만이 우리가 진짜 적의 망령들과 싸우고 있는지 여부를 밝혀줄 수 있다. 우리의 목적은 무기를 들고 싸우는 것이다.

햄릿과 돈키호테가 군중, 이른바 인간과 맺고 있는 관계 또한 주목할 가치가 있다. 이 군중을 대표하는 인물이 『햄릿』의 폴로니어스요 『돈키호테』의 산초이다.

폴로니어스는 고집불통에 수다스럽기까지 하지만 적극적이고 현실적이며 세상 물정에 밝은 노인이다. 그는 훌륭한 재상에 모범적인 아버지이다. 이러한 모습은 그가 해외로 떠날 채비를 하는 아들 레어티스에게 충고하는 대목에 잘 드러나 있다. 폴로니어스는 햄릿을 편집증 환자라기보다는 철없는 어린아이라 여긴다. 만일 햄릿이 왕자가 아니었다면 폴로니어스는 그의 경솔함과 생각을 실천하는 데 서툰 모습을 경멸했을 것이다. 예를 들어 제3막에 나오는 햄릿과 폴로니어스 간의 대화 장면은 그런 면을 잘 드러내준다. 여기에서는 오히려 햄릿이 노인네를 경멸하는 분위기이다. 그리고 이 사건은 우리의 추측이 맞았음을 입증해준다. 잠깐 그 대목을 인용해보자.

폴로니어스 : 왕자님, 왕비마마께서 당장 하실 말씀이 있다 하십

♦

햄릿과 어머니 거트루드, 숙부 클로디어스 그리고 노인 폴로니어스
(John Gilbert; 1867)

니다.

햄릿 : 저기 저, 낙타를 닮은 구름이 보이는가?

폴로니어스 : 어찜, 진짜 낙타처럼 보이는뎁쇼.

햄릿 : 가만 보니 족제비를 닮았구나.

폴로니어스 : 족제비라 해도 아무도 모르겠군요.

햄릿 : 아니, 고래를 닮지 않았는가?

폴로니어스 : 고래를 빼다 박았는뎁쇼.

햄릿 : 그럼, 곧장 어머니를 뵈러 갈 것이다.

    왕자의 비위를 맞추어야 하는 궁정 대신이자 정신상태가 혼란
스러운 철없는 소년의 변덕을 거스르지 않으려는 어른으로서 폴
로니어스의 두 모습이 명백히 드러나지 않는가? 물론 폴로니어스
는 햄릿의 이런 언행을 대수로운 것으로 여겨 그냥 지나쳐버리지
않는다. 그의 이런 자세는 옳다. 하지만 햄릿을 제대로 꿰뚫어보
지는 못한다. 그는 햄릿의 무분별한 생각들을 오필리아와 사랑
에 빠져서 그런 것으로 오해한다. 하지만 다른 측면에서 폴로니
어스는 햄릿의 성격을 꽤 정확히 헤아린다. 대체로 햄릿은 사람
들에게 아무 짝에도 쓸모 없는 존재이다. 그에게서 얻을 것이 전
혀 없기 때문이다. 햄릿은 그들을 어디로도 이끌지 못한다. 그 자
신이 길을 잃었기 때문이다. 자신의 존재 자체가 흔들리는 사람

이 타인을 어떻게 이끌겠는가? 게다가 햄릿은 일반 백성들을 혐오한다. 자기 자신을 존중하지 않는 사람이 어찌 누군가를 떠받들 수 있겠는가? 그런 사람에게 대중들이 무슨 가치를 두겠는가? 이런 말들은 논할 가치도 없는 일 아닌가? 게다가 햄릿이 귀족의 권리를 갖고 태어나기는 했지만 그의 천성까지 귀족이라 할수 있을까?

하지만 산초 판사는 다른 유형의 인물이다. 그는 돈키호테를 미치광이라며 비웃는다. 그럼에도 불구하고 산초 판사는 이 미치광이를 수행하기 위해, 모든 고난을 견디며 죽을 때까지 그에게 헌신하기 위해 가정과 아내와 딸을 버린다. 그는 돈키호테를 신뢰한다. 그리고 돈키호테를 무척 자랑스럽게 여기기까지 한다. 산초 판사는 자기 주인이 숨을 거두는 순간에도 무릎을 꿇고 침상 곁을 지키며 감정에 북받쳐 운다. 산초 판사가 무언가 보상을 바랐다면 이런 헌신과 열성이 가능했을까? 산초 판사라는 인물은 무언가에 현혹되기에는 너무도 상식적이다. 일상적인 불편과 이따금 몰매를 맞는 일 말고는 그에게 돌아올 보상이 없을 것이라는 사실을 그는 너무도 잘 알고 있다. 그의 애착의 근원이 어디에 있는지 좀 더 깊이 따져보아야 한다. 원인은 맹목적으로, 충심으로 추종하는 대중의 특별한 경향(안타깝게도 그들은 부정적인 감정

)에 있다. 그러한 경향성은 열광할 줄 아는 대중의 능력과 사사로운 이익을 무시하는 능력에서 나온다. 가난한 이들은 딱딱한 빵 껍질을 내던지듯이 사사로운 이익을 내던질 줄 안다.

이는 대중의 보편적이고도 역사적인 행위이다! 대체로 그들은 애당초 경멸하며 돌을 던지거나 여타의 방식으로 괴롭혀오던 사람들을 완벽히 신뢰하며 추종하게 된다. 하지만 그 대열의 선봉에 선 사람은 남들이 어떤 반응을 보이든 아랑곳하지 않고 자기 내면에 자리 잡은 환영에 의지해서 저 멀리 어렴풋한 지점에 시선을 고정한 채 우여곡절을 겪으면서도 의연히 앞으로 나아가 마침내 목표에 도달한다. 사실상 마음의 명령에 의해 추동받는 사람만이 자신의 목적지에 도달할 수 있다. 보브나크(Vovenaque)는 "위대한 생각은 마음으로부터 우러나온다."고 말했다. 하지만 햄릿 같은 부류의 사람들은 아무것도 발견하지 못하고 아무것도 창조하지 못하며, 자기 개성의 흔적들 말고는 아무런 자취도 남기지 않는다. 요컨대 지속적으로 영향력을 지니는 어떤 흔적도 남기지 않는다. 그들은 사랑하거나 믿지 않는다. 그러니 무엇을 발견할 수 있을 것인가? 자연의 유기체들은 말할 것도 없고 심지어 화학에서도 두 성분이 제3의 무언가를 생성시키려면 서로 결합해야 한다. 하지만 햄릿들은 오로지 자기 자신에 대한 걱정에 휩싸인 채 영원히 혼자이고 따라서 아무것도 생산하지 못한다.

혹자는 이렇게 되물을지 모른다. "오필리아가 있지 않은가? 햄릿은 그녀를 사랑하지 않았는가?"

그렇다면 오필리아에 대해 이야기해 보자. 그리고 내친김에 돈키호테의 둘시네아에 대해서도 논해보자. 이 두 유형의 인물이 여성을 대하는 태도 역시 중요하다. 돈키호테는 존재하지도

OPHELIA

◆

둘시네아와 오필리아

않는 상상 속 여성인 둘시네아를 사랑하며 그녀를 위해서라면 목숨이라도 내놓을 각오이다. 결투에서 승리한 상대가 칼을 빼든 채 곁에 서 있는 상황에서 돈키호테가 했던 말을 떠올려보자.

"기사여! 나를 찌르라. 하지만 처량한 내 모습이 둘시네아의 명성과 영예에 누가 되지 않도록 해달라. 그녀야말로 내게는 여전히 세상에서 가장 완벽한 아름다움을 지닌 여인인 까닭이다."

돈키호테는 상상 속에서 순결한 사랑을 한다. 상상에 푹 빠져 있다 보니 열정의 대상이 실존하지 않는다는 사실을 깨닫지 못한다. 또 너무도 순결한 사랑을 하다 보니 음탕하고 추잡한 농부의 딸이 둘시네아라며 자기 앞에 모습을 드러내자 돈키호테는 자기 눈을 의심하며 둘시네아가 사악한 마법사의 주술에 걸려 모습이 바뀌었다고 생각한다.

나 역시도 내 삶의 여정 속에서, 실재하지 않는 둘시네아들을 위해, 혹은 어떤 상스럽고 혐오스러운 대상을 위해 자기 삶을 저버리는 사람들을 여럿 만나왔다. 이 사람들에게 그 대상들은 자기 이상의 화신이었으며 그 대상들의 변모 역시 사악한 우연과 환경과 사람, 즉 내가 사악한 세력이라고 말하고 싶은 그런 요인 탓이었다. 나는 지금까지 이런 상황들을 증언해왔다. 그리고 돈키호테와 같은 유형의 인간들이 세상에서 사라진다면 우리는 역사책을 덮어야 할 것이며 그때 우리에게는 더 이상 읽을 만한 가치가 있는 것들이 남아 있지 않을 것이다.

돈키호테에게는 그 어떠한 악의도 없다. 그의 모든 생각은 겸손하고 순진무구하다. 그의 마음속 깊은 곳에서는 사실상 둘시네아와 언젠가 하나가 될 것이라는 기대를 크게 하고 있지 않다. 아니 실은 그런 만남 자체를 돈키호테는 두려워한다!

이제 햄릿을 살펴보자. 그는 정말 사랑할 수 없는 존재인가? 인간 영혼에 대한 가장 심오한 비평가라 할 햄릿의 역설적인 창조주가 이 이기주의자, 이 회의론자에게 사랑할 힘을 실제로 부여할 생각을 했다는 게 가능할까? 제 살을 갉아먹는 자기 분석이라는 독약을 그의 몸에서 뽑아낼 자 누구란 말인가? 셰익스피어는 이런 식으로 자가당착에 빠지지 않았다. 그리고 현명한 독자라면 관능적이고 심지어 방탕하기까지 한 이 햄릿이 사랑하지 않고 그저 사랑하는 체했다는 그리고 그나마도 헛된 일이었다는 사실을 쉽사리 확인할 수 있다. 햄릿이 여자들에게 싫증이 났다고 말하자 궁정 대신 로젠크란츠가 빙긋이 미소짓는 대목은 그래서 주목할 가치가 있다. 셰익스피어 스스로 사랑과 관련한 자신의 운명을 이미 입증하고 있다. 제3막 제1장에서 햄릿은 오필리아에게 이렇게 선언한다.

> 햄릿 : 한때는 그대를 사랑했느니라.
>
> 오필리아 : 오, 나의 왕자님, 그렇게 믿도록 만든 건 왕자님이십니다.
>
> 햄릿 : 그대는 나를 믿지 말았어야 했다. 그대를 사랑하지 않았으니까.

햄릿의 입에서 마지막 말이 떨어졌을 때 그는 그 어느 때보다도 진실에 훨씬 더 가까이 다가서 있다. 고결하고 성스럽기까지 한 오필리아에 대한 햄릿의 감정은 냉소적이거나(나는 쥐덫 장면에서 햄릿이 오필리아의 무릎을 베고 눕게 해달라고 청하는 대목이 미심쩍게도 그런 면을 암시한다고 생각한다) **과장되어**(햄릿이 오필리아의 오빠 레어티스와 함께 나오는 장면에서 오필리아의 무덤에 뛰어든 햄릿이 이런 진부한 말을 내뱉는다. "4천 명의 오빠가 있어 그들의 사랑을 모두 합친다 한들 내 사랑의 크기에 비할쏘냐. 그들에게 우리 무덤에 태산만 한 흙을 가져다 쏟아부으라 해라!") 있다. 햄릿이 오필리아와 맺은 모든 관계는 햄릿에게는 그 자신에 몰두해 있는 한 형식에 불과하다. 햄릿은 이렇게 소리친다.

정령이시어, 그대의 기도 속에
내 모든 죄가 기억되기를

　여기서 다시금 햄릿의 무력함, 나약함, 그리고 사랑할 수 없는
자신의 처지에 대한 깊은 자각만이 울려퍼진다. 햄릿은 오필리아
의 고결한 정조 앞에서 압도당한다.

　하지만 햄릿과 같은 유형의 인물이 갖는 어두운 측면에 더 이
상 집착하지 말기로 하자. 그런 측면들은 너무 쉽사리 파악되는
까닭에 오히려 논쟁을 불러일으킨다. 이제 햄릿에게서 발견할 수
있는 긍정적 요소들, 인정할 만한 요소들을 살펴보기로 하자. 햄
릿 안에는 부정(否定)의 신념이 구현되어 있다. 이는 또 다른 위대
한 시인이 메피스토펠레스라는 등장인물로부터 모든 순수 인간
적인 면을 박탈하면서 묘사했던 것과 같은 신념이다. 햄릿은 메
피스토펠레스의 대척점에 있는 동시에 인간적 개성의 영역에 존
재한다. 따라서 햄릿의 부정의 신념은 메피스토펠레스의 신념처
럼 사악한 힘이 아니라 악에 맞서 겨냥되어 있다. 햄릿의 부정 정
신은 선에 대해서는 회의적이지만 악의 실존에 대해서는 명명백
백한 확신에 차 있어서 악에 끊임없이 맞서 싸운다. 어떤 식으로
든 햄릿은 선을 불신하며 그 선에 담긴 진실의 진정성에 의구심
을 갖는다. 햄릿이 선을 공격할 때는 그 선이 속임수라고 추정하

기 때문이다. 그 가면 아래 자신의 숙적인 악과 가식이 숨어 있다고 보기 때문이다.

햄릿은 메피스토펠레스처럼 마귀가 들린 듯한 싸늘한 웃음을 짓지 않는다. 햄릿의 쓰디쓴 미소는 자신의 고통을 무심코 드러내는 애처로운 슬픔으로 물들어 있다. 이러한 사실로 인해 우리는 햄릿을 받아들일 수 있다. 그의 회의는 그 안에 무심함이란 요소를 담고 있다. 따라서 그 안에는 그라는 인물의 가치와 의미가 담겨 있다. 선과 악, 진실과 거짓, 아름다움과 혐오스러움은 어떤 뜻밖의 침묵이나 흐리멍덩한 막연함과 뒤섞이지 않는다. 햄릿의 회의는 거짓과 허위와 끊임없이 맞붙어 싸운다. 따라서 지금 당장, 혹은 언젠가 진실이 눈앞에 드러날 가능성을 믿지 못하는 가운데 햄릿은 그 스스로도 완벽히 받아들이지 못하는 진실의 최상의 대변자가 된다.

하지만 불 속에 파괴적인 힘이 도사리고 있듯이 바로 그 부정의 정신에도 파괴적인 힘이 내재해 있다. 그 누가 이 힘을 정해진 한계 내에 붙잡아둘 수 있을 것인가? 아니면 그 힘이 파괴하려는 것과 사람들이 보호하려는 것 간에는 불가분의 관계에 있는 경우가 너무도 흔한데 그럴 경우 그 힘이 마땅히 멈출 곳은 어디라고 그 누가 말할 수 있을 것인가? 바로 그 곳이 우리가 인간 삶의 비극적 측면을 자주 깨닫는 지점이다. 생각이 행동을 앞서는 곳에서는 언제나 사고와 의지 사이의 단절이 존재한다. 그리고 그 간극은 시간이 갈수록 점점 더 멀어지는 경향이 있다. 셰익스피어가 햄릿의 입을 빌려 말했던 것처럼,

> 그리하여 결단의 본래 색깔은
> 핼쑥한 빛의 생각에 물들어 창백해진다.

이렇듯 한편에는 사색적이고 주도면밀하고 흔히 모든 것을 꿰뚫고 있는 동시에 무력하고 무위에 빠진 햄릿들이 있는 반면에 다른 한편에는 오로지 한 가지 것, 즉 십중팔구 그들이 상상하는 형태로는 존재하지조차 않는 것만을 보고 알기 때문에 바로 그 이유 하나로 인간을 도와 앞으로 나아가도록 재촉하는 반쯤 미친 돈키호테들이 존재하는 것일까? 이쯤에서 불가피하게 이런 의문이 하나 떠오른다. 사람들은 진실 같은 그런 무언가가 존재한다고 믿기 위해서는 정말로 미쳐야 할까? 아니면 정신은 그 스스로를 통제하는 순간 자신이 갖고 있던 모든 힘을 잃고 마는 것일까? 피상적으로나마 이러한 문제들에 해답을 구하려는 것은 쓸데없는 일이다. 그저 이러한 이분법, 앞서 언급한 이중성 속에

서 모든 인간의 삶에 기본적인 법칙을 깨달아야 한다는 사실을 말해두는 것으로 충분하다. 인간의 삶은 영원히 밀고 당기는 이 두 힘, 끈질기게 적대하는 두 힘이 영원히 화해하는 현실 속에 존재한다.

혹시 내가 무언가 철학적인 정의를 내린다 해도 독자들이 그 것에 크게 구애받지 않는다면 나는 감히 이렇게 말하고 싶다. 모 든 생명체는 그 자신이 온 세상의 중심이고 여타의 것들은 모두 오로지 자기 자신을 위해 창조되기라도 한 듯 행동하는 본성을 갖고 있으며 햄릿들은 바로 그 본성의 역학 속에 존재하는 경향 성을 표현한다. 따라서 알렉산더 대왕의 이마에 내려앉은 깔따 구는 자신에게 피를 빨 권리가 있다는 자기 확신에 빠져 대왕의 피를 포식했다. 햄릿 역시 자기 자신을 경멸하면서도(이는 햄릿과 비 슷한 지능을 가진 생명체로 진화하지 못한 깔따구로서는 생각도 못할 태도이다) 자신을 창조물의 중심으로 보고 여타의 우주 만물은 자신에게 수렴하 는 존재로 여긴다.

이러한 경향성이 없다면, 다시 말해 자기중심적인 힘이 없다 면 자연계는 기능할 수 없다. 이는 자연계가 선천적으로 갖는 또 다른 강력한 힘, 즉 이타적인 경향성이 없을 경우 기능할 수 없 는 것과 마찬가지이다. 자연계의 만물은 이 이타심의 법칙에 따라 오로지 타자를 위해 존재한다. 이러한 원칙, 즉 헌신과 자기희생을 향한 욕구는 이 세상의 돈키호테들에 의해 익살스러운 형태로 상징화된다. 부동(不動)과 운동, 퇴영과 진보라는 이 두 힘은 세상 만물의 근본적인 지렛대이다. 우리는 참으로 하잘것없는 한 송이 꽃이 개화하는 과정에서 이를 함축적으로 볼 수 있다. 두 힘은 진화의 비밀을 풀 열쇠이며 가장 왕성한 활동력을 보인 인류가 진화해온 과정에 대해 통찰력을 제공하는 열쇠이다. 하지만 그러한 추측들은 더 이상 논하지 말기로 하자. 어쨌든 우리가 다루고 있는 주제를 벗어나 있기 때문이다.

모두가 알다시피 『햄릿』은 셰익스피어의 작품 가운데서도 가장 인기 있는 작품으로 간주된다. 이 비극은 공연될 때마다 항상 만석을 이루는 걸작이다. 그러한 현상은 오늘날 자의식, 관조, 자기 회의라는 경향성이 만연하고 있는 상황에 비추어볼 때 이해할 만하다. 하지만 근대정신의 가장 놀라운 산물일 수도 있는 이 작품 전편에 넘쳐흐르는 섬세함과 정교함은 둘째 치더라도, 얼마간 자신이 창조한 햄릿의 원형이라 할 작가의 지적 능력에는 감탄을 금할 길이 없다. 그리고 작가는 억제할 길 없는 창조적 재능으로 이러한 전형을 후세대들의 연구 과제로 남겨주었다.

이러한 전형을 창조한 정신은 사색적이고 분석적인 북부지방 특유의 정신이다. 그것은 생각의 갈피를 잡지 못하는 음울한 정신으로 어떤 조화로움이나 남부지방 특유의 윤택함을 결여한 정신이다. 그것은 윤곽이 뚜렷한 고전적 우아함과는 거리가 멀지만 바로 그 다양성과 기발함을 통해 보다 심오한 결과를 빚어낸다. 북부인들은 영혼의 심연으로부터 햄릿이라는 유형의 인간을 애써 발굴해냄으로써 인간 삶의 다른 여러 측면들과 마찬가지로 시적 영역에서도 인간 삶에 대한 완벽한 이해를 바탕으로 다른 지역 사람들보다 더 높은 금자탑을 쌓아 왔다.

돈키호테라는 인물은 쾌활하고 낙천적이고 겸손하고 감성적인 남부지방 사람들의 정신을 반영한다. 그들은 삶의 수수께끼들을 깊이 파고들지 않으며 삶의 밀물과 썰물에 대한 개념을 갖고 있지 않다. 아니면 돈키호테라는 인물은 삶의 고립된 현상 모두를 반영한다. 여기에서 나는 셰익스피어와 세르반테스를 비교하지 않을 수 없다. 적어도 두 사람이 어느 면에서 다르고 또 어떤 점에서는 같은지 강조해둘 필요가 있다는 생각이다.

어떻게 두 사람을 비교할 수 있다는 말인가? 혹자는 셰익스피어 같은 신에 비견될 만한 거장을 두고 그런 비교가 가당키나

한 일이냐고 나를 몰아세울지 모른다. 충분히 일리 있는 말이다. 하지만 그렇다고 세르반테스가 리어 왕을 창조한 거인에 견주어 볼 때 난쟁이에 불과하다 할 수는 없다. 그는 왜소증 환자가 아니라 정상적으로 성장한 사람으로 신격화된 인간 앞에서도 곧추서 있을 만한 특권을 가진 인간이다. 넘쳐흐르는 강력한 상상력에 능수능란한 시적 재능과 비길 데 없는 지적 능력으로 빛나는 셰익스피어가 세르반테스에 견주어 거인인 것은 의심할 여지 없다. 또 그와 견줄 수 없는 인물인 것 또한 사실이다. 하지만 이 점에 주목할 필요가 있다. 여러분은 세르반테스의 소설에서 억지스러운 해학이나 가짜 예증 혹은 과장된 대화들을 찾지 못할 것이다. 또 그의 작품들에서는 중세의 야만적인 유산인 참수, 눈알 뽑기, 피로 물든 강, 의도적인 잔학행위 역시 만나볼 수 없다. 이 같은 유산은 북부지방에서는 그곳 사람들의 융통성 없는 천성으로 인해 완전히 사라지는 데 꽤 오랜 시간이 걸렸다. 또한 셰익스피어와 마찬가지로 세르반테스도 성 바르톨로뮤 축제일의 대학살(St. Bartholomew's Eve)[3]이 일어난 시대에 살았음을 되새겨둘 필요가 있다. 그리고 이 대학살 이후에도 오랜 세월 화형당한 이단자들의 피가 세상을 적셨다(그 유혈이 언제 멈출지 그 누가 알겠는가?). 『돈

---

3) 1572년 8월 24일 파리의 구교도가 신교도(위그노) 3천여 명을 학살한 사건. 이 혼란 속에 부르봉 가문의 신교도인 앙리 드 나바르가 왕위에 올랐으나 결국 평화를 확보하기 위하여 가톨릭으로 개종하니 그가 바로 앙리 4세이다.

키호테』에서 중세는 고루한 시의 가면을 쓴 채, 세르반테스가 무척 유쾌하게 조롱했던 그러한 모험담들 속 경쾌한 묘사를 통해 묘사된다. 세르반테스는 훗날 이 모험담들에 더해 『페르실레스와 시히스문다(Persiles and Sigismunda)』라는 중세 기사도적 모험담을 선보인다.

셰익스피어는 하늘과 지상에 존재하는 모든 것으로부터 이야기를 착안한다. 그는 그 무엇도 거부하지 않으며 그 무엇도 그의 날카로운 시선을 벗어나지 못한다. 그는 먹잇감을 찾는 한 마리 독수리처럼 하늘 높이 날아올라 그 누구도 대적할 수 없는 자세로 세상을 훑어보며 자기에게 필요한 주제를 뽑아낸다. 반면에 세르반테스는 자기 주변의 소재를 자신에게 매우 익숙한 곳을 배경으로 해서 아버지가 자식들에게 들려주듯 독자들에게 등장인물들을 다정하고 차분하게 묘사한다. 그 영국 시인이 보여주는 불굴의 정신 앞에 모든 인간적인 것들이 굴복하는 반면에 세르반테스의 풍성함은 오로지 그 자신의 가슴으로부터 나온다. 세르반테스의 가슴은 따스하고 온화하며 경험을 통해 풍부하지만 딱딱하게 굳지 않은 가슴이다. 세르반테스는 7년이라는 긴 세월 동안 감옥에 갇혀 지냈지만 그 시간은 헛되지 않았다. 그 자신이 밝혔듯이 이 기간에 그는 인내심을 키웠다. 그의 지식 범위는 셰익스피어의 지식 범위보다 좁다. 하지만 그 범위 내에 인간 본성에 공통적인 모든 것들이 반영된다. 세르반테스는 화려한 관용어법으로 우리를 눈부시게 하지 않는다. 그는 강렬한 열정의 불빛으로 우리를 실신시키지 않는다. 그의 시는 셰익스피어의 시와 전혀 흡사하지 않다. 세르반테스의 시는 때때로 격동의 바다이지만 이야기가 진행되는 내내 차라리 굽이치며 흐르는 깊은 평온이라 할 수 있다. 따라서 그 반투명의 물에 이끌리고 둘러싸인 독자들은 기꺼이 그 흐름에 몸을 내맡기고는 진정 서사적인 시의 매력을 즐긴다.

이 두 동시대의 시인이 정확히 같은 날인 1616년 4월 23일 세상을 떴다는 사실에서 우리는 한 차원 더 나아간 상징성을 본다. 세르반테스는 아마도 "셰익스피어"란 사람이 존재했다는 사실 자체를 몰랐을 가능성이 크다. 하지만 비극작가는 자기 생의 마지막 3년 동안 당시에 이미 출간되어 있던 그 유명한 소설의 영어판을 스트래트포드에 있는 자기 집에 호젓이 틀어박혀 읽었을 게 틀림없다. 『돈키호테』를 읽고 있는 셰익스피어, 이는 한 예술가이자 철학자가 소재로 삼을 만한 가치가 있는 광경이었을 터였다. 우리에게 그런 인물, 그들 동포의 스승이자 뒤따르는 세대들의 스승들을 베풀어준 나라들은 복이 있나니! 천재의 머리

위에 씌워진 시들지 않는 월계관이 그의 조국을 장식할 것이기 때문이다.

끝으로 간간이 내가 관찰해온 몇 가지 내용을 이 짧은 글에 덧붙이고 싶다. 이 분야에서 전문가인 한 영국 귀족이 언젠가 나를 만나서는 돈키호테가 완벽한 신사라고 말한 적이 있다. 그리고 실제로 돈키호테는 그런 사람으로 불릴 만하다. 만일 신사의 기준이 우직하고 지나치게 호들갑스럽지 않은 행동거지에 있다면 돈키호테는 신사라고 불릴 자격이 충분하다. 그가 진짜 이달고(hidalgo, 스페인의 하급 귀족-역주)이기도 하거니와 대공의 장난기 많은 시종들이 그의 면상을 과도하다 싶을 정도로 후려갈길 때도 그의 자세에는 흔들림이 없다. 돈키호테의 우직한 행동거지는 우월감이 아닌 그의 이타심에 기인한다고 말하는 것이 적절할지 모른다. 돈키호테는 언제나 편견에 사로잡혀 있지 않으며 타인만큼이나 자기 자신을 존중하기 때문에 남을 얕잡아보는 행동을 할 생각이 전혀 없다. 하지만 햄릿의 정중한 예의 속에는 프랑스 식으로 표현하자면 '벼락부자 같은 태도'가 숨어 있는 듯 보인다. 말하자면 햄릿의 그런 행동에는 과시와 비웃음이 자리 잡고 있다. 햄릿은 자신의 결점을 메우기 위해 선천적으로 기이할 정도로 열정적인 감정 표출에 능하다. 그러한 감정 표출은 사색적

이고 정력적인 개성의 인물만이 보여줄 수 있는 것으로 돈키호
테 같은 인물에게서는 결코 용납될 수 없는 성향이다. 학교 교육
에서 보여준 다재다능함(햄릿이 비텐베르크 대학에서 수학했다는 사실을 잊어서
는 안 된다)과 함께 햄릿의 심도 있고 예리한 분석력은 그의 내면에
보기 드문 감식력을 빚어냈다. 그는 훌륭한 비평가이다. 배우들
에게 해주는 햄릿의 조언은 놀라울 정도로 적절하고 사려 깊다.
돈키호테에게서 어떤 사명감이 눈에 띄듯이 햄릿에게서는 미의
식이 두드러진다.

돈키호테는 스스로 거리낌이 없는 동시에 타인의 자유도 소
중히 여기면서 기존의 모든 관습, 종교, 군주, 대공들을 존중한
다. 반면에 햄릿은 왕과 대신들을 질책하지만 그 자신도 심한 편
견에 사로잡혀 있고 무도하기까지 하다.
돈키호테는 문맹에 가깝지만 햄릿은 하루도 빠짐없이 일기를
썼을 가능성이 크다. 돈키호테는 비록 무식하지만 공무와 행정
에 대해 확고한 견해를 갖고 있다. 반면에 햄릿은 그런 일에 짬을
낼 수도 없고 손을 댈 생각도 없다.

사람들은 세르반테스가 돈키호테를 동네북 신세로 전락시켰
다며 혹독하게 비판해왔다. 하지만 나는 이미 그 소설 후편에서

는 돈키호테가 결코 그런 대접을 받지 않았다는 점에 주목한 바 있다. 한 가지 덧붙이고 싶은 말은 만일 그러한 수난들이 없다면 돈키호테의 모험담을 곧이곧대로 받아들이는 아이들이 돈키호테에게 그처럼 호감을 느끼지 못했을 것이고 우리 어른들조차도 돈키호테가 모든 고초를 피했다면 그의 진면목을 제대로 깨닫지 못하고 그를 냉담한 인물로, 무언가 거리감이 느껴지는 인물로 여기고 말았을 것이라는 점이다. 이는 그의 본성을 제대로 파악하지 못한 것이다.

나는 후편에서는 더 이상 돈키호테가 육체적으로 수난을 겪지 않는다고 거듭 밝혀왔다. 예외가 있다면 돈키호테가 '하얀 달의 기사'를 자처하는 변장한 학사와의 싸움에서 완패하고 기사 작위를 내던진 뒤 죽음을 눈앞에 둔 시점에서 돼지 떼의 공격을 받아 짓밟히는 상황 정도이다. 이를 두고 세르반테스가 전편의 익살을 그대로 답습했다는 비난을 들었다는 이야기를 언젠가 들은 적이 있다. 하지만 여기서도 역시 그 시인의 천재적 직감이 작용했다는 사실을 기억할 필요가 있다. 이 지저분한 에피소드에는 심오한 의미가 담겨 있다. 세상의 돈키호테들은 언제나 돼지들에게 짓밟히는 상황을 겪을 수밖에 없다. 그리고 그런 일은 생의 막바지에 일어나야 한다. 이는 그들이 운명에, 인간의 무관심과 오해에 대한 대가로 치러야 할 마지막 속죄이다. … 그들을 짓밟는 것은 바리새인들이다. 이제 그들은 죽을 준비가 되어 있다. 돈키호테들은 지옥의 불을 지나 영생을 얻는다. 그들을 받아들이기 위해 불멸의 문이 열린다.

햄릿은 때때로 무자비하다. 왕이 영국으로 파견한 두 궁정 대신에 대해 햄릿이 준비한 운명을 떠올려보라. 자신이 직접 암살했던 폴로니어스에 대해 햄릿이 쏟아냈던 말들을 읽어보라. 우리에게 이것은 최근에서야 우리 시야에서 사라진 중세의 또 다른 반영이다. 한편으로 우리는 돈키호테 안에서 반의식적으로 자신를 기만하는 경향을 볼 수밖에 없다. 이는 광신자의 상상에 언제나 따라붙는 경향성이다. 돈키호테가 몬테시노스의 동굴에서 목격했다며 들려주는 이야기는 명백히 그가 꾸며낸 이야기였으며 영악한 평민 산초 판사는 이를 이미 간파하고 있었다.

게다가 햄릿은 자기 앞에 장애물이 놓이면 사소한 일에도 낙담하며 투덜거린다. 반면에 갤리선 노예들에게 몸을 움직일 수 없을 만큼 흠씬 두들겨 맞은 돈키호테는 언젠가 자신이 승리하고야 말 것이라는 희망의 끈을 놓지 않는다. 마치 푸리에가 자신의 계획[4]에 필요한 1백만 프랑의 돈을 언론을 통해 모금하면서 수년 동안 한 영국인을 매일 찾아갔던 상황과 엇비슷하다. 쉽사리 예상할 수 있는 일이지만 푸리에는 그를 만날 수 없었다. 물론 이는 어리석은 일이다. 하지만 이 대목에서 고대인들이 통상 신을 시샘이 많으며 무언가 늘 요구하는 존재로 믿었지만 신들은 사람들이 곤경에 처하면 폴리크라테스가 반지를 바다에 내던져버렸듯이 자발적인 희생을 통해 이를 보상해주었다는 사실이 떠오른다. 따라서 인간에게 무언가 신호를 보내는 데 열중하는 사람들의 행동이나 성격에서 내비치는 익살스러운 면모들이 실은 화가 난 신들을 달래기 위한 일종의 헌사라고 생각할 수도 있지 않을까? 이렇듯 웃음을 불러일으키는 별난 선구자들이 없다면 진보는 생각할 수도 없었을 것이며 그 경우 사색적인 햄릿들은 애당초 자신들이 철학적으로 논할 만한 것을 아무것도 갖지 못했을 것이다.

되풀이 해서 말하지만 돈키호테들은 무언가를 창안하고 햄릿들은 그 창조된 것들을 활용한다. 혹자는 햄릿들이 모든 것을 의심하고 아무것도 믿지 못하는데 어떻게 무언가를 활용할 수 있느냐고 물을지 모른다. 내 대답은 자연이 세상을 관장하는 방

---

4) 샤를 푸리에(Charles Fourier)는 생산을 합리화하고, 소비를 절약하는 전형적인 소생산자 사회를 실현하기 위해 이상 사회의 한 단위인 팔랑주(phalange; 일종의 협동조합) 건설을 제창했다.

식은 매우 절묘해서 철저한 햄릿도 제대로 된 돈키호테도 허용하지 않는다는 것이다. 이들은 두 대척적인 경향의 극단적 표현에 불과하다. 삶은 이 두 극단의 어느 한쪽을 향해 움직이지만 그들 중 어느 한쪽에 도달하지는 않는다. 모든 것을 검토하고 탐색하는 분석의 원칙이 『햄릿』에서 비극의 극단으로까지 뻗어 나갔던 것과 마찬가지로 『돈키호테』에서는 열정이 정반대 편에 있는 희극의 상황으로 몰려 들어갔다고 볼 수 있다. 현실 속에서 사람들이 순수한 희극이든 온전한 비극이든 그 어느 쪽을 만나는 일은 극히 드물다.

우리는 햄릿에 대한 호레이쇼의 헌신 때문에 햄릿을 한층 더 우러러본다. 우리 주변에서 쉽게 마주칠 수 있는 호레이쇼와 같은 유형의 인물은 우리의 위신을 돋보이게 한다. 호레이쇼 같은 인물 중에 우리의 지지자, 좀 더 극단적 용어를 쓰자면 신봉자가 있다. 호레이쇼는 단호하고 정도를 벗어나지 않는 성격을 갖고 있으며 조급하지만 논리는 부족한 인물이다. 호레이쇼는 자신의 약점을 속속들이 알고 있는 까닭에 이런 부류의 사람들에게서는 보기 드물게 주제넘은 행동을 하지 않는다. 호레이쇼는 지식에 목말라해서 무언가 배우고자 하는 욕구가 높고 따라서 영악한 햄릿을 우상처럼 떠받든다. 호레이쇼는 자신에게 돌아올 보답을 불문하고 햄릿에게 열과 성을 다해 헌신한다. 호레이쇼는 왕자 햄릿이 아닌 선견지명을 가진 족장에게 하듯 햄릿의 명령에 복종한다. 햄릿 같은 유형의 인물들이 세상을 이롭게 하는 중대한 이유 중 하나는, 사색의 필요성을 기꺼이 받아들이고 그것을 영예로운 가슴속에서 키워 온 세상에 전파하는 호레이쇼 같은 사람들을 성숙하게 만드는 데 있지 않을까? 햄릿이 호레이쇼의 훌륭한 가치를 소중히 여기며 전하는 말들은 그 자신의 위엄을 더해준다. 그 말을 하는 가운데 햄릿은 인간에 관한 숭고한 개념을 밝히는데 그 어떤 회의적인 적대감에도 흔들리지 않을 인간의 높은 가능성이 거기에 드러난다.

> 내 소중한 영혼이 주인이 되어 무언가를 선택하고
> 사람들을 분간하게 된 뒤로부터
> 내 영혼은 자네를 점찍어 두었네.
> 자네는 인생의 온갖 고초 속에서도 끄떡없고
> 행운의 여신이 시련을 주든 상을 주든
> 한결같이 감사한 마음으로 받아들이지 않았던가.
> 혈기와 분별력이 알맞게 뒤섞인 사람들은 복 많은 자들일세.
> 그런 자들은 운명의 여신이 듣고 싶은 소리만 내는
> 여신의 손가락에 놀아나는 피리가 아니지.
> 격정의 노예가 아닌 그런 사람을 내게 보내주게.

내 그이를 마음 깊은 곳에 갈무리해두겠네
자네처럼 내 마음 저 깊은 곳에 말이지.

　강직한 회의론자는 충직한 신봉자인 스토아 철학자를 변함없이 존경한다. 고대의 약속이 와해되었을 때, 그리고 그와 비슷한 상황에 처했을 때 최상층의 사람들은 위기의 시기에 인간의 존엄을 유지할 유일한 수단으로 스토아 철학을 피난처로 삼았다. 죽음을 정면으로 마주하는 데 무력했던, "그곳을 여행했던 자들 그 누구도 되돌아오지 못했던 미지의 나라"를 향하는 배에 승선할 수 없었던 회의론자들은 에피쿠로스 철학으로 되돌아갔다. 이러한 현상은 이미 잘 알려진 바대로 한심한 일이다.

　햄릿과 돈키호테의 죽음은 둘 다 심금을 울린다. 게다가 대단원의 막을 내리는 순간에도 둘은 얼마나 대조적이었던가! 햄릿의 마지막 말은 인상적이다. 점점 말이 없어지던 햄릿은 운명에 자신을 맡기고 호레이쇼에게 작별인사를 하며 죽음에 앞서, 왕위 계승에 흠결이 없던 젊은 왕자 포틴브라스[5]에게 왕권을 이양한다. 하지만 그의 시선은 더이상 정면을 향하지 못한다. 영원한 적막 속으로 빠져들 찰나에 있는 임종 직전의 회의론자는 말한다.

---

5) Fortinbras; 덴마크의 숙적인 노르웨이의 왕자로, '팔뚝이 강한'이라는 뜻을 지니고 있다.

◆

포틴브라스

"남은 것은 침묵이다."

한편 돈키호테의 죽음은 그 간결함으로 인해 사람의 영혼을
울린다. 모든 사람들은 단번에 이 인물을 인정하고 깊이 존경한
다. 예전에 돈키호테의 시종이었던 사람이 돈키호테를 위호(衛護)
하기 위해 기사도의 모험을 즐길 여행 계획에 대해 말하자 숨이
넘어가기 직전에 있는 기사는 이렇게 대답한다.

아니, 이제 모든 게 끝났네
모두에게 용서를 빌고 싶네
난 이제 더 이상 돈키호테가 아닐세
한때 내 별명이었던 알론조,
한낱 알론조 엘 부에노일 뿐이네.

이 작품은 뻬어나다. 처음이자 마지막으로 이 별명을 언급하
는 것만으로도 독자들에게 지워지지 않는 인상을 남긴다. 그렇
다. 이 말 한 마디 역시 죽음을 앞두고 중요한 의미를 갖는다. 모
든 것은 스쳐 지나가고 모든 것은 흔적없이 사라진다. 지위도 권
력도 재능도. 모든 것은 먼지가 되어 흩어지고 만다.

세상의 모든 장엄함도
연기처럼 흩날려 사라진다.

하지만 선행은 연기 속에 소멸되지 않을 것이다. 선행은 가장
빛나는 아름다움보다 더 오래 지속된다.

사도가 말하노니 '모든 것은 스쳐 지나갈 뿐
오직 사랑만이 남느니라.'

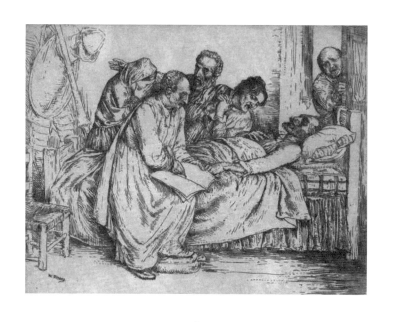

◆

윌리엄 스트랭(William Strang)의 '돈키호테의 죽음'(1902)

더 이상 덧붙일 말은 없다. 내가 여러분에게 말한 인간 정신의 두 기본 방향을 제시함으로써 여러분 내면에 어떤 생각을 불러일으켰다면 그것만으로도 나는 행운아일 것이다. 그것이 내 생각과 다른 것이어도 상관없다. 만일 내가 애당초 세웠던 임무를 대략적이나마 이루었다면, 그래서 여러분을 따분하게 하지 않았다면 다행으로 여기고 싶다.

햄릿과 돈키호테 안의 광기

돈키호테와 햄릿에 드리워진 불멸의 상(像)은 다양한 시대의 사상가들을 들뜨게 했으며 오늘을 사는 사람들의 관심을 끌고 있다. 인문학자, 철학자, 심리학자들은 두 상의 본질을 규명하고 둘을 비교하고 둘 간의 유사성과 차이점을 찾아 수많은 글을 써 왔다. 언뜻 보기에 두 인물의 상은 서로 아무런 관련도 없어 보인다. 햄릿이 교육을 잘 받은 멋진 덴마크 왕자로 보이면 그만일까? 돈키호테가 운명처럼 스페인 오지에 내동댕이쳐진 채 터무니없는 내용의 싸구려 기사 의협 소설을 읽고서 정신이 나간 가난한 시골 귀족처럼 보이면 그만일까? 육체적으로 완벽한 햄릿 앞에서 그리고 햄릿이 없어도 돈키호테의 외모는 한심한 만화 속

인물처럼 보인다. 하지만 이는 어디까지나 언뜻 보기에 그렇다. 살아 있는 철학, 즉 도덕적 믿음과 행위에 비추어 볼 때 두 인물은 서로 양극단을 달리는 쌍둥이 형제, 역사적 동시대의 자식처럼 보인다. 여기에서 역사적 동시대란 흔히 "르네상스의 위기"로 여겨지는 후기 유럽 르네상스 시대를 말한다.

이 시대적 유물의 본질은 햄릿과 돈키호테가 동일한 미학이라는 사실, 두 인물이 이상적인 운문, 현실적인 산문과는 대조적으로 예술에 대한 동일한 접근방식의 산물이라는 사실에 뿌리를 두고 있다. 이러한 모순은 광기를 묘사함으로써 명쾌하게 드러난다. 심중에 명예, 자유, 아름다움, 정의, 사랑의 이상을 품고 있는 사람은 실용주의적으로 편향된 사람들의 눈에는 미친 사람처럼 보인다. 르네상스는 중세의 무지와 금욕주의, 스콜라 철학, 교회의 냉혹한 지배에 종말을 고하고 새로운 시대의 시작을 알린다. 이는 자유의지론, 인간의 힘에 대한 신뢰의 시작을 알리고 과학, 예술, 문화를 꽃피우는 신호탄이다. 이 시대의 인간은 새로운 자긍심을 얻는다. 르네상스 시대의 인간은 더 이상 신에게만 희망을 걸지 않는다. 그 시대의 인간은 무엇보다도 먼저 인간 자신에 의지한다. 돈키호테와 햄릿은 르네상스의 지고한 이상들을 품고 있는 인물이다. 하지만 삶의 현실적 조건들로 인해 그들은 그러한 이상들을 실제 삶 속에서 펼칠 수 없다. 두 사람은 이례적으로 특출난 인물이지만 자신들을 둘러싼 보다 객관적인 환경들을 극복할 수 없다. 이런 상황으로 인해 두 사람은 오해받고 비정상적인 인물로 낙인찍힌 매우 비극적인 영웅이 된다. 돈키호테와 햄릿은 이 세상 악과의 전쟁을 선포한다. 햄릿은 활발하고 정직하지만 어떤 세력도 얻을 수 없기 때문에 불의에 대처할 수 없다. 그 영웅의 외로움은 궁극적으로 영웅의 비극을 강화한다. 거짓과 사악한 범죄에 맞서는 남자 햄릿은 스스로 "고통의 바다"에 몸을 담그고 그것들을 끝장내고 싶어한다. 돈키호테는 삶 속에서 악과 맞서 싸우지만 그 세르반테스의 영웅은 생각 없이 행동하면서 무모하게도 자신의 목표를 이룰 수 있을 것이라 확신한다. 돈키호테와 햄릿은 사내다운 전사이다. 전자는 다른 사람들이 보기에 미친 사람이지만 후자는 확실히 광기에 사로잡혀 있다. 어쨌든 두 인물은 미친 상태로 불의와의 전쟁에 나선다. 둘 다 똑같이 "무모하다." 삶의 해악에 홀로 맞서는 행위는 미친 짓이 아닐까? "힘 있는 자들이 부정을 저지르고 모욕을 자랑으로 여기며 법을 동원해 탄압하고 힘으로 짓눌러 누군가를 파멸에 이르도록 하는" 등 삶의 해악은 시대의 용납할 수 없는 "추문이자 골칫거리"이다. 돈키호테와 햄릿은 주제넘게도 세상을 변화시켜 삶의 순수한 조화를 복원하고 상실된 도덕적 가치들을 회복함으로써 인간이 지구상에서 자신의 위대한 목적을 달성할 수 있도록 사심 없이 노력한다. 햄릿과 돈키호테의 광기에는 심오한 지혜가 담겨 있다. 햄릿이 미치광이처럼 무언가 말하는 것을 듣고 있던 폴로니아는 이렇게 말한다.

" … 미친 게 분명한데 거기에 무언가 체계가 있다." 돈키호테가 사자에 덤벼든 사건이 있고 나서 돈 디에고 데 미란다[6]는 돈키호테가 하는 말이 하나같이 "이성의 잣대"로 측정 가능하다는 사실을 인정할 수밖에 없다. 돈키호테의 미친 짓에는 일정한 체계가 있다. 체계란 언제나 일종의 이성이기 때문에 체계가 있는 곳에는 이성이 있다. 체계는 일정한 유형의 생활양식을 표현한다. 말하자면 그것은 삶과 사람에 대한 인간의 태도에 적용되는 일련의 기본 원칙이다.

햄릿과 돈키호테에게는 이성과 광기 사이에 어떠한 경계선도 없다. 그리하여 셰익스피어와 세르반테스는 두 "광인"의 입을 통해 인간에게 최고의 교훈을 선사한다. 돈키호테와 햄릿은 악을 벌한다. 거기에는 어떤 복수심도 개입되어 있지 않다. 복수란 되갚는 방식으로 사람 간의 갈등을 해결한다. 복수는 개인적인 분노로 야기된다. 처벌은 사회 전체를 위해 시행된다. 처벌은 대체

---

6) Don Diego de Miranda; 녹색 외투를 입은 기사.

로 법에 제시된 일반적으로 용인된 도덕률에 기반한다. 햄릿은 복수하지 않고 처벌한다. 햄릿 개인은 피해자이다. 아버지는 살해당했고 자기에게 돌아올 왕위는 빼앗겼다. 하지만 이것이 햄릿을 움직인 계기는 아니다. 햄릿의 행동은 보다 깊은 무언가로부터 태어난다. 시간의 끈이 끊긴 상태에서는 햄릿의 영혼이 안식에 이를 수 없다. 그는 "자신의 왜곡된 연결고리들을 제자리에 맞추어 놓고" 싶어한다. 햄릿은 클로디어스와 여왕과 궁정 대신들에 복수하지 않는다. 햄릿은 객관적이고 진지한 판관이 되어 클로디어스의 영혼을 간파하고자 하면서 아버지의 죽음을 둘러싼 모든 상황들을 신중하게 파헤친다. 햄릿은 왕이 범인이자 왕위찬탈자임을 밝히기 위해 미친 척하면서 떠돌이 배우들을 이용해 매우 미묘한 심리적 단서들을 수면 위로 떠올린다. 햄릿과는 달리 돈키호테는 행위와 증거와 목격자들을 철저히 조사하지 않는다. 돈키호테는 자신이 입은 은혜를 알고 있으며 소박하고도 고귀한 삶의 규칙들을 적재적소에 적용할 줄도 안다. 햄릿은 오필리아가 자신에게 아무런 잘못도 하지 않은 까닭에 그녀에게 복수하지 않는다. 햄릿은 오필리아가 여성의 나약함을 자각하고 있다는 이유 하나로 그녀를 벌한다. 햄릿은 그런 나약함으로 인해 자신의 어머니가 범죄를 저질렀고 오필리아 역시 그 때문에 불가피하게 범죄를 저지를 것이라 생각한다. 햄릿은 자신에게 잘못을 저지른 사람들을 벌하는 게 아니라 자기 주변에 보이는 악을 벌한다. 햄릿은 보편적인 악을 처벌할 책무가 자신에게 있다고 생각하면서 인간과 진실과 아름다움에 맞서 저질러진 범죄를 모조리 응징할 시간이 자신에게 없음을 한탄한다.

돈키호테는 자신이 부정과 불행에 철퇴를 내리는 사람이라고 여러 차례 천명한다. 돈키호테는 실제로 말짱한 정신으로 온힘을 다해 부정과 불행을 벌한다. 하지만 그에게서 복수는 처벌로 승화한다. 그 복수라는 것이 자신에게 직접적으로 가해진 위해와 관련이 없기 때문이다. 돈키호테는 말한다.

"나는 라 만차의 기사이니라. 내 이름은 돈키호테요, 내게 주어진 소명은 세상을 떠돌며 불의와 맞서 싸우고 불의를 벌하는 일이니라. … 내게 재주가 있다면 미천한 사람을 용서하고 오만한 사람을 벌하는 데 그 재주를 쓸 것이다."

돈키호테와 햄릿은 세상의 모든 처벌을 위한 도구이다. 두 사람 다 자신들 스스로가 그러한 무기임을 인식한다. 두 사람은 인간의 이성과 정의, 아름다움을 추구하고 실행하는 가운데 인간관계의 순수성과 고귀함에 목말라 한다. 자유를 대하는 돈키호테의 자세를 보면 그가 휴머니즘이라는 개념과 매우 밀접히 연

Osric. Your lordship is right welcome back to Denmark.
Hamlet. I humbly thank you, sir.—[Aside to Horatio.] Dost know this water-fly?
Act V. Scene II.

오스트릭과 햄릿과 호레이쇼 (H.C. Selous.;1830)

관되어 있음을 알 수 있다. 돈키호테에게 자유란 인간에게 가장 가치 있는 자산이다. 자유는 이 세상의 그 어떤 보물과도 비교될 수 없다. 자유를 위해서라면 모든 것을, 심지어 목숨까지도 희생 해야 마땅하다. 돈키호테에 따르면 인간의 진정한 존귀함은 출 생이 아닌 그 덕성에 있다. 인간은 타인들보다 더 완벽한 무언가 를 실행할 때만 그들보다 뛰어난 존재가 될 수 있다. 사람의 사회 적 출신이 아닌 개인의 자질과 덕목이 사회 속에서 그가 자리할 위치를 결정해야 마땅하다.

"피가 선천적이라면 덕성은 후천적이며

그 자체로 피보다 더 가치 있다."

햄릿은 한 나라의 왕자이지만 하층민들에게 신경을 쓰고 온정적이다. 하층민들에 대한 햄릿의 태도에는 그 어떠한 오만이나 우월감의 흔적도 없다. 햄릿이 가장 진심으로 대하고 신뢰하는 친구는 호레이쇼이다. 호레이쇼는 햄릿과 같은 시선으로 세상을 바라보지만 귀족 출신은 아니다. 셰익스피어와 세르반테스의 미학 속에서 광기가 가장 친밀한 인간적 가치들을 표현하는 공간이라는 사실이 이런 세세한 내용들 하나하나에도 드러난다. 게다가 광기는 시대를 앞서가는 한 인간을 묘사하는 데 멋진 수단으로 활용된다. 돈키호테와 햄릿은 자신들의 이상이 무너지는 참담함을 겪지만 두 사람 모두 세상의 악과 맞선 싸움에서 도덕적으로 승리한다. 두 사람은 자유로운 개인으로, 그들이 살아온 시대를 훨씬 앞서는 생각들을 품고 죽음을 맞이한다. 세르반테스와 셰익스피어의 등장인물들은 깊은 개념적, 도덕적 동류의식으로 얽혀 있다. 또한 그들의 이상은 근대성의 도덕적 언급이다. 그래서 우리는 돈키호테와 햄릿을 그들의 동시대인이자 스승이라고 여긴다. 돈키호테와 마찬가지로 햄릿은 덴마크에서 삶에 관한 많은 진실들을 깨닫지만, 인간의 이상을 상징하는 아버지의 비통함은 그의 생각에 어두운 그림자를 드리운다.

> "이 얼마나 아름다운 얼굴인지 보라
>
> 아폴로의 머리칼, 제우스의 사자,
>
> 마르스의 눈, 그 살아 있는 법이자 공포 …"

자신의 높은 도덕성과 지적인 힘, 르네상스 시대 사상가와 같은 인본주의적 시각으로 인해 왕자는 무모한 행동을 취하지 못한다.

> "나는 모든 것을 알고 싶다 …"

햄릿에게 아버지의 죽음과 어머니의 조급한 결혼과 같은 구체적인 사실들은 행동의 충분한 근거가 되지 못한다. 햄릿은 눈에 보이는 명명백백한 진실을 찾고자 한다. 동기들을 찾고 스스로 판단해서 확신에 이르는 길을 찾고자 한다. 이런 의미에서 햄릿의 "미친 짓"은 간계의 속뜻을 떠보기 위한 수단으로 그 스스로 필요하다고 느낀 것이다. 반면에 돈키호테의 광기는 심각한 심리적 붕괴의 결과이며 이로 인해 돈키호테는 기사가 되겠다는 매우 무분별한 생각을 하기에 이른다. 돈키호테는 자신을 기사와 동일시하며 햄릿은 정신상의 기사이자 교육을 통해 양육된 기사이다. 따라서 햄릿의 생각들은 돈키호테의 생각 못지않게 중요하고 높은 가치를 지닌다.

험난한 명예와 영광의 길 위에서 돈키호테는 극단의 투지와 결단력, 그리고 낙관주의를 보여준다. 반면에 햄릿은 아버지 유령 앞에 맹세를 했음에도 불구하고 주저하고 생각에 생각을 거듭하며 행동을 미룬다. 요컨대 클로디어스에 대한 복수를 미룬다. 사실이 그렇다고 해서 햄릿이 비겁한 것은 아니다. 비겁하게도 햄릿은 르네상스의 영웅이라는 영예를 걷어차지 않는다. 내가 햄릿에 대한 일부 회의적인 평가를 받아들이지 않는 것도 이 때문이다. 나는 그가 이기적이고 믿음이 없다는 말을 받아들일 수 없다. 그가 자신에게 부과된 책임은 도외시한 채 오로지 자신이 처한 상황에 발목이 잡혀 있다는 비판을 수용할 수 없다. 돈키호테와 마찬가지로 햄릿 역시 자신의 행동을 분석하고 자책하고 무아지경에 빠지기도 하고 자신의 무위(無爲)를 경멸하기도 하느라 바쁘다. 하지만 무위는 좌절이 아니다. 자신의 나약함과 실수를 인정하는 것은 정신력의 한 표현이다. 햄릿의 고통은 돈키호테가 싸우면서 겪는 육체적 고통에 비해 더 강렬하고 더 괴롭고 더 잔혹하다. 햄릿의 수많은 독백, 그중에서도 특히 "사느냐 죽느냐 그것이 문제로다." 하는 독백은 그 영웅이 자신의 존엄을 지키기 위한 싸움에서 벗어나 배신과 위선과 거짓과 부도덕이 판치는 "재앙의 바다"와 싸울 필요를 느끼고 있음을 보여준다.

돈키호테와 햄릿은 둘 다 자유를 궁극적 이상으로 여긴다. 돈키호테에게 자유란 "하늘이 인간에게 내린 매우 가치 있는 자산 가운데 하나"이다. 또한 햄릿에게는 인간 영혼의 자유야말로 세상을 자유롭고 조화롭게 살아가기 위한 일종의 보증서이다. 이들 두 영웅의 이상이야말로 지난 4세기 동안 그들이 그렇듯 인기를 구가한 비결이다.

두 영웅의 여성 관계를 평가하는 것은 부당하고 신뢰할 수 없다. 돈키호테가 육욕을 탐하지 않는다는 데는 이론의 여지가 없다. 돈키호테가 사랑하는 대상은 이 세상에 존재하지 않는 이상적 여성 둘시네아이다. 하지만 햄릿과 오필리아에 대한 햄릿의 사랑에 대해서는 선입견이 작용하는 경향이 있다. 사람들은 햄릿의 대사에 일정한 표현이 함축되어 있다고 규정한다. 내 생각에 햄릿이 참으로 복잡한 것은 그 표현이 표면에서 이루어지지 않고 마음 깊숙한 내면에서 이루어지기 때문이다. 상처받은 오만한 영혼은 겉으로 드러내 과시하는 것을 좋아하지 않는다. 햄릿의 힘은 그 영혼이 들려주는 말이 합리적으로 들린다는 데 있다. 오필리아를 향한 햄릿의 사랑은 레어티스와의 결투 중 그가 한 말에서 그 진실이 드러난다.

> "나는 오필리아를 사랑했다.
> 4만 명의 오빠가 있어 그들의 사랑을 모두 합친다 한들
> 내 사랑의 크기에 비할쏘냐."

돈키호테와 햄릿은 애절하게 죽어간다. 두 사람은 자신의 목표를 달성하지는 못했지만, 정신적으로 패배한 것은 아니다. 돈키호테는 새로운 돈키호테인 산초를 뒤에 남기고 햄릿은 친구 호레이쇼를 두고 삶을 마감한다. 햄릿은 자신이 신뢰하는 호레이쇼에게 자신의 약속을 유언처럼 남긴다. 산초와 호레이쇼는 돈키호테와 햄릿의 생각을 후대에 전하고 인간애와 정의와 자유를 생경하게 받아들이지 않는 모든 이들의 가슴에 불을 지필 것이다.

부록 6

돈키호테가 보여준 두 개의 에스파냐

휴 레드왈드 트레버-로퍼*

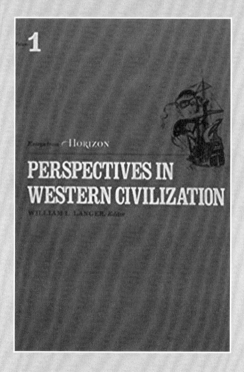

* Hugh Redwald Trevor-Roper(1914~2003); 영국 옥스퍼드대 교수를 역임한 논객이자 역사가. 이 글은 원래 1961년 11월호 『수평선(Horizon)』에 실린 저자의 논문 「돈키호테가 보여준 두 개의 스페인 The Two Spains of Don Quixote」인데, 윌리엄 랭어(William L. Langer)가 편집한 『PERSPECTIVES IN WESTERN CIVILIZATION. Essays from HORIZON. Vol. 1』(American Heritage/Harper & Row;1972)에 재수록 된 것이다. -역주.

시대의 벽화, 돈키호테

"에스파냐 문학의 유일한 걸작품은 다른 모든 작품들을 조악한 것으로 만든다."

몽테스키외(Montesquieu, C, 1689~1755)가 한 말이다. 그가 말한 유일한 걸작품이란 『돈키호테(Don Quixote)』로, 이 소설은 무엇과도 비견될 수 없고 저항할 수 없는 매력을 지닌 아주 독특한 작품이다. 이 작품의 제1부는 1605년에 출간되었다. 그리고 그것은 한 세기 동안 에스파냐 문학의 주요 테마였던 '기사 소설'을 조롱거리로 삼으며 고사시키고 말았다. 기사 소설 가운데 가장 유명하고 가장 생명력이 길었던 작품인 『아마디스 데 가울레(Amadis de Gaule)』가 마지막으로 출간된 것은 『돈키호테』가 나오기 3년 전인 1602년이었다. 그리고 그 후로 에스파냐에서 이 문학적 장르는 사실상 소멸되었다. 그러나 『돈키호테』가 과연 실제로 그것을 소멸시켰는지, 아니면 『돈키호테』는 단지 기사 소설의 비명(碑銘)으로서 등장했을 뿐인지 여부를 판단하는 것은 어려운 문제이며 또 해결해야 할 문제이기도 하다. 이 글에서는 『돈키호테』의 사회적 배경을 고찰하고, 가능하다면 그 사회적 배경 안에서 이 작품이 갖는 독특한 성격과 놀라운 성공의 열쇠를 찾아보고자 한다.

물론 어떤 작품도 그 배경만을 언급하는 것으로 완전한 설명이 될 수는 없다. 무릇 하나의 작품이란 작가가 사용하는 재료에 의해서가 아니라, 작가의 인간적 재능에 의해 산출되는 법이다. 그러나 비록『돈키호테』란 작품이 세르반테스가 묘사하려 했던 시대를 초월하는 것임에 분명하긴 하지만, 그럼에도 불구하고 그가 아마도 다른 어떤 작가 이상으로 시대의 아들이란 점은 부인할 수 없다. 그의 작품들 가운데 다른 어느 것도『돈키호테』 같은 불멸성을 얻지 못했다. 이 작품에 있어서조차도, 그는 자신이 (찰스 디킨스나 톨스토이 같은) 자기 시대에 대한 비평가나 혁명가가 아니라 본질적으로 자기 시대의 기록자라는 점을 분명히 했다. 에스파냐 문학 연구의 대가인 모렐-파티오(A. Morel-Fatio)는『돈키호테』를 일컬어 "17세기 초 에스파냐의 위대한 사회 소설"이라고 불렀다. 그러나 그는 여기에 다음과 같은 말을 덧붙였다.

　　"당대의 누구도 세르반테스를 능가하는 작가는 없었다. 하지만 그는 자기 시대를 단 한 발자국도 앞서가지 않았다."

　　그러므로 이 작품의 성격을 고찰하자면 우리는 응당 그것을 형성한 재료, 즉 세르반테스가 16세기 에스파냐에서 겪었던 개인적인 경험을 조심스럽게 살펴보아야 한다.

현실과 이상의 교직(交織)

먼저,『돈키호테』의 본질적 성격은 무엇인가? 이 소설의 플롯은 다음과 같다.

돈키호테는 중년의 나이에 접어든 카스티야 출신의 하급 귀족, 즉 가난하지만 자존심 강한 시골 신사이다. 그는 에스파냐의 초라한 변두리 지방인 라 만차의 낡은 장원에서 '기사 소설'을 읽으며 조카딸, 그리고 늙은 가정부와 더불어 외롭게 여러 해 동안 살고 있다. 이 기사 소설이 무엇인지에 대해서는 잠시 후 이야기하게 될 것이다. 지금으로서는 일단,『돈키호테』의 첫머리에서 기사 소설을 너무 많이 읽은 나머지 주인공 돈키호테의 머리가 이상해져, 주인공만큼이나 늙어빠지고 매력적인 애마(愛馬) 로시난테와 함께 길을 떠나게 된다는 것만을 언급하기로 한다. 길을 나선 목적은, 책에서 읽은 것과 비슷한 모험거리를 찾아내어 거인과 맞서 싸우기도 하고, 용들과 마법사들로부터 아가씨를 구출해내는 데 있었다. 아울러 자신들이 섬기는 여인이 더 아름답다는 것을 뽐내기 위해, 경쟁 관계에 있는 기사단에 도전장을 제출해 결투를 치르는 데 있었다. 그 때문에 돈키호테에게는 여인이 필요했고, 따라서 그에게는 또한 다른 기사들처럼 충직한 종자(從者)가 필요했다. 이 역할을 위해 그는 충직하지만 고지식하고 세속적인 시골 농부 돈키호테의 드높은 기사도적 이상을 돋보이게 해줄 인물인 산초 판사(Sancho Panza)를 끌어들였다. 키가 작고 배불뚝이 농부인 그는 촌스러운 취향, 상식, 저속한 위트로 상전의 정신 나간 이상주의를 좌절시키는 역할을 한다. 촌철살인의 속담을 많이 구사한 것으로도 유명하다. 세르반테스는 이상과 현실 사이의 갈등을 탐구하기 위해 이 두 인물 간의 심리적 갈등을 이용했으며, 이 소설의 서술 전개상 많은 부분이 두 인물 간의 개인적 관계에 기초를 두고 있다.

일단 등장인물이 구성되자 줄거리는 마치 얼레에 감긴 실처럼 거의 자동적으로 풀려나온다. 돈키호테와 산초 판사는 길을 떠난다. 돈키호테는 생각에 골몰한 나머지 머리가 이상해져서는 대담하게 길을 떠난다. 그리고 산초 판사는 주인의 허풍에 압도당한 나머지 마지못해서, 그리고 무엇보다도 자신에게 주어질 빵과 술, 그리고 궁극적으로는 물질적 대가를 생각하면서 길을 나선다. 돈키호테에게 현실의 세계란 거의 존재하지 않는다. 그에게 여관은 성, 여관 주인은 성주, 풍차는 거인, 양떼는 적군, 장례 행렬은 마술에 걸려든 희생자를 납치해가는 마법사이다. 그리고 이 어마어마한 착각과 오해가 현실 세계와 모순될 때마다, 그는 대단히 독창적으로 상황을 합리화하면서 현실 세계를 빠져나간다. 산초 판사는 주인의 말을 신뢰한다. 그러나 그에게는 궁극적으로 단 하나의 현실만이 있을 뿐이다. 그것은 그가 떠나면서 고향 마을에 두고 온 세계이다. 산초 판사는 자신의 세계를 이상주의적 모험 행각으로 바꾼 것이 아니다. 그는 나중에 주인의 기사 행세를 도운 대가로 자신이 얻은 것이라곤 딱딱한 혹과 타박상 밖에 없다는 것을 알게 된다.

돈키호테와 산초 판사는 둘로 분리할 수 없는 일체를 이루고 있다. 그들은 이 작품의 공동 주인공이다. 이 작품의 성격은 두 인물의 지속적인 이원성에서 찾을 수 있다. 그러나 그 이원성은 조잡하지 않다. 물론 처음에는 유치하게 시작하는 것처럼 보인다. 그러나 조금씩 읽어가노라면 우리는 그것이 점점 미묘한 매력을 발산한다는 것을 알게 된다. 그 대조는 기사와 그의 종자 '사이의' 대조가 아니라, 그들 두 사람에게 '내재된' 대조이다. 돈키호테는 기사와 숙녀, 난쟁이와 마술사 이야기를 할 때는 마치 정신 나간 사람처럼 보인다. 그러나 다른 문제들에 있어서는 매우 뛰어난 분별력을 갖고 있으며, 불안정하나마 어리석음을 극복해나간다. 한편 산초 판사는 근본적으로 고지식하고 무미건조한 농부이다. 그러나 그 역시 일정한 시간 간격을 두고 환상의 세계로 옮아가서 주인의 가상 세계에 스스로를 적응시켜, 언젠가 그 보상으로 어떤 섬의 통치권을 얻게 될 자신의 모습을 상상한다. 강렬한 고음은 언제나 섬세한 저음과 대비된다. 세르반테

돈키호테와 산초 판사(Jules David, 1887)

스의 세계는 전체가 정신분열적이며, 그의 소설에 등장하는 인물들은 모두 현실 세계와 가상 세계 양자에 각기 다른 수준으로 참여할 뿐이다.

기사 소설의 세계

이 작품에서 펼쳐지는 모든 가상 세계의 근거가 되는 기사 소설들에 대한 그들의 태도를 살펴보기로 하자. 언뜻 보면, 다른 사람 같으면 싸구려 읽을거리로만 여길 것을 돈키호테 혼자만 진지하게 취급하는 것처럼 보인다. 그러나 사실은 그렇지 않다는 것을 우리는 곧 알게 된다. 이러한 '거짓 역사들'이 우리의 가련한 기사를 미치게 만든 위험한 서적들이라는 데는 작품 속의 모든 인물들이 공감하고 있다. 그러나 실제로는 그들 모두가 돈키호테만큼이나 그 책들에 깊이 빠져 있었고, 방식은 다를지라도 그 책들에게서 큰 영향을 받고 있었다. 돈키호테가 모험 길에 올랐을 때 그의 집안은 일대 혼란에 빠진다. 주인공의 하녀와 조카딸은 이발사, 보좌 신부 등과 더불어, 돈키호테의 정신을 혼란에 빠뜨린 사악한 모든 책들을 불태우기로 결정한다. 그러나 그 결과는 무엇이었는가? 책을 한 권 한 권 확인하는 과정에서 그들 모두는 그 책의 내용을 기억해내고, 그 책의 장점을 논의하며, 그 책을 어떻게 처분할 것인지를 놓고 열띤 논쟁을 벌인다. 그 결과 그 책들 가운데 절반이 화형을 면한다.

한참 후 이발사와 보좌 신부는 돈키호테를 추적해 그의 우행(愚行)의 무대인 시에라 모레나의 여관에 도착한다. 그들은 여관 주인에게 돈키호테가 미친 원인이 무엇인지 설명해 주지만, 그들은 여관 주인은 물론이고 그의 아내와 딸, 그리고 하녀에 이르기까지 모두 열렬한 기사 소설 애독자라는 사실을 발견하게 된다. 그들은 자신들에게 즐거움을 주는 흥미진진한 책들이 어떻게 해서 사람을 미치게 할 수 있느냐고 소리지른다. 나중에 보좌 신부와 이발사가 돈키호테를 소달구지 위의 우리 속에 가두어 고향 마을로 데려갈 때는 대단히 희극적인 에피소드가 벌어진다. 그들은 교회의 어느 수사 신부를 만난다. 돈키호테는 자신이 마술에 걸렸으며 시기심 많은 마술사들이 그를 우리에 가두었다고 수사 신부에게 엄숙하게 알려준다. 돈키호테를 호송해가던 이발사와 보좌 신부로부터 사태의 진상을 듣게 된 수사 신부는, 교회가 그 유해한 책들을 지속적으로 금지했음에도 불구하고 아무런 성과가 없었다고 개탄해 마지않는다. 그러나 대화가 진전되면서, 우리는 그 분개한 수사 신부가 실은 돈키호테만큼이나 그 유해한 책들을 많이 읽었을뿐더러, 심지어 그런 책을 쓰기도 했다는 사실을 알게 된다. 그 밖의 다른 사람들도 모두 마찬가지였다. 염소몰이꾼과 농부, 공작과 공작부인, 모두가 한없이 뻗어나가는 가상 세계에 돈키호테 - 그들은 돈키호테를 미쳤다고 생각했다. - 만큼이나 깊숙이 빠져들고 있었던 것이다.

소설이 진행됨에 따라 가상 세계도 동시에 전개된다. 돈키호테의 어리석음을 치유하기 위해 길을 떠난 이발사와 보좌 신부는 마침내 그의 우행에 동참해 그가 상상하는 역사 속의 주인공들이 되고 만다. 산초 판사는 이제 주인처럼 말하기 시작한다. 두 사람을 받아들인 공작과 공작부인은 공작 영토 전부를 그에게 내맡겨버린다. 그러므로 돈키호테는 이제 더 이상 주변 사람들보다 더 심한 미치광이가 아니다. 그리고 산초 판사는 근엄하게 상상의 섬을 지배한다. 그러므로 어느 구경꾼이 우리의 영웅 산초 판사를 보고 이렇게 소리를 지른 것은 당연한 일이다.

"악마가 라 만차의 돈키호테를 위해 당신을 홀렸구려! 당신은 미치광이요. 당신 혼자서만 미쳤다면 그래도 괜찮겠소. 그러나 당신은 만나고 다니는 모든 사람들을 바보나 멍청이로 만드는 재주가 있구려!"

끝으로 절묘한 한 줄기의 상상력에 의해, 돈키호테 자신은 거짓과 맞서 싸우는 진실의 옹호자가 되고 만다. 『돈키호테』가 출간된 지 9년 후인 1614년, 세르반테스가 출간한 제1부가 성공을 거두자 경쟁 관계에 있던 어느 작가가 그 이야기의 속편을 출간했다. 표절 행위에 분개한 세르반테스는 직접 2부를 집필해 그 이듬해에 출간했는데, 그는 이제 제1부를 통해 이름이 널리 알려진 돈키호테로 하여금, '가짜 제2부'를 진짜인 줄 알고 있는 독자들을 계속 만나서 가짜를 반박하도록 했다. 그 결과 진짜인 제1부와 가짜인 제2부 이야기는 소설의 마지막 단계에 와서 부록 같은 양상을 띤다. 그리고 그것은 현실 세계와 가상 세계의 혼란 - 이제는 서로 분리할 수 없는 흥미진진한 것이 되었다. - 때문에 더욱 복잡 미묘하게 뒤얽혀 들어간다.

정신분열적 이중성의 세계

간략하나마 지금까지 설명한 것이 이 비할 데 없이 위대한 걸작의 특징이다. 나는 그것을 '정신분열적'인 작품이라고 표현했다. 영웅주의와 환멸의 이중성, 가상 세계와 현실 세계의 이중성이 그 안에 완벽하게 녹아들어 있기 때문이다. 엄청난 분량의 이 소설에 생동감이 유지되는 것은 바로 이 이중성 때문이다. 어찌나 생동감이 넘쳤던지, 존슨 박사(Dr. Johnson, 1709~1784)[1]는 이 작품이야말로 독자의 입장에서 소설의 줄거리가 더 길게 이어졌으면 하고 바라는 유일한 책이라고 표현하기도 했다. 그 이중성이 진정한 것이었기에 더욱 그러했다. 우리는 작가인 세르반테스 자신이 정신분열적임을 감지하고 있다. 그는 돈키호테의 입장과 산초 판사의 입장을 동시에 취한다. 이런 의미에서 그 이중성은 그의 정신 속에 있던 이중성이었으며, 그가 살았던 사회인 16세기 말과 17세기 초 에스파냐의 이중성이었다. 그는 완벽하게 '시대의 아들'이었기 때문이다.

그렇다면 당시의 에스파냐는 어떤 의미에서 정신분열적이었는가? 나는 그 무렵의 에스파냐 사회를 치밀하게 고찰하면 그 답을 얻어낼 수 있으리라고 믿는다. 세르반테스 시대의 에스파냐는 매우 상반된 두 가지 분위기에 휩싸여 있었다. 그 시대의 에스파냐인들은 두 개의 연속된 세대를 살았으면서도, 앞세대와 뒷세대의 분위기가 완전히 달랐다. 아버지 세대는 놀라울 정도의 확신과 영웅적 긴장감과 열광적인 로망스의 분위기를 산출한 공통의 경험을 갖고 있었다. 반면 아들 세대는 아버지 세대와는 전혀 다른 경험을 겪었고 따라서 상이한 분위기에 젖어 있

---

1) 새뮤얼 존슨(Samuel Johnson)을 말한다. 영국의 시인, 비평가, 수필가, 사전 편찬자. 저술뿐 아니라 강렬하고 재치 있는 대화로도 유명하다. 셰익스피어 이후 영국 문학에서 가장 유명한 인물이자, 가장 많이 인용되는 인물.

었다. 그들이 겪은 체험이라곤 패배와 실망과 환멸뿐이었다. 냉소적 리얼리즘, 그리고 피동성과 공허함에 빠져들었다. 세르반테스의 삶은 두 세대에 걸쳐 있었다. 그 자신이 직접 아버지 세대의 영웅주의와 아들 세대의 환멸을 체험한 바 있었다. 어떤 의미에선 자신의 자서전일 수도 있고, 자신의 자화상이라고 할 수도 있는 『돈키호테』에서, 그는 두 세대의 상반된 분위기를 살아있는 필치로 그려냈다. 그가 묘사한 분위기는 자신의 삶 속에서 목격한 것이었다. 그 분위기는 특히 자신의 내면 가운데서 직접 체험한 것이기도 했다.

아버지 세대와 황금의 세기

이제 시간적으로 서로 인접해 있으면서도 지극히 상반된 성격을 지녔던 이들 두 세대를 살펴보기로 하겠다. 먼저 아버지 세대를 보기로 하자. 그들은 '신성로마 황제' 카를 5세(Karl V, 1500~1558)[2] - 그는 에스파냐의 왕인 동시에 신성로마제국의 황제

---

2) 신성로마제국의 황제(1519~1556 재위), 에스파냐의 왕(카를로스 1세, 1516~1556 재위), 오스트리아의 대공(카를 1세, 1519~1521 재위). 그가 계승한 에스파냐와 신성로마제국은 유럽 대륙 안에서 동서로는 에스파냐에서 오스트리아까지, 남북으로는 네덜란드에서 나폴리 왕국까지 걸쳐 있었고, 해외로는 에스파냐령 아메리카에 이르렀다. 그는 점점 커지는 프로테스탄트 세력과, 점점 강해지는 투르크 및 프랑스의 압력, 교황의 적개심에 맞서서 제국을 단결시키려고 애썼다. 그러나 마침내 굴복해 네덜란드와 에

였다. - 치세에 성장한 세대였다. 신성로마 황제 치하에서 에스파냐는 세계열강의 반열에 오를 수 있었다. 카를 5세 이전까지만 해도 에스파냐는 유럽 후미진 곳에 자리잡은 가난하고 촌스러운 나라에 불과했다. 그러나 바야흐로 에스파냐 군대는 라인 강과 도나우 강에서, 이탈리아와 아프리카에서, 독일의 이단자들과 투르크의 이교도들에 맞서 싸우고 그들을 정복하고 있었다. 에스파냐의 모험가들은 신대륙 아메리카에서 거대한 제국(그들 자신을 위한 거대한 영지)을 정복했다. 아메리카에서 획득한 막대한 부는 군대와 함선과 왕궁을 치장하는 데 사용되었으며, 고풍스런 봉건 사회를 유지하고 확대하는 데 활용되었다. 그리고 이를 위해, 프루아사르(Jean Froissart, 1333경~1400/01)[3]와 코민(Philippe de Commynes, 1447경~1511)[4]의 장엄한 부르고뉴로부터 기사도 정신이 도입되었다.

그것은 놀라운 변화였다. 너무나 갑작스러웠기에 더더욱 놀라운 일이었다. 7세기와 8세기에 있었던 아랍인의 대대적인 정복 활동에 비교할 수 있는 일이었다. 그 과정을 직접 목격하고 또

스파냐를 아들 펠리페 2세에게 물려주었고, 황제 칭호는 동생 페르디난트 1세에게 물려준 뒤 수도원으로 은퇴했다.

3) 중세 유럽의 시인, 궁정 사가. 그가 쓴 14세기의 『연대기(Chronicles)』는 봉건 시대에 관한 가장 중요하고 자세한 기록이며 기사도적 궁정연애의 이상을 가장 잘 보여주는 당대의 자료이다.

4) 중세 유럽의 정치가, 연대기 작가. 그의 『회상록(Memoires)』은 중세의 여러 역사책 가운데 타의 추종을 불허하는 역작으로, 그의 작가로서의 재능, 특히 심리포착 능력과 사실적인 감각, 생생한 설명 등이 잘 나타나 있다.

◆

신성로마제국의 황제 카를 5세는 에스파냐의 왕 카를로스 1세이기도 하다

달성한 에스파냐인들은 신적인 사명감과 자신들의 초인적 능력에 크게 고무되었다. 그들은 신이 그들을 배후에서 돕고 있다고 느꼈으며, 오직 그들만이 신의 은총을 받고 있다고 생각했다. 어떤 장애물에도 물러서지 않았으며, 그들이 섬기는 왕 이외의 어떤 권위도 받아들이지 않았다. 심지어 교황마저도 그리 존경하지 않았다. 지겹다는 생각이 들면, 황제는 에라스무스적인 자유주의 이념에 도취되어 주저 없이 교황을 공격했고, 황제의 군대는 성스러운 도시인 로마를 덮쳐 약탈을 자행하기도 했다. 오직 황제만이 무조건적인 존경을 받았다. 카를 5세는 에스파냐 말을

할 줄 모르는 벨기에 태생의 외국인으로서 에스파냐인이 된 황제였기에 더욱 압도적인 존경을 얻었다. 한 탁월한 역사가가 말했듯이 황제야말로 "진정한 에스파냐인!"이었다. 황제는 심지어 교황청 대사에게도 그가 최근 배운 에스파냐어 외에는 어떤 언어로도 말을 걸지 않을 정도였다.

황제 카를 5세 시대의 이 같은 고양된 분위기는 저 유명한 '기사 소설들'에서 대중적으로 표현되었다. 16세기 내내, 특히 황제 치세에 기사 소설들은 에스파냐에서 그야말로 베스트셀러였다. 내용은 터무니없었을지언정, 불가능이라곤 전혀 없을 것 같은 에스파냐인들의 끝없는 자신감을 상징해 주었기 때문이다. 아마디스 데 가울레, 폴리시시네 데 보에치아(Policisne de Boecia), 팔메린 데 올리바(Palmerin de Oliva), 그리고 그들의 후손들이 치러낸 모험담이 시리즈물 - 학자들은 16세기에 316종에 이르는 판본이 있었음을 확인했다. - 로 출간되고 또 재출간되었다. '황금의 세기'를 살았던 저명한 에스파냐인 중에서 그런 종류의 소설을 읽지 않은 사람은 찾아보기 힘들었다. 교회 당국이 아무리 금지해도 억누를 수 없었다. 팜플로나에서 부상을 당한 로욜라 (SanIgnacio de Loyola, 1491~1556)[5]는 회복기에 병상에서 그것들을 읽

---

5) 초기 에스파냐의 역사가로, 아메리카에 파견된 도미니쿠스 수도회의 선교사였다. 유럽인의 인디언 탄압을 폭로하고 인디언 노예제의 철폐를 주장한 최초의 유럽인으로 알려져 있다.

었으며, 그가 성자(聖者)로서 선교에 나섰을 때의 활약상은 마치 기사 소설처럼 널리 읽혔다. 신앙의 무예 수도자가 된 것이다. 아빌라의 성 테레사(Saint Teresa, 1515~1582)[6]는 자신의 어린 시절 그것들을 남몰래 읽지 않았다면 결코 행복할 수 없었을 것이라고 고백하기도 했다.

황제 자신도 성직자들의 항의를 무릅쓰고 그런 책들을 꾸준히 읽었고, 심지어 기사 소설 가운데 한 권의 속편을 쓰기도 했다. 이탈리아에 주둔한 황제의 병사들도 기사 소설들을 즐겨 읽었다. 공식적으로 금지되어 있었으나 그것들은 서인도제도에까지 밀려 들어갔다. 코르테스(Hernàn Cortés, 1485~1547)의 동료들이 아스텍 도시들이 산재해 있는 멕시코 호수를 처음 바라보았을 때, 그들 가운데 하나는 이렇게 말했다.

"우리는 탄복했다. 그리고 그것이 마치 소설 『아마디스 데 가울레』에 나오는 요술 걸린 세상 같다고 중얼거렸다."

아메리카에 진출했던 에스파냐 병사들의 이 같은 '가상 세계'에 대한 열정은 오늘날에도 그 흔적이 남아 있다. 즉 북아메리카의 캘리포니아, 남아메리카의 파타고니아는 모두 이 당시의 시시한 삼류 소설 속의 여주인공에게서 그 이름을 따온 것이다.

---

6) 16세기 가톨릭 종교개혁에 가장 큰 영향력을 행사한 인물로, 1534년 파리에 예수회(제수이트 교단)를 세웠다.

아들 세대와 좌절의 세기

카를 5세는 1556년에 에스파냐 왕위를 포기하고, (가방 속에 기사 소설 두 권을 넣고) 유스테 수도원으로 은퇴했다. 그리고 3년 후 그의 아들이자 왕위 계승자인 펠리페 2세(Felipe II, 1527~1598)[7]가 에스파냐에 왔다. 후대의 역사가들은 펠리페 2세를 위대한 군주로 본다. 그러나 철두철미 실패작인 이 관료적 군주에 대한 존경심이 생겨나기 시작한 것이(그를 기억하는 사람이 거의 없을 때인) 그의 손자 대에 이르러서였다는 사실을 눈여겨 볼 필요가 있다. 동시대인들에게 펠리페 2세는 저열하고 시기심 많고 의심 많은, 하잘것없는 인물로 비쳐졌다. 그의 치세에 이르러 카를 5세의 자유주의는 마침내 무너졌고, 최후의 '에라스무스파'는 사라졌다. 제국의 가장자리는 낡아 해지고 그 중심부는 부패했다.

이러한 쇠퇴는 처음에는 분명히 드러나지 않았다. 카를 5세의 계승자들은 1560년 이후 적어도 10년가량은 그의 정신을 생동감 있게 유지했다. 그러한 정신은 특히 이탈리아에서 생생하게 살아 있었다. 그곳은 새로운 왕 펠리페 2세가 머물던 궁정[8]의 케

--- *

7) 에스파냐의 왕(1556~1598 재위)이며 포르투갈의 왕(1580~1598 재위, 펠리페 1세). 로마 가톨릭의 반(反) 종교개혁 운동의 옹호자로, 통치기에 스페인은 최상의 국력과 광활한 영토를 자랑했다.

8) 펠리페는 1540년 이후 스페인 왕국과 스페인의 해외 식민지를 차례로 물려받았으며, 그 후 마드리드에 머물면서 모든 종류의 관직과 성직 임명권을 직접 통제하며 제국을 다스렸다. 지역의 봉신들은 국왕을 볼 수조차 없게 되자 이들은 차츰 중앙 각료들에 대해서 뿐만 아니라 펠리페에게까지도 반감을 갖게

케묵은 편협한 신앙과 심술궂은 음모로부터 멀리 떨어져 있었기 때문이다. 이탈리아 땅에서는 모든 사람들의 시선이 남쪽과 동쪽을 향하고 있었다. 투르크인으로부터 지중해를 방어하기 위해 카를 5세가 이탈리아에서 지휘했던 저 위대한 십자군 원정이 재차 시도된 것이다. 1571년에 이르면 마치 죽은 황제 카를 5세가 다시 살아난 것만 같았다. 바로 그 해, 황제의 사생아인 돈 후안 데 아우스트리아(Don Juan de Austria, 1547~1578) - 황제의 적자인 펠리페는 돈 후안에게 지독한 시기심을 품고 있었다. - 가 레판토 해전에서 대승을 거두었고(프로테스탄트 국가인 잉글랜드의 교회에서도 이 전쟁의 승리를 축하하기 위해 종을 울렸을 정도였다.), 나아가 튀니스를 정복함으로써 투르크의 지중해 지배권을 영구히 종식시켰다.

그러나 설령 레판토 해전의 승리가 황제의 시대를 알리는 신호였다 해도, 그것은 마지막 신호였다. 1570년대에 이르러 돈 후안은 이복형 펠리페의 견제를 받던 끝에 죽고, 그 기간에 에스파냐는 북유럽에서 펼친 거창하고 허황된 정책 때문에 서서히 멸망의 나락으로 빠져들고 있었다. 1590년에 이르러 새로운 세대가 자라났다. 이 세대는 제국의 영광과 낙천적 분위기에 관한 기억을 갖고 있지 않았다. 그들은 오직 환멸과 좌절만을 경험했을

되었다. 특히 네덜란드 그라나다 아라곤에서 이런 양상이 두드러졌다.

◆

펠리페 2세 (S. 앙기솔라 작)와
이복동생 돈 후안 데 아우스트리아 (벨라스케스 작)

뿐이다. 지난 20년 동안 에스파냐는 막대한 노력을 동원했으나, 재앙과 악랄한 반격으로 굴욕적인 좌절을 당했을 뿐이었다. 에스파냐가 갖고 있던 아메리카의 모든 부는 헛되이 소진되었다. 네덜란드에서의 해묵은 반란은 여전히 진압되지 않았다. 무적함대는 격파되었다. 프랑스 정복 기도는 실패로 끝나고 말았다.

그때 이후로는 각종 재앙들이 직접 에스파냐 본국을 압박했다. 1590년대에는 에스파냐에 전염병과 기근이 만연했다. 왕실은 파산했으며 국민은 보잘것없는 신세가 되고 말았다. 정치적 군사적 치욕감이 온 나라에 감돌았다. 1596년에는 엘리자베스 여왕 휘하 에섹스 백작(Earl of Essex)의 지휘 아래 잉글랜드 군대가 에스파냐에 상륙해, 에스파냐의 가장 큰 항구 도시인 카디스를 점령 약탈했다. 그로부터 2년 후, 마치 자신의 치세만큼이나 만성적이고 고통스러운 악성 질병으로 펠리페 2세는 숨을 거두었다. 그리고 그의 아들 펠리페 3세가 에스파냐의 새로운 정신 - 냉소주의와 환멸, 모든 영웅주의의 거부, 십자군에 대한 종교적 숭배 - 가 아닌 피동적이고 미신적 경건에 대한 숭배 과 더불어 왕위에 올랐다.

새로운 정신의 출현

새로운 정신과 옛 정신 사이의 대조는 현저했다. 어느 곳을 보아도 그 차이가 확연히 눈에 띄었다. 정치 부문에서는 활기 없는 방어적 태도가 활달한 모험을 대신했다. 문학에서는 풍자가 호방함을 대신했다. 사회적 가치관도 상이했다. 옛 귀족 계급은 군사 지도자였다. 그러나 새로운 귀족 계급은 공직에서의 출세를 노리고, 낭비와 사치를 탐하는 경박한 집단이었다. 종교 역시 같은 변화를 드러냈다. 16세기의 에스파냐 교회는 역동적이고 개혁적이며 선교에 헌신했다. 종교적 영웅으로는 라스 카사스(Las Casas, 1474~1566)[9], 로욜라, 성 테레사 등이 있었다. 하지만 17세기의 에스파냐 종교는 침체되고 수동적인 것으로 변했다. 17세기에 유일한 종교적 인물은 몰리노스(Miguel de Molinos, 1628~1696)[10]인데, 그는 시대 분위기에 잘 어울리게 종교적 정적주의(靜寂主義) 운동의 창시자였다.

---

9) 로마 가톨릭 교회가 이단으로 간주한 극단적인 형태의 정적주의를 옹호해 유죄판결을 받은 사제. 1652년 서품을 받고 로마로 파견되었으며(1663), 1675년 『영성 생활 지침(Spiritual Guide)』이라는 소책자를 출판했는데, 명상과 신의 도움을 통해 그리스도교인의 완전한 삶을 이룰 수 있다고 가르쳤다. 그는 신의 의지가 인간의 마음 안에서 방해 없이 작용하려면 인간은 자신의 의지를 버려야 한다고 믿었다. 이 책은 곧 큰 파문을 일으켜, 그는 교황청의 재판을 받고, 이단죄로 종신 징역형을 선고받았다.

10) 페루와 남아메리카 전체의 수호성인으로 로마 가톨릭 교회가 처음으로 시성(諡聖)한 인물이다. 1606년 도미니쿠스 수도회 제3수녀원에 들어간 그녀는 이후 엄격한 은둔과 명상 생활을 견지했다. 가시관을 쓰고 금식을 하며, 유리와 질그릇 조각이 박혀 있는 침대에서 자고, 여러 차례에 걸쳐 환상, 특히 마귀의 환상을 체험했다. 죽기 3년 전에서야 비로소 칩거를 풀고 나왔다. 그녀의 장례식은 공식 기념 행사가 되었으며, 그녀가 죽은 뒤 많은 기적들이 발생했다고 전해진다.

이러한 새로운 정신의 가장 두드러진 예로, 아마도 17세기 초에 에스파냐의 수호성인이 갑작스럽게 바뀌었다는 사실을 들 수 있을 것이다. 수백 년 동안 에스파냐의 수호성인은 산티아고(Santiago) - 성 야고보(Saint James) - 였다. 전설에 의하면, 그는 순교당한 후 그 시신이 에스파냐로 옮겨졌는데, 그는 이곳에서 전투적인 성인, 즉 성전(聖戰)의 수호성인으로 성격이 변화되었다고 한다. 그는 '무어인을 죽인 성인 산티아고'로 알려졌다. 중세 전 시기를 통해 산티아고는 이교도에 맞서 싸운 에스파냐 그리스도교도들을 격려하는 성자였다. 전투의 결정적인 순간마다, 몇 번씩이고 하늘에서 백마를 탄 모습으로 나타나, 에스파냐인들에게 새로운 용기를 불어넣고, 패배할 전쟁을 승리로 바꿔놓았다. 압도적으로 불리한 상황에서 전투를 수행했던 아메리카에서도 에스파냐의 정복자들은 그들을 위해 구름 위에서 전투를 수행하고 있는 산티아고 - 그는 때로는 단신으로 백마를 타고 있었고, 때로는 사령관으로서 천상의 군대를 지휘했다. - 를 종종 목격했다. 이 때문에 라틴 아메리카에서는 지금도 산티아고라는 지명을 가진 곳이 200여 군데나 있다.

그러던 어느 날 갑자기, 에스파냐와 아메리카에서 동시에 산티아고의 권위가 도전을 받았다. 회의주의자들 - 세르반테스도 그들 가운데 한 명이었다. - 은 목소리를 높였다. 짧은 기간 합법적인 형태의 투쟁이 전개되었다. 그리고 1617년에 이르러, 십자군의 성인이자 승리의 성인이던 산티아고는 재기 불능 상태에 놓였다. 그를 대신해 에스파냐에는 아빌라의 성 테레사 - 아니, 오히려 상상 속의 성 테레사라고 해야 맞을 것이다. - 가 등장했다. 성 테레사는 사회적이고 역동적이며 실천적인 '행동하는 수녀'라기보다는, 베르니니의 조각 작품에서와도 같이 수동적이고 여성적 경신(輕信)을 체현한 복자(福者, beata)였다. 산티아고는 16세기에 아메리카에서는 적어도 열 번 이상 등장했으나 17세기는 단한 번 나타났고 그 후로는 전혀 나타나지 않았다. 멕시코에서는 산티아고 대신 서인도제도 출신인 산 펠리페 데 예수스(San Felipe de Jesus)가 나타났고, 페루에서는 혼혈의 또 다른 복자 산타 로사 데 리마(Santa Rosa de Rima, 1586~1617)[11]가 등장했다. 이렇듯 갑작스럽게 성인이 바뀐 것은 에스파냐 종교 전반의 성격이 변화되었음을 상징하는 것이다.

---

11) 마드리드 소재의 한 공립학교 교장이었던 후안 로페스 데 오요스일 것으로 추측된다. 당시 21세였을 미래의 작가는 전에 그 학교의 교생이었거나 아니면 로페스 데 오요스에게서 가르침을 받은 적이 있었을 것이다.

세르반테스와 영웅 시대

나는 어느 한 시대 에스파냐인의 삶에서 발생한 변화, 즉 영웅적 힘으로부터 공허한 환멸로의 갑작스러운 변화를 강조했다. 왜냐하면 그것은 세르반테스 생애의 본질적 배경이자, 동시에 『돈키호테』의 배경이기 때문이다. 세르반테스는 어떤 의미에서 두 세대 사이에 속한 셈이었으며, 두 세대의 정서를 공유하고 있었다. 카를 5세 치세인 1547년에 태어난 그는 에스파냐에서 자신만만하고 자유스러운 제국의 분위기에 심취해 있던 에라스무스적인 성향의 한 교사에게 가르침을 받았다[12]. 청년이 되자 이탈리아로 가서 이탈리아 생활의 활력과 생동감에 도취한 세르반테스는 경쾌하고 기사도적이며 매혹적인 로망스 시인 아리오스토(Ludovico Ariosto, 1474~1533)[13]의 시를 읽었으며, 군에 입대해 돈 후안 데 아우스트리아 장군의 지휘 하에 치러진 저 위대한 승리의 전쟁 레판토 해전에 출전해 부상을 당하기도 했다[14]. 또한 튀니

---

12) 1569년 세르반테스는 에스파냐를 떠나 이탈리아로 갔다. 이탈리아행은 당시의 많은 에스파냐 젊은 이들이 어떤 식으로든 출세하기 위해 택하는 길이었다. 그는 한동안 로마에서 추기경 줄리오 아크콰비바 가문의 집사로 일했던 것 같다. 그러나 1570년에는 에스파냐 왕국령이던 나폴리의 에스파냐 보병 연대에 속해 있었으며 약 1년 간 그곳에 머물다가 실전에 참여했다.

13) 이탈리아의 시인. 서사시 『광란의 오를란도(Orlando furioso)』 유명한데, 이 작품은 일반적으로 이탈리아 르네상스의 예술 경향과 정신적 자세를 가장 완벽하게 표현한 것으로 평가받고 있다.

14) 세르반테스의 무공에 대한 여러 가지 기록들은 한결같이 그의 용맹함을 입증하고 있다. 열병에 걸렸음에도 불구하고 후방에 남기를 거부하고 격전 한가운데로 뛰어들었으며, 가슴에 두 번 총상을 입었고, 왼팔에 세 번째 총상을 입었다.

스와 골레타 원정에 참전했으며, 1575년에는 명예와 자부심으로 충만한 채 돈 후안 장군과 에스파냐 총독의 추천장을 지니고 에스파냐를 향해, 출세를 위해, 그리고 더 큰 영예를 위해 출항했다. 그는 영웅이었다. 게다가 자의식이 강한 영웅이었다. 그는 영웅 시대의 마지막 - 그는 그것이 마지막이란 것을 곧 알게 된다. - 황혼기를 승승장구했다. 그의 영웅적 행동은 여기에서 그치지 않았다. 귀국하는 도중 프랑스 연안에서 그가 탄 배('태양호 Sol')가 알제리 해적들에 의해 나포되고 만 것이다. 그가 소지한 추천장을 본 해적들은 그를 높은 몸값을 받을 수 있는 대단한 인물로 생각했다. 세르반테스는 알제리로 이송되어 5년이 넘도록 죄수 신분으로, 갤리선에서 노를 젓는 노예 신세가 되었다.[15]

알제리에 포로로 잡혀 있으면서도 세르반테스는 영웅적 모험들을 계속했다. 그는 결코 그 모험들을 잊지 않았다. 오랜 세월이 흐른 후 『돈키호테』에서 그는 그때의 일을 회고한다. 그 작품 속에서 무어인의 갤리선에서 도망쳐 나온 한 포로가 돈키호테를 만나 자신의 포로 생활에 관한 이야기를 들려준다. 이야기를 하던 중 그 도망친 포로는 '아무개 데 사베드라

---

15) 해적선에 포로로 잡힌 세르반테스는 동생 로드리고와 함께 당시 이슬람 세계의 노예매매 중심지였던 알제리에서 노예로 팔렸다. 그가 지니고 있던 편지들을 발견한 노예상인들이 그를 매우 중요한 인물로 생각한 탓에 몸값이 올라가 잡혀 있는 기간도 길어졌지만, 한편으로는 네 번이나 탈출을 꾀하다 실패하는 등 갖은 고생을 다했다. 이는 세르반테스의 생애에서 가장 모험에 찬 시기로, 여러 문학 작품의 소재가 되었다. 그 대표적인 예가 『돈키호테』에 나오는 포로의 이야기이다.

알제리 왕 하산 파샤(Hassan Pasha) 앞에 끌려온 세르반테스(Fortunino Matania)

(something-de-Saavedra)'라는 동료 포로에 관해 언급한다[세르반테스의 본명은 미구엘 데 세르반테스 사베드라(Miguel de Cervantes Saavedra)였다. 소설 속의 '아무개 데 사베드라'는 곧 세르반테스 자신을 지칭하는 것이다.]. 그의 말에 의하면, '아무개 데 사베드라'는 무어인 총독을 인격적으로 압도했으며, 그리하여 "잡혀 있는 동안 그는 수많은 일들을 저질렀으므로 우리는 그가 장차 화형대에 매달릴 것이라고 생각해 내심 걱정했다. 그러나 의외로 무어인 총독은 그를 때리지도 않았고 구타하도록 명하지도 않았으며, 심지어 그에게 심한 말조차 하지 않았다."는 것이다.

　세르반테스의 자전적인 설명은 한 동시대인의 기록을 통해 입증되었다. 그는 『돈키호테』 출간으로 세르반테스가 이름이 널리 알려지기 이전에 집필한 한 알제리 역사서에서 이렇게 말한다.

　"미구엘 데 세르반테스의 포로 생활과 용감한 행적에 관한 모든 이야기는 기록될 가치가 있다. 그는 동료 포로들을 탈출하게 도와주었다는 이유로 교수형, 화형 등에 처해져 죽을 뻔했으나, 네 번이나 그 위기를 아슬아슬하게 넘겼다. 만일 그의 용기와 재능에 운이 따라주었다면, 알제리는 지금쯤 그리스도교도들의 수중에 넘어왔을 것이다. 그는 바로 그것을 목표로 삼고 있었던 것이다."

　실제로 세르반테스는 포로로 잡혀 있는 동안에 펠리페 왕의 비서에게 알제리 정복을 요구하는 편지를 보내기도 했다. 그는 만일 자신이 풀려나기만 했다면 왕의 발 앞에 몸을 던지며 이렇게 말했을 것이라고 기록했다.

"위대한 왕이시여, 그대는 수많은 야만인들을 노예로 만드시고, 심지어 인도의 흑인들로부터도 조공을 받으셨습니다. 그러하거늘 어찌하여 저 비천한 자들의 저항을 용납하신단 말입니까? 아, 그대는 용맹스런 선왕께서 시작하신 일을 완성시킬 수 없단 말입니까?"

'그대의 용맹스런 선왕'이란 말에서 엿보이듯이, 세르반테스는 다른 에스파냐인들과 마찬가지로 항상 자신이 꿈꾸던 영웅주의적 몽상 속에서 황제 카를 5세를 회고했다. 그 후 그는 자신의 단편집 서문에 짤막한 자전적 스케치를 덧붙였는데, 이 글은 그가 가슴에 품었던 영웅 숭배를, "영웅적 생애에 대한 자부심"과 "황제 카를 5세에 대한 존경심"이라는 두 마디 말로 압축해서 표현하고 있다. 그의 설명에 따르면, 이 단편집의 저자는 "여러 해 동안 군인이었고, 5년 반 동안 포로로 잡혀 있었으며, 역경 속에서 인내심을 배웠다. 그는 레판토 해전에서 화승총탄에 맞아 왼팔을 잃었다. 끔찍한 부상이었지만 그는 그것이 자기에게 어울리는 것이라고 생각했다. 영원히 잊지 못할, 역사상 전무후무한 저위대한 전쟁에서, 카를 5세의 아들인 돈 후안 데 아우스트리아 장군의 사기충천한 깃발 아래에서 싸우다가 입은 부상이었기 때문이다."

세르반테스와 환멸의 시대

세르반테스는 1580년에 포로 상태에서 풀려나 펠리페 2세의 에스파냐로 돌아왔다. 우리는 이제 그를 완벽하게 이해할 수 있다. 그는 다소 시대에 뒤떨어지기는 했지만, 앞서 언급한 두 세대 중 첫째 세대, 즉 카를 5세의 영웅적이고 로맨틱하고 기사도적인 세대의 진실한 대변자였다. 그러나 에스파냐로 돌아왔을 때 그는 무엇을 발견했는가? 이탈리아의 현란한 공기를 호흡하고, 레판토에서 전투를 치르고, 알제리에서 포로 신분으로 이교도들에게 과감하고 용감하게 맞서고 있을 무렵, 이미 에스파냐에서는 새로운 세대가 등장하고 있었다. 그를 격려해주고, 그의 조언을 경청하고, 열정적인 신민들을 새로운 십자군 운동으로 이끌던 위대한 영웅적 국왕 대신, 점점 도를 더해가는 권태와 환멸의 분위기만 만났을 뿐이다.

세월이 흐르면서 세르반테스는 처음에는 시인으로, 다음에는 정부 구매담당자로, 마지막에는 세금징수자로, 생계를 위해 고

단한 삶을 살아야 했다. 그는 어떤 직업에서도 성공하지 못했다. 경제적으로 그는 추락에 추락을 거듭했다(물론 정신적으로는 그렇지 않았다. 그는 어떤 역경 가운데서도 그 자신만의 불굴의 낙관주의를 견지했다.). 빚 때문에 파산을 당하는가 하면, 성직자에게 세금을 거두려다가 파문을 당했고, 급기야 감옥에 갇히기도 했다. 잉글랜드 군대에 의해 카디스가 약탈당하던 1596년에 그는 최악의 나락으로 굴러 떨어졌고, 그와 같은 국가적 치욕을 빈정거리는 냉소적인 시를 썼다. 2년 후 펠리페 2세가 죽자 그는 더욱 냉소적인 시를 썼다.

분명 영웅주의의 시대는 끝났다. 환멸의 시대가 온 것이다. 세르반테스가 『돈키호테』를 구상한 것은 그가 감옥에 갇혀 최악의 상황에 처해 있을 무렵이었다. 돈키호테는 영웅이자, 기사 소설의 애독자요, 에라스무스적 성형의 인물이었다(『돈키호테』는 많은 곳에서 교묘하게 에라스무스적 특징을 보여주고 있는데, 에라스무스의 사상은 당연히 종교재판소에 의해 금지된 것이었다.). 아울러 돈키호테는 현실 세계의 편협하고, 물질주의적인 범용한 세계가 자신을 미친 사람으로 취급하고 있음을 알았다.

위대한 풍자문학의 금자탑

물론 돈키호테는 작가 세르반테스와 동일인물이다. 매우 적절하게 이 점을 지적한 이는 에스파냐 문학에 가장 정통한 학자인 제럴드 브레넌(Gerald Brenan)이다. 그는 이렇게 말한다.

"우리는 그 유명한 기사가 그 소설의 작가와 여러 면에서 공통점을 지니고 있음에 주목할 필요가 있다. 예컨대 돈키호테는 세르반테스와 같은 나이에 모험에 나섰다. 그리고 돈키호테는 세르반테스와 흡사한 외모를 지니고 있었다. 우리는, 작가가 서문에서도 썼듯이, 돈키호테가 빈정거리는 빈약한 위트를 구사하고 있음을, 그리고 너무 많은 독서로 인해 그의 머리가 이상하게 되었다는 것을 알고 있다. 더욱이 그는 구제불능의 낙관주의자이자 이상주의자로서, 무력에 의해 세계를 정복하려다가 오히려 자신이 무력에 두들겨 맞는다. 분명 이것이, 또는 이와 비슷한 무엇이, 세르반테스가 자신의 인생 역정에 대해 갖고 있던 관점이 아니었을까? … 그러므로 돈키호테가 우리를 감동시키는 힘의 근원 가운데 하나는, 세르반테스 자신이 포기한 부분 말하자면 그의 삶의 고상한 목표와 실패를 돈키호테에게 투사시켰기 때문이라고 여겨진다. 이 지극히 풍자적인 소설에 나오는 아이러니가 심오하고도 면밀한 자기 풍자의 특징을 갖고 있는 것은 이런 이유에서이다."

말을 타고 권총을 겨누는 기사 휴디브라스

의심할 바 없이 자기 풍자이긴 하지만, 대단히 정교한 자기 풍자이다. 이 소설이 그토록 매혹적이고, 그토록 위대할 수 있는 이유는 바로 여기에 있다. 한 인간이 그의 '죽은 자아'로 징검다리를 만들 경우, 그는 새뮤얼 버틀러(Samuel Butler, 1612~1680)[16]가 그랬듯이 그 징검다리를 맹렬히 공격하기 쉽다. 그러나 세르반테스는 공격하지 않았다. 설령 환멸을 느꼈다 하더라도, 그는 자신의 환멸에 대해 보복을 가한다거나 냉소하지 않았다. 어떻게 그럴 수 있겠는가? 그 환상에 자신의 반생(半生)을 바쳤고, 이제 그 자신은 에스파냐와 더불어 조롱거리가 된 마당에? 조만간 세르반테스 자신처럼 헌신적으로 살아본 경험이 없는 세대, 그리고 과거의 공상을 매정하게 대할 수 있는 세대가 등장할 것이다. 그러나 적어도 세르반테스는 그렇게 할 수 없었다. 양쪽 세계에 발을 딛고 있었기 때문이다. 그러므로 그는 근본적으로 미래를 위해 이 작품을 쓴 것이 아니라(물론 그의 작품은 18세기에 재발견되어 불멸의 작품으로 인정받았다.) 그 자신의 세대, 즉 환멸을 느꼈으되 (그 환상이 자신들의 것이었기에) 그에 대해 후회하지 않는 세대를 위해 쓴 것이다.

- 박상익 옮김, 우석대학교 명예교수

---

16) 영국의 시인 풍자작가. 『휴디브라스(Hudibras)』로 유명하다. 이 작품은 영어 풍자시의 백미이며, 인신공격이 아니라 사상에 대한 공격으로 성공을 거둔 최초의 영어 풍자시이다. 『휴디브라스』의 주인공은 장로교파 기사로서, 독립교회파에 속한 부하 랄포를 데리고 다닌다. 그들은 종교문제를 놓고 끊임없이 말다툼을 벌이며, 계속되는 기이한 모험을 통해 서로의 무지와 옹고집, 비굴함과 부정직함을 드러낸다. 전체적인 줄거리는 세르반테스의 작품에서 따왔다.